Harper
Collins

Zum Buch:

Dr. Carl von Wuthenow ist angesehener Kriminalist, Profiler und freier Berater der Berliner Polizei. Außerdem hat er ein kleines Problem: Seit er bei einem Anschlag schwer verwundet wurde, funktioniert sein Kurzzeitgedächtnis nur noch eingeschränkt. Somit ist es vielleicht sogar Glück im Unglück, dass seine Tante ihm diese Verena Hofer als Aufpasserin zur Seite gestellt hat: Sie kann ihm bei seinen Ermittlungen assistieren. Zumal sein neuester Fall nicht von der einfachen Sorte zu sein scheint …

Zur Autorin:

Roxann Hill wurde in Brünn/Tschechien geboren. Während des Prager Frühlings flüchtete sie als kleines Mädchen mit ihren Eltern nach Deutschland, wo sie aufwuchs und auch heute noch lebt. Mittlerweile widmet sie sich ausschließlich dem Schreiben und kümmert sich außerdem um zwei Kinder, zwei große Hunde und einen Mann.

Lieferbare Titel:

Wo die toten Kinder leben

Roxann Hill

Dunkel Land

Kriminalroman

Harper Collins

HarperCollins®
Band 100098

1. Auflage: November 2017

Deutsche Taschenbucherstausgabe

Dieses Werk wurde vermittelt durch die
Literarische Agentur Michael Gaeb.

Umschlaggestaltung: bürosüd, München
Umschlagabbildung: www.buerosued.de, Andrew Holt / Getty Images
Redaktion: Thorben Buttke
Satz: GGP Media GmbH, Pößneck
Printed in Germany
Dieses Buch wurde auf FSC®-zertifiziertem Papier gedruckt.
ISBN 978-3-95967-138-5

www.harpercollins.de

Für Mila

Herr von Ribbeck auf Ribbeck im Havelland,
Ein Birnbaum in seinem Garten stand,
Und kam die goldene Herbsteszeit
Und die Birnen leuchteten weit und breit,
Da stopfte, wenn's Mittag vom Turme scholl,
Der von Ribbeck sich beide Taschen voll,
Und kam in Pantinen ein Junge daher,
So rief er: „Junge, wiste 'ne Beer?"
Und kam ein Mädel, so rief er: „Lütt Dirn,
Kumm man röwer, ick hebb 'ne Birn."

So ging es viel Jahre, bis lobesam
Der von Ribbeck auf Ribbeck zu sterben kam.
Er fühlte sein Ende. 's war Herbsteszeit,
Wieder lachten die Birnen weit und breit;
Da sagte von Ribbeck: „Ich scheide nun ab.
Legt mir eine Birne mit ins Grab."
Und drei Tage drauf, aus dem Doppeldachhaus,
Trugen von Ribbeck sie hinaus,
Alle Bauern und Büdner mit Feiergesicht
Sangen „Jesus meine Zuversicht",
Und die Kinder klagten, das Herze schwer:
„He is dod nu. Wer giwt uns nu 'ne Beer?"

So klagten die Kinder. Das war nicht recht –
Ach, sie kannten den alten Ribbeck schlecht;
Der neue freilich, der knausert und spart,
Hält Park und Birnbaum strenge verwahrt.
Aber der alte, vorahnend schon
Und voll Mißtraun gegen den eigenen Sohn,
Der wußte genau, was damals er tat,
Als um eine Birn' ins Grab er bat,
Und im dritten Jahr aus dem stillen Haus
Ein Birnbaumsprößling sproßt heraus.

Und die Jahre gingen wohl auf und ab,
Längst wölbt sich ein Birnbaum über dem Grab,
Und in der goldenen Herbsteszeit
Leuchtet's wieder weit und breit.
Und kommt ein Jung' übern Kirchhof her,
So flüstert's im Baume: „Wiste 'ne Beer?"
Und kommt ein Mädel, so flüstert's: „Lütt Dirn,
Kumm man röwer, ick gew' di 'ne Birn."

So spendet Segen noch immer die Hand
Des von Ribbeck auf Ribbeck im Havelland.

Theodor Fontane

DREI TAGE ZUVOR

Es war ein ausgesprochen wundervoller Abend gewesen. Jetzt saß er entspannt hinter seinem Haus und blickte hinauf zu den Sternen. Kleine, funkelnde Punkte inmitten endloser Dunkelheit. Daneben der Mond – rund, silbern, unwirklich.

Die Landelichter eines Flugzeugs erschienen, und er konnte das Geräusch der Motoren hören. Wieder eine dieser verspäteten Linienmaschinen, die trotz Nachtflugverbots unterwegs war.

Woher sie wohl kam? Für einen Moment dachte er darüber nach. Vielleicht aus Asien oder Südamerika?

Die Passagiere, müde und doch aufgeregt, würden bald Tegel erreichen. Und sie brachten die unterschiedlichsten Erinnerungen mit – schöne und nicht so schöne. Er hingegen hatte Berlin nicht verlassen. Und trotzdem, in den letzten zwei, drei Stunden hatte er sich wie an einem anderen Ort gefühlt. In seinem ganz persönlichen Paradies.

Genussvoll streckte er die Beine aus und seufzte. Sein Blick fiel auf die Bank, auf der er saß. Altes Holz, abgeblätterte Farbe. Eigentlich hätte sie dringend gestrichen werden müssen.

Das Flugzeug war verschwunden. Dafür hörte er jetzt umso deutlicher den Verkehrslärm der nahe gelegenen Straße. Die Stadt schlief nie wirklich. Unzählige Menschen waren unterwegs, fuhren kreuz und quer auf ihrer Suche nach Ruhe und Glück. Er lächelte. Er hatte sein Glück schon lange gefunden.

Gemächlich stand er auf, legte den Kopf in den Nacken und

sog die Schönheit des Firmaments ein letztes Mal in sich hinein. Dann drehte er sich um, öffnete die Tür und betrat das Gebäude.

Im Zimmer brannte harsches Neonlicht. Er musste blinzeln. Über den flimmernden Bildschirm des Fernsehers huschten die zerhackten Bilder einer Werbesendung. Auf dem Sofa lag offen die Zeitung von gestern.

An der Decke, in der Mitte des Raumes, hatte er einen Haken befestigt. Solides Ding, Markenqualität. Hielt locker zweihundert Kilo. Daran befand sich ein Seil – und daran wiederum ein schwarzhaariger Mann, fast noch ein Junge, die Kleidung zerrissen und blutüberströmt.

Sein neuestes Spielzeug.

Es war an den Händen aufgehängt, sodass die Zehenspitzen gerade einmal den Boden berührten. Immer dann, wenn es sich leicht bewegte, schleiften die Schuhe mit einem Quietschen über das Linoleum.

Als er sein Spielzeug vor wenigen Stunden ausgewählt hatte, hatte es ein schönes Gesicht gehabt. Nun war es verquollen, fleckig, regelrecht abstoßend. Das Spielzeug hatte Probleme, durch die gebrochene Nase Luft zu bekommen. Bei jedem Atemzug röchelte es laut. Das war so ziemlich das Einzige, was es noch zustande brachte. Ein Knebel war nicht mehr nötig.

Er trat näher heran. Dabei strich er sich genießerisch über die Knöchel seiner Rechten. Sie waren rau, aber nicht wund. Gut, dass er vorhin Handschuhe getragen hatte.

Fast liebevoll legte er seine Finger um den Hals des Spielzeugs und begann, langsam zuzudrücken. Er konnte beobachten, wie in dem noch funktionierenden Auge hinter dem geschwollenen Lid Panik aufflammte. Anders als bisher – da war es nur die Furcht vor den Schmerzen gewesen. Nun kam Gewissheit hinzu. Die Gewissheit, sterben zu müssen. Todesangst. Er fühlte sie unter seinen

Fingerspitzen – zusammen mit der Macht über das Leben, das aus dem Körper vor ihm zu weichen drohte.

Das Spielzeug war kurz davor, bewusstlos zu werden. Er löste seinen Griff, lies die Arme sinken und betrachtete sein Werk. Eigentlich schade, das Spielzeug war fast kaputt. Es taugte zu nichts mehr.

Er drehte sich zum Couchtisch um und ergriff das kompakte Küchenmesser, das dort neben den blutdurchtränkten Lederhandschuhen lag.

Drei Stiche. Und dann musste er die Leiche loswerden. Schnell, bevor der Morgen graute.

MONTAG

1

Ich war schon eine gefühlte Ewigkeit auf der Autobahn unterwegs, und es regnete. Der Himmel bestand aus dichten, dunklen Wolken. Unmöglich, danach die Tageszeit zu bestimmen.

Ich sah auf die Uhr neben dem Tacho. Kurz nach zehn. Auch das noch. Ich würde mich verspäten.

Vor mir schlich ein Lkw dahin. Seine riesigen Reifen spritzten regelrechte Fontänen auf die Windschutzscheibe meines Fiats und raubten mir jede Sicht. Ich versuchte, ihn zu überholen. Mühsam beschleunigte ich auf hundert, schob mich langsam an dem Lastwagen vorbei, um vor ihm wieder einzuscheren.

Jetzt begann der Scheibenwischer protestierend zu quietschen. Ich schaltete ihn eine Stufe herunter.

Ich warf einen Blick in den Rückspiegel. Amelie war in ihrem Kindersitz endlich eingeschlafen. Ihr Kopf neigte sich zur Seite. In ihren kleinen Händen hielt sie ihren Teddy.

Kein Wunder, dass sie müde war. Unser Tag hatte heute bereits um vier Uhr früh begonnen, und seit fünf saßen wir im Auto und quälten uns durch den dichten Verkehr.

Ich wollte ins Havelland. Genauer gesagt, nach Wuthenow. Wobei *wollen* das falsche Wort war. Ich *musste*. Ein Bankkonto füllt sich nicht von allein. Das hatte ich sehr schnell festgestellt, nachdem ich meinen alten Job vor einem halben Jahr gegen Amelie eingetauscht hatte.

Alles war jetzt anders. Ich hatte nicht nur meine Arbeit verloren.

Ich zuckte mit den Schultern. Egal. Für drei Monate hatte ich eine Anstellung in Wuthenow gefunden. Als eine Art Kindermädchen für einen reichen Jungen. Gut bezahlt, und Amelie war auch versorgt. Das taugte, um den Sommer zu überbrücken. Danach würde ich mit Amelie nach Nürnberg zurückkehren und fest an einer Privatschule arbeiten. Keine Uni, wie bislang, dafür geregelte Dienstzeiten mit sicherem Einkommen. Mehr konnte ich nicht erwarten. Amelie hatte genug durchmachen müssen. Sie verdiente es, in Normalität aufzuwachsen – soweit das als Waise überhaupt noch ging.

Endlich das Schild, auf das ich gewartet hatte. Ich nahm die Ausfahrt und verließ die A10. Der Fiat ruckelte, wie er es immer tat, wenn ich herunterschaltete, und von der Rückbank ertönte ein leises Gähnen. Amelie wachte auf.

„Sind wir endlich da?“, drang ihre schläfrige Stimme zu mir nach vorne.

Ich musste ein Grinsen unterdrücken. Früher hatte ich gedacht, Eltern würden übertreiben, wenn sie von längeren Autofahrten mit ihren Kindern berichteten. Aber inzwischen wusste ich es besser.

„Bald“, erwiderte ich.

„Das sagst du schon die ganze Zeit“, kam es postwendend zurück. Im Rückspiegel sah ich, wie sie ihre Augenbrauen trotzig zusammenzog. Immer, wenn sie das tat, erinnerte sie mich an ihre Mutter. Ich lächelte wehmütig.

Amelie reckte sich. „Verena? Wo sind wir denn eigentlich?“

„Irgendwo hinter Berlin“, sagte ich.

„Irgendwo?“, wiederholte sie fast vorwurfsvoll. „Mama hatte immer ein Navi, das hat ihr genau erzählt, wo sie hinmuss.“

Ich deutete auf mein Smartphone, das auf dem Beifahrersitz lag.

„Das habe ich auch. Im Handy. Aber leider ist der Akku jetzt leer."

„Dein Handy ist ja auch total alt."

„Alt? Nein", meinte ich. „Höchstens drei, maximal vier Jahre. Aber keinen Tag älter."

„Aber du weißt wenigstens, wo wir hinmüssen, oder?"

„Sicher. Das habe ich dir doch schon erzählt. Nach Wuthenow."

„Und das ist noch weit?"

„Dreißig, vierzig Kilometer. Höchstens eine Stunde, vermutlich weniger. Ein Dorf. Dort wird es dir bestimmt gefallen."

Die Landstraße schlängelte sich in weiten Bögen durch die Landschaft. Getreidefelder, blühender Raps, auf kleinen Erhebungen dunkelgrüne Wälder. Ansonsten eine weite Ebene. Ziemlich öde und langweilig. Wenigstens hatte der Regen aufgehört.

Ich versuchte, mich nach den Straßenschildern zu orientieren. Alle Namen klangen gleich und viele hörten mit -ow oder -itz auf. Na klasse. Allertiefste Provinz.

Drei Monate, sagte ich mir im Geiste. *Das schaffst du.*

Eine rote Warnleuchte blinkte an meinem Armaturenbrett. Das Benzin ging zur Neige.

Eine Brücke über einen kleinen Fluss, eine weitere Kurve. Auf der rechten Seite ragte ein Pylon in die Höhe. Das kam mir wie gerufen. Ich verlangsamte und bog in die Tankstelle ein.

„Jetzt sind wir da?", fragte Amelie.

„Wir brauchen Sprit." Ich ließ den Wagen ausrollen, bremste neben einer Zapfsäule und stellte den Motor ab.

„Ich will mit." Sie begann, sich abzuschnallen.

Wir stiegen aus. Ich eilte um den Wagen zu ihr. Ganz selbstverständlich streckte sie mir ihre Kinderhand entgegen. Ich nahm sie und hielt sie fest. Das fühlte sich gut an.

Gemeinsam öffneten wir den Tankdeckel, ich nahm den Zapfschlauch aus der Halterung, steckte ihn in den Einfüllstutzen meines Wagens und ließ für genau zwanzig Euro Benzin hineinlaufen.

Dann machten wir uns auf den Weg zur Kasse. Die Schiebetür glitt zur Seite. Es bimmelte, und wir standen in einem kleinen Supermarkt, mit Zeitschriften, einigen Lebensmitteln, Alkohol und natürlich Süßigkeiten.

Die Verkäuferin musste das Klingeln zwar gehört haben, aber sie schien vollkommen in ihre Lektüre vertieft. Sie hatte eine aufgeschlagene Illustrierte vor sich, die sie gebannt las.

Ich räusperte mich.

Die ältere Frau sah auf. Ihre Augen musterten mich kritisch, bis ihr Blick auf Amelie fiel. Sie begann zu lächeln.

„Sie möchten zahlen?“, fragte sie mich.

Eigentlich lag mir eine schnippische Antwort auf der Zunge, ich schluckte sie hinunter.

„Ja. Gerne. Säule zwei“, sagte ich stattdessen und legte meinen letzten Schein auf den Tresen.

Amelie beugte sich vor, ergriff eine Packung Gummibärchen und platzierte sie neben meinem Zwanziger.

„Und das“, sagte sie bestimmt.

„Macht noch mal eins neunzig“, erwiderte die Kassiererin.

Ich wollte schon protestieren, doch Amelie strahlte mich regelrecht an. Also öffnete ich das Kleingeldfach und suchte die Münzen zusammen. Jetzt war ich endgültig pleite.

Die Verkäuferin zählte das Geld nach und lies es klimpernd in der Kasse verschwinden.

„Eine Frage hätte ich noch“, begann ich.

„Ja?“, sagte sie.

„Ich möchte nach Wuthenow. Können Sie mir den Weg beschreiben?“

„Wuthenow?“ Sie beäugte mich skeptisch.

Vielleicht hatte ich den Namen undeutlich ausgesprochen.

„Genau“, bestätigte ich.

Ein weiterer skeptischer Blick. Dann beugte sich die Frau nach vorn.

„Sie fahren die Landstraße für vielleicht zehn Kilometer weiter. Dabei kommen Sie über zwei Brücken. Nach der zweiten biegen Sie bei der ersten Möglichkeit rechts ab. Und danach geht es immer geradeaus. Sie können es nicht verfehlen.“

„Ist es noch weit?“, fragte ich.

Sie schaute mich wissend an. „Das Benzin wird locker reichen.“

Draußen hatte es wieder zu regnen begonnen. Es schüttete wie aus Eimern. Heftige Windböen trieben die Wassertropfen bis unter die Überdachung der Tankstelle. Amelie und ich rannten zum Auto, und bis ich sie auf ihrem Sitz festgeschnallt hatte, war zumindest ich klitschnass. Aber nun hatten wir es ja bald geschafft.

Wir fuhren los.

Die erste Brücke führte über einen breiten Fluss, die zweite über einen künstlich angelegten Kanal. Beinahe hätte ich die Abzweigung übersehen. Eine schmale Straße ohne Mittelstreifen, sodass sich zwei entgegenkommende Fahrzeuge knapp passieren konnten. Keine Biegungen, schnurgerade zog sich die Strecke zwischen den Feldern dahin. In kurzen Abständen erschienen links und rechts der Trasse schlanke, hohe Pappeln.

Der Regen hörte auf. Wir passierten ein Waldstück, mein Fiat rumpelte über Kopfsteinpflaster, und wir erreichten eine Art gewaltige Wendeplatte. Dahinter erhob sich ein imposantes Gebäude. Dreistöckig mit Erkern, Sprossenfenstern, schwarzem Dach und Säulen vor dem Eingang. Ein Schloss oder Herrenhaus oder wie immer sie das hier nannten. Daneben konnte ich einen See ausmachen, aber nirgendwo war eine weitere Straße in Sicht.

Sackgasse.

Ich hielt an. Der Motor tuckerte überlaut.

Die graue, tief hängende Wolkendecke über uns riss auf, und die Sonne kam hervor. Einzelne ihrer Strahlen fielen auf das Haus und brachen sich glitzernd auf der Oberfläche des Gewässers.

„Das ist kein Dorf", kam Amelies Stimme von hinten. „Gib's zu. Du hast dich schon wieder verfahren."

Ich runzelte die Stirn. „Was heißt hier *schon wieder*? Ich habe genau die Strecke genommen, die mir die nette Frau an der Tankstelle genannt hat."

„Vielleicht hättest du es dir lieber aufschreiben sollen."

Ich seufzte. „Weißt du was? Du bleibst kurz im Wagen. Ich steige aus und frage bei den Leuten, die hier wohnen, nach. Wuthenow muss ganz in der Nähe sein."

Ich stellte den Motor ab. Ohne auf Amelies Antwort zu warten, kletterte ich aus dem Fiat.

Das Gebäude vor mir hatte bestimmt mehr als ein Jahrhundert auf dem Buckel. Doch es schien nagelneu. Sauber gestrichen, schneeweiße Fenster und, soweit ich es beurteilen konnte, frisch gedeckt. Ich ging auf die imposante Steintreppe zu, die zum Eingang führte.

Ein Mann kam aus Richtung des Sees auf mich zu. Zwei große, grau-braune Jagdhunde begleiteten ihn, die er locker an der Leine hielt. Er selbst trug eine grüne Allwetterjacke, Cordhosen und einen breitkrempigen Hut.

Ich wartete, bis er mich erreicht hatte: Anfang sechzig, kantig geschnittenes Gesicht, hellwache, braune Augen. Irgendwie Respekt einflößend.

Auf einen kleinen Fingerzeig von ihm setzten sich die beiden Hunde. Er blieb still. Alles, was er tat, war, mich zu mustern.

„Hallo", sagte ich nach einer Weile. „Ich möchte nach Wuthenow." Ich unterstrich meine Aussage mit einem unverbindlich-bestimmenden Lächeln.

„Sie sind Frau Verena Hofer", stellte er fest.

„Ja?“, fragte ich, völlig aus dem Konzept gebracht. Ich riss mich zusammen. „Woher wissen Sie das?“

Er schaute auf seine Uhr. „Ihr Termin war um elf. Sie sind eine halbe Stunde zu spät.“

Bevor ich zu einer Erwiderung kam, wies er mit der Rechten, die die Hundeleinen hielt, auf den Eingang des Schlosses. „Frau von Wuthenow erwartet Sie bereits.“

2

Während ich zurück zum Auto ging, um Amelie zu holen, wartete der Mann mit den beiden Hunden vor der Steintreppe.

Amelie hatte sich bereits abgeschnallt und zappelte aufgeregt auf ihrem Sitz herum.

„Sind wir doch richtig?“, fragte sie zweifelnd und zugleich voller Vorfreude.

„Offenbar“, sagte ich mit gemischten Gefühlen. „Komm, sehen wir uns das mal an.“

Ich half ihr aus dem Wagen, und Amelie lief neben mir her, wobei sie meine Hand ergriff, wie sie es immer tat. Unter ihrem anderen Arm trug sie ihren Teddy. Gemeinsam steuerten wir auf das imposante Gebäude zu.

Erst jetzt fielen mir mehrere Backsteinhäuser auf, die in einem größeren Abstand inmitten von grünen Wiesen standen. Außerdem konnte ich Scheunen erkennen und großzügige Koppeln, auf denen Pferde und Ponys weideten.

Als wir den Mann erreichten, machten die beiden Hunde neben seinen Füßen Platz. Er hatte sie allem Anschein nach sehr gut erzogen.

Amelie gefielen sie auch. „Oh, sind die süß!“, flüsterte sie mit kugelrunden Augen.

Über das Gesicht des Mannes glitt ein verhaltenes Lächeln und ersetzte für einen Moment Strenge durch Milde.

Amelie hob den Kopf. Staunend beäugte sie das riesige Haus. „Boah. Das ist ein richtiges Schloss.“

„Das ist kein Schloss. Das ist Gut Wuthenow“, erklärte er ihr. Gleichzeitig streckte er mir die Hand entgegen. „Und ich bin Colonel Schlieker, der Verwalter.“

Ich ergriff seine Hand. Sie war fest und hart. „Colonel?“, fragte ich.

Diesmal kam mir sein Lächeln fast wehmütig vor. „Nun“, er räusperte sich. „Das war ich einmal. In einem anderen Leben. Aber jetzt kommen Sie bitte mit.“

„Ko-lo-nell“, flüsterte Amelie ehrfürchtig. Sie wirkte schwer beeindruckt, obwohl ich mir beim besten Willen nicht vorstellen konnte, dass sie eine Ahnung hatte, was der Titel bedeutet.

Wir setzten uns in Bewegung. Die Hunde blieben auf einen stummen Fingerzeig des Colonels zurück.

Die doppelflügelige Eingangstür war aus dunkel gebeiztem Holz, der mächtige Messinggriff blank poliert. Der Colonel öffnete die rechte Seite und ließ uns den Vortritt. Innen erwartete uns ein großzügiges Foyer, von dem aus eine breite Treppe ins Obergeschoss führte. In der Mitte des Raumes hing ein wuchtiger Lüster von der Stuckdecke.

„Doch ein Schloss“, flüsterte Amelie.

Der Colonel schien sie nicht zu hören. Er ging uns jetzt wieder voran und zog eine weiß lackierte Schiebetür zur Seite.

Wir gelangten in einen neuen Raum – größer als das Foyer, an der Stirnseite mit zahlreichen Sprossenfenstern, durch die man einen atemberaubenden Blick auf eine Terrasse und den direkt dahinterliegenden See hatte. In dem Zimmer, oder besser gesagt dem Saal, standen antike Möbel, Sofas und Sessel scheinbar wahllos herum.

Die Ausnahme in diesem Durcheinander war ein breiter Schreibtisch, reich mit Gold verziert, mit Laptop und Drucker ausgestattet, hinter dem eine ältere Frau saß. Sie telefonierte. Als sie uns erblickte, deutete sie mit ihrer freien Hand energisch in Richtung einiger Sessel vor ihr.

Amelie und ich folgten ihrer stummen Einladung und nahmen bei ihr Platz. Aus dem Augenwinkel sah ich, wie der Colonel den Saal verließ und die Tür leise hinter sich schloss.

Die Frau konzentrierte sich erneut auf ihr Telefonat. Sie machte sich dabei Notizen auf einem Bogen Papier, und ich nutzte die Gelegenheit, um sie eingehend zu mustern. Sie war rund sechzig, immer noch gut aussehend, mit kinnlangem, braunem Haar. In ihrer Jugend musste sie eine regelrechte Schönheit gewesen sein. Sie trug ein teures dunkelblaues Kostüm und bis auf eine Perlenkette keinen weiteren Schmuck. Ihr sorgfältiges Make-up war dezent, betonte ihre energischen Lippen und ihr ebenmäßig geschnittenes Gesicht.

„Das ist mir egal, wie die Börse darauf vielleicht reagiert", sprach sie in den Hörer. „Ich habe seit Jahren vor, diese Firma zu übernehmen. Jetzt, endlich, bietet sich die Gelegenheit, und dann werden wir das auch machen."

Sie verstummte und lauschte ihrem Gesprächspartner. Ihre Stirn runzelte sich. „Nein. Unsere Kapitaldecke ist vollkommen ausreichend. Das können wir problemlos schultern. Sollten die Aktien wider Erwarten tatsächlich an Wert verlieren, dann nur kurzfristig. Bis zur nächsten Jahreshauptversammlung im Herbst hat sich alles längst wieder erholt, und wir schreiben satte Gewinne." Sie packte den Stift, mit dem sie sich Notizen gemacht hatte, und klopfte zweimal nachdrücklich auf die Tischplatte. „Also, machen Sie das jetzt bitte genau so, wie wir das besprochen haben."

Die Falten auf ihrer Stirn verschwanden, als sie die Erwiderung hörte. „Fein. Ich schaue mir die Unterlagen dann heute Abend in der Hauptstelle durch."

Sie legte auf und sah hoch. „Guten Tag, Frau Hofer", begrüßte sie mich, bevor sie sich an Amelie wandte. „Und du musst Amelie sein."

Die Kleine nickte sichtlich eingeschüchtert. Ein überaus seltenes Bild.

„Ich bin Frau von Wuthenow“, fuhr die Dame fort. Ihre nahezu violetten Augen richteten sich auf mich. „Haben Sie gut hergefunden?“

Ich hielt ihrem Blick stand. „Auf der Autobahn herrschte viel Verkehr. Deshalb unsere Verspätung.“

Ihr Mundwinkel bewegte sich nach oben. Vielleicht sollte das ein Lächeln darstellen, weil ich mich nicht entschuldigt hatte. Sie blieb still.

„Ich bin ein wenig verwirrt“, sagte ich.

„Verwirrt?“, wiederholte sie. „Darf ich fragen, warum?“

„Wir dachten ... ich meine, ich dachte, Wuthenow wäre eine Ortschaft.“

„Ach. Hat das meine Assistentin nicht mit Ihnen besprochen?“ Frau von Wuthenow zog eine Akte zu sich heran, die am linken Ende des Schreibtisches gelegen hatte. Sie klappte sie auf und blätterte kurz darin herum. „Sie haben mit Frau Weiß verhandelt. Ist das korrekt?“

„Genau“, bestätigte ich. „Sie hat mir erklärt, dass ich in Wuthenow wohne, ein Appartement bekomme und dass für Amelie tagsüber ein Kindergartenplatz zur Verfügung steht. Im Gegenzug müsste ich mich um Carl, den Neffen von Frau Weiß, kümmern. Betreuung und Unterricht hieß es.“

Frau von Wuthenow ließ die Akte zufallen. „Das stimmt im Großen und Ganzen. Nur handelt es sich bei Wuthenow nicht um ein Dorf, sondern um dieses Gut hier.“ Sie machte in der Luft eine kreisende Bewegung mit dem Zeigefinger. „Und Carl ist natürlich mein Neffe und nicht der meiner Assistentin. Ansonsten ... Der Kindergarten mit Kinderhort, den Frau Weiß Ihnen in Aussicht gestellt hat, befindet sich vollkommen neu eingerichtet in einem der ehemaligen Gesindehäuser auf diesem Gelände, keine zweihundert Meter entfernt ...“

„Gibt's da auch Ponys?", unterbrach Amelie. Offensichtlich hatte sie ihr Selbstbewusstsein wiedererlangt.

Ich wollte sie schon tadeln, doch Frau von Wuthenow kam mir zuvor: „Sicher. Ponys, Ziegen, zwei Hängebauchschweine, Hühner, Hasen, Enten und Gänse. Ein großer Abenteuerspielplatz ist auch vorhanden." Sie wandte sich wieder an mich. „Ein Erlebniskindergarten nach den neuesten pädagogischen Erkenntnissen konzipiert."

Das klang mir alles zu fantastisch. Zu ... perfekt.

„Und die Kinder?", fragte ich. „Wo kommen die her?"

„Sie werden werktags mit einem Bus aus den umliegenden Ortschaften und von der Schule abgeholt und wieder zurückgebracht. Das Appartement, in dem Sie und Ihre Nichte wohnen werden, befindet sich hier im Haupthaus, im ersten Stock links. Hundertfünfzig Quadratmeter, drei Zimmer, Kochgelegenheit und Bad."

Ich setzte zu einer Antwort an, doch erneut kam ich nicht dazu, weil sie schneller war. „Wir haben das so verstanden, dass Sie beide zusammen mit meinem Neffen Carl und Colonel Schlieker die Hauptmahlzeiten im Speisesalon zu sich nehmen. Dafür habe ich eine Köchin angestellt."

Diesmal hätte ich ihr sicher nicht die Gelegenheit gegeben, mich zu unterbrechen. Aber ich wurde abgelenkt. Durch die bodentiefen Sprossenfenster, die auf die Terrasse führten, sah ich eine Bewegung. Ein Mann in Badehose stieg aus dem See, stapfte ans Ufer, kam die wenigen Stufen zum Freisitz empor und griff sich ein Handtuch, das auf der Brüstung gelegen hatte. Er schritt auf uns zu, öffnete die Terrassentür und durchquerte den Saal. Dabei hinterließ er eine Spur aus Wassertropfen und nassen Fußabdrücken auf dem glänzenden Parkettboden.

Er war vielleicht fünf, sechs Jahre älter als ich, sportlich, seine Figur durchtrainiert, und auch sonst sah er attraktiv aus. Kein Gramm Fett am Körper – soweit ich das beurteilen konnte.

Im Laufen musterte er mich vollkommen schamlos von oben bis unten.

Amelie winkte ihm zu, doch er reagierte nicht darauf. Stattdessen verschwand er wortlos in einem der angrenzenden Räume.

Frau von Wuthenow hüstelte. Ich richtete meine Aufmerksamkeit wieder auf sie, doch ich hatte den Faden verloren und wusste nicht mehr, was ich hatte sagen wollen.

„Wenn Sie möchten, Frau Hofer, kann sich Amelie den Kindergarten jetzt gleich anschauen. Die Erzieherinnen warten bereits auf sie", meinte sie.

Amelie sprang von ihrem Sitz. „Au fein! Ich will zu den Ponys!"

Ich wollte mich erheben, setzte mich auf halbem Wege aber wieder hin. „Sollten Sie mir nicht erst noch Ihren Neffen Carl vorstellen?"

Die Runzeln auf ihrer Stirn kehrten zurück. Und das deutlich. „Das hat Zeit bis später. Sie haben Carl doch soeben gesehen. Er war schwimmen und muss sich erst noch anziehen."

Ich glaubte, meinen Ohren nicht trauen zu können. „Wie bitte?"

Frau von Wuthenow lehnte sich in ihrem Stuhl zurück. „Er ist nass. Und er duscht gewöhnlich nach dem Schwimmen."

Ich deutete auf den Raum, in dem der halb nackte Mann verschwunden war. „Das war *Carl*? Sie meinen, Carl ist *erwachsen*?"

„Sicher. Mein Neffe ist erwachsen." Sie bedachte mich mit einem aufmerksamen Blick. „Hat Ihnen Frau Weiß das etwa nicht mitgeteilt?" Sie beugte sich vor und öffnete die Akte ein zweites Mal. „In dem Vertrag, den Sie unterschrieben haben, ist fixiert, dass Sie sich in der Rehabilitationszeit um Carl von Wuthenow, meinen Neffen, kümmern."

Das musste in dem Kleingedruckten gestanden haben, das ich wie immer überblättert hatte. Oder ich hatte insgesamt nicht gründlich gelesen, weil ich heilfroh gewesen war, überhaupt einen Job für die Übergangszeit gefunden zu haben.

„Rehabilitation?“, hörte ich mich sagen.

Frau von Wuthenow nickte. „Carl hatte“, sie zögerte, „einen Unfall. Er hat eine durchaus ernste Kopfverletzung davongetragen. Sein Kurzzeitgedächtnis ist momentan beeinträchtigt. Er braucht in den nächsten Monaten eine feste Bezugsperson, die ihn auch intellektuell fördert. Deswegen haben wir jemanden mit Ihren Vorkenntnissen gesucht. Abgeschlossenes Studium der Literaturwissenschaft. Erfahrungen als Dozentin. Das haben Sie doch, oder?“

„Das wissen Sie genau, und bitte lenken Sie nicht ab“, konterte ich. „Mir ist es vollkommen gleichgültig, ob dieser Mann in Badehose Ihr Neffe ist oder der Ihrer Assistentin. Aber halten Sie mich nicht für dumm. Nach dem, wie sich Frau Weiß ausgedrückt hat, musste ich fest davon ausgehen, dass es sich bei Carl um einen etwa zwölfjährigen Jungen handelt.“

Das Gesicht von Frau von Wuthenow blieb vollkommen gelassen. Ihre Augen ließen mich keine Sekunde los. „Ein Missverständnis. Möchten Sie den Vertrag deswegen kündigen? Das wäre sehr bedauerlich.“

Ich zwang mich, ihrem Blick standzuhalten. Auf keinen Fall wollte ich jetzt zu Amelie sehen, für die ich das alles auf mich nahm. Ich wollte nicht erpressbar erscheinen.

„Ich habe keinerlei Erfahrungen in der Rehabilitation von Kranken – gleich welcher Art“, sagte ich.

„Sie haben an der Universität mit Erwachsenen gearbeitet“, kam ihre ruhige Antwort. „Mein Neffe ist geistig äußerst beweglich. Er ist hochintelligent. Und seine Verletzung ist – wie wir hoffen – nur vorübergehend.“

„Trotzdem“, erwiderte ich. „Sie bürden mir damit sehr viel Verantwortung auf.“

Sie ließ sich mit ihrer Erwiderung Zeit. „Wenn ich Sie richtig einschätze“, meinte sie schließlich, „sind Sie geradezu prädestiniert, mit meinem Neffen zu arbeiten und ihn zu fördern. Sie scheuen keine Verantwortung, sonst würden Sie sich nicht um Ihre Nichte Amelie kümmern, wie Sie es tun."

Sie hatte recht. Natürlich hatte sie das. Vor rund einem halben Jahr war meine Schwester Sofia bei einem Autounfall ums Leben gekommen. Sie hatte mir nichts hinterlassen. Außer Amelie. Ohne zu zögern, hatte ich die Kleine zu mir genommen. Und das Leben, das ich bis dahin führte, war mit einem Mal wie ein Kartenhaus in sich zusammengebrochen. Mein Partner hatte mich verlassen, ich hatte meine Anstellung an der Uni verloren und die meisten meiner Bekannten und Freunde, die sich sehr schnell als *seine* Bekannten und Freunde entpuppt hatten. Deswegen saß ich jetzt hier.

„Woher wissen Sie das mit Amelie?", fragte ich.

Frau von Wuthenow lächelte. „Ich muss doch sichergehen, wem ich meinen Neffen anvertraue. Und falls es Ihnen etwas bedeutet, können wir über Ihr Honorar noch einmal verhandeln. Ich denke, ein fünfzigprozentiger Aufschlag wäre in Anbetracht der Situation angemessen."

Eigentlich wollte ich ablehnen. Aufstehen, Amelie an die Hand nehmen und mit ihr und ihrem Teddy hocherhobenen Hauptes den Raum, das Schloss, diese ganze verwunschene Gegend verlassen. Aber dann dachte ich daran, dass ich restlos pleite war. Dass ich meine kleine Wohnung in Nürnberg für drei Monate fest untervermietet hatte. Es gab keinen Ort, an den ich mit Amelie gehen konnte. Ich hatte keine Wahl. Ich würde diesen schrecklichen Job in dieser eintönigen Pampa …

Jemand zupfte an meinem Ärmel, und ich blickte in das strahlende Gesicht Amelies. „Komm, Verena", sagte sie. „Ich möchte jetzt wirklich zu den Ponys. Bitteee!"

Ich holte tief Luft und wandte mich wieder Frau von Wuthenow zu. „An den Arbeitszeiten ändert sich nichts?"

„Nein." Sie schüttelte den Kopf. „Amelie geht von neun bis sechzehn Uhr in den Kindergarten. Diese Zeit verbringen Sie mit Carl."

„Was ist mit den Wochenenden?"

Frau von Wuthenow schloss die Akte und schob sie energisch beiseite. „Da hat Carl frei, ebenso wie Sie. Außerdem ist der Colonel auch noch da."

Ich schaute von ihr zu den Sprossenfenstern und hinaus auf den See. Die Regenwolken hatten sich mittlerweile endgültig verzogen. Die Sonne schien von einem strahlend blauen Himmel.

Drei Monate, dachte ich. Die Bezahlung war mehr als großzügig. Amelie würde es hier lieben. Und mit diesem Carl würde ich schon fertigwerden.

„Gut", sagte ich mit fester Stimme, und mit einem Mal hatte ich das Gefühl, dass sich mit dieser Entscheidung in meinem Leben wieder einmal etwas nachhaltig verändern würde. „Ich werde es versuchen. Aber mit den fünfzig Prozent."

3

Ich saß im Speisesalon und blickte durch eines der offenen Fenster hinaus zu dem roten Backsteinhaus, in dem der Kindergarten untergebracht war. Pardon, der Erlebniskindergarten. Ungefähr zwei Dutzend kleiner Teufelchen rannten mittlerweile jauchzend und schreiend auf einer Art Spielplatz herum. Ich vermochte nicht, Amelie in dem quirligen Haufen auszumachen, konnte mir aber sicher sein, dass es ihr gut ging. Was Amelie betraf, war es bestimmt die richtige Entscheidung gewesen, hierherzukommen.

Eine Tür öffnete sich, und eine junge Frau betrat den Raum. Maximal Anfang zwanzig, die halblangen Haare blau gefärbt. Unter einer frisch gestärkten weißen Schürze ragten Röhrenjeans hervor, ihre Füße steckten in bunten Chucks. Sie trug ein silbernes Tablett, auf dem ein Kaffeeservice für eine Person stand. Sie stellte es direkt vor mich auf dem meterlangen Tisch ab.

„Ich dachte, ein Kaffee tut Ihnen jetzt sicher gut. Oder hätten Sie lieber Tee gewollt?“, sagte sie.

„Nein“, erwiderte ich. „Kaffee ist prima. Vielen Dank.“

„Wenn Sie noch etwas möchten, müssen Sie nur rufen. Ich bin drüben in der Küche.“ Sie wandte sich zum Gehen, blieb stehen und drehte sich zurück zu mir. „Ach, das habe ich ganz vergessen. Ich bin Stella, die Köchin … Nun, eigentlich kümmere ich mich um den gesamten Haushalt. Aber von der Ausbildung her bin ich Köchin.“ Etwas unsicher sah sie in meine Richtung.

„Auch neu hier?“, fragte ich.

Sie grinste. „Seit einer Woche. Der Laden gefällt mir aber ganz gut.“

Ich musste lächeln. Stella war mir auf Anhieb sympathisch. „Ich heiße Hofer. Sie können mich aber Verena nennen.“

„Ich weiß.“ Sie nickte. „Sie sind die Aufpasserin für den jungen Herrn von Wuthenow. Sie fangen heute an.“

Ich wollte gerade ansetzen, um sie über den *jungen Herrn* auszufragen, als sich eine weitere Tür öffnete und eben dieser Herr hereinkam. Diesmal trug er keine Badehose, sondern eine teuer aussehende, helle Jeans, darüber ein Polohemd mit dem obligatorischen gestickten Krokodil.

Stella zwinkerte mir noch kurz zu, bevor sie auf dem Absatz kehrtmachte und uns verließ.

Carl von Wuthenow nahm auf der mir gegenüberliegenden Seite des Tisches Platz. Er legte sein Handy in Griffweite, beugte sich ein wenig vor und sah mich an. Er schwieg.

Was für ein arroganter, reicher Schnösel, dachte ich. *Wenn auch zugegebenermaßen gut aussehend, mit seinen markanten Gesichtszügen, der entschlossenen Kinnpartie und den dunklen, dichten Haaren.* Seine Augen hatten den gleichen, intensiven Violettton wie die seiner Tante. Durchdringend und willensstark.

Offensichtlich versuchte er, mich zu provozieren. Das konnte er haben. Ich musterte ihn genauso ungeniert wie er mich.

„Sie sind also meine neue Kerkermeisterin“, sagte er. Eine angenehme Stimme, ohne jede Überheblichkeit. Vielleicht hatte mich der erste Eindruck getäuscht. Dennoch – er wirkte auf eine seltsame Art distanziert.

Ich beschloss, auf die Bezeichnung, die er mir gegeben hatte, nicht weiter einzugehen.

„Ich habe gedacht, Ihre Tante bleibt noch, um uns einander vorzustellen“, sagte ich stattdessen.

Er zuckte mit den Schultern. „Daran werden Sie sich gewöhnen müssen. Meine Tante hat nie viel Zeit. Sie hat bereits wieder den nächsten Termin, irgendwo. Nachdem sie die Sache mit Ihnen geklärt hatte, ist sie mit ihrem Chauffeur gleich wieder aufgebrochen. Ich nehme an, nach Berlin."

„Eine energische Frau, Ihre Tante", bemerkte ich.

„Muss sie auch sein. Ihr gehört eine der weltweit größten Zulieferfirmen für die Kosmetikindustrie."

„Oh, das wusste ich nicht", rutschte es mir heraus, und innerlich verwünschte ich mich dafür, dass ich mir vor ihm diese Blöße gab.

„*GlobalCosmetics GmbH*", erklärte er. Ich merkte, dass ihn meine fehlende Sachkenntnis völlig gleichgültig ließ.

Ich blickte ihm in die Augen. „Sie sind sicherlich über alles informiert, was mich betrifft. Ihnen gegenüber bin ich im Nachteil."

Er nickte. „Sie sind einunddreißig Jahre alt und waren bisher unterbezahlte und überarbeitete Hilfsdozentin für Literaturwissenschaft an der Friedrich-Alexander-Universität. Seit Kurzem sind Sie alleinerziehende Adoptivmutter. Und außerdem allem Anschein nach in einer verzweifelten finanziellen Situation – sonst wären Sie auf das Angebot meiner Tante nicht eingegangen."

Das traf mich hart. Er hatte recht, und das ärgerte mich. „Selbstverständlich ist das in Ihren Augen ein Makel, wenn man kein Geld hat", erwiderte ich scharf.

„Nein", er schaute mich verdutzt an und runzelte ansatzweise die Stirn. „Das ist lediglich ein wertungsfreier Fakt."

Ich vermochte ihn nicht einzuordnen. Sagte er mir die Wahrheit? Hielt er sich wirklich nicht für etwas Besseres? So, wie er sich benahm, wurde ich einfach nicht schlau aus ihm.

Ich beugte mich ebenfalls nach vorn. „Jetzt wäre es an der Zeit, dass Sie mir etwas über sich erzählen."

Zu meinem größten Erstaunen nickte er erneut. „Ich bin siebenunddreißig Jahre alt. Und während meiner Rehabilitation wohnhaft hier, in dieser *wunderschönen* Einöde."

Ich lächelte verständnisvoll. „Und? Darf ich einmal raten? Sie haben immer vom Vermögen Ihrer Tante gelebt."

Das sollte ihn treffen, erzeugte aber nicht die Reaktion, die ich beabsichtigt hatte. Er zog eine Augenbraue hoch. „Nein. Da irren Sie sich. Ich bin zwar sozusagen das schwarze Schaf der Familie, weil ich mich nicht für das Geschäft interessiere und mit Lippenstiften und Haarkuren wenig anfangen kann. Aber für meinen Unterhalt habe ich stets selbst gesorgt. Ich bin Kriminalist."

„So?", sagte ich, als würde ich verstehen, was er mit *Kriminalist* genau meinte.

„Ich habe in den Vereinigten Staaten studiert, dort mehrere Jahre als Profiler beim FBI gearbeitet, bevor ich mich in Deutschland selbstständig gemacht habe und den Ermittlungsbehörden als freier Berater bei der Aufklärung schwieriger Fälle zur Seite stehe."

Das sollte mich jetzt eindeutig beeindrucken. Ich wechselte das Thema. „Ihre Tante hat von einer Verletzung gesprochen."

Keine Regung in seinem Gesicht. „Ja. Mein Kurzzeitgedächtnis ist beschädigt. Ich kann mich an jedes Detail vor meinem Unfall erinnern. Aber seitdem kann ich neue Informationen nicht mehr dauerhaft speichern. Wenn ich geschlafen habe, ist alles weg."

Das klang überaus ehrlich. Und es klang schrecklich. Plötzlich sah ich ihn mit ganz anderen Augen. „Wie gelingt es Ihnen, damit zurechtzukommen? Ich meine … wenn ich das fragen darf."

„Dürfen Sie", meinte er. „Ganz einfach. Ich schreibe mir jeden Tag vor dem Schlafengehen alles auf, was ich erlebt habe, und lerne es früh nach dem Aufstehen auswendig. Das ist fast so gut wie eine Erinnerung – nicht optimal, aber ich komme zurecht."

Sein Smartphone klingelte. Er nahm es vom Tisch.

„Von Wuthenow", meldete er sich. Er hörte eine Weile zu, und dann: „Ja. Hm … Das könnte ich.“ Er blickte auf seine Armbanduhr. „Ich brauche zwei Stunden. Also ungefähr um eins … Das passt. Schön.“ Er beendete das Gespräch und behielt das Handy in der Hand.

„Alles in Ordnung?“, erkundigte ich mich.

Als Antwort stand er auf. „Ich habe einen Termin. Sie kommen mit.“

„Wohin?“, fragte ich völlig erstaunt.

„Nach Berlin. Zur Staatsanwaltschaft.“

„Was wollen Sie da?“ Ich verstand noch immer nicht.

„*Arbeiten*“, sagte er betont. „Ich habe Ihnen doch soeben erklärt, was ich mache.“

Das entwickelte sich in eine völlig falsche Richtung. „Moment mal. Ich habe mit Ihrer Tante nie und nimmer ausgemacht, dass ich bei Ihnen irgendwann irgendwohin mitfahre.“

„Werktags von neun bis sechzehn Uhr weichen Sie laut Vertrag nicht von meiner Seite. Und übrigens fahren Sie nicht bei mir mit, sondern ich bei Ihnen. Sie glauben doch nicht allen Ernstes, dass ich mich in meinem Zustand an das Steuer eines Wagens setze.“

„So steht das nicht in meinem Vertrag“, beharrte ich und blieb, wo ich war.

Er wurde jetzt doch ein wenig ungeduldig. Die erste echte Gefühlsregung, die ich bei ihm entdecken konnte. Seine Arbeit schien ihm wichtig zu sein.

„Frau Hofer, ich rate Ihnen dringend, heute Abend das Papier, das Sie offensichtlich blind unterschrieben haben, gründlich zu studieren.“

Mist.

„Ich habe aber nur einen altersschwachen Fiat, und der Tank ist fast leer“, versuchte ich es ein letztes Mal.

„Fiat?“ Er schüttelte unwirsch den Kopf. „Wir nehmen den Carrera.“

4

Der Porsche stand auf der großen Wendeplatte, als wir das Haus verließen. Ich nahm an, dass ihn der Colonel vorgefahren hatte. Ein Auto wie aus einer dieser teuren Hochglanz-Illustrierten. Blitzblank geputzt, tiefschwarz, mit viel Chrom.

Der Schlüssel steckte, und bevor ich mir noch Gedanken darüber machen konnte, ob ich einen solchen Luxusschlitten überhaupt würde fahren können, war Wuthenow auf seiner Seite bereits eingestiegen. Mir blieb nichts anderes übrig, als ihm zu folgen.

Ich versank förmlich im Ledersitz. Zwischen mir und der Fahrbahn konnten nur wenige Zentimeter sein.

Wuthenow gab die Adresse in das Navi ein, und wir brausten los. Zuerst dachte ich, wir würden die Fahrt nutzen können, um uns zu unterhalten und besser kennenzulernen. Aber kaum hatten wir das Gut hinter uns gelassen und die Landstraße erreicht, zog er einen iPod samt Kopfhörern aus der Tasche. Er stöpselte die winzigen Lautsprecher in seine Ohren, lehnte sich auf dem Sitz zurück und schloss die Augen.

Weiß der Kuckuck, was er sich da anhörte. War mir auch egal. Wenn er nicht reden wollte, dann eben nicht. Es gab schlimmere Arten, sein Geld zu verdienen.

Anfangs musste ich mich an den Carrera erst einmal gewöhnen. Aber nach einigen Kilometern entspannte ich mich und beschloss, die Fahrt einfach zu genießen. Das Navi säuselte, die

Sonne schien, und selbst die weite Landschaft mit den endlosen Feldern und zahlreichen Flüssen, Kanälen und kleinen Seen kam mir gar nicht mehr so öde vor. Eigentlich war die Gegend auf eine einfache Art recht ansprechend.

In Berlin erwartete mich ein Stadtverkehr, wie ich ihn von Nürnberg her kannte. Nun ja, schon noch ein wenig dichter, noch etwas unübersichtlicher, eine Spur hektischer. Aber das Navi half mir und geleitete mich sicher bis an unser Ziel in einer Tiefgarage.

Ich parkte. Wuthenow nahm die Stöpsel aus seinen Ohren, verstaute den iPod im Sakko, und wir stiegen aus.

Ab hier übernahm er die Führung. Eine Fahrt in einem Lift, ein kurzes Gespräch an einer Pforte, ein langer Flur mit mehreren Türen, die zu verschiedenen Büros führten, und schließlich betraten wir einen Besprechungsraum. Nicht allzu groß, zweckmäßig eingerichtet mit Tisch, zehn Stühlen, Beamer an der Decke und Telefon.

Wuthenow steuerte gezielt das Kopfende an. Ich folgte ihm und nahm neben ihm Platz. Er sprach noch immer nicht mit mir. Die Sekunden tickten dahin.

Endlich. Die Tür öffnete sich. Eine Frau um die fünfzig, dicklich, in einem Hosenanzug, der ein wenig spannte, kam mit viel Elan förmlich hereingeschneit. Sie trug eine dünne Aktenmappe. Um ihren Hals baumelte eine lange goldene Metallkette mit Lesebrille, die auf ihrem großen Busen ruhte. Ihr folgte ein eher untersetzter Mann in Stoffhose, Jackett und weißem Hemd. Sein Haar zeigte deutliche Ansätze von Grau. Unter einen Arm hatte er sich einen Leitz-Ordner geklemmt.

Wuthenow erhob sich. Ich tat es ihm gleich.

Die mütterlich wirkende Dame streckte Wuthenow ihre Hand entgegen. „Carl. Schön, Sie wiederzusehen. Wie lange ist es jetzt her?“

Wuthenow gelang tatsächlich ein Lächeln. Das erste, das ich bei ihm sah. Es machte ihn um Jahre jünger. „Elf Monate, Frederike“, sagte er.

Sie schüttelten sich die Hände, dann wandte sich die Frau an mich. „Wolf, Staatsanwältin“, stellte sie sich vor. „Und Sie sind?“

Wuthenow kam mir zuvor. „Das ist Frau Hofer, meine Praktikantin.“

Hallo? dachte ich, hielt mich aber zurück, was mir nicht gerade leichtfiel.

Der Staatsanwältin erschien Wuthenows Aussage offensichtlich auch suspekt. Sie schaute fragend von mir zu ihm.

„Sie macht ein Volontariat bei mir“, meinte er, als wäre diese Erklärung besser.

Frau Wolf runzelte die Stirn, gab sich damit aber zufrieden. Sie wies auf ihren Begleiter. „Herr Hauptkommissar Kaczmarek. Und das ist Dr. von Wuthenow, der mir bereits einmal bei einer sehr komplizierten Prozessvorbereitung zur Seite gestanden hat.“ Sie holte Luft. „Bitte setzen Sie sich, ich habe leider nicht allzu viel Zeit.“

Wir nahmen Platz.

Frau Wolf schob uns ihre dünne Aktenmappe zu. „Lassen Sie uns gleich zur Sache kommen. Wenn Sie mir beide, Carl und auch Sie, Frau Hofer, diese Verschwiegenheitserklärung unterzeichnen würden. Sie wissen, ohne geht es nun mal nicht.“

Wuthenow öffnete den Deckel, ergriff den Kuli, den ihm Frau Wolf entgegenhielt, und unterschrieb das eng bedruckte Papier. Dann reichte er es an mich weiter. Ich zögerte einen Moment, schaute zu ihm und wieder auf das Blatt Papier, dann setzte ich meinen Namen neben seinen.

Währenddessen begann die Staatsanwältin zu reden. „Folgender Sachverhalt: Vor drei Tagen ist die Leiche eines jungen Mannes gefunden worden. Dessen Identität konnten wir bislang nicht feststellen. Er stammt aber wohl aus dem arabischen Raum und ist offenbar ermordet worden. Sie können sich vorstellen, dass ein solcher Fall allergrößte Beachtung in den Medien findet. Hier muss mit äußerster Sorgfalt gearbeitet werden. Ich brauche wirklich keinen Shitstorm, wie es so treffend neudeutsch heißt. Deshalb habe ich Sie heute hierhergebeten." Sie machte eine Pause und wandte sich an den Polizisten. „Herr Kaczmarek, wenn Sie vielleicht die Einzelheiten erläutern möchten?"

Der Hauptkommissar strich nachdrücklich über den Ordner, der vor ihm lag, und räusperte sich. „Zuerst möchte ich feststellen, dass ich dieses Treffen an sich für überflüssig halte. Wir haben sehr gut ermittelt. Meiner Meinung nach haben wir den Täter."

Keine Reaktion bei Wuthenow. Die Staatsanwältin hob lediglich eine ihrer Augenbrauen leicht in die Höhe.

„Aber", Kaczmarek seufzte, „wir machen es eben trotzdem. Schaden kann es ja nicht." Resolut klappte er die Akte auf. „Wie Sie schon sagten, Frau Wolf, wurde die Leiche vor drei Tagen gefunden. Wir haben einen Anruf von einem Taxifahrer erhalten. Der hatte beim Vorbeifahren nachts um kurz nach drei einen leblosen Körper in einer Baulücke liegen sehen. Ein Mann beugte sich darüber und rannte dann weg. Der Taxifahrer hielt an, um zu helfen. Nachdem ihm bewusst wurde, dass das Opfer tot war, hat er uns sofort verständigt." Kaczmarek klopfte mit der Fingerspitze auf einen entsprechenden Eintrag. „Um drei Uhr siebzehn ging sein Notruf in der Zentrale ein. Eine Streife ist sofort hingefahren. Und das haben die Kollegen vorgefunden." Er zog mehrere Fotos aus einer Klarsichthülle und reichte sie Wuthenow.

Gegen meinen Willen blickte ich ebenfalls darauf.

Ein Mann, verkrümmt am Boden. Billige Turnschuhe, Trainingshose, T-Shirt. Alles blutig.

Wuthenow legte das erste Foto zur Seite. Er betrachtete das nächste.

Die Großaufnahme eines Gesichtes. Kaum mehr zu erkennen. Von Wunden übersäht, ein Auge leer, als ob es nach innen gequetscht worden wäre. Die Nase schief, der Mund verzerrt, offen. Eingeschlagene Zähne.

Ich atmete mehrmals tief ein und aus.

Drittes Bild. Der Hals des Opfers. Dunkle Druckstellen – dort, wo sich Finger in das Gewebe gebohrt hatten. Wieder Blut.

Die nächste Aufnahme vom Brustkorb zeigte drei schmale, längliche Wunden, die mir wie Messerstiche vorkamen.

Den Abschluss bildete die Fotografie der Hände. Jemand hatte sie dem Opfer mit einem einfachen Strick zusammengeknotet. Die Finger wirkten wie Krallen. Die Handgelenke waren wund. Vermutlich hatte das Opfer versucht, sich zu befreien.

Wuthenow breitete die Bilder sorgfältig vor sich aus, betrachtete sie weiter schweigend. Schließlich sah er auf. „Irgendwelche Spuren am Fundort?"

„Aber sicher. Jede Menge", erwiderte Kaczmarek. „Zuerst haben wir wenige Schritte vom Toten Erbrochenes gefunden." Er reichte Wuthenow ein weiteres Foto. „Direkt daneben lag ein Messer. Der Gerichtsmediziner sagt, es handelt sich eindeutig um die Tatwaffe." Ein neues Bild wanderte über den Tisch. „Und schließlich auf dem Gehsteig vor der Baulücke entdeckten wir einen blutigen Fußabdruck." Kaczmarek schob das letzte Foto Wuthenow zu.

Ich befand mich in einem regelrechten Schockzustand. Ich kannte die Uni, Studenten, meine schöngeistige Literatur. Ich hatte meine Probleme, sicher. Aber ich ging mit meinen Mitmenschen freundlich und respektvoll um. Konflikte wurden in meiner Welt ausdiskutiert. Und jetzt begegnete mir diese andere Realität. Diese gefühllosen, fast abstrakten Fotografien, die das unbegreifliche Leid eines Menschen zeigten. Seine schrecklichen Qualen. Wie er im Tod zurückgelassen wurde. Müll neben Überresten alten Bauschutts. Und ein schrecklicher Gedanke kroch in mir hoch: Diese grausame Wirklichkeit hatte schon immer existiert – ich hatte sie nur nie wahrgenommen.

Kaczmareks sachliche Stimme durchbrach meine Gedanken. „Wir haben den Bereich umgehend abgesperrt. Der Taxifahrer hat uns gezeigt, in welche Richtung der Mann gelaufen ist. Daraufhin haben wir die Gegend durchkämmt und insbesondere auch die Lokale unter die Lupe genommen. Und dann …", über sein Gesicht glitt ein stolzer Ausdruck, „wurden wir im *Walhalla* fündig – einem Szenenlokal in der Nähe, in dem bekanntermaßen Rechtsradikale verkehren." Er blätterte in seiner Akte und zog ein neues Foto heraus. „Timo Ebert, dreiundzwanzig, einer der Männer, die wir dort angetroffen haben, hatte Blutspuren an der Kleidung und an der Sohle seines linken Schuhs. Wir haben Ebert mitgenommen. Später stellten wir unter seinen Nägeln ebenfalls Blutreste sicher. All diese Spuren konnten wir eindeutig dem Opfer zuordnen. Das Erbrochene neben dem Toten stammt von dem Beschuldigten. Und auf der Tatwaffe waren seine Fingerabdrücke. Ein glasklarer Fall."

Wuthenow nickte. „Was sagt Ihr Verdächtiger zu dem Ganzen?"

Kaczmarek lächelte süffisant. „Na was wohl? Er gibt an, er habe das Opfer gefunden und anfangs versucht, ihm zu helfen. Deshalb habe er das Messer aus der Brust gezogen. Als ihm klar wurde, dass er einen Toten vor sich hat, habe er sich fürchterlich erschrocken und das Messer fallen lassen. Er habe sich übergeben, und weil er in Panik geriet, sei er fortgerannt und habe sich auf der Toilette des Walhalla gewaschen. Wie gesagt, dort wurde er von uns aufgegriffen."

Erneut nickte Wuthenow. „Was ist Ihrer Meinung nach wirklich passiert?"

Kaczmarek lehnte sich auf seinem Stuhl zurück. „Der Tatverdächtige, Timo Ebert, gehört zur rechtsradikalen Szene. Er hat mehrere Vorstrafen wegen Körperverletzung. Die letzte Verurteilung erfolgte, weil er gemeinsam mit zwei anderen den türkischen Inhaber eines Obst- und Gemüseladens überfallen, gefesselt und geschlagen hat." Er machte eine Pause und fügte an: „Eine recht beachtliche Karriere für sein Alter, nicht wahr?"

Kaczmarek wartete auf Wuthenows Reaktion. Als diese ausblieb, huschte ein irritierter Ausdruck über sein Gesicht, und er fuhr fort: „Ebert war nachts irgendwohin unterwegs und begegnete auf seinem Weg zufällig einem jungen Mann, den er für einen Ausländer hielt. Ebert hat ihn angepöbelt, das Ganze eskalierte. Er hat ihn bei der Baulücke niedergeschlagen, hat ihn getreten, gewürgt, und schließlich hat er auf ihn eingestochen. Dabei ist das Opfer zu Tode gekommen. Und als Ebert das Taxi hörte, ist er abgehauen."

„Jetzt können Sie verstehen, Carl, warum ich an einer zügigen Aufklärung der Sache interessiert bin", meldete sich die Staatsanwältin zu Wort. „Ein arabischstämmiger Mann ist ermordet worden. Vermutlich handelt es sich um einen minderjährigen Flüchtling. Da wir seine Identität bislang noch nicht feststellen konnten, nehmen wir an, dass er sich hier illegal aufgehalten hat." Sie stockte kurz. „Auf der anderen Seite haben wir einen tatverdächtigen Rechtsradikalen. Sobald das die Presse spitzkriegt, fliegen hier die Fetzen. Ich will, nein, ich *muss* auf alle Eventualitäten vorbereitet sein. Ich brauche hundertprozentig verlässliche Ermittlungsergebnisse."

„Ich verstehe", sagte Wuthenow einsilbig.

Ich konnte meinen Blick nicht von den furchtbaren Bildern lösen. Die Einzelheiten begannen, sich unaufhaltsam in mein Bewusstsein einzubrennen. Ich fühlte mich diesen Schrecknissen ohnmächtig ausgeliefert. Mit meiner gesamten Willenskraft zwang ich mich, aufzusehen.

„Die Handfessel des Opfers, Herr Kaczmarek, wie passt die zu Ihrer Theorie über den Tathergang?“, fragte Wuthenow.

„Wie meinen Sie das?“, erwiderte der Polizist, und ich konnte eine leichte Röte entdecken, die sich auf seinen Wangen bildete.

„Die Handfessel“, wiederholte Wuthenow. „Sie haben sie bislang noch nicht erklärt.“

„Was gibt es da zu erklären?“ Kaczmarek setzte sich aufrechter hin und zählte an seinen Fingern ab: „Der Verdächtige hat den arabischstämmigen Jungen nachts gesehen. Er hat ihn niedergeschlagen, dann gefesselt, damit er sich nicht wehren kann, getreten, gewürgt und am Schluss erstochen.“

Wuthenow sammelte die Bilder vom Tisch auf, lehnte sich zurück und betrachtete jedes einzelne noch einmal. Ich bemerkte, dass Kaczmarek nervös wurde. Frau Wolf hingegen wirkte wie die Ruhe selbst.

„Also“, sagte Wuthenow nach mehreren Minuten. „Ich glaube nicht, dass das Opfer dort getötet wurde, wo man es gefunden hat. Und ich glaube auch nicht, dass Ihr Tatverdächtiger der Täter ist.“

„Wie bitte?“, entfuhr es dem Polizisten, und auch mich überraschte Wuthenows Aussage völlig.

„Meiner Meinung nach“, sprach Wuthenow weiter, „ist das so passiert: Das Opfer wurde irgendwo anders aufgegriffen, gefesselt, an einen noch unbekannten Ort gebracht und dort misshandelt. Die Verletzungen durch das Messer, die so zufällig erscheinen: Zwei davon sind äußerst schmerzhaft, aber nicht tödlich. Erst der dritte Stich, in dem offensichtlich auch das Messer steckte, führte zum Tod. Das ist kein Zufall. Da hat jemand sehr systematisch gearbeitet.“ Er beugte sich zu Kaczmarek vor. „Was ich hier sehe, ist die Handschrift eines Menschen, der es genossen hat, das zu tun. Er hat sich dafür Zeit genommen. Er ist kühl und überlegt vorgegangen. Das passt in gar keiner Weise zu einer Zufallstat. Jemand, der sein Opfer fesselt und ihm diese Verletzungen zufügt“,

Wuthenow wedelte mit den Fotografien herum, „der kotzt nicht hinterher. Egal, welche Reuegefühle ihn eventuell überkommen. Sorry, aber da passt nichts zusammen."

Kaczmarek öffnete den Mund zu einer Erwiderung, aber die Staatsanwältin gebot ihm mit einer herrischen Bewegung ihrer Hand zu schweigen. „Sind Sie sich sicher, Carl?"

„Ja." Wuthenow ließ die Fotografien auf den Tisch fallen. „Sie sollten Ihren Tatverdächtigen lieber befragen, ob ihm irgendetwas aufgefallen ist, als er die Leiche gefunden hat. Ein abfahrendes Auto, vielleicht ein Kleinbus. Ich denke, das Opfer ist in der Baulücke lediglich abgeladen worden."

Jetzt konnte sich Kaczmarek nicht mehr zurückhalten. „Diese Argumente überzeugen mich überhaupt nicht, Frau Wolf. Wir haben hervorragende Polizeiarbeit geleistet. Der Fall hat vor jedem Gericht Bestand. Es gibt überhaupt keine Zweifel."

Frau Wolf lächelte ihn schmerzhaft an. „Ich schätze Ihre Arbeit sehr, das wissen Sie. Aber ich kann mir in diesem Fall nicht die kleinste Ungereimtheit leisten. Lieber überprüfen Sie alles ein weiteres Mal, als dass sich irgendein Fehler einschleicht." Sie wandte sich an Wuthenow. „Carl, wie sollten wir jetzt vorgehen?"

Mit einer energischen Geste zog Wuthenow das Bild des Tatverdächtigen aus dem Stapel vor ihm. „Der nächste Schritt …", sagte er und verstummte. Unverwandt starrte er auf das Bild.

Wir hingen alle an seinen Lippen, warteten darauf, was er uns mitzuteilen hatte. Doch er schwieg.

Ich saß neben ihm und konnte aus dem Augenwinkel seine Linke erkennen, die auf seinem Oberschenkel lag. Sie zitterte. Verstohlen musterte ich ihn genauer. Er schien mir steif und ein wenig blass. Mit ihm stimmte eindeutig etwas nicht.

Gleichzeitig beobachtete ich, wie sich auf dem Gesicht des Hauptkommissars ein triumphierendes Grinsen ausbreitete. Der

Ausdruck der Staatsanwältin wandelte sich von aufmerksam zu irritiert. So konnte ich das nicht laufen lassen. Ich musste handeln.

Ich beugte mich vor und stützte mich bewusst breit auf dem Tisch ab. „Eigentlich ist das jetzt meine Aufgabe“, meinte ich mit fester Stimme. „Das Verfahrenstechnische hat Herr Dr. von Wuthenow mir übertragen. Wir benötigen wie gewöhnlich sämtliche Unterlagen als Kopie, besser noch als Datei. Herr Dr. von Wuthenow wird die Dokumente zu Hause in seinem Büro sichten“, ich hoffte, er hatte eins, „und wird sich mit Ihnen morgen in Verbindung setzen, um Ihnen mitzuteilen, wie Sie strategisch am besten vorgehen sollten.“

Erleichtert registrierte ich, dass Wuthenow das Foto, auf das er die ganze Zeit gestarrt hatte, jetzt sinken ließ.

„Morgen, davon kann ich fest ausgehen?“, fragte mich Frau Wolf.

„Selbstverständlich“, erwiderte ich.

Wuthenow drehte seinen Kopf zu mir. Seine Augen hatten einen glasigen Schimmer, als würde er aus einer Narkose erwachen.

„Gut“, meinte die Staatsanwältin und erhob sich. „Dann wären wir hier fertig.“

Ich lächelte sie an und wandte mich an Wuthenow. Sein Ausdruck wirkte wacher. „Ich denke, wir hätten alles geklärt, nicht wahr, Herr Dr. von Wuthenow?“, sagte ich zu ihm.

Er räusperte sich. „Ja. Alles.“

„Dürfen wir noch kurz hierbleiben und uns die Fotos erneut ansehen?“, fragte ich die Staatsanwältin, weil ich mir nicht sicher war, ob Wuthenow würde aufstehen können.

„Aber selbstverständlich“, sagte Frau Wolf. „Herr Kaczmarek macht gemeinsam mit meiner Sekretärin inzwischen den Datenstick mit den Unterlagen fertig. Sie können die Fotos dann in meinem Vorzimmer abgeben und erhalten im Gegenzug die elektronische Akte."

Wir nickten uns zu. Kaczmarek hielt Frau Wolf die Tür auf, und Carl und ich waren alleine.

Langsam wurde mir klar, warum man mich engagiert hatte. Meinem Schützling ging es wesentlich schlechter, als er zuzugeben bereit war.

5

Ich zog die Tür des Carrera mit einem Ruck zu und wandte mich zum Beifahrersitz, auf dem Wuthenow bereits Platz genommen hatte. Er tat betont unbeteiligt und wollte sich gerade wieder die Kopfhörer seines iPods in die Ohren stecken.

„Nein“, sagte ich.

Er setzte zu einer Erwiderung an, aber ich unterbrach ihn. „Keine Spielchen mehr. Höchste Zeit, dass wir uns ernsthaft unterhalten.“

„Worüber sollen wir reden?“ Sein Gesicht hatte erneut diesen distanzierten Ausdruck angenommen. „Ich habe Ihnen doch erklärt, dass ich Kriminalist bin, und da gehört es zu meinem Beruf, der Staatsanwaltschaft zu helfen.“

So leicht kam er mir nicht davon. Ich schüttelte den Kopf. „Das habe ich nicht gemeint. Vorhin, am Ende der Unterredung mit Frau Wolf und Herrn Kaczmarek, als Sie gefragt wurden, welche Strategie Sie in dem Mordfall vorschlagen, hatten Sie ein waschechtes Blackout.“

Für den verräterischen Bruchteil einer Sekunde blitzten seine violetten Augen auf. „Ich denke nicht, dass Sie das etwas angeht.“

„Und ob es das tut“, konterte ich. „Wenn Sie wollen, dass ich weiterhin für Sie arbeite, müssen Sie mir reinen Wein einschenken. Ich will nicht noch einmal unvorbereitet in eine solche Situation geraten.“

Er erwiderte nichts, senkte aber auch nicht seinen Blick.

Ich ebenfalls nicht. Stattdessen sah ich ihn direkt an.

Schließlich seufzte er. „Das ist nachvollziehbar. Was wollen Sie wissen?"

„Was ist da oben vorgefallen? Was hatten Sie?"

„Nun", sagte er. „Ihnen ist bereits bekannt, dass ich einen Unfall hatte."

„Das habe ich wiederholt gehört. Aber darunter kann ich mir nichts vorstellen."

Kleine Falten um seinen Mund. „Meine Arbeit ist nicht ganz einfach oder … *unkompliziert*."

„Hm", machte ich.

„Man könnte auch sagen, gefährlich."

„Aha. Und?"

Seine Brust hob und senkte sich, als er mehrmals tief ein- und ausatmete. „Vor einigen Monaten hat mir jemand eine Kugel in den Kopf gejagt."

„Was?", platzte ich völlig entgeistert heraus.

„Kleines Kaliber, sonst wäre ich sofort tot gewesen. Das Projektil hat Teile meines Gehirns verletzt. Mein Kurzzeitgedächtnis ist stark beeinträchtigt, und manchmal habe ich eine Art von … Absencen."

Jetzt schwieg ich eine Weile. Dann meinte ich: „Wie vorhin?"

Er machte eine entschuldigende Geste. „Ja. Ich bekomme zwar noch wie durch einen Schleier mit, was um mich herum geschieht. Aber meine Reaktionen sind stark verlangsamt. Manchmal habe ich auch Schwierigkeiten, mich zu bewegen."

„Und in diesem Zustand gehen Sie schwimmen und wollen arbeiten?" Ich konnte es nicht glauben.

„Ich lasse mich doch von einer albernen Kugel nicht unterkriegen", kam seine ebenso heftige Antwort. „Das ist mein Leben, und ich lebe es, wie ich es will. Wenn das ein Problem für Sie sein sollte, sagen Sie das gleich, dann bitte ich meine Tante, Ihnen eine Abfindung zu geben, und Sie können gehen."

„So habe ich das jetzt nicht gemeint." Ich hatte lauter gesprochen, als ich beabsichtigt hatte.

„Wie denn dann?"

Ich zwang mich zur Ruhe. „Glauben Sie ernsthaft, dass diese Arbeit, die Sie machen, in Ihrem jetzigen Zustand die richtige für Sie ist?"

„Wieso? Sie haben doch die Fotos gesehen!"

„Eben", sagte ich. „Schrecklich ... Darauf hätten Sie mich übrigens auch vorbereiten können."

Er schnaubte. „Darauf kann man niemanden vorbereiten. Und schrecklich ist nicht der Tod an sich. Das Unbegreifliche ist, dass der Mörder, der Mensch, der das verbrochen hat, immer noch da draußen herumläuft. Und wenn ich ihn nicht aufspüre, wird er weitermachen. Dann wird es noch zahlreiche solcher Fotos auf zahlreichen anderen Tischen geben."

Das, was er sagte, klang sachlich und logisch. Doch ich spürte etwas anderes, was hinter seinen Worten lag: eine Traurigkeit, eine Art Verzweiflung. Er war alles andere als abgebrüht.

„Sie können nicht die ganze Welt retten", stellte ich leise fest.

Das erste Lächeln, mit dem er mich bedachte, bestätigte mein Gefühl. „Das habe ich auch schon einsehen müssen. Aber im Kleinen kann ich etwas bewirken. Stück für Stück ... Das ist doch auch schon etwas."

Vor meinem inneren Auge erschienen die hochauflösenden Fotografien des Toten. Der junge Mann, fast noch ein Kind, hatte fürchterlich leiden müssen. Und ich verstand, warum Wuthenow ein solches Unrecht nicht einfach ungesühnt lassen konnte.

„Also, was ist?", unterbrach er meine Gedanken. „Möchten Sie gehen oder bleiben?"

Ich starrte meine Hände an, die auf dem Lenkrad lagen. Was

wollte ich wirklich? Ich hatte eine Tür geöffnet und einen Blick in eine mir bislang verborgene Welt geworfen. Vielleicht wäre es das Beste, die Tür einfach zuzuschmeißen und in mein gewohntes, sicheres Leben zurückzukehren. Ich war Literaturwissenschaftlerin. Ich hatte nichts mit Blut und Tod zu schaffen. Dafür gab es die Polizei und Menschen wie Wuthenow. Bislang war er auch ohne mich zurechtgekommen – irgendwie. Andererseits, wie er so neben mir saß …

„Ich werde noch mal darüber schlafen“, hörte ich mich sagen. „Ich gebe Ihnen morgen Bescheid.“

„Das ist das Erste, das ich mir aufschreibe, sobald wir nach Hause kommen.“ Er nahm die Kopfhörer, steckte sie in die Ohren und schloss die Augen.

6

Nachdem ich das Stadtgebiet verlassen hatte, flog der Carrera regelrecht über die Landstraße dahin. Nicht dass ich besonders schnell fuhr, aber ich genoss es, in den Kurven leicht zu beschleunigen, zu spüren, wie die starke Maschine arbeitete.

Anfänglich schien sich Wuthenow wie auf der Herfahrt ganz auf sich selbst zu konzentrieren, doch irgendwann öffnete er die Augen und betrachtete die Umgebung. Zumindest nahm ich das an.

Die Kopfhörer blieben aber weiterhin in seinen Ohren. Trotzdem, ich wertete das als Fortschritt.

Die Strecke kam mir nicht mehr absolut fremd vor, ich fuhr sie heute ja bereits zum dritten Mal. Die sauber bestellten Felder, die kleinen, verspielten Flüsse und Flussarme mit ihren üppig bewachsenen Ufern zogen an mir vorbei. Die einzelnen, teils majestätischen Bäume, deren Laub in der Nachmittagssonne glänzte, hießen mich willkommen.

Apropos Nachmittag … ich blickte auf die Uhr: schon halb vier vorbei.

Ich checkte das Navi: *Ankunftszeit: 16:16.*

Verdammt! Amelie war heute zum ersten Mal in einem neuen Kindergarten an einem ihr völlig fremden Ort, und ich schaffte es nicht, sie rechtzeitig abzuholen. Die Erzieherinnen würden sich sicher noch ein wenig länger um sie kümmern, aber was würde das bei Amelie anrichten, wenn ich sie bei der erstbesten Gelegenheit vernachlässigte?

Ich drückte aufs Gas. Der Wagen schoss vorwärts. Wuthenow neben mir wurde tief in den Sitz gedrückt. Aus dem Augenwinkel sah ich, dass er kurz den Kopf zu mir drehte und die Stirn runzelte, bevor er kommentarlos wieder nach vorne blickte.

Ich verlangsamte bis auf exakt hundertzehn Stundenkilometer. Die Nürnberger Polizei tolerierte solch leichte Überschreitungen der Höchstgeschwindigkeit. Ich hoffte, dass ihre hiesigen Kollegen es genauso hielten.

Eine sanfte Kurve und vor mir ein älterer Kleinbus, der natürlich in aller Seelenruhe dahinzuckelte. Er war nicht der Einzige, wie ich feststellen musste. Eine Kolonne von sechs Fahrzeugen hatte sich gebildet. An ihrer Spitze tuckerte ein Traktor mit Anhänger, auf dem ein gutes Dutzend dieser in weißer Plastikfolie eingeschlagenen Heuballen lag.

An Überholen war nicht zu denken. Die Schlange war zu lang und die Strecke zu unübersichtlich.

Das war's. Carrera hin oder her – ich würde es nie rechtzeitig zum Kindergarten schaffen. Schleppend zog sich die Zeit.

Endlich erreichte ich die alleeartige Zufahrt zum Gut mit ihren schlanken Pappeln. Ich bog ab, brauste sie entlang, obwohl ich wusste, dass ich die verlorenen Minuten nicht würde aufholen können.

Wieder wandte mir Wuthenow sein Gesicht zu und zog schließlich die Kopfhörer aus seinen Ohren.

„Das hat keinen Sinn", sagte er.

„Was?", erwiderte ich.

„Es ist bereits nach vier."

„Erzählen Sie mir was Neues", zischte ich.

„Amelie hat auf mich bei unserer kurzen Begegnung nicht den Eindruck gemacht, als könne sie nicht für eine Weile alleine zurechtkommen."

„Das verstehen Sie nicht."

„Wieso verstehe ich das nicht?“

„Erstens sind Sie ein Mann. Und zweitens haben Sie keine Kinder.“

Wir hatten die Wendeplatte erreicht. Ich trat auf die Bremse. Es quietschte, und der Wagen kam etwas sehr abrupt zum Stehen.

Ohne auf Wuthenow zu achten, würgte ich den Motor ab und sprang aus dem Auto. Zuerst ging ich, dann begann ich zu rennen.

Die Glastür der Kindertagesstätte war zugesperrt. Ich rüttelte daran. Nichts. Ich suchte die Klingel, fand sie und presste den Finger darauf. Schwach hörte ich aus dem Inneren ein Läuten. Keine Reaktion.

Vielleicht war Amelie hinten auf dem Spielplatz. Ich umrundete das Gebäude, die Holztürme, der Sandkasten, verlassen und leer. Panik stieg in mir hoch.

Schwer atmend kam ich wieder vor dem Eingang des Kindergartens an und wäre beinahe in Wuthenow hineingerannt, der mir offensichtlich gefolgt war.

„Alles in Ordnung“, sagte er.

„Im Gegenteil. Die haben bereits geschlossen.“ Ich wollte an ihm vorbei, doch er ergriff blitzschnell meinen Arm und hinderte mich daran.

„Lassen Sie mich los!“, fauchte ich.

Er war die Ruhe selbst. „Amelie ist unten am See mit Stella.“ Seine Finger öffneten sich und gaben mich frei.

Ich trat einen Schritt zurück. „Am See?“, wiederholte ich.

„Ja. Sie scheinen jede Menge Spaß zu haben.“

Wieder rannte ich los, stoppte nach wenigen Schritten und drehte mich um. „Danke“, sagte ich zu ihm.

Er war stehen geblieben und hatte mir nachgeblickt. Jetzt nickte er mir zu.

Alles war in Ordnung. Ich atmete auf. Zügig ging ich um das Gutshaus, wo ich einen Weg vorfand, der zum See führte.

Amelie kniete am Ufer, daneben stand Stella – ohne Schürze, in ihren engen Röhrenjeans. Auf dem Wasser vor ihnen tummelten sich zahllose braune Enten. Laut schnatternd wetteiferten sie um die Brotstücke, die ihnen Amelie zuwarf.

„Hallo", sagte ich, als ich die beiden erreicht hatte, nicht sicher, wie Amelie auf mich reagieren würde.

Stella wandte sich mir zu und lächelte mich freundlich an. Amelie war dafür viel zu beschäftigt. „Da bist du ja, Verena", sagte sie, ohne sich umzublicken. „Schade, dass du schon da bist. Du hättest ruhig länger wegbleiben können. Wir haben hier alles im Griff."

Meine Erleichterung war groß, trotzdem mischte sich auch ein wenig Enttäuschung darunter, weil mich Amelie nicht einmal ein bisschen vermisst hatte. „Tolle Enten", sagte ich.

„Nicht wahr?", meinte Stella. „Davon haben wir hier jede Menge."

„Die sind alle fürchterlich hungrig. Und sie bekommen nicht so oft Brot", zwitscherte Amelie.

„Wie war dein Tag?", fragte ich sie.

„Prima", kam ihre knappe Antwort.

Zweiter Versuch: „Wenn du fertig bist", sagte ich, „können wir uns unsere neue Wohnung anschauen. Da hast du ein eigenes großes Zimmer."

„Klar", erwiderte Amelie. „Das machen wir. Nachher. Aber zunächst habe ich hier noch zu tun."

Gegen Enten kam ich eben nicht an.

Ich trat neben Stella. „Danke, dass Sie sich um Amelie gekümmert haben."

„Kein Problem, Verena", meinte sie. „Hat Spaß gemacht."

Wir beobachteten beide Amelie, wie sie trockenes Brot aus einer Tüte herauszog, zerbrach und mit beiden Händen in Richtung Wasser warf.

Stella blickte auf ihre Uhr. „Ich muss los. Das Abendessen macht sich nicht von alleine."

„Wirklich, Stella, nochmals vielen Dank", sagte ich. „Ich freue mich aufs Essen. Dann können wir uns ein wenig unterhalten."

Sie bedachte mich mit einem leicht irritierten Blick, drehte sich um und ging.

7

Ich räumte meine Sachen ein. Ein paar Hosen, einige Blusen, T-Shirts, zwei Jacken, Unterwäsche. Nicht gerade viel, aber für drei Sommermonate mehr als ausreichend.

In dem riesigen Kleiderschrank wirkten sie regelrecht verloren. Behutsam schloss ich ihn, um möglichst keine Geräusche zu machen.

Ich schlich zum Nebenzimmer und lugte hinein. Amelie lag in ihrem Bett, das ebenso überdimensioniert erschien wie alles hier. Überhaupt, die gesamte Möblierung musste brandneu sein. Ich konnte keinerlei noch so kleine Gebrauchsspuren entdecken, und zudem verströmten die Einrichtungsgegenstände diesen besonderen Geruch, der neuen Dingen anhaftet.

Ich lauschte Amelies regelmäßigen Atemzügen. Sie schlief tief und fest. Verständlich, nach diesem langen, ereignisreichen Tag.

Ich hingegen fühlte mich aufgekratzt.

Ich ging in unser Wohnzimmer. Couchgarnitur, Fernseher, DVD-Player, ein Schreibtisch in der hinteren linken Ecke.

Die Tür zum angebauten Balkon stand offen. Ich trat hinaus. Ein wunderschöner Blick über den See bis zum angrenzenden Wald. Der Mond stand als runde Scheibe am Himmel. Ein paar Sterne hatten sich dazugesellt. Silbernes, unwirkliches Licht funkelte auf dem stillen Wasser. Eine leichte Brise kam auf, begleitet von einem kaum hörbaren Rascheln, das einem Flüstern glich. Die

Blätter der Pappeln bewegten sich im Wind, als würden sie mir ihre Geschichte erzählen wollen.

Auf den ersten Blick war alles perfekt hier. Eine idyllische Gegend, ein frisch renoviertes Herrenhaus, ein tolles Appartement, ein hypermoderner Kindergarten für Amelie. Und doch ... Was war es nur, was mich störte?

Vorhin, das Abendessen, das Amelie und ich zusammen mit Wuthenow und dem Colonel eingenommen hatten. Dreigängig auf teurem Porzellan serviert, von dem ein Teller sicher so viel kostete wie mein ganzes Ikea-Service zu Hause. Dazu gab es Wein, Bier, Säfte und Wasser zur Auswahl. Es hatte auch super geschmeckt. Amelie plapperte ununterbrochen von ihrem Kindergarten, von den Ponys und den Enten. Aber wir Erwachsenen sprachen nur das Nötigste miteinander. Und Stella blieb erst gar nicht im Speisesalon, sondern zog sich nach dem Servieren stets in ihre Küche zurück.

Einmal folgte ich ihr, um für Amelie Ketchup zu holen, und fand sie mutterseelenallein am Tresen sitzen, wo sie ihre Suppe löffelte und dabei in ihr Smartphone blickte. Als ich sie fragte, warum sie nicht mit uns essen würde, antwortete sie, dass sie nur die Köchin sei.

Ein Unding. Egal, ob ich nun bleiben würde oder nicht – morgen würde ich das bei Wuthenow zur Sprache bringen. Wir lebten nicht mehr im achtzehnten Jahrhundert.

Apropos Wuthenow und die Frage: Bleiben oder Nichtbleiben? Es war definitiv an der Zeit, meinen Vertrag endlich gründlich zu studieren.

Ich kehrte ins Wohnzimmer zurück, knipste die Schreibtischlampe an und setzte mich in den ledergepolsterten Bürostuhl. Ergonomisch und sehr bequem. Ich zog die Papiere aus der Klarsichthülle und begann zu lesen – das Fettgedruckte und auch die vielen kleinen Textpassagen, bei denen man sich anstrengen musste, um sie überhaupt zu entziffern.

Nach einer Viertelstunde sah ich auf.

Unverschämtheit! Ich hatte mich bereit erklärt, mich um Wuthenow zu den genannten Zeiten zu kümmern, ihn intellektuell zu fördern. Mit Diskussionsstoffen meiner Wahl. So weit, so gut. Aber … kein Wort vom Herumkutschieren nach Berlin oder sonst wohin, von der Begleitung bei seiner *Arbeit* und schon gleich gar nichts von Kriminalbeamten, Staatsanwälten und Mordermittlungen.

Wuthenow hatte mir dreist ins Gesicht gelogen. Damit würde er bei mir nicht durchkommen. Ich würde ihn zur Rede stellen. Jetzt gleich!

Ich packte die Papiere und verließ mein Appartement. Draußen fiel mir ein, dass ich nicht wusste, wo er in diesem Gebäude überhaupt wohnte. Aber das würde ich schon herausfinden. Meine Zimmer waren links. Dann würden seine vermutlich rechts liegen.

Ich stürmte den Gang entlang, vorbei an einer doppelflügeligen Tür. Kurz blieb ich stehen, um mich zu orientieren. Im Erdgeschoss befand sich an der gleichen Stelle der große Saal, in dem ich mit Frau von Wuthenow bei meiner Ankunft gesprochen hatte. Vermutlich hatte ich jetzt einen ähnlichen Raum vor mir. Hier würde dieser unverfrorene Wuthenow kaum *residieren*. Ich marschierte wieder los.

Drei Türen weiter entdeckte ich einen Lichtstreifen am Boden. Ich klopfte, und als niemand antwortete, trat ich kurzerhand ein. Ein ähnlicher Flur wie in meinem Appartement. Ein ähnlicher Zuschnitt des Wohnzimmers, aber vollkommen anders eingerichtet. Das, was ich vor mir sah, wirkte eher wie die Kommandozentrale aus einer dieser US-Krimiserien. Mehrere bestückte Stellwände –, Computer und Bildschirme. Nur die emsige Ermittlertruppe von Models in Maßanzügen, die im Fernsehen in diesem Setting ständig wichtig herumschwirrt, fehlte. Stattdessen erblickte ich einen Mann, der in T-Shirt und Jeans auf einem Stuhl saß und die Tafeln anstarrte.

Als er mich hörte, drehte sich Wuthenow um.

„Hallo“, sagte ich schroff.

Er verzog den Mund. „Sie haben den Vertrag gelesen.“

„In der Tat. Das habe ich. Und da steht kein Sterbenswörtchen von Fahrdiensten, Begleitung bei Mordermittlungen und überhaupt, dass Sie arbeiten.“

„Nun“, sagte er. „Das liegt daran, dass ich nicht arbeiten soll.“

„Ach ja?“, entfuhr es mir. Mein Blick fiel auf eine der Stellwände. Ungefähr ein Dutzend Bilder mit unterschiedlichen Knoten waren darauf angebracht. Ich vergaß, womit ich ihn hatte beleidigen wollen, trat an ihm vorbei und betrachtete die Abbildungen der kunstvoll geschlungenen Schnüre.

„Das sind ganz unterschiedliche Knoten, nicht wahr?“, fragte ich, ohne mich umzudrehen.

„Ich habe mir die Fessel unseres Opfers noch einmal angesehen“, sagte er. „Bei dem Knoten handelt es sich um einen Metzgerknoten. Den verwenden – wie der Name schon sagt – Metzger, aber auch Köche. Nicht gerade üblich.“

Jetzt wandte ich mich doch zu ihm um. „Sie glauben, das ist eine Spur?“

Er zuckte mit den Schultern. „Sonst konnte ich nichts Auffälliges entdecken. Bei der Tatwaffe handelt es sich um ein ganz normales Küchenmesser, wie Sie es in jedem Supermarkt bekommen. Keine besondere Klinge, keine besondere Marke. Nichts. Gibt's zuhauf.“

„Und die Verletzungen?“

„Machen einen willkürlichen Eindruck, bis auf die Stiche, die wurden gezielt ausgeführt. All das hat nichts Rituelles, sondern ist eher der Ausdruck einer großen Wut.“

„Das würde doch zu dem Rechtsradikalen passen“, sagte ich.

„Ich bezweifle stark, dass jemand auf einer offenen, von der Straße zumindest teilweise einsehbaren Brachfläche diese Verletzungen innerhalb von kurzer Zeit zustande bringt und dann auch noch so dumm ist, sich in einer nahe gelegenen Kneipe notdürftig auf der Herrentoilette zu säubern und vor Ort zu bleiben."

„Manche Menschen sind aber einfach dumm", entgegnete ich.

Er schüttelte den Kopf. „Trotzdem. Außerdem habe ich mir die Beschreibung des Tascheninhalts des Opfers angesehen. Mehrere Zwanzigeuroscheine, Zigaretten, Feuerzeug und zwei Kondome."

Ich verstand nicht, worauf er hinauswollte. „Ja, und?"

„Die Kombination von kleinen Geldscheinen und den zwei Kondomen ist doch auffällig."

„Wieso?"

„Ich vermute, der Verstorbene hat als Stricher gearbeitet. Und vielleicht ..."

„Vielleicht ist er bei jemandem Falschen in den Wagen gestiegen", vervollständigte ich seinen Satz.

Wir schwiegen.

„Was werden Sie der Staatsanwältin morgen sagen?", fragte ich schließlich.

„Ich halte es für sehr wichtig, dass Hauptkommissar Kaczmarek diesem Verdacht nachgeht: Gewalt im Strichermilieu – und vielleicht im Zusammenhang mit diesem speziellen Knoten."

„Alles äußerst vage", stellte ich fest.

„Korrekt", er nickte. „Das sind echte Spuren am Anfang häufig. Das Offensichtliche führt meist in die Irre."

Ich erinnerte mich daran, warum ich eigentlich gekommen war. Ich blickte auf die Papiere, die ich noch in den Händen hielt. „Wie auch immer", sagte ich. „Zurück zu meinem Arbeitsvertrag."

Er streckte die Beine aus und machte es sich auf seinem Stuhl bequem. „Was ist damit?"

Ich wurde wieder sauer. „Nichts ist damit. Da steht nichts von all dem, was sie behauptet haben, dass da stehen sollte.“ Dieser Satz klang absolut schräg und schlecht formuliert in meinen Ohren. Und ich ärgerte mich auch noch darüber.

Er starrte mich an, wie das seine Art war. „Wir sind doch so verblieben, dass Sie sich in der Nacht überlegen, ob Sie weiter mit mir arbeiten möchten oder nicht.“

„Das ist richtig.“

„Dann warten wir also ab, was Sie mir morgen früh mitteilen werden“, kam seine lapidare Antwort.

Ich öffnete den Mund, um etwas zu erwidern. Mit jedem normalen Menschen hätte ich jetzt ausgiebig diskutiert. Aber bei ihm …

„In Ordnung“, sagte ich schließlich.

„Einen schönen Abend noch“, meinte er und wandte sich wieder seinen Stellwänden zu. Unsere Unterredung war beendet.

Ich verließ ihn. Im Flur brannte mittlerweile gedimmtes Licht, das Haus war absolut still. Mein Weg führte an dem unbekannten Saal vorbei. Aus einer Laune heraus blieb ich stehen, öffnete einen Türflügel und lugte hinein.

Leer.

Der Mond war gerade hinter einer Wolke verschwunden. Ich konnte fast nichts erkennen. Kurzerhand tastete ich an der Wand nach dem Lichtschalter und betätigte ihn.

Mir stockte der Atem. Eingebaute Bücherregale, ringsum, aus altem dunklem Holz. Deckenhoch. Sogar mehrere Schiebeleitern, auf die man einst hinaufsteigen konnte, um sich Lesestoff zu holen. Dunkler Parkettboden.

Früher musste das hier eine beeindruckende Bibliothek gewesen sein. Davon war nicht mehr viel übrig. Die Regale waren eingestaubt, die Schätze, die sie beherbergt hatten, verschwunden.

In einer Ecke entdeckte ich einen kleinen Rest. Einige Bände, mit Leinen- oder Lederrücken und verblichenem goldenem Aufdruck.

Ich ging quer durch den vergessenen Raum und inspizierte die Bücher genauer. Wie ich es mir gedacht hatte: teure Erstausgaben von Goethe, zwei Bände von Novalis und eine Gedichtsammlung von Fontane. Mit der beschäftigte ich mich länger.

Ich blätterte darin herum und blieb bei der Ballade *Herr von Ribbeck auf Ribbeck im Havelland* hängen. Das hatte ich als Kind gelesen und sicher ein halbes Dutzend Mal mit Studenten in der Uni bearbeitet.

Ich wollte das Buch schon zurückstellen, als ich innehielt. Das Gedicht spielte genau hier in dieser Gegend. Und es würde Amelie sicher gefallen.

DIENSTAG

8

Seltsamerweise fühlte ich mich am nächsten Morgen frisch und ausgeruht, obwohl ich in der Nacht des Öfteren aufgewacht war. Die Bilder des Toten, die Stiche in seiner Brust, der Strick um die blutigen Handgelenke – all das hatte mich nicht losgelassen.

Dazwischen musste ich immer wieder auch an Wuthenow denken. Wie er mich mit seiner schrecklichen Art auf die Palme brachte. Was war es eigentlich, was mich derart an ihm ärgerte? Er sagte nicht die Wahrheit. Oder doch. Jedenfalls verdrehte er gewisse Fakten beziehungsweise verschwieg sie einfach, bis ich das machte, was er wollte. Nun gut, diese Taktik hatte ich mittlerweile durchschaut und würde nicht mehr darauf hereinfallen – falls ich denn bleiben sollte.

Andererseits hatte ich ihn mehrmals dabei ertappt, wie er mich ansah, wenn er glaubte, dass ich es nicht bemerkte. In diesen Momenten wirkte er auf keinen Fall so selbstsicher und allwissend – ganz im Gegenteil. Das machte ihn menschlicher.

Hinzu kam seine Verletzung oder, besser ausgedrückt, der Mordanschlag auf ihn und dessen dramatische Folgen. Kühl und distanziert hatte er mir davon berichtet. Aber ich spürte etwas anderes hinter seinen Worten: Angst, Verzweiflung, gepaart mit einem überaus starken Geist, der mit allen Mitteln darum kämpfte, sich nicht unterkriegen zu lassen …

Den Kopf derartig randvoll mit Gedanken und Eindrücken des vergangenen Tages, hatte ich mich in meinem Bett hin und her gewälzt. Ich war mehrmals aufgestanden, um ans Fenster zu treten und den Mond und die gestaltlosen Schatten zu betrachten, die die Bäume am Ufer des Sees bildeten.

Das letzte Mal, als ich hinaussah, graute bereits der Morgen. Feiner Nebel stieg auf, der die stille Landschaft wie mit einem durchsichtigen Schleier überzog. Danach kehrte ich ins Bett zurück und schlief endlich ein – tief und fest –, bis ich den Wecker hörte.

Und jetzt wusste ich noch immer nicht, ob ich bleiben oder gehen sollte.

Wuthenow war nicht beim Frühstück, und der Colonel kam mir entgegen, als ich mit Amelie den Speisesalon betrat. Er grüßte uns kurz und eilte hinaus.

Stella ließ sich auch nicht blicken, also bedienten Amelie und ich uns an dem kleinen, aber guten Büfett, das auf einem Sideboard angerichtet war. Ich genoss die Zeit mit Amelie allein.

Kurz vor neun eilten wir hinüber zu ihrem Kindergarten.

Amelies Augen leuchteten. „Das wird heute ganz toll. Erik hat nämlich Geburtstag."

„Erik?"

„Ja. Einer der Jungen aus dem Dorf. Er hat uns Muffins versprochen. Mit Smarties drauf."

„Da habt ihr sicher viel Spaß", meinte ich.

Amelie drückte die gläserne Eingangstür auf. „Und du?", fragte sie. „Was machst du den ganzen Tag über?"

„Weiß ich noch nicht", antwortete ich wahrheitsgemäß.

„Du langweilst dich wohl?"

„Nein." Ich schüttelte den Kopf. „Ich könnte mit Herrn von Wuthenow arbeiten."

„Und das gefällt dir?", ließ sie nicht locker.

„Das weiß ich auch noch nicht", sagte ich. „Aber es ist auf alle Fälle etwas ganz Neues und sehr interessant."

„Na", meinte sie. „Dann wünsche ich dir eben einen ganz interessanten Tag."

Sie ließ mich einfach stehen, verschwand im Flur, und die Glastür schloss sich hinter ihr. Ich konnte sie noch einen Augenblick lang sehen, wie sie von mehreren Kindern umringt wurde. Dann verschwand sie in einem der Räume.

Als ich den Speisesaal erneut betrat, saß Wuthenow alleine am Tisch, trank Kaffee und löffelte in einer Schale voll Müsli. Ich nahm ihm gegenüber Platz.

Er aß weiter, als wäre ich nicht anwesend.

Wir hatten einiges zu bereden. Er sollte mir einmal erklären, wie er sich unsere Zusammenarbeit vorstellte. Was er sich davon erwartete, und überhaupt ... Während ich ihn betrachtete, kam mir unvermittelt ein Gedanke: Was, wenn er sich gar nicht mehr an den letzten Tag erinnerte? Wenn er gestern Abend vergessen hatte, sich alles aufzuschreiben?

Er hob den Blick, und zaghaft breitete sich ein Lächeln auf seinem Gesicht aus. „Keine Angst, ich weiß genau, wer Sie sind."

Darauf fiel mir spontan keine Antwort ein. Also blieb ich notgedrungen still.

Er lehnte sich auf seinem Stuhl zurück. „Und, Frau Hofer, wie haben Sie sich entschieden?"

Ich hatte mir eine wunderbare Rede zurechtgelegt. Mit vielen Pros und Kontras. Mit zahlreichen, wohlbegründeten Argumenten. Stattdessen sagte ich: „Ich helfe Ihnen, aber nur bei diesem einen Fall."

Wuthenow schien weder überrascht noch besonders erfreut – als habe er mit meiner Antwort gerechnet. „Mhm", meinte er. „Wieso sagt mir Ihre Mimik und Ihre gesamte Körperhaltung, dass es bei dieser Sache einen Haken gibt?"

Verdammt! Profiler! schoss es mir durch den Sinn. Er hatte mich durchschaut und meine Überraschung kaputt gemacht.

Warte, dachte ich. Laut sagte ich: „Im Gegenzug müssen Sie mit mir arbeiten, wie es Ihre Tante wollte."

Eine kaum sichtbare Falte erschien auf seiner Stirn. „Intellektuelle Gespräche?"

„Exakt", bestätigte ich, und seine Falte vertiefte sich. Ich ignorierte sie. „Ich allein bestimme die Themen. Und darüber gibt es keine Diskussion."

Er atmete hörbar ein. „In Ordnung", sagte er schließlich und erhob sich.

„Was ist los?", fragte ich.

Er tippte auf die Uhr an seinem Handgelenk. „Wir haben um elf einen Termin in Berlin. Bei Ihrem behutsamen Fahrstil müssen wir uns beeilen."

9

Kaczmareks Büro war recht komfortabel eingerichtet. Ein großer Schreibtisch, technisch gut ausgestattet. Gepolsterte Besucherstühle, raumhohe Einbauschränke, eine Besprechungsinsel und aus dem Fenster ein Blick auf eine weite, von Bäumen gesäumte Straße. Insgesamt war Berlin viel grüner, als ich es von früheren Besuchen in Erinnerung hatte. Das gefiel mir.

Als wir eintraten, nickte uns der Hauptkommissar zur Begrüßung zu und wies uns mit einer Geste an, uns zu ihm zu setzen.

Wir nahmen Platz, und Kaczmarek zog einen Vorgang aus einem Aktenstapel heraus. „Nach unserer Unterredung bei Frau Staatsanwältin Wolf bin ich noch mal in mich gegangen." Seine Stimme klang beiläufig, aber er hielt sich betont gerade, während er sprach. Ich konnte mir vorstellen, was das bedeutete: Unser gestriges Gespräch nagte noch an ihm.

„Möglicherweise hatten Sie recht, und ich habe mich von Frau Wolfs dringendem Wunsch, den Mord schnell und lückenlos aufzuklären, anstecken lassen", fuhr er fort. „Ich halte Timo Ebert zwar immer noch für den Täter, aber es wäre unklug, Ihre Argumente unberücksichtigt zu lassen."

Das kam einer Entschuldigung schon sehr nahe. Ich warf Wuthenow einen Blick zu und stellte fest, dass er mal wieder vollkommen unbeteiligt blieb. Kaczmarek versuchte, ihm – bildlich gesprochen – die Hand zu reichen. Wuthenow würde darauf nicht reagieren. Aber wie ich das sah, brauchten wir den Hauptkommissar. Ohne ihn würden wir den Fall nie aufklären können. Also wurde ich aktiv.

„Wir haben Sie gestern mit unseren Gedanken auch förmlich überfallen“, meinte ich, begleitet von einem verständnisvollen Lächeln.

Kaczmarek entspannte sich sichtlich, und Wuthenow zog irritiert einen Mundwinkel hoch. Hoffentlich war er zumindest so umsichtig, zu schweigen.

„In der Tat“, seufzte Kaczmarek und lächelte vorsichtig. „Hinzu kommt, dass ich bislang noch nie mit einem externen Kriminalisten zusammengearbeitet habe.“

„Wir werden uns bestimmt aneinander gewöhnen. Da bin ich zuversichtlich“, strahlte ich.

Diesmal wollte Wuthenow ganz eindeutig etwas hinzufügen. Ich drehte mich vollends zu ihm herum und sagte: „Nicht wahr, Herr Kollege? In diesem Punkt sind wir einer Meinung.“

Wuthenow schloss den Mund, den er schon halb geöffnet hatte, schluckte und nickte. Mir fiel ein Stein vom Herzen.

„Ich habe mir alle Indizien nochmals gründlich angesehen“, sagte Kaczmarek. „Am Tascheninhalt des Opfers bin ich hängen geblieben.“

„Ich ebenfalls“, bestätigte Wuthenow. „Das Opfer könnte ein Stricher gewesen sein.“

„Das war auch meine Schlussfolgerung.“ Kaczmarek hob seine Schultern. „Die armen Kerle kommen nach Deutschland, und ihre Familien zu Hause erwarten, dass sie ihnen schnell Geld schicken. Die sind darauf angewiesen. Was kann ein junger Illegaler hier schon groß anstellen, um etwas zu verdienen? Arbeiten darf er nicht.“

„Drogenhandel“, warf Wuthenow trocken ein. „Dazu braucht man aber entsprechende Kontakte.“

„Genau“, bestätigte Kaczmarek. „Und wenn man die nicht hat,

bleibt neben Raub und Diebstahl eigentlich nur noch eine Alternative: Die jungen Männer verkaufen sich selbst.“

„Aus meiner Sicht wäre es sinnvoll, jetzt die einschlägigen Orte unter die Lupe zu nehmen, an denen die Stricher stehen. Vielleicht wird der Tote dort erkannt“, schlug Wuthenow vor.

Kaczmarek nickte. „Das gehen wir heute an. Ich hoffe, dass jemand bereit ist, mit uns zu reden. Das ist ja oft nicht ganz einfach.“

„Kann ich mir vorstellen“, meinte Wuthenow. „Bestimmt haben Sie auch noch einmal mit Ihrem Tatverdächtigen gesprochen?“

„Haben wir.“ Kaczmarek verzog den Mund. „Hat nur nichts gebracht. Ich habe ihn gefragt, ob ihm irgendetwas aufgefallen ist, als er die Leiche gefunden hat.“

„Und?“, erkundigte ich mich.

Kaczmarek wandte sich mir zu. „Er schweigt und verweist auf seinen Anwalt. Er selbst macht keine Aussagen mehr, weil man ihm ohnehin nicht glauben würde.“ Kaczmarek lehnte sich auf seinem Stuhl zurück und musterte uns beide. „Ich werde Timo Ebert so lange in Haft behalten, wie es mir rechtlich möglich ist. Vielleicht gelingt es mir, ihn anderweitig unter Druck zu setzen, damit er redet – falls er denn etwas weiß.“

„Gut“, sagte Wuthenow. „Ich hätte aber noch einen anderen Ansatzpunkt, den wir verfolgen sollten.“

„Und welchen?“ Kaczmarek runzelte die Stirn.

„Den Knoten an der Fessel des Opfers.“

„Was ist damit?“

„Das ist kein normaler Knoten, sondern ein Metzgerknoten. Vielleicht gab es in der Vergangenheit Gewaltdelikte mit Verletzungen oder Todesfolge im Strichermilieu, bei denen eine entsprechende Fesselung eine Rolle spielte. Eventuell auch gekoppelt an Entführungen.“

„Entführungen, Todesfälle?“ Kaczmarek beugte sich vor. „Sie glauben doch nicht allen Ernstes an einen Wiederholungstäter? Nichts deutet bislang darauf hin.“

„Im jetzigen Stadium der Ermittlungen können wir uns den Luxus nicht leisten, etwas unberücksichtigt zu lassen, nur weil es auf den ersten Blick abwegig erscheint“, erwiderte Wuthenow in seiner distanzierten Art.

„Was mein Kollege meint“, mischte ich mich ein, „ist, dass wir eine solche Möglichkeit unbedingt ausschließen müssen. Stellen Sie sich vor, Frau Wolf verkündet, den Täter gefasst zu haben, und ein weiterer Mord passiert …“

Kaczmareks Gesichtsfarbe wurde deutlich blasser. „Ich verstehe, worauf Sie hinauswollen.“ Er holte laut hörbar mehrmals Luft. „Dann sind meine Leute und ich die nächsten Stunden vollauf beschäftigt. Ich werde Frau Wolf jetzt gleich von unserem Gespräch berichten. Und da es ihr wichtig ist, dass ich Sie über unsere Ermittlungen auf dem Laufenden halte, werde ich Sie umgehend informieren, sobald ich etwas Neues habe. Ich rufe Sie dann an.“

Das war ein netter, aber dennoch ziemlich direkter Rausschmiss. Zu meinem Erstaunen erhob sich Wuthenow widerspruchslos und streckte Kaczmarek die Hand entgegen. „Vielen Dank“, sagte er dabei. „Ich freue mich auf unsere Zusammenarbeit.“

Mir blieb nichts weiter übrig, als ebenfalls aufzustehen. Auch mir gab Kaczmarek die Hand, und im Nu standen wir draußen auf dem unpersönlichen Flur.

Wir gingen zum Aufzug. Ich drückte den Knopf, und wir warteten.

„Das hätte ich nicht von Ihnen gedacht“, sagte ich leise.

„Was denn?“, erwiderte er.

„Na, dass Sie sich so einfach abspeisen lassen.“

Er sah mich direkt an. „Kaczmarek hat zum gegenwärtigen Zeitpunkt keine weiteren Informationen für uns. Und diesen Timo Ebert, den haben sie so hart angepackt, dass er nicht mehr kooperiert. Dennoch könnte er ein wichtiger Augenzeuge sein. Nachdem er den Toten gefunden hat, ist er in dieses Lokal, das Walhalla, geflüchtet, um sich zu verstecken. Vielleicht hat er den Leuten etwas erzählt, bevor ihn die Polizei aufgegriffen hat."

„Er soll irgendwelchen Leuten in einer Kneipe erzählt haben, dass er gerade eine Leiche mit einem Messer in der Brust gefunden hat?"

„Warum nicht? Timo Ebert hatte Angst. Das steht fest. Er stand unter Schock, denn er hat sich übergeben. Also rennt er dorthin, wo er sich sicher fühlt. Zu seinen Kumpels. Nicht undenkbar, dass er seinen Freunden davon berichtet hat."

„Wenn Sie ins Walhalla möchten, müssen wir bis heute Abend warten."

„Müssen wir nicht", sagte er. „Entweder hat das Lokal bereits geöffnet, und falls nicht, ist der Wirt bestimmt schon anwesend. Ein Wirt weiß immer, was in seiner Kneipe vorgeht."

10

Ich gab die Adresse der Nazi-Kneipe in das Navi ein. Zwanzig Minuten Fahrtzeit zeigte mir der Bildschirm an, zusammen mit dem Hinweis, dass das Lokal im Stadtteil Niederschöneweide/Treptow-Köpenick lag.

Die Strecke führte uns quer durch die Stadt, durch dichten Verkehr, an hohen, mehrstöckigen Häusern vorbei. Gegen Ende kreuzten wir einen Wasserarm. Ein Blick auf mein allwissendes Navi informierte mich, dass es sich um die Spree und nicht etwa einen der Kanäle handelte.

Die Gegend, in die wir gelangten, wies wenig Charme auf. Schlichte Mietskasernen, Gebäude aus den Sechzigerjahren. Ich parkte den Carrera, und wir liefen eine schmucklose Straße hinunter. Viele Autos, dafür kaum Passanten.

Die Kneipe, die wir suchten, befand sich im Erdgeschoss eines grau-braunen Hauses, dessen Fassade schon lange keine frische Farbe mehr gesehen hatte. Vielleicht war hier vor langer Zeit einmal ein Laden untergebracht gewesen. Jetzt waren die Scheiben der Schaufenster mit schwarzer Folie verklebt und versperrten den Blick ins Innere. Seltsam, dass trotz Sommer keine Außenbestuhlung vorhanden war.

Geöffnet stand auf einem Schild, welches von innen an der gläsernen Eingangstür hing.

Darüber war eine überdimensionale Neonreklame befestigt, die nicht eingeschaltet war. Dennoch konnte man den Schriftzug problemlos lesen. In großen, altdeutsch anmutenden Lettern verkündete er: *Walhalla*.

Wuthenow schnaubte.

„Was ist?“, fragte ich ihn.

„Walhalla“, sagte er. „Wie sinnig.“

Ich grinste. „Möglicherweise ein Treff für Wagner-Fans.“

Wir traten ein, und die Tür schloss sich mit einem Klingeln hinter uns. Eindeutig ein ehemaliger Laden, dachte ich.

Die Einrichtung war schlicht und ergreifend geschmacklos. Die Tische und Stühle passten nicht zusammen. Unterschiedliche Formen und Hölzer. Ein Tresen aus beschichteten Spanplatten befand sich auf der rechten Seite. An der Wand gegenüber entdeckte ich die Darstellung grotesker Figuren mit Helmen auf dem Kopf und riesigen Hämmern in den Händen. Sollten wohl nordische Gottheiten sein. Billige Balken, dunkel gebeizt, waren überall im Raum aufgestellt, um eine rustikale, antike Atmosphäre vorzugaukeln. An der Decke hing ein Kronleuchter aus Hirschgeweih. Es roch. Nein, es stank – nach verschüttetem Alkohol und Frittierfett.

Hinter dem Tresen war ein breitschultriger, untersetzter Mann um die vierzig zugange. Er sortierte ein paar Gläser, als wir eintraten. Seine Arme waren über und über tätowiert. Das fleckige Muskelshirt, das er trug, erinnerte mich an ein altes Unterhemd.

Die einzige Kundschaft in der Spelunke bestand aus einem jungen Mann, der an einem Tisch saß und gerade ein Bier trank – auch er breitschultrig, mit extrem kurz geschorenen Haaren. An Bauch und Hüfte hatte er bereits reichlich Fett angesetzt. Deutlich zeichnete es sich unter seinem schwarzen T-Shirt ab.

„Nicht unbedingt die typischen Wagner-Fans“, raunte mir Wuthenow zu, bevor er sich zur Bar wandte.

Der Wirt stellte das Glas ab, das er gerade gehalten hatte, und ließ die Arme sinken. Der Blick, mit dem er uns bedachte, war feindselig.

„Ich rede nicht mit Reportern", sagte er und wies anschließend mit dem Kopf auf mich, ohne Wuthenow aus den Augen zu lassen. „Und was hast du denn da für eine Schnepfe mitgebracht?"

Der junge Mann leerte sein Bier mit einem Zug, erhob sich vom Tisch und ging Richtung Ausgang.

„Wir haben nur ein paar Fragen zu Timo Ebert, und wir sind nicht von der Presse", meinte Wuthenow betont ruhig.

„Andy, hast du gehört?", rief der Wirt und blickte an uns vorbei zu seinem Gast. „Die wollen was über Timo wissen!"

Wuthenow rührte sich keinen Millimeter. Aber ich wandte mich halb um.

Andy hatte das Lokal nicht verlassen. Er war gerade dabei, das Schild an der Eingangstür umzudrehen. Mir wurde klar, dass jetzt von außen *Geschlossen* zu lesen war.

Er baute sich breitbeinig auf. In der Rechten hielt er plötzlich einen Baseballschläger. Der musste neben der Tür gestanden haben. Der Ausdruck in seinem Gesicht verhieß nichts Gutes.

„Wir wollen keinen Ärger. Wir möchten nur mit Ihnen reden", sagte Wuthenow zum Wirt.

Mir wurde kalt. Die ganze Szenerie kam mir unwirklich vor. Ich hatte das Gefühl, etwas zu beobachten, ohne selbst anwesend zu sein. Wie in einem Traum. Einem bösen Traum.

„Mit euch blöden Schweinen unterhalten wir uns nicht", kam die Antwort des Wirtes. Er zog einen schwarzen Gummiknüppel unter der Bar hervor und wedelte damit herum.

Wuthenow bewegte sich blitzschnell. Er packte den Wirt an den Schultern, riss ihn nach vorne, bis der Kopf des Mannes mit einem dumpfen Krachen auf den Tresen aufschlug und die Gläser klirrend nach oben springen ließ.

Der Mann kam wieder hoch, schrie, seine Nase blutig.

Gleichzeitig stürmte Andy von der Tür heran. Er schwang den Baseballschläger.

Das Holz sauste durch die Luft und zielte auf Wuthenow. Der trat schwerelos wie ein Tänzer zur Seite. Der Schläger krachte mit einem unsäglichen Geräusch auf die Spanplatten der Bar. Diesmal fielen einige Gläser hinunter. Scherben prasselten, Holzspäne flogen – einer traf Wuthenow an der Wange und hinterließ einen blutigen Kratzer.

Andy holte erneut aus.

Ohne es bewusst wahrzunehmen, hatte ich einen Stuhl hochgehoben. Ich rammte ihn dem Angreifer mit voller Kraft in die Seite. Andy strauchelte, versuchte, sich festzuhalten, und stürzte schließlich neben Wuthenow zu Boden.

Wuthenow trat vor und schlug ihm die Faust in den Nacken. Dann wandte er sich erneut dem Wirt zu, der sich eine Hand vor die Nase hielt. Blut tropfte zwischen seinen Fingern hindurch.

Wuthenow zog ihn kurzerhand über den Tresen, schleifte ihn durch den Raum und zwang ihn, auf einem Stuhl Platz zu nehmen. Er selbst griff sich einen weiteren Stuhl und setzte sich ihm gegenüber.

Ich war wie erstarrt.

„Frau Hofer", hörte ich Wuthenow sagen. „Nehmen Sie doch bitte den Baseballschläger. Und wenn sich unser ohnmächtiger Freund am Boden wieder bewegen sollte und Anstalten macht aufzustehen, dann hauen Sie mit dem Schläger einfach drauf. Egal wohin – wie Sie es soeben mit dem Stuhl getan haben."

Automatisch gehorchte ich.

Wuthenow beugte sich vor, legte die Ellbogen auf den Oberschenkeln ab und faltete die Hände.

„Wo waren wir gerade stehen geblieben?", fragte er den Wirt. „Genau. Du wolltest mir erzählen, was an dem Abend passiert ist, als Timo Ebert von der Polizei verhaftet wurde."

„Ich sage gar nichts." Der Wirt sprach undeutlich. Er hielt sich noch immer die blutende Nase.

Es klatschte laut. Wuthenow hatte ihm eine schallende Ohrfeige verpasst. „Noch mal! Was ist passiert?"

„Timo kam rein und hat gesagt, er hat einen toten Kanaken gefunden. Zwei Straßen weiter, in der Baulücke. Timo war voller Blut, zwei Jungs haben ihm geholfen, sich im Klo zu waschen."

„Hat er erzählt, wer den Mann getötet hat? Oder war er das selbst?"

„Timo?" Der Wirt versuchte ein Lachen. Es endete in einem Stöhnen. „Der ist doch zu allem zu blöd. Timo hat den Kanaken mit dem Messer in der Brust gefunden, und weil er dämlich ist, wollte er ihm sogar noch helfen."

„Hm", meinte Wuthenow. „Hat Timo jemanden gesehen?"

„Das war spätnachts. Keine Ahnung, Mann ... Der hatte an dem Abend sowieso total Pech."

Wuthenow horchte auf. „Wieso Pech?"

„Bevor er den Scheiß-Kanaken gefunden hat, wäre er beinahe von einem Auto überfahren worden. Muss ein Besoffener gewesen sein."

„Hat Timo etwas zu dem Auto gesagt, es näher beschrieben?"

Der Wirt zuckte mit den Schultern. Wuthenow beugte sich wieder vor und hob die Hand.

„Nein, nein", beeilte sich der Wirt zu sagen. „Das weiß ich nicht so genau. Irgendein Kombi. Oder Lieferwagen – etwas in der Art. Der kam ihm mit Karacho entgegen. Halb auf dem Gehsteig. Wenn Timo nicht zur Seite gesprungen wäre, hätte das Auto ihn geplättet."

„Kurz darauf hat er den Toten gefunden?"

Der Wirt nickte behutsam. „Ich denke schon. Frag doch Timo."

Wuthenow blieb noch eine Weile sitzen. Dann erhob er sich. „Ich denke, das wär's für heute. Wenn wir noch was brauchen, kommen wir wieder vorbei."

11

Der Autoschlüssel befand sich in der Tasche meiner Jeans. Umständlich fingerte ich ihn heraus und versuchte, ihn ins Schloss zu stecken, anstatt ganz einfach die Fernbedienung zu benutzen. Metall kratzte auf Metall – es gelang mir erst beim dritten Versuch. Ich stieg ein, schlug die Tür des Carrera zu und holte tief Luft.

„Wie geht es Ihnen?“, fragte Wuthenow neben mir und tupfte sich dabei mit einem Tempo das Blut von der Wunde auf seiner Wange.

Ich legte die Hände aufs Lenkrad. „Gut.“

„Sie zittern.“

„Das ist das Adrenalin.“ Ich blickte angestrengt nach vorn, um ihn nicht ansehen zu müssen.

Er ließ nicht locker. „Schon, aber nicht nur.“

Wir blieben einen Moment still.

„Vielen Dank“, meinte er nach einer Weile. „Den Kerl mit dem Baseballschläger, den hätte ich ohne Ihre Hilfe nicht so leicht abgewehrt.“

Jetzt schaute ich ihn doch an. „Ich habe gar nicht darüber nachgedacht, was ich mache“, sprudelte es aus mir heraus. „Es war, als wäre es jemand anderes und nicht ich, der da mit dem Stuhl …“ Ich schüttelte den Kopf. „Ich bin nur froh, dass der Kerl am Boden nicht versucht hat aufzustehen. Ich weiß nicht, ob ich den Baseballschläger tatsächlich benutzt hätte.“

Wuthenow verzog den Mund. „Das weiß man nie. Selbst bei Polizisten und Soldaten nicht. Die bekommen zwar eine Ausbildung, aber wie und ob man dann im Einsatz reagiert, das kann man nicht voraussagen. Letztendlich kommt es immer auf den Einzelnen an. Und nicht jede Situation ist gleich."

„Soll mich das jetzt beruhigen?", entfuhr es mir. „Um ehrlich zu sein, bin ich über mich selbst sehr erschrocken."

„Seien Sie nicht zu streng mit sich", kam seine schnelle Erwiderung. „Sie haben nur das getan, was nötig war. Nicht mehr und nicht weniger. Kein Grund, sich deshalb verrückt zu machen … Im Übrigen können wir mit dem Ergebnis unseres Besuches zufrieden sein."

Ich merkte, dass er versuchte, mich abzulenken, und ging darauf ein. „Wir wissen jetzt, dass dieser Timo Ebert in der Nacht beinahe angefahren worden wäre."

„Genau." Er nickte. „Von einem Fahrzeug, das sich mit hoher Geschwindigkeit vom Tatort entfernt hat."

„Kann ein Zufall sein", gab ich zu bedenken.

„Oder auch nicht", konterte er. „Das sollten wir auf alle Fälle berücksichtigen." Er blickte auf seine Armbanduhr. „Wir liegen gut in der Zeit. Heute kommen Sie pünktlich nach Hause, um Amelie abzuholen."

Er machte Anstalten, seinen iPod aus dem Handschuhfach herauszuholen.

„Was hören Sie da eigentlich immer?", fragte ich ihn.

Er verharrte in seiner Bewegung, und ich hatte den Eindruck, als würde er sich überlegen müssen, was er mir antwortete. „Hauptsächlich Musik", sagte er schließlich.

„Wie ich das sehe, sollen wir unsere Zeit miteinander verbringen", sagte ich. „Da können Sie sich nicht stundenlang abschotten. Wenn Sie gerne Musik hören, gut. Aber dann über die Anlage."

Er runzelte die Stirn. „Was ist, wenn Ihnen meine Musik nicht gefällt?"

„Das machen wir dann ganz einfach", erwiderte ich. „Auf der Herfahrt bestimmen Sie und auf der Rückfahrt ich. Oder umgekehrt."

Er atmete tief ein. „Klingt fair."

„Also, was mögen Sie?"

„Heavy Metal."

„Heavy Metal?", wiederholte ich ungläubig.

Sein Blick wirkte beinahe verlegen. „Sie betonen das, als wäre es etwas Schreckliches."

„Nein, nein", versicherte ich und gab meiner Stimme einen überzeugten Klang. „Warten Sie nur darauf, womit ich Sie dann morgen überraschen werde."

Ich wollte das Auto starten. Doch ich tat es nicht. Ich ließ die Hand wieder sinken.

„Was ist los?", fragte er. „Noch immer zittrig?"

Ich schüttelte den Kopf. „Wir sind doch ganz in der Nähe der Stelle, wo Timo Ebert den Toten gefunden hat."

„Sie zweifeln also auch daran, dass Ebert der Täter war?"

„Ja. Und genau deshalb sollten wir den Umstand nutzen, dass wir den Fundort quasi um die Ecke haben, und ihn sichten. Wir könnten dort auch noch ein paar Bilder machen, die wir auf Ihre schicken Stellwände pinnen."

Er ging auf meine Stichelei nicht ein. „Das wird aber knapp mit Ihrer Nichte", meinte er stattdessen.

Ich zuckte mit den Schultern. „Ich fahre einfach schneller. Wenn wir uns ranhalten, sind wir bis vier locker zu Hause."

Ich zog den Zündschlüssel und schickte mich an auszusteigen.

Er hielt mich am Arm zurück. „Noch etwas", sagte er.

„Was?", fragte ich.

„Das mit der förmlichen Anrede."

Ich runzelte die Stirn. „Von Wuthenow und Hofer."

„Genau." Unsere Gesichter waren nur wenige Zentimeter voneinander entfernt. „Das ist auf die Dauer doch recht umständlich."

„Mag sein", erwiderte ich. Mehr wollte ich ihm nicht helfen.

„Ich bin Carl", sagte er und blieb todernst dabei.

Ich überlegte, ob es nicht klüger wäre, abzulehnen. Womöglich wäre ein distanzierteres Verhältnis zu ihm besser. Andererseits …

„Ich bin Verena", sagte ich.

Der Ausdruck seiner violetten Augen wurde sanfter. Er nickte, ließ meinen Arm los und stieg aus.

Ich folgte ihm. Wir mussten uns beeilen.

12

Amelie hüpfte neben mir her und plapperte ununterbrochen: vom Kindergeburtstag, ihrem Lieblingspony namens Lilly, einer neuen Freundin aus dem Nachbardorf ganz in der Nähe und so weiter und so fort.

Heute war ich pünktlich gewesen, und die Erzieherin hatte sich auch noch extra Zeit für mich genommen, um mir mitzuteilen, dass sie mit Amelie zufrieden war. Außerdem hatte sie mir bei der Gelegenheit lang und breit ihr pädagogisches Konzept erläutert. Meine Kleine war bestens versorgt; in der Beziehung konnte ich ganz beruhigt sein.

Hand in Hand schlenderten Amelie und ich zurück zum Haupthaus. Carl war schon hineingegangen. Dafür kniete der Colonel vor dem Wagen und rieb vorsichtig mit dem Daumen am Lack herum.

„Hat Verena das Auto kaputt gemacht?", fragte Amelie, als wir den Colonel erreicht hatten.

Er erhob sich überraschend behände für sein Alter und klopfte sich die Hosenbeine ab. „Hallo Amelie, hallo Frau Hofer", begrüßte er uns. „Nein, nichts kaputt. Ich habe gedacht, da wäre ein Kratzer, aber es war lediglich ein wenig Schmutz. Der Wagen muss nur gewaschen und frisch eingewachst werden."

„Ist denn Carl so penibel, was das Auto angeht?", fragte ich.

Der Colonel lächelte, und die Art seines Lächelns ließ mich vermuten, dass er sich freute, weil ich mich mit Carl mittlerweile duzte.

„Der Porsche gehört nicht Carl“, erklärte er mir, „sondern seiner Tante.“

„Ach so?“

Er nickte. „Wie das Haus, die Ländereien, einfach alles hier. Carl darf den gesamten Besitz ohne Einschränkungen nutzen, solange er bleiben möchte.“

„Sie hat ihn gerne auf Wuthenow?“

„Sicher hat sie das. Sie wollte ihn schon immer in ihrer Nähe haben.“

„Sie scheinen Carls Tante gut zu kennen.“

„Wie man es nimmt.“ Er sah mich ernst an. „Nach mehr als vierzig Jahren sollte man das annehmen. Aber es gelingt ihr immer wieder, mich zu überraschen. Manchmal ist sie unberechenbar.“

Er stockte, schaute hinunter zu Amelie und dann wieder zurück zu mir. „Ihnen geht es gut, Frau Hofer? Als ich vorhin die Schramme auf Carls Gesicht gesehen habe, hatte ich den Eindruck, Ihre heutige Besprechung in der Stadt sei …“, erneut ein schneller Blick zu Amelie, „*turbulent* verlaufen?“

„Durchaus“, sagte ich und fühlte, wie ich rot wurde.

„Das wundert mich nicht“, erwiderte er. „Carl ist manchmal recht … wie soll ich mich ausdrücken … reaktionsfreudig.“

Jetzt musste ich lächeln. „Wenn Sie es so nennen wollen, war er heute *besonders* reaktionsfreudig.“

Der Colonel nickte. „Das habe ich mir schon gedacht. Dann haben Sie einiges erlebt und sich das Abendessen auch redlich verdient.“

„Apropos Abendessen“, sagte ich. „Mir ist aufgefallen, dass Stella nicht mit uns, sondern alleine in der Küche isst.“

„Das ist der Wunsch von Frau von Wuthenow. Alles soll seine Ordnung haben.“

Ich holte tief Luft. „Ich finde das ziemlich antiquiert. Außerdem ist Frau von Wuthenow ja momentan nicht da. Hätten Sie etwas dagegen, wenn Stella gemeinsam mit uns die Mahlzeiten einnehmen würde?“

Ein amüsierter Ausdruck wanderte über sein Gesicht. „Ich? Nein, durchaus nicht. Ganz im Gegenteil.“

„In Ordnung“, sagte ich. „Dann werde ich Stella mitteilen, dass sie ab sofort mit uns im Speisesalon essen kann, wenn sie das möchte.“

Er wandte sich wieder dem Wagen zu. „Tun Sie das.“

13

Das Besteck klapperte überlaut auf dem Porzellan. Niemand sprach ein Wort, selbst Amelie verhielt sich stumm wie ein Fisch.

Wir saßen im Speisesalon und waren beim Hauptgericht angelangt. Schweinelende mit Gemüse und Kroketten. Amelie neben mir aß die Kroketten, den Rest weniger. Und ihr geliebtes Ketchup stand griffbereit.

Ich sah auf. Carl saß mir wie gewohnt gegenüber, der Colonel rechts von ihm. Und links, mit einem Stuhl Abstand, Stella. Sie schien sich noch ein wenig unbehaglich zu fühlen und hielt ihre Augen auf den Teller vor sich gerichtet. Kein Problem – das würde sich von ganz allein geben, zumal Carl ihr vorhin wie selbstverständlich zugenickt hatte, als hätte sie schon immer an der Tafel Platz genommen.

Aus Carl wurde ich zwar selten schlau, aber in diesem Fall war ich mir sehr sicher gewesen, wie er reagieren würde. Standesdünkel waren ihm absolut fremd. So viel hatte ich schon herausgefunden.

„Duuuu, Verenaaaa!“, flötete Amelie in die Stille hinein.

„Hm?“, fragte ich, weil ich gerade den Mund voll hatte.

„Ich will auch so einen Nasenring.“ Sie wies auf Stella, die aufblickte, rot wurde und verlegen lächelte.

Ich kaute zu Ende und schluckte. „Nasenring? Da musst du noch ein wenig älter werden. Deine Nase ist noch zu klein.“

Amelie ließ nicht locker. „Aber dann bekomme ich einen."

„Mal sehen", sagte ich und bemerkte, dass Carl in sich hineingrinste.

Stella straffte die Schultern, räusperte sich und sagte: „Na, Herr von Wuthenow, wie war denn Ihr Tag?"

Carl nahm sich für seine Antwort Zeit. „Verena und ich haben mit mehreren Leuten gesprochen, die uns bei der Aufklärung eines … Problems behilflich waren."

„Was denn für Leute?", fragte Amelie.

„Leute, die möglicherweise Sachen gemacht haben, die man nicht tun darf", beeilte ich mich, Carl zuvorzukommen, um das, was in der Nazi-Kneipe geschehen war, kindgerecht zu verpacken.

„Du meinst Verbrecher", gab sie zurück. Und an Carl gewandt: „Bist du wohl Polizist?"

Carl runzelte die Stirn. „So etwas in der Art. Manchmal helfe ich der Polizei."

„Und die Verbrecher? Was haben die gemacht?"

Erneut mischte ich mich ein. „Böse Sachen."

„Aha", meinte Amelie und angelte sich mit ihren Fingern zwei weitere Kroketten von der großen Servierplatte, die zwischen uns allen stand. „Böse Sachen, das sind Sachen, für die ich noch zu jung bin. Mord oder so."

Carl grinste schon wieder. Er sah sympathisch aus, wenn er das tat.

„Genau", erwiderte ich. „Schlimme Sachen eben."

Amelie blickte von mir zu Carl. Die Kroketten in ihrer Hand hatte sie vergessen. „Und die bösen Männer hat Carl dann verhaftet?"

„Das geht nicht so leicht", erwiderte Carl. „Erst muss man ihnen nachweisen, dass sie böse waren."

„Aber dann werden sie verhaftet."

„Ja. Dann schon."

Amelie erinnerte sich an ihre Kroketten. Statt sie auf den Teller zu legen, biss sie kurzerhand in eine hinein. Sie schaute in die Runde. „Klingt cool. Wenn ich groß bin, werde ich auch Polizist. Aber mit Nasenring."

14

Carl hatte sich relativ bald von uns verabschiedet, mit dem Hinweis, arbeiten zu wollen. Ich hatte ihm ein Zeichen gegeben, dass ich nachkommen würde.

Amelie und ich blieben noch sitzen und unterhielten uns mit Stella und dem anfänglich recht wortkargen Colonel. Aber schließlich gelang uns doch eine Art normaler Tischkonversation. Wir lachten sogar ein wenig.

Später, beim Zubettgehen, las ich Amelie aus dem Fontane-Gedichtband vor. Ihr gefiel die Geschichte von Herrn von Ribbeck und seinen Birnen, und ich musste ihr versprechen, dass wir uns am nächsten Tag auf dem Gut nach Birnbäumen umsehen würden, die es hier zweifellos gab.

Ich wartete, bis ich sicher war, dass Amelie schlief, und schlich mich aus unserer Wohnung. Den Gedichtband nahm ich mit. Höchste Zeit für intellektuelle Gespräche – dachte ich bei mir und musste grinsen.

Die Tür zu Carls Appartement war auch heute nicht abgesperrt. Wie gestern schien Licht durch den Spalt am Boden nach draußen. Ich klopfte und trat ein.

Der Stuhl vor den Stellwänden war verwaist. Carl saß an seinem Schreibtisch, vor ihm ein aufgeklappter Laptop, der Bildschirm schwarz.

Ich wollte ihn gerade ansprechen, als mir seine seltsame Körperhaltung auffiel. Er hatte die Ellenbogen auf den Tisch gestützt, und sein Kinn ruhte in seinen Handflächen. Bis auf ein leichtes Heben und Senken seiner Schultern bewegte er sich nicht. Seine Augen waren geschlossen. Er schlief.

Mein erster Impuls bestand darin, zu gehen. Aber eine Art Neugierde hielt mich zurück. Ich betrachtete ihn genauer – die feinen Linien seines Gesichts, den Schwung seiner Augenbrauen. Er wirkte ausgesprochen friedlich, keine Spur von dieser unterschwelligen Anspannung, die ihn im wachen Zustand stets anzutreiben schien.

Ich wandte mich den Stellwänden zu und entdeckte neue Bilder, die er ausgedruckt und aufgehängt hatte: das Walhalla – von innen und außen – anscheinend aus dem Internet heruntergeladen. Berichte über verschiedene Polizeieinsätze, die dort stattgefunden hatten. Daneben die Fotos vom Fundort der Leiche, die wir mittags mit seinem Smartphone geschossen hatten. Die Baulücke, der Schutthaufen mit Unkraut, die Stelle, an der der Tote gelegen hatte.

Wir hatten Aufnahmen aus jedem erdenklichen Blickwinkel und aus verschiedenen Entfernungen gemacht: direkt vom Gehsteig aus, von der gegenüberliegenden Seite sowie auch von der Baulücke hinaus auf die Fahrbahn.

Bei der Straße handelte es sich um eine Wohnstraße. Trotzdem herrschte dort relativ viel Verkehr. Die Autos hatten uns beim Knipsen behindert. Nachts war die Straße zwar sicherlich weniger stark befahren, aber bestimmt nicht völlig ausgestorben.

Niemals hätte Timo Ebert das Opfer an diesem Ort unbemerkt längere Zeit misshandeln und töten können. Zudem war der Schutthaufen nicht sonderlich hoch. Eine aufrecht stehende Person wurde durch ihn nicht völlig verdeckt. Ebert hätte zumindest knien müssen, um von der Straße aus nicht gesehen zu werden. Unmöglich.

Carl hatte eindeutig recht. Das Verbrechen war woanders verübt worden. Wir mussten unbedingt herausfinden, was es mit dem

Auto auf sich hatte – dem Wagen, der Ebert beinahe überfahren hätte. Vielleicht sollten wir morgen …

Hinter mir ein metallisches Klicken. Ich drehte mich nach dem Geräusch um.

Carl saß noch immer in seinem Stuhl. Aber er schlief nicht mehr. Stattdessen zielte er mit einer Waffe auf mich.

Ich hatte noch nie zuvor in die Mündung einer Pistole gesehen. Sie wirkte übergroß, schwarz, endgültig wie der Tod. Ich erstarrte.

„Was machen Sie hier?“ Carls Stimme klang eiskalt.

„Wieso?“, stotterte ich. „Wir waren doch für heute Abend verabredet. Und dir hat es das letzte Mal nichts ausgemacht, dass ich einfach zu dir hereingekommen bin.“

„Welches letzte Mal?“ Die Waffe in seiner Hand deutete auf meinen Kopf.

Und plötzlich wurde es mir bewusst: Er war eingenickt. Vielleicht nur ein paar Minuten. Aber er hatte mich vergessen. Er konnte sich an nichts mehr erinnern, was in den letzten Tagen, was überhaupt geschehen war.

„Denk nach“, bat ich ihn. „Du kennst mich. Ich bin Verena.“

In seinen violetten Augen veränderte sich nicht das Geringste. „Nein“, sagte er bestimmt. „Ich habe Sie noch nie gesehen. Und glauben Sie ja nicht, dass Sie mich beschwatzen können.“

„Ich heiße Verena“, drängte ich. „Verena Hofer. Und ich arbeite mit dir zusammen an einem Kriminalfall. Ich helfe dir, einen Mord aufzuklären.“

„Lüge!“, stieß er hervor.

„Wieso Lüge?“

„Niemals würde ich mit jemandem zusammenarbeiten. Halten Sie mich nicht für einen Idioten. Ich weiß, zu wem Sie gehören.“

Ich wagte nicht, mich zu bewegen. „Zu wem denn?“

Wut blitzte in seinen Augen auf. „Lassen Sie das! Seit Wochen merke ich immer deutlicher, dass ich verfolgt werde. Sie sagen mir sofort, wer Sie schickt."

„Keiner schickt mich", erwiderte ich, darum bemüht, das Zittern aus meiner Stimme herauszuhalten. „Ihre Tante hat mich angestellt."

„Wieder eine Lüge!" Er erhob sich und visierte mich weiterhin mit der Waffe an. Er kam auf mich zu. „Die Lügen haben jetzt ein Ende."

Ich hörte, wie eine Tür geöffnet wurde. Schritte, und der Colonel erschien im Zimmer. „Hallo Carl", sagte er. „Ich wollte noch mit dir sprechen wegen …" Er brach ab und starrte uns entgeistert an. „Was ist denn hier los?"

Carl drehte sich nicht zu ihm um. „Ich habe eine von denen erwischt", sagte er. „Und jetzt werde ich herausfinden, wer dahintersteckt. Schluss mit den Drohungen. Schluss mit manipulierten Bremsen und vergiftetem Essen."

Der Colonel kam langsam näher, blieb neben Carl stehen. „Das ist Verena. Sie gehört zu uns."

Carl schüttelte den Kopf. „Was erzählst du da? Niemals. Ich kenne sie nicht. Und ich finde jetzt heraus, was sie hier will. Lass uns eine halbe Stunde alleine. Ich werde sie befragen, und sie wird mir alles erzählen …"

„Nein." Blitzschnell schob sich der Colonel zwischen mich und Carl, stellte sich vor die Mündung der Waffe.

„Geh mir aus dem Weg", zischte Carl.

„Nein", wiederholte der Colonel.

„Du hältst mich nicht auf", sagte Carl. „Niemand tut das."

Ich hatte am Nachmittag beobachtet, wie Carl den Wirt im Walhalla innerhalb von Sekunden überwältigt hatte. Der Colonel reagierte noch schneller. In einem Augenblick sah ich seinen Rücken vor mir, und im nächsten Moment lag Carl auf dem Boden, der Colonel kniete auf ihm, und die Pistole schlitterte über das Parkett. Erschrocken wich ich einen Schritt zurück und stieß an eine der Pinnwände.

Carl stöhnte rau, als der Colonel ihm den Arm verdrehte und ihm dabei den Kopf mit der freien Hand auf das Parkett drückte.

„War er wohl eingeschlafen, Frau Hofer?“, erkundigte sich der Colonel bei mir, ohne sich umzudrehen.

„Ja“, antwortete ich mit zitternder Stimme.

Der Colonel behielt Carl in seinem eisernen Griff, die Geräusche verstummten allmählich, nur noch Carls stoßweiser Atem war zu hören.

„Hast du dich wieder unter Kontrolle?“, fragte der Colonel ruhig.

Es dauerte eine Zeit lang, und dann sagte Carl: „Ja.“

Der Colonel ließ ihn noch nicht los. „Du hattest eine Kopfverletzung. Du wurdest angeschossen, nur kannst du dich leider nicht mehr daran erinnern. Das ist über ein halbes Jahr her. Wenn du geschlafen hast, vergisst du jeden Tag aufs Neue, was seit diesem Anschlag auf dich passiert ist.“

„Was erzählst du da?“ Carl versuchte erneut, sich zu befreien. Vergeblich.

„Hör mir zu“, sagte der Colonel. „Seitdem schreibst du dir deine täglichen Erlebnisse auf. Du hast dabei mit der Zeit eine perfekte Methode entwickelt. Du komprimierst deine Aufzeichnungen derart, dass du innerhalb von wenigen Minuten wieder auf dem Laufenden bist, wenn du sie nach dem Aufstehen liest.“

Schweigen. Und dann fragte Carl: „Wo sollen diese Notizen sein?“

„Auf deinem Laptop“, erwiderte der Colonel. „Ich werde dich jetzt loslassen, wenn du mir versprichst, dass du zuerst deine Aufzeichnungen durchsiehst. Frau Hofer und ich warten so lange.

Wenn du dann immer noch willst, drücke ich dir die Waffe persönlich wieder in die Hand."

Ich konnte Carls Zögern sehen, dann blinzelte er einmal und meinte: „Gut."

Der Colonel gab Carl frei und erhob sich. Er trat einen Schritt zurück. Carl stand ebenfalls auf, rieb sich über seinen Arm, den ihm der Colonel verdreht hatte. Ohne uns weiter zu beachten, setzte er sich an seinen Laptop, klickte mit der Maus und begann zu lesen.

Von meiner Position aus konnte ich den Sturm der Gefühle beobachten, der über Carls Gesicht tobte: Ablehnung, Ungläubigkeit, totales Erstaunen und dann Erkenntnis und schieres Entsetzen. Er lehnte sich zurück, ließ seine Arme sinken und starrte längere Zeit blicklos nach unten.

Ich spürte seine Verzweiflung, und ich musste daran denken, dass für Carl jeder Tag auf diese Art und Weise begann. Der Laptop erzählte ihm von seinem Leben. Berichtete ihm von Menschen, Ereignissen, Gefühlen. Er musste immer wieder von vorne beginnen. Ein Wunder, dass er bislang noch nicht daran zerbrochen war.

Mit einem Mal straffte Carl die Schultern, hob den Kopf und drehte sich zu uns um. Seine Augen sprühten förmlich vor Willenskraft und Entschlossenheit. „Danke, Colonel", sagte er. Und an mich gerichtet: „Es war ein schrecklicher Fehler von mir einzuschlafen, obwohl ich wusste, dass du kommen wolltest."

„Ach", sagte ich betont leichthin und hoffte, dass es echt klang. „So schlimm war das gar nicht. Und überhaupt … wenn jemand Schuld hat, dann ich. Ich bin in deiner Wohnung herumgeschlichen, obwohl du geschlafen hast, ohne daran zu denken, dass du nach dem Aufwachen …" Ich brach ab.

„… etwas Privatsphäre brauche", beendete er meinen Satz und bemühte sich zu lächeln.

„Wer braucht die nicht“, beeilte ich mich zu sagen. Für einen Augenblick fühlte ich mich ihm ganz nahe, als würde ich ihn schon eine ganze Ewigkeit kennen.

Der Colonel machte durch ein Räuspern auf sich aufmerksam. „Was hältst du davon, Carl, wenn wir Frau Hofer zu unserem Frühsport einladen?“

„Frühsport?“ Ich verstand nicht, was er meinte.

„Nun“, sagte Carl. „Wie ich soeben gelesen habe, betätigen der Colonel und ich uns jeden Morgen kurz nach Sonnenaufgang körperlich für eine gute Stunde.“

„Und ihr meint, ich sollte da mitmachen?“, fragte ich.

Der Colonel nickte. „Deshalb bin ich vorhin eigentlich gekommen. Ich wollte das mit Carl abklären. Und ja, ich denke, Sie sollten unbedingt mitmachen.“

„Also gut“, stimmte ich zögerlich zu. Ganz wohl war mir nicht bei der Sache. „Aber nur, wenn ich rechtzeitig um sieben zurück sein kann, um Amelie aufzuwecken.“

„Wir beginnen um sechs“, sagte der Colonel. „Das passt wunderbar. Dann treffen wir uns in der Halle neben der Garage.“

Ich erinnerte mich an den Gedichtband, den ich noch immer in der Hand hielt. Ich reichte ihn Carl. Der warf einen verständnislosen Blick darauf. „Was soll ich damit?“

„Seite siebzehn“, sagte ich. „Wir waren uns doch einig, dass ich entscheide, mit welchen Studien wir uns beschäftigen.“

Er nahm mir das Buch aus der Hand und schlug es auf. „Poesie?“

„Deutsche Literatur“, erwiderte ich. „Extrem anregend für den Geist.“

MITTWOCH

15

Über vierzig Jahre lang war er um sechs Uhr aufgestanden. Jetzt, als Rentner, hielt er es genauso. Und er hatte sich seinen Herzenswunsch erfüllt: Er hatte sich eine Hündin gekauft. Ein reinrassiges Tier, das etwas hermachte. Eine Vizsla.

Er genoss es, früh mit seiner Hündin unterwegs zu sein. Jeden Morgen fuhr er mit dem Auto bis zum Park. Sie stiegen beide aus, Ginger bellte und los ging's.

Schnellen Schrittes marschierten sie über den Kiesweg, erreichten die dichten Laubbäume. Ginger zog an der Leine wie eine Verrückte. Er hatte mit ihr zwar die Hundeschule besucht, aber er brachte es nicht übers Herz, sie ständig zu disziplinieren. Ginger sprühte vor Lebensfreude, sie war eben ein Jagdhund, und es lag in ihrer Natur, alles ungestüm zu erkunden.

Ein paar Hundert Meter entfernt tauchte eine Frau auf. An ihrer Seite lief ein Boxer. Er kannte das Tier. Der Boxer und seine Ginger waren bereits einmal böse aneinandergeraten. Das musste nicht noch einmal geschehen. Er bog nach rechts ab, der Pfad führte ihn tiefer in das Grün hinein.

Niemand weit und breit. Perfekt.

Er bückte sich und öffnete den Karabinerhaken, mit dem die Leine am Halsband befestigt war. Ginger, die darauf schon gewartet hatte, preschte augenblicklich vorwärts. Sie umrundete ihn ein paarmal in großem Bogen, kam zu ihm zurück, sprang an ihm hoch.

Mit geübtem Blick suchte er die Wiese nach einem passenden Ast ab. Ginger liebte es, zu apportieren.

Kein Stöckchen. Aber er würde schon noch etwas finden.

Er ging weiter. Ginger blieb in seiner Nähe. Sie schnüffelte am Boden, lief im Zickzack einer unsichtbaren Spur hinterher und buddelte in der Erde nach Mäusen oder Maulwürfen. Bei all ihren Aktivitäten achtete sie stets darauf, sich nicht allzu weit von ihm zu entfernen. Kluges Mädchen.

Aus dem Augenwinkel erhaschte er einen braunen Schatten. Ginger heulte auf und stürzte an ihm vorbei, auf das nächste Gebüsch zu. Ein Eichhörnchen – es rettete sich auf einen der hohen Bäume und schimpfte hinunter. Ginger tobte, versuchte vergeblich, am Stamm hochzuspringen, ihre Krallen kratzten hart über die Rinde. Sie jaulte und kläffte.

Er lächelte, ging zu ihr und nahm sie wieder an die Leine. Aus Erfahrung wusste er, dass Ginger ihm in diesem Zustand nicht freiwillig folgen würde. Solange sie das Eichhörnchen sah oder roch, setzte ihr Hundeverstand einfach aus.

Es dauerte nicht lange, und Ginger hatte den Zwischenfall vergessen. Es gab neue Dinge zu erkunden. Flehentlich blickte sie zu ihm auf.

„Gut", sagte er. „Aber nicht wieder wegrennen."

Er gab ihr die Freiheit zurück, und gemeinsam setzten sie ihren Weg fort.

Er spürte, wie er hungrig wurde, dachte an frische Brötchen mit Butter und Johannisbeerkonfitüre.

Für einen Moment hatte er Ginger aus den Augen gelassen. Sie bellte, stürzte wie der Blitz über eine kleine Wiese und verschwand unter einem Busch.

Diese dämlichen Eichhörnchen. Sie waren ja putzig anzusehen, und er konnte sich auch sicher sein, dass Ginger keines erwischen würde, aber sie nervten. Manchmal hatte er fast den Eindruck, die kleinen Nager provozierten Ginger mit Absicht, um ihn damit zu ärgern.

Wieder gab Ginger Laut. Schrill, mit diesem besonderen Klang, der ihm signalisierte, dass sie sich im Jagdfieber befand.

Ihm reichte es. Zeit, sich durchzusetzen. Der Hundetrainer hatte schon recht gehabt.

„Ginger!", rief er.

Sie reagierte nicht. Nur die Zweige des Busches bewegten sich an einer unzugänglichen Stelle und zeigten ihm, wo sich die Hündin gerade befand.

„Ginger!" Diesmal brüllte er. „Fuß!"

Das war zwar nicht das richtige Kommando, aber egal.

Zu seinem größten Erstaunen tauchte Ginger aus dem Dickicht auf und kam schwanzwedelnd in seine Richtung gelaufen. Sie wusste eben doch, wer hier das Sagen hatte. Braver Hund.

Und sie hatte etwas gefunden. Sie brachte ihm einen Ast zum Spielen mit. Na also.

Ginger legte das Stöckchen vor seinen Füßen ab, setzte sich und hechelte ihn erwartungsvoll an.

Er bückte sich nach dem hellen, unregelmäßig geformten Zweig und nahm ihn hoch, um ihn genauer zu betrachten.

Dann schrie er, ließ das Ding fallen und machte einen Satz nach hinten. Vor ihm, auf dem feinen Kiesweg lagen Knochen: die skelettierten Überreste einer menschlichen Hand.

16

Ich trug Jogginghose, Turnschuhe und einen Sweater, als ich aus dem Haus trat. Es war noch dämmrig, nur am äußersten Rand des Horizonts, dicht über dem See, vermochte ich eine Ahnung von Helligkeit zu entdecken. Ich atmete tief ein. Die Luft roch frisch, fast wie nach einem ausgiebigen Regen.

Während ich hinüber zu den Garagen schritt, spürte ich feinste Wassertropfen auf meinem Gesicht. Vor der Tür zur Trainingshalle verließ mich der Mut. Ich blieb stehen und fragte mich zum hundertsten Male, was ich hier überhaupt sollte.

Von innen drangen Geräusche zu mir heraus. Es klang, als würde jemand Möbel umwerfen. Ich straffte die Schultern und trat ein.

Eine Art Gymnastikraum. Helle Bretter am Boden, an den Wänden einfache Leuchten, eine lange Holzbank, auf der zwei Sporttaschen standen, ein grauer, fahrbarer Rollschrank.

Das alles registrierte ich jedoch nur nebenbei. Meine volle Aufmerksamkeit galt den beiden Männern, die in der Mitte standen: Carl und der Colonel in Sportkluft, keine zwei Schritte auseinander. Der Colonel hielt eine Pistole in der Hand und bedrohte damit Carl. Genau wie gestern Abend in Carls Wohnung. Mit dem feinen Unterschied, dass die beiden die Rollen getauscht hatten.

Im ersten Moment erschrak ich heftig. Mein Herz begann, wie wild zu schlagen. Meine Erlebnisse vom Vortag und die damit verbundenen Gefühle überfielen mich unvorbereitet und damit umso intensiver. Wieder sah ich die Mündung der Waffe vor mir, mit der Carl auf mich gezielt hatte – dabei hatte er eine Kälte und Entschlossenheit ausgestrahlt, die mich vor Angst erstarren ließ. Er kam mir in dem Moment wie ein absolut Fremder vor, und ich hatte nicht gewusst, wie ich reagieren sollte …

Ich blinzelte ein paarmal. Meine Augen gewöhnten sich an die helle Beleuchtung, und ich erkannte, dass die Waffe, die der Colonel auf Carl richtete, aus schwarzem Gummi bestand. Eine Attrappe.

Ich hatte gar keine Zeit, meine Erleichterung wahrzunehmen, denn Carl sprang ohne Warnung vor, schlug dem Colonel die Spielzeugpistole aus der Hand und drückte ihn zu Boden. Offenbar handelte es sich um die gleiche Taktik, die der Colonel vor wenigen Stunden bei Carl angewandt hatte, als er ihn entwaffnete.

Auch der Colonel versuchte, sich aus Carls Griff zu befreien, wie es Carl gestern beim Colonel probiert hatte – mit dem gleichen Ergebnis: Der Colonel wand sich, er trat nach oben, konnte aber nichts ausrichten. Schließlich schlug er mehrere Male mit der flachen Hand auf den Boden, Carl ließ von ihm ab und stand auf. Der Colonel kam ebenfalls auf die Beine. Sie sahen sich an und verbeugten sich voreinander. Zumindest diesen letzten Teil fand ich ziemlich albern.

Jetzt bemerkten sie mich und kamen zu mir herüber.

„Ah“, sagte Carl. „Da ist ja unsere neue Trainingspartnerin.“

Oh je! Ich lächelte und schüttelte dann den Kopf. „Es war wirklich ausgesprochen nett von euch, mich einzuladen, aber hätte ich gewusst, was ihr unter Training versteht …“ Ich atmete tief ein. „Ich bezweifle stark, dass das hier das Richtige für mich ist.“

„Warum nicht?“ Carl klopfte dem Colonel auf die Schulter. „Wir üben seit Jahren zusammen. Und als ehemaliger Fremdenlegionär kennt der Colonel alle Tricks.“

„*La Légion?*“, erwiderte ich, vollkommen aus dem Konzept gebracht.

Der Colonel winkte ab. „Davon erzähle ich Ihnen ein anderes Mal ... Wie ich gehört habe, sind Sie sehr geschickt mit dem Stuhl in diesem Nazi-Lokal umgegangen, als Carl mit dem Baseballschläger angegriffen wurde.“

Das war ebenfalls kein Erlebnis, an das ich mich gern erinnerte. „Ich weiß gar nicht, was da über mich gekommen ist.“

„Sie haben eine gefährliche Situation gesehen und haben darauf reagiert“, meinte der Colonel. „Und zum Glück haben Sie angemessen gehandelt. Was wir hier lernen, ist, dass man seine Reaktion nie dem Zufall überlassen darf.“

Das klang zwar logisch, aber überzeugte mich nicht wirklich. „Ich bin kein gewalttätiger Mensch“, sagte ich. „Ich glaube auch nicht, dass ich das lernen kann und will.“

Der Colonel nickte verständnisvoll. „Es geht um Verteidigung. Sie sollen nicht trainieren, jemanden anzugreifen, sondern Sie sollen lernen, einen Angriff abzuwehren. Das ist ein gewaltiger Unterschied.“

„Trotzdem“, sagte ich und überlegte mir gleichzeitig, wie ich aus der Sache möglichst elegant wieder herauskommen könnte.

„Lassen Sie es uns einmal versuchen.“ Die Miene des Colonels war offen und ehrlich. Er trat näher an mich heran. „Das Wichtigste ist, eine Attacke als solche überhaupt zu erkennen.“ Er stupste mich mit seiner Rechten am Oberarm an. Ich hatte die Bewegung nicht bemerkt. In seinem Gesicht hatte sich nicht der kleinste Muskel geregt.

Sein Stupser tat unangenehm weh.

„Ich habe Ihren Schlag gar nicht kommen sehen“, sagte ich überflüssigerweise und rieb mir die schmerzende Stelle.

Erneut nickte der Colonel. „Sie waren nicht vorbereitet. Probieren wir es noch einmal.“

Seine Linke traf meine andere Schulter. Und diesmal schmerzte es richtig.

Das machte mich wütend.

Erneut hob er den Arm, in der Absicht, mich ein drittes Mal anzurempeln. Ich schlug ihm mit geballter Faust gegen den Oberkörper. Fest.

Kaum hatte ich das getan, erschrak ich. Entschuldigend streckte ich die Hand aus. „Ich wollte nicht … Das tut mir so leid …“

Um den Mund des Colonels bildeten sich kleine Fältchen. Er lächelte. Nein, er grinste.

„Mir tut es nicht leid“, sagte er. „Darauf können wir sehr gut aufbauen.“

17

Wir fuhren wieder nach Berlin. Der Carrera glänzte frisch geputzt, der Colonel hatte ihn vollgetankt, am Himmel keine einzige Wolke. Alles sprach dafür, dass es eine angenehme Fahrt werden würde.

Sobald wir die Allee hinter uns gelassen hatten, fingerte ich aus meiner Jackentasche einen Stick heraus. Ich steckte ihn ganz selbstverständlich in die Musikanlage und drehte sie auf.

Einige Sekunden später erklang Katy Perrys Stimme. *Hot N Cold* – einer meiner Lieblingssongs. Bewusst vermied ich es, Carl anzusehen. Ein paarmal glaubte ich fast, ein schmerzvolles Stöhnen aus seiner Richtung zu hören, aber ich war mir nicht ganz sicher, die Musik war zu laut, also ignorierte ich es.

Kein Mitleid. Da musste er jetzt durch. Ich hatte schließlich gestern auf der Heimfahrt auch seinen Hardrock erduldet und sogar beim Selbstverteidigungstraining heute früh nicht gekniffen. Morgen würde ich bestimmt teuflischen Muskelkater haben. Und wie es aussah, würde es nicht bei dieser einen Übungsstunde bleiben.

Ich begann, die Melodie mitzusummen, dann mitzusingen, und gelegentlich trommelte ich den Takt ein wenig auf dem Lenkrad. So ging es mir immer bei Katy Perry – sie riss mich einfach mit.

Nach dem dritten Lied bemerkte ich eine zunehmende Unruhe neben mir. Carl rutschte auf seinem Sitz herum. Aus dem Augenwinkel konnte ich sehen, dass er dabei war, sich klammheimlich die Kopfhörer seines iPods in die Ohren zu stecken.

„Untersteh dich", sagte ich, ohne den Blick von der Straße zu nehmen.

„Was meinst du?", kam seine betont harmlose Erwiderung.

„Wir haben eine Abmachung. Während einer Fahrt hören wir Heavy Metal ..."

„... und zur Strafe", unterbrach er mich, „müssen wir dieses ... *Zeug* erdulden?"

„Das ist kein *Zeug*. Das ist Katy Perry. Wir genießen nach deinem Metallica-und-Co-Konzert zur Abwechslung gute Popmusik."

Er atmete tief durch, setzte zu einer Antwort an und endete schließlich mit einem ergebenen Seufzer.

Eine Zeit lang durfte sich Katy noch in voller Lautstärke ausleben, dann drehte ich die Anlage deutlich leiser. Kurz schaute ich zu Carl. „Wir sollten uns wegen gestern Abend unterhalten."

Er räusperte sich. „Was da vorgefallen ist, tut mir sehr leid. Ich habe dich mit einer Waffe bedroht, das ist unverzeihlich."

Ich schüttelte einmal den Kopf. „Darum geht es mir nicht."

„Worum dann?"

„Ich glaube, wir sollten uns über dieses Attentat auf dich unterhalten", erwiderte ich, um anzufügen: „Das war doch ein Attentat?"

„Ja", erwiderte er einsilbig.

„Möchtest du mir davon erzählen?" Ich gab vor, mich voll auf den Verkehr zu konzentrieren.

Er blieb still. Längere Zeit. Dann beugte er sich nach hinten und holte vom Behelfssitz etwas nach vorn. Ich warf einen kurzen Blick darauf. Er hielt den Fontane-Gedichtband in Händen, den ich ihm gestern Abend gegeben hatte.

„Ich denke, wir sollten die Zeit nutzen und uns endlich um die intellektuellen Gespräche kümmern, die wir vertragsgemäß führen müssen", meinte er.

Okay, dachte ich. *Er ist noch nicht so weit.* Laut sagte ich: „Theodor Fontane. *Herr von Ribbeck auf Ribbeck im Havelland.* Hast du die Ballade gelesen? Du kannst sie gerne aufschlagen. Seite siebzehn."

„Nicht nötig", meinte er. „Ich habe sie auswendig gelernt. Heute früh."

„Das ganze lange Gedicht?" Das hatte ich nicht erwartet.

„Memo-Technik", erwiderte er beiläufig. „Das habe ich drauf."

„Dann hast du ja nichts dagegen, einen kleinen Test zu machen. Strophe vier bitte", sagte ich.

Unverzüglich begann er:

„Und die Jahre gingen wohl auf und ab,
längst wölbt sich ein Birnbaum über dem Grab ..."

Fehlerlos zitierte er die Verse und betonte sie auch noch in angemessener Weise. Ziemlich beeindruckend.

„Schön", meinte ich, als er geendet hatte. „Du hast mich überzeugt. Lass uns doch einmal zusammenfassen, worum es in dem Gedicht geht."

„Mit *uns* meinst du mich?"

Ich warf ihm ein Lächeln zu. „Exakt."

Ein unwirsches Stirnrunzeln. „Es geht um einen alten Knacker, der Kindern gerne Birnen schenkt. Irgendwann stirbt er, wie jeder von uns."

Seine Inhaltsangabe war mehr als knapp und äußerst lieblos. Aber gut. Mit der Zeit würde sich das geben. „Wie hat dir die Ballade gefallen?", fragte ich.

„Soll ich ehrlich sein?"

Ich nickte. „Sicher. Tu dir keinen Zwang an."

„Das Gedicht ist kindlich-naiv, albern, fast schon peinlich."

Ich musste grinsen. „Findest du keinen Sinn darin?"

„Wie, *Sinn*?"

„Ein gutes Gedicht hat immer einen Sinn und eine Aussage. Und dieses hat es auch. Mehrere sogar. Du bist doch Profiler. Das dürfte dir nicht schwerfallen."

Ich brauchte nicht zu ihm hinüberzublicken, um zu wissen, dass sich auf seiner Stirn die obligatorische Falte bildete, die dort immer erschien, wenn er sich konzentrierte.

„Es beschreibt ansatzweise die Gegend hier", meinte er. „Das Havelland, wie es früher einmal war … Anscheinend gab es jede Menge Obstbäume."

„Beschreibt Fontane nur die Gegend?"

„Vielleicht auch die Menschen."

„Und? Wie sind beziehungsweise waren sie?"

„Nach dem Gedicht zu urteilen hilfsbereit und freundlich." Carl machte eine Pause und fügte hinzu: „Viele waren arm, nur einige wenige reich."

„Das stimmt", sagte ich.

Er drehte sich mir zu. „Die gleichen Infos kann ich aber auch innerhalb von Sekunden mithilfe meines Handys googeln – wenn ich sie denn jemals brauchen sollte."

Ich verzog den Mund. „Die Infos schon. Aber nicht das Gefühl, das die Ballade vermittelt."

Jetzt hatte ich seine volle Aufmerksamkeit. „Gefühl?"

Ich sah kurz zu ihm. „Gefühl, ganz genau. Fontane mochte das Havelland. Und er mochte die Menschen, die dort lebten."

Über Carls Gesicht huschte ein eigenartiger Ausdruck, den ich nicht deuten konnte.

Das Navi meldete sich, und ich bremste den Wagen ab. Wir hatten das Polizeipräsidium beinahe erreicht.

18

Der Porsche parkte auf einem der Besucherstellplätze in der Tiefgarage des Polizeipräsidiums, und wir liefen Richtung Aufzug. Dessen Tür öffnete sich, und zwei Personen stiegen aus – Staatsanwältin Wolf und Kaczmarek. Sie unterhielten sich angeregt miteinander, ohne auf ihre Umgebung zu achten.

Erst als wir nur noch ein paar Meter von ihnen entfernt waren, bemerkten sie uns. Sie hielten an und warteten, bis wir sie erreicht hatten. Frau Wolfs Gesichtsausdruck nach zu urteilen freute sie sich, Carl und mich zu sehen. Kaczmarek hingegen wirkte wesentlich kühler. Immerhin gelang ihm ein Nicken, was ich insgeheim als Fortschritt verbuchte.

„Schön, dass Sie hier sind", begrüßte uns Frau Wolf.

„Ich habe gedacht, wir treffen uns alle oben in Ihrem Büro, Herr Kaczmarek", sagte Carl, während wir uns die Hände schüttelten.

Kaczmarek zog die Schultern hoch. „Uns ist etwas dazwischengekommen. Wir haben einen neuen Leichenfund und müssen zur Gerichtsmedizinerin. Das lässt sich leider nicht aufschieben."

„Sehen Sie eine Verbindung zu unserem Fall?", fragte Carl.

„Mehr als unwahrscheinlich." Kaczmarek schüttelte entschieden den Kopf. „Eigentlich handelt es sich mehr um ein Skelett. Der oder die Tote muss längere Zeit irgendwo begraben gewesen sein. Was übrig ist, ist in einem äußerst schlechten Zustand, sodass wir nicht einmal sicher sind, ob sich die Todesursache überhaupt wird feststellen lassen. Und eben deshalb müssen wir zur Forensik."

„Das ist ein ganz anderes Muster", bekräftigte Frau Wolf.

„Hm", machte Carl, was das Gespräch zum Erliegen brachte. Ich sah, wie Kaczmarek rot anlief.

„Haben Sie etwas Neues für uns?", lenkte ich schnell ab.

Kaczmarek räusperte sich. „Wir ermitteln noch im Umfeld der Stricher. Schwierig, keiner will reden. Aber es gibt da eine offene Einrichtung mit Streetworkern, die sich um die Stricher kümmert. Die Oase. Mit dem Leiter habe ich einen Termin für heute gegen halb zwei vereinbart. Wenn Sie möchten, können Sie beide mit dazukommen."

„Das machen wir gerne", sagte Carl. „Und Ihre Akten? Sie wollten sie nach früheren Verbrechen durchforsten, die eventuell Ähnlichkeit mit unserem Fall haben."

„Frühere Verbrechen?", wiederholte Frau Wolf alarmiert. Offensichtlich hatte Kaczmarek sie nur über Teile unserer gestrigen Unterredung informiert.

„Wir wollten die Akten durchsehen, und das werden wir auch", beeilte sich Kaczmarek zu versichern. Und an Frau Wolf gewandt: „Machen Sie sich keine Gedanken, Frau Wolf. Wir möchten nur wirklich jede Möglichkeit ausschließen. Es spricht bislang überhaupt nichts für einen Wiederholungstäter."

Die Staatsanwältin bedachte Kaczmarek mit einem strafenden Blick. „Ich hoffe, es bleibt dabei."

„Timo Ebert", fuhr Carl unbeirrt fort. „Konnten Sie von ihm noch etwas über die Nacht erfahren, in der er den Toten gefunden hat?"

„Nein. Er schweigt beharrlich. Und sein Anwalt macht uns die Hölle heiß." Kaczmarek verzog das Gesicht, als hätte er in eine Zitrone gebissen.

„Der Verdacht gegen Ebert wird immer dünner“, ergänzte Frau Wolf. „Wir werden ihn morgen entlassen müssen.“

„Sollte er nicht doch noch einmal befragt werden?“ Carl machte eine Pause. „Diesmal als Zeuge, nicht als Verdächtiger ... nach Möglichkeit von jemandem, den er noch nicht kennt? Vielleicht öffnet er sich dann eher.“

„Guter Gedanke“, Frau Wolf nickte. „Wie wär's, wenn Sie selbst es noch einmal bei ihm probieren würden, solange er sich noch in Moabit befindet?“

Carl überlegte kurz. „Kann ich machen. Aber dafür brauche ich einen Sprechschein.“

Die Staatsanwältin lächelte. „*Zufällig* liegen zwei von mir ausgefüllte Sprechscheine für Sie und Frau Hofer bei Herrn Kaczmareks Sekretärin bereit. Ich habe sie vorhin dort deponiert, weil ich nicht wusste, ob wir Sie noch sehen. Außerdem habe ich Ihren Besuch bei den Justizvollzugsbeamten bereits angekündigt.“

Ich war noch nie in einem Gefängnis gewesen. „Gibt es in Moabit besondere Besuchszeiten?“, fragte ich.

„Bis sechs können Sie jederzeit kommen“, sagte Frau Wolf. Sie blickte auf ihre Uhr.

„Sie haben es eilig“, stellte Carl fest. „Gehen Sie ruhig, und Frau Hofer und ich kümmern uns um Herrn Ebert.“

„Wenn Sie wider Erwarten doch etwas herausfinden sollten ...“, hakte Kaczmarek nach.

„Dann werden wir es Ihnen umgehend mitteilen“, vervollständigte ich seinen Satz mit einem freundlichen Lächeln, um Carl zuvorzukommen. Seiner Körperhaltung nach zu urteilen wäre seine Erwiderung weniger verbindlich ausgefallen.

19

Ich war davon ausgegangen, dass Moabit kein kleines Gefängnis sein konnte. Doch die schieren Ausmaße der sternenförmig angelegten Gebäude überraschten mich dann doch. Fünfstöckig, mit Fassaden aus rotem und gelbem Backstein, ragten die Gefängnisblöcke weit in die Höhe und erweckten in mir ein starkes Gefühl der Beklemmung.

Wir meldeten uns am Eingang an, zeigten unsere Ausweise und die Sprechscheine vor, und ein Justizvollzugsbeamter brachte uns in das Besucherzimmer. Linoleum am Boden, ein Kieferntisch, drei Stühle – zweckmäßig, unpersönlich, kalt.

Wir nahmen Platz.

Der Beamte, der uns hereingeführt hatte, verließ uns. Eine andere Tür öffnete sich. Wieder ein Uniformträger, der einen jungen, nicht allzu großen Mann begleitete. Timo Ebert – ich erkannte ihn von dem Foto, das uns Kaczmarek mit der elektronischen Akte überlassen hatte.

Der Wärter nickte uns zu und wies Ebert an, sich uns gegenüber zu setzen. Nachdem Ebert der Aufforderung gefolgt war, trat der Beamte einige Schritte zurück, um sich an die Wand zu lehnen.

Ich betrachtete Ebert näher: kräftig gebaut, enges T-Shirt, die massigen Unterarme tätowiert. Ich las die Zahl *88* mit schwarzer Tinte geschrieben. Daneben befanden sich ein paar Zeichen, die mich an Runen erinnerten, und eine Art eisernes Kreuz.

Eberts Augen waren hell, von wässrigem Blau, sie flackerten unruhig zwischen Carl und mir hin und her.

„Darf ich vorstellen“, begann Carl. Er wies auf mich. „Das ist Frau Hofer, meine Kollegin. Und ich heiße Wuthenow. Die Staatsanwaltschaft schickt uns.“

„Ich rede nicht mit Ihnen“, kam Eberts prompte Reaktion. „Mein Anwalt meint, ich muss mit niemandem sprechen.“

Ich versuchte es mit einem Lächeln. „Aber Sie sind trotzdem hergekommen.“

Er lächelte nicht zurück, sondern musterte mich abschätzig von oben bis unten. „Nur ein Hofgang am Tag für eine Stunde. Das ist absolut langweilig. Ich bin froh, mal was anderes zu sehen. Hier sind nur Typen. Ne geile Frau ist doch zur Abwechslung auch mal nett.“ Jetzt grinste er und machte eine auffordernde Handbewegung. „Komm schon, beug dich doch mal vor, damit ich deine Titten besser sehe.“

Der Wärter machte Anstalten, einzuschreiten, aber Carl warf ihm einen Blick zu und schüttelte dabei den Kopf. Anschließend wandte er sich an Ebert. Völlig ruhig meinte er: „Damit zwischen uns keine Missverständnisse aufkommen: Wenn du das noch mal zu ihr sagst, haue ich dir eins in die Fresse.“

Ebert schluckte und linste zu dem Beamten. „Das traust du dich nicht, solange der Schließer da ist.“

„Wie ich das einschätze“, erwiderte Carl ohne jede Regung, „kommst du bald raus. Dann können wir das draußen erledigen.“

Ebert horchte auf. „Wieso soll ich rauskommen? Woher weißt du das?“

Carl zuckte mit den Schultern. „Ich habe alle Indizien nochmals geprüft. Es steht fest, dass du unmöglich der Täter sein kannst. Nur eine Frage der Zeit, bis dich die Staatsanwaltschaft gehen lässt.“

„Wirklich?“ In Eberts Gesicht mischte sich Unglauben mit Hoffnung.

„Ja.“ Carl lehnte sich zurück. „Da bin ich mir sicher.“

Wir schwiegen. Eberts Augen huschten wieder unstet von Carl zu mir und zurück.

„Was wollt ihr?“, fragte er schließlich.

„Du möchtest hier raus“, stellte Carl fest. „Und wenn du mir eine Frage beantwortest, klappt das schneller.“

Ebert leckte sich über die Oberlippe. „Eine Frage – und dann werde ich entlassen?“

Carl tat, als würde er nachdenken. „So ungefähr.“

„Nein, nein, nein.“ Ebert hob eine seiner Pranken und wackelte mit dem Zeigefinger. „Ihr wollt mich reinlegen. Kein Sterbenswort bekommt ihr aus mir heraus.“

„Deine Entscheidung“, erwiderte Carl. „Aber hör dir doch erst mal die Frage an, dann weißt du, ob du darauf etwas antworten willst oder nicht. Kein Risiko für dich.“

Ebert zögerte, rutschte auf dem Stuhl herum und sagte schließlich: „Okay.“

„An dem Abend, an dem du den Toten gefunden hast, wärst du beinahe von einem Auto überfahren worden. Sag mir, was dir von dem Wagen in Erinnerung geblieben ist: Marke, Farbe, Nummernschild, Fahrer – alles, was dir einfällt.“

Carl hatte schnell gesprochen und Ebert damit völlig überrumpelt. Dessen Augen weiteten sich, bevor sie sich misstrauisch zusammenzogen. „Wer hat dir das mit dem Auto erzählt?“, stieß er hervor.

„Das ist vollkommen ohne Bedeutung.“ Carl machte eine Pause. „Es gab also ein Fahrzeug. Wir sind lediglich daran interessiert, was du über den Wagen weißt.“

Das Misstrauen auf Eberts Gesicht verstärkte sich, bevor es allmählich einem anderen Ausdruck wich: Verschlagenheit. Er öffnete die Hände in einer gespielt ratlosen Geste. „Ich habe echt keine Ahnung, Mann ... Eben ein Auto. Es war dunkel, die Karre kam blitzschnell auf mich zu, ich bin zur Seite gehechtet – fertig. Gesehen habe ich nichts.“

„Gar nichts?“

Für einen kurzen Moment blitzte ein triumphierendes Leuchten in Eberts Augen auf: „Nicht das Geringste.“

„Keine Farbe, keine Marke?“

„Nein.“ Ebert schüttelte den Kopf.

„Hast du sonst noch etwas bemerkt, als du die Leiche gefunden hast?“

Ebert grinste selbstgefällig. „Das ist schon die zweite Frage.“

„Du hast mir die erste ja nicht beantwortet“, konterte Carl.

Ebert beugte sich vor. „Ihr blöden Bullen kriegt nichts aus mir raus. Ich war’s nicht, und es ist mir scheißegal, wer den Kanaken abgestochen hat.“

Carl blieb stumm, und sein Blick auf unser Gegenüber geheftet – als würde er darauf warten, dass Ebert noch etwas hinzufügte. Der setzte zwar noch einmal an weiterzureden, presste dann aber die Lippen zusammen und schwieg.

„Ich würde Ihnen gerne unsere Telefonnummer aufschreiben, damit Sie uns anrufen können, falls Sie Ihre Meinung ändern“, sagte ich in die Stille hinein.

Eberts wasserblaue Augen stierten mich an. „Dich rufe ich gern an, aber ganz sicher nicht, um zu quatschen. Meine Freundin hat sich vom Acker gemacht, während ich hier im Knast saß. War ’ne blöde Schlampe.“ Er strich sich mit der Hand über den Unterkiefer und lachte herausfordernd. „Wenn du eine Verabredung mit einem richtigen Kerl haben willst, gib mir deine Privatnummer.“

Bevor ich reagieren konnte, legte mir Carl eine Hand auf den Unterarm und drückte ihn leicht. Er wandte sich an den Vollzugsbeamten. „Wir sind fertig.“

Der Wärter trat vor, und Ebert erhob sich. Erneut ein Grinsen in unsere Richtung, dann drehte er sich um und ließ sich leise pfeifend vom Beamten aus dem Raum führen. Die Tür schloss sich. Wir waren allein.

Carl rückte seinen Stuhl zurecht, sodass er mich besser anschauen konnte. „Was hältst du davon?"

„Ebert hat eindeutig etwas gesehen, nur will er uns das nicht mitteilen", sagte ich. „Er hält Informationen zurück, die uns wahrscheinlich bei der Lösung des Falls helfen könnten. Ich weiß nur nicht, warum er das tut."

„Aus Bosheit, Dummheit … was auch immer." Carl zuckte mit den Schultern. „Jedenfalls will er nicht kooperieren. Er wird es nur jemandem sagen, dem er vertraut."

„Wem würde er denn vertrauen?", fragte ich.

„Seinen Gesinnungsgenossen aus dem Walhalla. Dort kann er damit angeben, was für ein toller Hecht er ist, weil er die Scheißbullen bei der Arbeit behindert. Oder er prahlt damit bei seiner Freundin."

„Die hat ihn aber verlassen", warf ich ein.

„Ja. Er hat zwar versucht, das zu überspielen, aber die Trennung hat an seinem Selbstwertgefühl ganz schön gekratzt."

Mir kam ein Gedanke. Ein abenteuerlicher, ungewohnter Einfall.

„Was überlegst du?", fragte Carl.

Ich lächelte. „Vielleicht hätte ich da eine Idee."

20

Wir ließen uns mit dem Verkehr mittreiben, passierten das KaDeWe und tauchten schließlich in eine Seitenstraße ein. Das Navi meldete noch dreihundert Meter bis zum Ziel. Ich suchte mir eine Parklücke am Straßenrand und stellte den Carrera ab.

Wir gingen an Jugendstilhäusern vorbei, deren liebevoll restaurierte Fassaden immer wieder durch die glatten Betonwände hässlicher Wohnklötze unterbrochen wurden.

Vor einem Café saßen Gäste an kleinen Bistrotischen und genossen die Sonne. Ein paar Schritte weiter ein unauffälliges Gebäude. Flugblätter hinter Glas in einem Schaukasten. Daneben ein Schild mit einer grünen Palme und der Aufschrift *Oase*.

Carl und ich stiegen die drei Stufen bis zum Eingang hoch, und Carl drückte die Tür auf. Wir traten in ein Foyer. Rechts davon befand sich eine Art offenes Büro, in dem ein Mann saß, der gerade am PC arbeitete. Er blickte auf: „Sie wollen zu der Besprechung mit Herrn Klemm?"

Carl und ich nickten.

„Gleich links, der Gruppenraum", sagte der Mitarbeiter und deutete mit einer Bewegung seines Kopfes in die Richtung.

„Danke", sagte ich.

Wir folgten seiner Anweisung und klopften an eine Holztür, deren Lack stellenweise abgestoßen war. Ohne auf ein *Herein* zu warten, öffnete Carl.

Wir gelangten in ein großes, helles Zimmer. Laminat am Boden, gut zwei Dutzend ineinandergestapelter Stühle an einer der Wände. Uns gegenüber befand sich eine Fensterfront mit Blick auf einen begrünten Hinterhof.

In der Mitte des Raums saßen Kaczmarek und ein mir unbekannter Mann um die fünfzig, in verwaschenen Jeans, Turnschuhen und einfachem T-Shirt. Auf dem billigen Tisch zwischen den beiden standen einige unterschiedliche Tassen, zwei blaue Thermoskannen und eine Plastikschale mit Keksen.

„Ah, da sind Sie ja", begrüßte uns Kaczmarek.

„Sind wir zu spät?", fragte ich.

„Nein, nein, Frau Hofer", erwiderte Kaczmarek. „Ich war nur etwas schneller hier, weil es zur Abwechslung mal keinen Stau gab."

Der fremde Mann erhob sich, er streckte mir die Hand entgegen. Sein Lächeln war freundlich und offen. „André Klemm. Ich bin der Leiter der Oase."

„Verena Hofer. Schön, Sie kennenzulernen", erwiderte ich. Ich deutete auf Carl. „Mein Kollege, Herr von Wuthenow."

„Nehmen Sie doch Platz", sagte Klemm, nachdem er auch Carl die Hand geschüttelt hatte.

Wir setzten uns.

Klemm wies auf den Tisch. „Bitte bedienen Sie sich. Wir haben Tee oder Kaffee. Und hier sind auch Plätzchen. Zucker ist leider alle, aber es ist noch jede Menge Süßstoff da."

Carl und ich griffen uns jeweils eine Tasse, und Carl goss uns beiden Tee ein. Pfefferminzduft stieg auf.

„Wir haben noch nicht angefangen", sagte Kaczmarek, „damit wir nichts wiederholen müssen."

„Danke", meinte ich. „Das ist wirklich sehr nett von Ihnen."

Klemm nahm sich ein Plätzchen und deutete damit auf uns. „Ich weiß nicht, ob Sie wissen, was wir hier machen. Ich denke, es ist sinnvoll, wenn ich Ihnen zunächst einmal die Oase kurz vorstelle."

„Sicher." Lächelnd lehnte sich Carl auf seinem Stuhl zurück. „Das wird Frau Hofer sehr interessieren."

Klemm nickte. „Die Oase existiert seit fast zwanzig Jahren. Wir kümmern uns hauptsächlich um Stricher, wobei wir sie ganz einfach *Jungs* nennen. Ab und zu kommen auch Junkies zu uns." Er erinnerte sich an das Plätzchen in seiner Hand und legte es unangebissen auf den Tisch. „Hier im Quartier und in der Umgebung gibt es mehrere Stricherkneipen und Sexkinos. Da läuft das Hauptgeschäft der Jungs. Sie stehen auch auf der Straße, am Alex zum Beispiel, aber weniger als noch vor ein paar Jahren." Klemm vergewisserte sich mit einem Blick in die Runde, dass er unsere Aufmerksamkeit hatte. „Die Jungs sind – wie der Name schon sagt – wirklich blutjung. Anders als bei Huren sind sie mit spätestens fünfundzwanzig out. Viele sind minderjährig. Und wir haben eine wachsende Zahl von illegalen Migranten, die anschaffen gehen. Sie schicken den Großteil ihres Geldes nach Hause."

Kaczmarek griff sich die Thermoskanne und goss sich Kaffee nach. „Das habe ich Herrn Dr. von Wuthenow und Frau Hofer bereits erklärt. Ganz schlimme Sache, das mit den minderjährigen Illegalen."

Klemm seufzte. „Oh ja. In ihren Herkunftsländern ist Homosexualität verpönt beziehungsweise verboten. Die Jungs versuchen, das nach außen hin durch Machogehabe zu übertünchen, aber im Grunde genommen sind es arme, verlorene Kinder." Er machte eine Pause. „Hier in der Einrichtung haben wir einen großen Schlafraum, drei Duschen, zwei Waschmaschinen und Trockner sowie eine Küche. Die Jungs können bei uns tagsüber schlafen. Nachts arbeiten sie. Wir haben eine Kleiderkammer, und es gibt kostenloses Essen. Wir verteilen Kondome und Gleitmittel an sie. Einmal in der Woche kommt eine Ärztin, die sie kostenlos anonym behandelt. Und wir beraten die Jungs natürlich. Wir helfen, wo wir können."

Ich hörte dem Sozialarbeiter zu, wie er sachlich und doch sehr engagiert von dem Elend dieser jungen Männer berichtete. Und da war sie wieder, diese andere Welt – erschreckend grausam. Bei Tag hinter sauberen Fassaden verborgen, kroch sie nachts aus den Schatten und wurde zur Realität.

Carl räusperte sich, und als ich zu ihm schaute, bedachte er mich mit einem wissenden Blick. An den Sozialarbeiter gewandt, meinte er: „Sie leisten in der Oase extrem wichtige Arbeit. Und Sie kennen sich in der Szene aus."

„Das ist mein Stichwort", übernahm Kaczmarek. „Wie ich Ihnen am Telefon schon sagte, benötigen wir Ihre Unterstützung bei einer Untersuchung."

„Selbstverständlich", erwiderte Klemm. „Wie kann ich helfen?"

„Wir haben einen Toten gefunden", sagte Kaczmarek. „Es könnte sein, dass er einer der Jungs war. Vielleicht kannten Sie ihn sogar." Er nahm eine dünne Aktenmappe, die neben ihm gelegen hatte, und schob sie dem Sozialarbeiter zu. „Ich habe ein Foto von ihm, aber ich muss Sie warnen, er ist übel zugerichtet."

Klemm schlug die Mappe auf, blickte kurz auf die Fotografie und atmete scharf ein.

„Sie kennen ihn?", fragte Carl.

„Sicher", bestätigte Klemm. Langsam hob er den Kopf, und in seinem Blick lag Bestürzung. „Das ist Bassam. Wir betreuen ihn seit fast einem Jahr. Er kam regelmäßig mehrmals die Woche."

„Können Sie uns Näheres über ihn sagen?", erkundigte sich Carl.

Klemm schloss den Deckel und gab die Aktenmappe Kaczmarek zurück. „Bassam war höchstens siebzehn. Er konnte kaum Deutsch. Einmal hat er mir mit Händen und Füßen erklärt, dass Bassam in seiner Sprache so viel wie *der Lächelnde* bedeutet." Er holte tief Luft. „Das hat auch zu ihm gepasst. War ein ganz liebenswerter Kerl. Hielt sich in Berlin illegal auf. Ich habe zwar mehrmals versucht, ihn zu überzeugen, sich registrieren zu lassen. Aber er hatte zu viel Angst vor den Behörden. Er muss in seiner Heimat Schlimmes durchgemacht haben ... Er hat mir nicht einmal verraten, aus welchem Land er stammt."

„Hat Bassam Ihnen gegenüber von Freiern berichtet, die ihn misshandeln?", übernahm Kaczmarek.

Klemm zuckte mit den Schultern. „Die Jungs haben öfter mal Verletzungen. Aber sie sprechen nur ganz selten darüber. Und wie gesagt, Bassam konnte kaum Deutsch."

„Mehr hat er Ihnen wirklich nicht anvertraut? Gibt es nichts, woran Sie sich noch erinnern?"

„*Dunkel Land*", sagte Klemm und lächelte traurig.

„Wie bitte?", fragte ich.

„Bassam hat Deutschland immer *Dunkel Land* genannt. Gerade im Winter. *Kein Licht,* hat er immer gesagt. *Kein Sonne. Kalt.*"

„Armer Kerl", meinte Carl. „Hatte Bassam Freunde? Landsleute vielleicht?"

Klemm schüttelte entschieden den Kopf. „Das bezweifle ich stark. Er wollte nicht, dass bekannt wird, womit er sein Geld verdient. Meiner Meinung nach war er ganz allein und hat auch keinen Anschluss gesucht."

„Bedauerlich, aber verständlich", sagte Kaczmarek. „Ich wäre Ihnen verbunden, wenn Sie sich dennoch umhören könnten. Möglicherweise hat ein anderer der Jungs gesehen, dass Bassam in der Nacht seines Todes in ein Auto gestiegen ist. Oder jemand weiß, ob er einen festen Freier hatte. Mit uns reden die Stricher nicht."

„Das werde ich machen", versprach Klemm. „Wenn ich etwas erfahre, werde ich es Ihnen umgehend mitteilen."

„Es muss unheimlich schwer sein, das Leid dieser Jungen zu

sehen und nicht helfen zu können", sprach ich meine Gedanken laut aus.

Für einen Moment verschwand Klemms geschäftsmäßige Fassade. „Als städtischer Sozialarbeiter hatte ich schon einige sehr unterschiedliche Aufgabenfelder. Mehr durch Zufall habe ich dann angefangen, Jungs zu betreuen. Das ist jetzt nahezu zwanzig Jahre her. Wenn Sie so wollen, ist das meine Berufung. Ich versuche, den Jungs ihr Leben ein bisschen zu erleichtern ... Manchmal gelingt es mir sogar."

Carl nahm sein Smartphone aus dem Sakko. Er strich über das Display. Ich sah, dass das Bild von Timo Ebert erschien. „Nur um sicherzugehen. Kennen Sie diesen Mann?" Er streckte das Handy dem Sozialarbeiter entgegen.

Klemm betrachtete das Foto. Er runzelte die Stirn. „Sieht aus wie ein Nazi."

„Ist auch einer. Sie sind doch häufig vor Ort unterwegs. Ist er Ihnen aufgefallen?"

„Nein." Der Sozialarbeiter klang sicher. „Solche Leute sind da eher nicht anzutreffen."

„Ist Ihnen bekannt, ob weitere Jungs vermisst werden?", fragte ich.

Einen Moment schien Klemm zu zögern. „Die Jungs kommen und gehen. Sie sind regelmäßig in der Oase, dann bleiben sie plötzlich für mehrere Monate weg, bevor sie bei uns wieder aufschlagen. Manche sehe ich gar nicht wieder." Er blickte mich direkt und unbewegt an. „Ich könnte Ihnen nicht mit Gewissheit sagen, dass jemand fehlt. Aber zumindest habe ich von den anderen Jungs nicht gehört, dass sie Angst hätten, weil plötzlich welche von ihnen verschwinden."

21

Klemm begleitete uns bis zum Ausgang. Wir verabschiedeten uns, und gemeinsam mit Kaczmarek gingen wir die Straße bis zur nahen Kreuzung hinunter. Dort hielten wir an.

„Ich parke in der Richtung.“ Kaczmarek deutete nach links.

„Wir müssen weiter geradeaus“, sagte ich.

Kaczmarek nickte, blieb unschlüssig stehen und meinte schließlich: „Jetzt wissen wir wenigstens, wer der Tote ist ... Nun ja, zumindest ansatzweise.“ Er blickte zu Carl. „Haben Sie von Ebert etwas erfahren?“

Carl verzog den Mund. „Dieser Soziopath ist fest entschlossen, nicht mit den Behörden zu kooperieren. Aber er hat wohl ein Auto gesehen, das sich vom Fundort entfernt hat, kurz bevor er die Leiche entdeckt hat.“

„Das haben Sie aus ihm herausgekriegt?“

„Nicht direkt. Dennoch bin ich mir sicher.“

Ich stutzte und schaute Carl an. Sein Gesicht verriet nichts. Allem Anschein nach wollte er Kaczmarek verschweigen, dass wir die Information zu dem Wagen vom Wirt des Walhalla hatten und auch, mit welchen *Methoden* wir an sie gelangt waren. In diesem Punkt konnte ich Carl verstehen. Kaczmarek vertraute uns ohnehin nur bedingt. Und ein Hinweis auf eine Prügelei in einer Nazi-Kneipe hätte unsere Zusammenarbeit nur unnötig weiter belastet.

„Solange Ebert zu dem Auto keine näheren Angaben macht, nützt uns das nichts“, sprach Kaczmarek inzwischen weiter.

„Morgen Vormittag wird er definitiv entlassen. Es gibt keine rechtliche Handhabe, ihn noch länger festzuhalten. Damit stehen wir wieder ganz am Anfang." Er holte hörbar Luft. „Und zu allem Überfluss habe ich jetzt auch noch diesen Fall mit der skelettierten Leiche am Hals."

„Klingt nach sehr viel Arbeit und scheint auch kompliziert zu sein", meinte ich.

„Das können Sie laut sagen", erwiderte er. „Eine Leiche in unmittelbarer Nähe der Goldelse."

„Goldelse?", wiederholte ich, während mir unwillkürlich der gleichnamige Roman von Marlitt in den Sinn kam.

„*Goldelse* – so nennen die Berliner die Siegessäule im großen Tiergarten ... dem großen Park hinter dem Brandenburger Tor." Kaczmarek atmete erneut tief ein. „Da geht ein Hundehalter mit seinem Köter morgens spazieren, der Hund stöbert ein wenig im Gebüsch herum und kommt mit einem Knochen zurück. Sie können sich die Reaktion des Mannes sicher vorstellen, als ihm bewusst wurde, dass sein geliebter Wautzi eine skelettierte Menschenhand im Maul herumträgt."

„Was ist mit dem Rest der Leiche?", fragte Carl.

„Haben wir in besagtem Gebüsch gefunden. Notdürftig eingewickelt in eine grüne Plastikplane, wie man sie in jedem Baumarkt zum Abdecken von Gartenmöbeln kaufen kann."

„Steht die Todesursache schon fest?"

„Nein. Die Gerichtsmedizinerin meinte aber, dass die Leiche für mindestens ein Jahr unter der Erde lag."

Carl wirkte nicht überzeugt. „Und jetzt hat sie jemand ausgegraben und im Gebüsch versteckt?"

„Bizarr, nicht wahr? Jedenfalls tappen wir im Dunkeln. Und ich habe viel zu wenig Leute in meiner Abteilung, dazu zwei Langzeitkranke, eine Schwangere, die nächste Woche geht – trotzdem soll ich Wunder bewirken."

„Wenn wir Sie auch bei Ihren neuen Ermittlungen unterstützen können, sagen Sie Bescheid", meinte Carl.

Kaczmarek warf ihm einen verunsicherten Blick zu. „Vielleicht später. Mir hilft es mehr, wenn Sie sich erst mal auf den toten Bassam konzentrieren."

Wir schwiegen eine Weile. Dann fragte ich: „Was werden Sie in Bassams Fall noch unternehmen?"

Kaczmarek blies die Wangen auf. „Wir suchen immer noch nach ähnlich gelagerten Morden aus der Vergangenheit. Darauf konzentrieren sich einige Mitarbeiter heute Nachmittag. Wenn es da etwas geben sollte, finden wir das. Ansonsten hoffe ich, dass der Sozialarbeiter der Oase Hinweise von den Strichern erhält."

„Wir fragen dann morgen früh bei Ihnen telefonisch nach dem aktuellen Sachstand", sagte Carl.

„Können Sie gerne machen." Mit diesen Worten reichte uns Kaczmarek zum Abschied die Hand, wandte sich nach links und verließ uns.

„Jetzt heißt es warten", stellte Carl fest.

Ich schüttelte den Kopf.

„Du bist anderer Meinung?" Er musterte mich interessiert.

„Wir sollten bei Ebert nicht so schnell aufgeben. Er weiß etwas, und das müssen wir aus ihm herausbekommen."

„Fragt sich nur, wie", sagte er.

22

Draußen über dem See senkte sich die Nacht herab. Amelie schlief bereits, und Stella hatte versprochen, mir zu helfen.

Die Regale der alten Bibliothek waren voller Staub und Spinnweben. Das konnte ich so nicht lassen. Stella stand am offenen Fenster und klopfte ihr Putztuch aus. Ich war auf eine der Leitern geklettert und wischte die oberen Bretter sauber.

Die Tür öffnete sich, und der Colonel trat rückwärtsgehend in den Raum. Er schleppte ein kleines goldverziertes Sofa, dessen anderes Ende von Carl getragen wurde.

„Wohin damit?", fragte Carl.

„In die Mitte, zu den Sesseln und dem Tisch. Wir finden später den richtigen Platz dafür", sagte ich und stieg nach unten.

Carl und der Colonel setzten die Couch ab und verließen uns wieder.

Stella stemmte die Hände in die Hüften und blickte sich um. „Sieht gleich besser aus hier drinnen."

„Ja", meinte ich voller Tatendrang. „Noch ein Teppich, ein oder zwei Stehlampen, und dann …" Ich beendete meinen Satz nicht, denn Carl und der Colonel kehrten soeben wieder zurück. Diesmal hielt jeder von ihnen einen großen Pappkarton in den Armen.

„Was habt ihr da?", fragte ich.

„Bücher", antwortete der Colonel. „Die habe ich vor längerer Zeit auf dem Dachboden entdeckt. Und wenn wir hier schon möblieren, dachte ich, die könnten wir mit unterbringen."

„Fein“, sagte ich. „Ich sehe sie mir gleich nachher an.“

„Sollen wir sie nicht sofort einräumen?“, schlug Carl vor. „Geht ganz fix.“

„Auf gar keinen Fall! Ich muss mir erst ein System überlegen.“ Meine Erwiderung fiel eindeutig zu harsch aus, wie ich an Carls hochgezogenen Augenbrauen ablesen konnte. Aber die bloße Vorstellung, die Bände einfach wahllos irgendwohin zu stellen, fand ich einfach furchtbar.

„System?“, fragte Stella mit deutlichem Unverständnis in der Stimme. „Die Regale sind kilometerlang, und es sind nur zwei Kisten.“

An den Blicken, die mir alle drei jetzt zuwarfen, merkte ich, dass sie meine Beweggründe nicht nachvollziehen konnten. „Die weiteste Reise“, erklärte ich betont milde, „beginnt mit dem ersten Schritt. Ich würde den Raum gerne wieder zum Leben erwecken. Da muss es ja nicht zwangsläufig bei den zwei Kartons bleiben. Vielleicht finden sich noch andere auf dem Speicher. Und eine solch große Bibliothek muss von Anfang an geordnet werden, sonst sucht man sich später zu Tode.“

Der Colonel und Carl zuckten mit den Schultern und stellten die Kisten auf den Boden, während Stella und ich damit begannen, die Möbel zurechtzurücken. Wir schoben die Couch in Position, sodass man von ihr aus direkt durch die Fenster auf den See blicken konnte. Der kleine Barocktisch passte wunderbar davor. Schließlich half uns Carl dabei, die Sessel links und rechts zu platzieren.

Zufrieden schaute ich auf. „Wo ist der Colonel?“, fragte ich.

„Hier“, erklang seine Stimme aus Richtung der Tür. Er hielt ein Tablett in den Händen, auf dem eine Flasche ohne Etikett und vier kleine Gläser standen.

„Selbstgebrannter“, sagte er. „Genau das Richtige für eine kleine Einweihungsfeier.“

Wir setzten uns – Carl und ich auf das Sofa, Stella und der Colonel auf die beiden Sessel. Der Colonel schenkte uns ein, und jeder von uns nahm sich ein Glas.

„Auf die Bibliothek“, sagte ich.

Wir prosteten uns zu und tranken. Ein Schnaps, herb und doch mild mit einem überraschend starken Aroma nach frischem Obst.

„Wow“, meinte ich, nachdem ich gekostet hatte. „Der schmeckt richtig gut.“

„Das Kompliment nehme ich gerne an“, lächelte der Colonel.

„Den haben Sie nie und nimmer selbst gemacht“, sagte ich.

Der Colonel zwinkerte mir zu. „Und ob ich das habe. Eines meiner kleinen Hobbys. Das Gut besitzt ein eigenes Brau- und Brandrecht. Ist somit sogar vollkommen legal.“

Der Alkohol wärmte mich von innen. Zufrieden streckte ich die Beine aus und lümmelte mich gegen das Rückenpolster. Mein Blick fiel auf einen imposanten Kamin. „Habt ihr eigentlich bemerkt, dass hier ein großer Kachelofen steht?“

„Im Winter und in der Übergangszeit ist so ein Ding echt cool“, meinte Stella – und an den Colonel gewandt: „Funktioniert der noch?“

Der Colonel nippte von seinem Schnaps, bevor er meinte: „Für den Preis, den Frau von Wuthenow für die Restaurierung bezahlt hat, will ich das schwer hoffen.“

Vor den Fenstern herrschte jetzt Dunkelheit, der Mond war noch nicht aufgegangen. Grillen zirpten überlaut. Es fehlte jede Art von Geräuschen, die ich von der Stadt gewöhnt war. Keine Autos oder Motorräder, keine Menschenstimmen, einfach nur diese wohltuende Stille.

Unsere Gläser waren leer, der Colonel schenkte uns nach.

Carl neben mir trank nicht, sondern drehte seinen Schnaps unschlüssig zwischen den Fingern hin und her.

„Was hast du?“, fragte der Colonel.

Carl blickte auf. „Nichts weiter. Ich denke nur an unseren gegenwärtigen Fall. Verena und ich kommen da nicht weiter. Wir haben zwar einen Zeugen, einen jungen Rechtsradikalen, der die Leiche entdeckt hat, aber der redet nicht über das, was er vielleicht noch gesehen hat."

„Habt ihr kein Druckmittel, ihn zum Sprechen zu bringen?", erkundigte sich der Colonel.

Carl schüttelte den Kopf. „Außerdem wird er morgen aus dem Gefängnis entlassen. Dann kommen wir noch weniger an ihn ran."

„Ich hätte da eine Idee", mischte ich mich ein. „Die beschäftigt mich schon länger. Aber sie ist ein wenig ... *ungewöhnlich* ..." Ich schaute in die Runde. „Und für die Umsetzung meines Planes würde ich Hilfe brauchen."

„Von wem denn?", fragte der Colonel.

„Von Ihnen und von Stella."

Carl musterte mich eingehend. „Ich kann mir beinahe vorstellen, worauf du hinauswillst. Möchtest du uns deine Überlegungen näher erläutern?"

Mit einem Mal war ich mir nicht mehr sicher, ob das, was ich mir im Geiste zurechtgelegt hatte, auch wirklich Anklang finden könnte und funktionieren würde. Aber die Katze war bereits halb aus dem Sack. Trotzdem – in solch einer Situation war es bestimmt besser, nichts zu übereilen. „Lasst mich noch eine Nacht darüber schlafen. Morgen früh setzen wir uns zusammen und reden über meine Idee."

Alle bedachten mich mit neugierigen Blicken.

„Versprochen", sagte ich. „Morgen früh."

Stella seufzte. „Du machst es aber spannend!"

Ich zog entschuldigend die Schultern hoch.

„Na gut", meinte sie nach einer Weile. „Dann warten wir eben." Sie erhob sich. „Ich muss noch die Küche aufräumen."

Der Colonel stand ebenfalls auf. „Nun, ich glaube, das ist mein Stichwort. Ich will mit den Hunden raus. Um diese Zeit drehe ich mit ihnen immer eine letzte Runde.“

Beide verließen uns. Die Tür schloss sich hinter ihnen.

Carl lehnte sich zurück und schlug die Beine übereinander. Mit Schwung kippte er den Rest seines Schnapses hinunter.

Normalerweise redete ich gern und viel. Aber mit einem Mal fiel mir kein passendes Gesprächsthema ein. Mein Kopf war wie leer gefegt. Vakuum.

Seltsamerweise empfand ich das Fehlen von Konversation nicht als unangenehm. Im Gegenteil, ich genoss es, einfach dazusitzen, den Grillen durch das offene Fenster zuzuhören, während die Zeit verging. Und ich genoss Carls Anwesenheit. Sogar sehr …

Hastig stand ich auf. Nicht gut! Das entwickelte sich in eine völlig falsche Richtung.

Carl schaute mich fragend an.

„Ich muss noch die Bücher einräumen“, beeilte ich mich zu sagen.

„In Ordnung“, erwiderte er. „Ich helfe dir.“

Ich war drauf und dran, abzulehnen, aber er hatte sich bereits erhoben und ging zu den Kartons. Mühelos hob er den ersten hoch und stellte ihn auf den kleinen Barocktisch.

Jetzt gewann die Neugier bei mir Oberhand. Ich öffnete die Kiste, ergriff das erste ledergebundene Buch und nahm es heraus. Ich blies den Staub ab, sah auf den goldbedruckten Lederrücken und klappte den Deckel auf.

„Was ist?“, fragte Carl.

„Das gibt es nicht“, meinte ich und setzte mich in einen der Sessel. Ehrfurchtsvoll begann ich, in dem Band zu blättern.

Carl hockte sich mir gegenüber auf die Sofalehne.

„Du wirst es nicht glauben. Das hier ist eine Erstausgabe von Klopstocks *Oden und Elegien*.“

„Das gefällt dir?“, erkundigte sich Carl.

„Nie hätte ich gedacht, dass ich einmal eine in den Händen halte.“ Ich schlug die Seiten um, bewunderte den sauberen Druck, den bei jedem Kapitel kunstvoll gestalteten ersten Buchstaben, den Matrikel. Für eine Weile vergaß ich alles um mich herum.

Ich schaute auf und sah direkt in Carls violette Augen. Sie wirkten verändert.

„Da wird jemand sehr traurig sein.“

„Traurig?“ Ich verstand nicht, was er meinte.

Carl nickte. „Weil er dich verloren hat und ihm das inzwischen sicherlich schmerzlich bewusst geworden ist.“

Ich klappte das Buch zu und legte es am Rand des Tisches ab. „Dass du dich da mal nicht täuschst. Dirk, mein Ex, hat früher nur an sich gedacht und tut das noch immer. Der vermisst mich nicht wirklich. Stattdessen spielt er weiter den großen und wichtigen Literaturprofessor. Sicher hat schon längst eine andere meinen Platz bei ihm eingenommen.“

Als ich die Wörter ausgesprochen hatte, wurde mir klar, dass es sich um die Wahrheit handelte. Ich hatte sie bisher nur nie sehen wollen. Mir gelang ein ehrliches Lächeln.

„Und wie ist es bei dir?“, fragte ich Carl.

Er hob ansatzweise die Schultern. „Natürlich gab es da eine Frau. Aber dann verübte jemand das Attentat auf mich, und die Genesung … Nun, die dauerte ihr wohl zu lange. Da hat sie die Geduld verloren und hielt es für angebracht, dass wir uns trennen.“

„Das tut mir leid.“

„Muss es nicht.“ Er winkte ab. „An die Trennung selbst kann ich mich ohnehin nicht erinnern, und meine diesbezüglichen Aufzeichnungen sind knapp und rein sachlich gehalten. Ganz abgesehen davon hätte ich mit ihr sowieso kein Leben aufbauen können. So ist es besser.“

„In der Beziehung geht es uns beiden ziemlich ähnlich", stellte ich fest und schlug die Beine übereinander. Dabei stieß ich gegen das Buch, das ich auf den Tisch gelegt hatte, und es fiel zu Boden.

Ich bückte mich danach, um es aufzuheben. Carl reagierte ebenso, auch er streckte den Arm aus. Unsere Hände berührten sich. Wir sahen uns an.

Ich fühlte, wie ich rot wurde.

Carl räusperte sich und richtete sich auf. „Es ist schon spät."

„Stimmt", meinte ich. „Und morgen ist ein ereignisreicher Tag."

„Da ist es sicher besser, wenn wir ausgeschlafen sind. Außerdem muss ich mir noch meine Notizen machen." Er stand auf.

„Wir sehen uns beim Frühstück", sagte ich, um irgendetwas zu sagen.

„Genau." Er machte Anstalten zu gehen, blieb aber nochmals stehen. „War ein schöner Abend."

„Fand ich auch", erwiderte ich.

Er drehte sich um, und diesmal verließ er mich wirklich.

Kurz hörte ich seine Schritte auf dem Gang und wie sich die Tür seines Appartements schloss.

Er würde sich schnurstracks zu seinem Laptop begeben und ihm seine Erlebnisse von heute anvertrauen.

Ich dachte darüber nach, was er wohl über mich schreiben würde.

DONNERSTAG

23

Die schwere Glastür schloss sich automatisch hinter ihm. Noch ein paar Schritte und er hatte den hohen, rot gestrichenen Stahlzaun erreicht. Er passierte das Tor und atmete tief ein.

Endlich wieder draußen.

Bewölkter Himmel, die Luft ziemlich stickig, aber das machte überhaupt nichts. Ihn hatten sie da drinnen nicht kleingekriegt.

Jetzt eine Kippe. Suchend klopfte er über die Taschen seiner Jeans. Verdammt, er hatte die Schachtel liegen gelassen.

Auch egal. Dann eben später.

Er ging zur Bushaltestelle. Im Wartehäuschen saß ein alter Sack in der Ecke und las die BILD. Weiter vorne stand eine junge Frau. Eine richtig geile Schnalle. Schlank, gute Figur, annehmbare Titten, blau gefärbte Haare. Sie trug dunkle Jeans und ein enges schwarzes T-Shirt. Ganz lässig stand sie da und rauchte.

Er trat näher. Sie bedachte ihn mit einem abschätzigen Seitenblick.

Auf ihrem Unterarm konnte er ein Tattoo erkennen: *WAW*. Er wusste, was das bedeutete: *Weißer arischer Widerstand* – klasse!

„Hey“, sagte er. „Kannst du mir ’ne Kippe geben?“

Sie drehte sich zu ihm um und musterte ihn von oben bis unten. „Kommst wohl gerade raus?“

Er nickte. „Bin vor ein paar Tagen eingefahren.“

Sie holte eine Schachtel Gauloises aus der Gesäßtasche ihrer Hose und bot ihm eine an.

Nachdem sie ihm Feuer gegeben hatte, nahm er einen tiefen Zug. Genussvoll blies er den Rauch durch die Nase.

„Danke“, sagte er dabei.

„Tut gut“, meinte sie. „Nicht wahr?“

„Kannst du laut sagen“, erwiderte er. „Warum bist du eigentlich hier?“

„Ich? Die Bullen haben meinen Freund einkassiert. Sitzt in U-Haft.“

„Was Ernstes?“ Er klopfte Zigarettenasche auf den Boden.

Sie zuckte mit den Schultern. „Einbruch. Die Bastarde meinen, er hätte mehrere Keller aufgebrochen.“

„Tja“, sagte er mit einem Lächeln. „Da wünsche ich ihm viel Glück.“

„Weswegen warst du drin?“, fragte sie.

Er stellte sich aufrechter hin. „Mord. Die haben gedacht, ich hätte einen Kanaken abgestochen.“

„Und? Hast du?“

Einen Moment lang war er versucht zu lügen. Aber dann sagte er: „Ne, da kam ich leider zu spät. Der war schon alle, als ich ihn gefunden habe.“

Die geile Tussi erschien trotzdem zutiefst beeindruckt. „Wahnsinn. Und jetzt kommst du raus, weil sie den richtigen Mörder geschnappt haben?“

Er sah hinüber zu dem alten Knacker, der immer noch in seiner Zeitung las. Der Typ war absolut harmlos. Trotzdem, man wusste nie. Er machte ihr ein Zeichen mit dem Kopf, und sie entfernten sich ein paar Schritte vom Wartehäuschen. „Den Mörder werden die nicht so schnell fangen.“

„Wieso?“ Sie machte große Augen. „Kennst du ihn wohl und deckst ihn?“

„Das nicht gerade.“ Er zog an seiner Kippe. „Aber ich habe sein Auto gesehen. Als er vom Tatort weggefahren ist, hätte er mich beinahe überfahren. Wenn ich nicht zur Seite gehechtet wäre, hätte er mich glatt erwischt … Siehst du den Riss in der Jeans?“ Er zeigte auf sein rechtes Knie. „Das habe ich davon.“

„Das mit dem Auto, das hast du den Bullen erzählt, stimmt's?“

Er lachte dreckig. „Die Schweine kriegen aus mir gar nichts raus.“

Sie lachte auch. Sie sah gut aus, wenn sie lachte.

„Das amüsiert dich?“, fragte er.

Sie stupste ihn an. „Gib es zu. Du hast das Auto überhaupt nicht erkannt.“

„Doch, doch“, beeilte er sich zu sagen.

„Das kannst du mir nicht weismachen.“ Sie grinste ihn vielsagend an.

„Doch, doch“, wiederholte er. „Ich habe den Wagen ganz genau gesehen. Es war ein weißer Mercedes-Transporter. Mit Berliner Kennzeichen. Und seitlich hatte er ein grünes Logo mit weißer Schrift … du weißt schon, von dieser Autovermietung.“

Sie runzelte die Stirn. „Europcar?“

„Exakt.“ Seine Zigarette war aufgeraucht. Er schnippte sie auf die Straße.

„Aber damit kriegt man doch nicht raus, wer der Täter ist“, meinte sie.

Er zog die Augenbrauen hoch. „Wir zwei nicht. Aber die Bullen müssten nur nachschauen, wer in Berlin in der Nacht einen Transporter gemietet hatte. Dann hätten sie den Mörder doch im Handumdrehen.“

„Das willst du nicht?“

„Machst du Witze?“ Er hatte zu laut gesprochen. Aus dem Augenwinkel bemerkte er, dass der Alte in der Bushaltestelle zu ihnen herübersah. Mit gedämpfter Stimme fuhr er fort. „Würdest du den Bullen helfen? Außerdem war der Tote ein Kanake. Ist doch okay, wenn den jemand absticht.“

„So gesehen …“, meinte sie.

Unten an der Straßenecke tauchte der Bus auf. Schnell kam er näher.

„Wie heißt du eigentlich?“, fragte er.

„Steffi“, sagte sie. „Und du?“

„Timo“, erwiderte er. Der Bus hielt vor ihnen an. Seine Bremsen quietschten. „Kommst du mit?“

„Würde ich gerne“, antwortete sie. „Aber meine Freundin holt mich hier ab.“

Schade, dachte er. „Vielleicht sieht man sich ja wieder? Schau doch mal im Walhalla vorbei. Da bin ich fast jeden Abend. Ich gebe dir ein Bier aus. Wegen der Zigarette und so.“

„Walhalla?“, wiederholte sie. „Mach ich.“

Sie beobachtete ihn dabei, wie er einstieg. Die Türen schlossen sich mit einem leisen Zischen. Er suchte sich einen Stehplatz und blickte durchs Fenster hinaus, während der Bus anfuhr.

Sie stand noch immer dort, wo er sie verlassen hatte. Und sie sah wesentlich besser aus als die dumme Alte, die gerade mit ihm Schluss gemacht hatte.

Heute war eindeutig sein Glückstag. Er winkte ihr zu, und sie winkte zurück.

24

„Das hat Stella klasse hingekriegt.“ Carl schaltete den Lautsprecher aus und stellte das Aufnahmegerät ab.

„Sie ist ein richtiges Naturtalent“, sagte ich. „Hast du gemerkt, wie sie Ebert ruckzuck um den Finger gewickelt hat?“

Carl deutete durch die Windschutzscheibe des Carrera nach draußen. „Da kommen sie schon.“

Wir stiegen aus und sahen Stella und dem Colonel entgegen.

„Habt ihr alles mitbekommen?“, fragte uns Stella, als sie uns erreicht hatten.

„Sicher“, bestätigte ich. „Das war oscarverdächtig.“

Stella strahlte. „Meinst du wirklich? Ich habe befürchtet, ich übertreibe. Mit der Coolness, verstehst du? Ich meine, so benimmt sich doch keine normale Frau …“

„Du hast ihn völlig überzeugt. Der war hin und weg, stimmt’s, Colonel?“

Der Colonel klopfte Stella mit der zusammengerollten BILD-Zeitung anerkennend auf den Oberarm. „Stimmt“, meinte er, und an Carl gewandt: „Ich habe von der Bank im Wartehäuschen aus nicht alles gehört. Könnt ihr mit dem, was Ebert gesagt hat, etwas anfangen?“

„Zweifellos.“ Carl nickte zufrieden. „Wir haben jetzt einen Hinweis, dem die Polizei nachgehen kann. Wenn Ebert die Wahrheit gesagt hat – und davon gehe ich aus –, dann hat Kaczmarek den Täter schnell ermittelt.“

„Ein Grund zum Feiern!“ Erwartungsvoll blickte ich in die Runde.

Carl setzte zu einer Antwort an, doch sein Handy klingelte. Er holte das Telefon aus seiner Tasche und nahm das Gespräch an.

„Hallo, Herr Kaczmarek“, sagte er und lauschte. Dreimal folgte von ihm ein „Hm“, begleitet von einem konzentrierten Gesichtsausdruck. Schließlich meinte er: „In einer halben Stunde. Sie kümmern sich um die Formalitäten? … Fein.“ Er beendete das Telefonat.

„Was gibt's?“, fragte ich.

„Kaczmarek hat neue Erkenntnisse.“

„Und?“

„Wir treffen uns gleich in Tegel. Seine Kollegen haben tatsächlich Parallelen zu zwei früheren Fällen entdeckt.“

Ich runzelte die Stirn. „Ich habe wirklich gedacht, wir feiern unseren Erfolg ein bisschen und gehen zusammen mittagessen.“

„Nun“, sagte der Colonel. „Das scheint wichtiger zu sein. Trefft ihr euch mit dem Polizisten. Stella und ich fahren mit dem G 500 nach Hause. Gut, dass wir uns für den zweiten Wagen entschieden haben, anstatt uns auf die beiden Notsitze zu quetschen.“

Stella schaute mich an, und scheinbar war mir die Enttäuschung ins Gesicht geschrieben. „Soweit es mich betrifft“, meinte sie, „esse ich ohnehin nicht gerne, was fremde Leute gekocht haben. Aber ich verspreche dir, ich mache uns zur Feier des Tages ein supertolles Abendessen, wenn ihr heimkommt.“

25

Gefängnis Tegel. Ein weiteres dieser unpersönlichen Besprechungszimmer. Künstliches Licht, durch das vergitterte Fenster konnte man die Sonne nur erahnen. Es roch scharf nach einem billigen Putzmittel.

Kaczmarek saß an einem Tisch, neben ihm lag eine Akte. Er machte Anstalten, sich zu erheben.

„Nur keine Umstände", sagte ich.

Carl und ich gingen zu ihm. Wir schüttelten Hände, und dann nahmen wir wie selbstverständlich Platz.

Wie selbstverständlich ... Gestern hatte ich zum ersten Mal in meinem Leben ein Gefängnis von innen gesehen. Heute Vormittag hatte ich vor eben dieser JVA geparkt und einen Exhäftling abgehört. Und vor wenigen Minuten war ich erneut durch eine Sicherheitsschranke getreten, an Stacheldraht und hohen Stahlmauern vorbeigelaufen, während meine Schritte über den Boden einer anderen Strafvollzugsanstalt hallten.

Stellte das jetzt wirklich mein neues Leben dar? Meine neue Realität? Gefängnisse, Verbrecher, Morde – war es das, was ich wollte?

Carls Stimme beendete abrupt meine Gedanken. „Sie haben am Telefon gemeint, Sie hätten Parallelen zu zwei früheren Morden gefunden?", fragte er Kaczmarek.

„Ob das der Durchbruch ist, wage ich in diesem frühen Stadium noch zu bezweifeln", erwiderte dieser. „Aber ich erzähle

Ihnen, was wir haben." Er machte eine Pause. „Ich habe einige Kollegen drangesetzt, die frühere Fälle überprüft haben. Sie haben insbesondere nach Metzgerknoten gesucht. Das war nicht ganz einfach, es hat gedauert, weil sie umfangreiches Bildmaterial sichten mussten. Aus den Textdateien ging dazu nichts hervor."

„Eine Menge Arbeit", warf ich ein.

Kaczmarek bedachte mich mit einem freundlichen Blick. „Oh ja. Aber es hat sich gelohnt. Die Kollegen haben Folgendes zu Tage gebracht: Vor rund dreieinhalb Jahren wurden kurz hintereinander zwei tote Stricher in unterschiedlichen Berliner Bezirken gefunden. Sie wiesen Misshandlungen und mehrere tödliche Messerstiche auf. Und ihre Hände waren gefesselt."

„Mit Metzgerknoten?", vergewisserte sich Carl.

Kaczmarek nickte. „Genau."

„Den damaligen Täter hat die Polizei überführt. Er wurde verurteilt und verbüßt hier in Tegel seine Haftstrafe", schlussfolgerte Carl.

„Auch das ist korrekt", bestätigte Kaczmarek und schlug die Akte auf. „Gregor Preuß. Er ist jetzt zweiundfünfzig. Zum Zeitpunkt seiner Verhaftung war er als Metzger tätig. Er hat beide Morde gestanden und dafür lebenslänglich bekommen."

Ich blickte wechselweise zu Carl und Kaczmarek. „Dieser Gregor Preuß kann doch unmöglich den jungen Bassam umgebracht haben, wenn er eingesperrt ist."

„Natürlich nicht", bestätigte Carl. „Aber es könnte einen Nachahmungstäter geben."

Kaczmarek seufzte. „Und das irritiert mich. Die Sache mit dem Metzgerknoten, die haben die ermittelnden Kollegen niemals an die Presse gegeben – aus dem einfachen Grund, weil sie damals nicht bemerkt haben, dass es sich bei den Fesseln um besondere Knoten handelte. Das ist uns erst jetzt im Nachhinein aufgefallen, als wir dank Ihrer Anregung", er machte eine anerkennende

Geste mit der Hand in Carls Richtung, „gezielt danach gesucht haben."

„Hm", meinte Carl. „Das braucht uns nicht zu irritieren. Das ist sogar förderlich für unsere Ermittlungen."

Kaczmarek beugte sich vor. „Inwiefern?"

„Weil es den Personenkreis stark einschränkt, wenn es nicht in der Presse stand und nicht einmal polizeiintern bekannt war."

„Sie meinen …", begann Kaczmarek.

„Der Nachahmungstäter, den wir suchen, kann die Details nur von Preuß direkt erfahren haben."

„So gesehen haben Sie recht." Kaczmareks Miene erhellte sich. „Der Mörder ist entweder jemand aus dem damaligen Umfeld von Gregor Preuß, oder aber er hat eine Verbindung zur JVA."

Carl zählte an den Fingern ab: „Frühere Nachbarn, Freunde oder Familienmitglieder kommen infrage sowie Mithäftlinge oder Personal."

„Hoffentlich kein Personal", murmelte Kaczmarek.

„Werden wir sehen." Carl machte eine vage Kopfbewegung. „Sie möchten jetzt gleich mit Preuß reden?"

Kaczmarek wirkte mit einem Mal ein wenig verlegen. Er mied den Augenkontakt mit uns. „Ich habe mir gedacht, Sie beide würden gerne dabei sein."

„Vielen Dank", beeilte ich mich zu sagen. „Das war sehr umsichtig von Ihnen."

Carl neben mir räusperte sich. „Hätten Sie etwas dagegen, wenn ich die Befragung übernehme?"

„Sie trauen mir das wohl nicht zu?", kam es wie aus der Pistole geschossen von Kaczmarek zurück, und ich zog wegen Carls sehr undiplomatisch formulierter Frage innerlich den Kopf ein.

Carls Antwort überraschte mich. „Ganz im Gegenteil. Ich habe Sie jetzt einige Zeit beobachten dürfen und weiß, dass Sie ein überaus fähiger Ermittler sind. Aber die Befragungsmethoden der

Polizei kennt Preuß zur Genüge. Als Profiler gehe ich noch ein wenig anders an die Sache heran." Carl sah Kaczmarek direkt an. „Das ist der einzige Grund für meine Bitte."

Kaczmarek zögerte und holte schließlich tief Luft. „In Ordnung. Machen Sie das."

26

Diesmal handelte es sich um eine weibliche Justizvollzugsbeamtin. Eine ältere Frau, vielleicht um die fünfzig, ihr blondes Haar zu einem Pferdeschwanz gebunden. Sie strahlte Energie und Willenskraft aus. Ihre Uniform unterschied sich nicht von der ihrer männlichen Kollegen: dunkle Hose und blaues Hemd. An ihrem breiten Gürtel hing ein gigantischer Schlüsselbund.

Der Mann, den sie hineinführte, wirkte durchschnittlich, nahezu unauffällig. Nur ein wenig größer als sie, weder dick noch schlank, mausgraues Haar. Freizeitkleidung.

Er nahm am Tisch uns gegenüber Platz, während sich die Beamtin, wie ich es auch in Moabit erlebt hatte, etwas abseits stellte.

Ich betrachtete den Häftling genauer. Was hatte ich eigentlich erwartet? Eine Art Monster? Einen zähnefletschenden, augenrollenden Hannibal Lecter? Stattdessen dieser nach außen hin völlig normale Mensch. Wenn ich ihm auf der Straße begegnet wäre, hätte ich mich nicht nach ihm umgedreht. Niemals hätte ich auf ihn geachtet oder mich vor ihm gefürchtet. Und doch hatte dieser Mann zwei Menschen grausam gefoltert und umgebracht.

Ich musste an das denken, was mir Carl vor ein paar Tagen gesagt hatte, als ich meine Zweifel äußerte, ob er in seinem Zustand überhaupt fähig wäre, der Polizei bei einer Mordermittlung zu helfen. Was hatte er darauf geantwortet? *Wenn ich den Mörder nicht aufspüre, wird er weitermachen. Dann wird es noch zahlreiche solcher Fotos auf zahlreichen anderen Tischen geben.*

Verstohlen warf ich Carl einen Blick aus dem Augenwinkel zu. In diesem Moment verstand ich ihn sehr gut.

Kaczmarek klopfte mit der flachen Hand einmal auf den Tisch. „Guten Tag, Herr Preuß. Ich bin Hauptkommissar Kaczmarek. Das sind Frau Hofer und Herr Dr. von Wuthenow, Beauftragte der Staatsanwaltschaft." Er deutete auf mich und Carl. „Wir hätten einige Fragen an Sie."

„Kein Aufnahmegerät heute?" Preuß' Stimme klang unaufdringlich, fast gelangweilt. Oder eher müde?

„Nein, das ist nicht nötig", erwiderte Kaczmarek. „Die Fragen wird Ihnen Herr Dr. von Wuthenow stellen."

Preuß zuckte gleichgültig mit den Schultern.

„Herr Preuß", begann Carl. „Könnten Sie mir sagen, seit wann Sie inhaftiert sind?"

„Seit etwas über drei Jahren."

„Tagsüber arbeiten Sie hier im Gefängnis?"

„In der Schlosserei."

„Aber Sie sind gelernter Metzger. Ist das korrekt?"

Die erste Gefühlsregung, die ich bei Preuß erkennen konnte. Ein Rest von Stolz, gepaart mit Wehmut. „Metzgermeister. Ich hatte mein eigenes Geschäft. Familienbetrieb. Gehörte uns seit drei Generationen."

Carl ignorierte die Emotionen, die in der Aussage steckten. Sachlich und kalt fuhr er fort. „Sie wurden zu lebenslanger Haft verurteilt, weil Sie zwei Stricher gefoltert und getötet haben."

„Ja." Ein Schatten huschte über das Gesicht von Preuß.

„Sie haben die Morde gestanden."

Erneut dieses tonlose „Ja".

Carl ergriff die Aktenmappe, die Kaczmarek mitgebracht hatte, öffnete sie und zog ein Foto heraus. Mit einer nachlässigen Bewegung ließ er es über den Tisch zu Preuß schlittern. Eine Fotografie von Bassams Leiche. Voller Blut, verkrümmt, geschunden.

„Dann erklären Sie mir mal, wer diesen jungen Mann umgebracht hat. Er ist genauso geschlagen und getreten worden, wie Sie es gemacht haben. Er ist mit Messerstichen getötet worden, wie auch Sie Ihre Opfer mit dem Messer getötet haben. Und er war die ganze Zeit über gefesselt. Mit genau dem gleichen Metzgerknoten, den Sie benutzt haben."

Stille breitete sich nach Carls Worten aus. Der Körper von Preuß begann zu zittern – ganz leicht, wie Blätter, in die ein Windhauch hineinfährt. Sein Gesicht verlor jede Farbe. Es wurde ausdruckslos, grau wie sein Haar. Er antwortete nicht.

„Tun Sie nicht so!", durchschnitt Carls Stimme das Schweigen. „Sie wissen doch ganz genau, wer dafür verantwortlich ist."

Preuß schaute auf. Die Falten um seinen Mund waren schlagartig tief und ausgeprägt. Wie eingekerbt. „Nein", sagte er. „Das hier", er wies auf das Foto, „das hat keinerlei Bezug zu meinen Morden."

Carl grinste. „Klar doch. Lügen Sie mich nicht an." Er langte über den Tisch und schob das Foto noch näher zu Preuß. „Das ist exakt die gleiche Handschrift. Sie haben mit Ihren Morden geprahlt, haben sie jemandem im Detail geschildert. Und der, dem Sie das anvertraut haben, ist jetzt draußen und macht es ganz genau so, wie Sie es gemacht haben." Carl beugte sich vor. „Also sind Sie auch an diesem Mord schuldig wie an den anderen beiden, die Sie begangen haben."

Preuß fuhr zurück. „Nein, nein. Sie täuschen sich. Ich habe niemandem etwas erzählt."

„Doch", ließ Carl nicht locker. „Jedes. Einzelne. Grausame. Detail. Sie haben alles bis ins Kleinste geschildert. Und deshalb", er ergriff das Foto und hielt es Preuß entgegen, „und deshalb ist es wieder pass…"

„Du Arschloch!" Preuß sprang auf. Sein Stuhl fiel um. „Ich schlag dir die Fresse ein!" Er versuchte, über die Tischplatte zu hechten.

Auch ich war aufgesprungen, auch mein Stuhl war umgefallen, während ich einen Satz nach hinten machte. Carl jedoch wich nur zur Seite aus. Im Gegensatz zu mir schien er überhaupt nicht schockiert zu sein. Stattdessen beobachtete er das weitere Geschehen, als wäre er ein unbeteiligter Außenstehender mit nahezu klinischem Interesse.

Die Beamtin stürzte nach vorne. Gleichzeitig kam auch Kaczmarek auf die Beine. Gemeinsam packten sie Preuß an den Armen, der noch immer schrie, wobei ihm Spucke aus dem Mund flog. Ich verstand nicht, was er brüllte.

Die Tür öffnete sich, zwei weitere Beamte drängten zu uns herein. Sie übernahmen den rasenden Preuß, der um sich trat, sich aufbäumte und sich aus den Griffen winden wollte. Rückwärtsgehend schleiften sie ihn aus dem Raum, und ihre Kollegin folgte ihnen.

Wir waren allein.

Für mehrere Sekunden hörten wir noch seine Schreie. Dann das dumpfe Geräusch einer schweren Stahltür, die zuschlug.

Stille.

27

Ich fühlte mich wie betäubt. Mein Verstand hatte aufgehört zu funktionieren, und ich merkte, wie mir die Beine wackelten. Ein seltsames Gefühl.

Kaczmarek bückte sich. Er stellte den Stuhl, auf dem Preuß gesessen hatte, an den Tisch zurück und nahm darauf Platz.

Er sah auf zu mir. „Alles in Ordnung?“ Ihn schien der Vorfall überhaupt nicht beeindruckt zu haben.

Carl hatte sich ebenfalls zu mir umgedreht. Auch er war die Ruhe in Person.

Ich holte tief Luft und strich mir die Haare aus der Stirn. „Mir geht es gut“, sagte ich, hob meinen umgefallenen Stuhl auf und setzte mich wieder neben Carl.

Kaczmarek griff sich das Foto und legte es geschäftsmäßig zurück in die Aktenmappe. „Das eben war ziemlich aufschlussreich“, meinte er dabei.

„Ich hätte niemals gedacht, dass dieser Preuß derartig austicken kann. Der wirkte anfänglich völlig normal. Ich habe seinen Wutausbruch nicht kommen sehen“, sprach ich meine Überlegungen laut aus.

„Man sieht den Menschen für gewöhnlich nicht an, was in ihnen steckt. Sonst wäre unser Job auch zu einfach“, erwiderte Kaczmarek.

„Ich bin recht zufrieden mit dem Verlauf des Gespräches“, sagte Carl. „Denn was wir vermutet haben, hat uns Preuß durch seinen bühnenreifen Auftritt bestätigt.“

„Richtig." Kaczmarek nickte zustimmend. „Er hat es jemandem erzählt."

„Und weil er sich so aufregt, können wir daraus schließen, dass er denjenigen besser kennt. Da gibt es eine emotionale Verbindung", ergänzte Carl.

„Wir müssen seine sozialen Kontakte unter die Lupe nehmen", sagte Kaczmarek.

Mir kam eine Idee. „Wenn Preuß Bassams Mörder kennt ... vielleicht handelt es sich um einen Mittäter? Wäre es nicht möglich, dass er die damaligen Morde nicht alleine begangen hat, sondern Hilfe hatte?"

Carl und Kaczmarek sahen mich verdutzt an. Ich hatte den Eindruck, als wollte Carl etwas erwidern. Aber dann schwieg er.

Stattdessen meinte Kaczmarek: „Eher unwahrscheinlich. Das wäre damals beim Prozess herausgekommen. Preuß hätte bestimmt versucht, die Schuld auf diesen Komplizen abzuwälzen, wenn es ihn gegeben hätte."

„Vermutlich." Carl schüttelte ansatzweise den Kopf. „Aber das ist erst einmal nebensächlich. Selbst wenn ein Komplize existieren sollte ... die Personengruppe, die wir überprüfen müssen, deckt den Kreis möglicher Mittäter ab."

„Alte Bekannte, Freunde, Familienangehörige", zählte Kaczmarek auf. „Wir kommen nicht umhin, sein gesamtes Umfeld unter die Lupe zu nehmen – das frühere und das jetzige."

„Was halten Sie davon, wenn Frau Hofer und ich eher die früheren Kontakte sowie die Angehörigen von Preuß übernehmen und die Polizei in der JVA ermittelt?", schlug Carl vor. „Das würde Zeit sparen. Und im Gefängnis können Frau Hofer und ich nur schlecht agieren. Das ist formal komplizierter für uns als für Sie."

Kaczmarek brauchte nicht lange für seine Antwort. „Klingt gut. Sehr gut sogar. Ich habe ja noch den anderen Fall mit der skelettierten Leiche am Hals. Darum muss ich mich auch kümmern. Ich bin für jede Hilfe dankbar."

„Hat Preuß noch Familie? Eine Frau, Kinder oder Eltern und Geschwister?", fragte ich.

Kaczmarek schürzte die Lippen. „Soweit ich es aus dem Gedächtnis weiß, gibt es nur einen Sohn. Aber ich schaue das gerne nach und maile Ihnen alles zu, einschließlich der Adressen."

„Gut", sagte Carl.

„Dann wäre es das aus meiner Sicht." Kaczmarek machte Anstalten, aufzustehen.

„Moment noch", bat ihn Carl und legte ihm einen USB-Stick auf die Aktenmappe.

Kaczmarek beäugte den Datenträger. „Was ist das?"

„Wir haben Ebert abgepasst, als er Moabit verlassen hat."

„Und?"

„Wir wissen jetzt, welches Auto ihn in der Nacht, in der er Bassam gefunden hat, beinahe angefahren hat", erklärte ich.

„Verraten Sie mir auch, wie Sie das herausgefunden haben?", fragte Kaczmarek.

Ich lächelte, als ich daran dachte, mit welcher Leichtigkeit Stella Ebert zum Sprechen gebracht hatte. „Er hat es einer jungen Frau gegenüber geäußert."

Kaczmarek runzelte die Stirn.

„Ganz zufällig war die junge Dame vorher von uns verkabelt worden", meinte Carl.

„Die Aufnahme", Kaczmarek tippte auf den Datenstick, „können wir dann aber vor Gericht nicht verwenden. Das wissen Sie?"

„Sicher weiß ich das", bestätigte Carl. „Aber unsere Mitarbeiterin kann jederzeit vor Gericht über ihr Gespräch mit Ebert aussagen, wenn es sich als erforderlich herausstellen sollte. Doch das ist jetzt nicht das Thema. Wichtig ist, dass wir einen Hinweis haben, der uns zum Täter führen könnte."

Kaczmarek horchte auf. „Die Information ist derartig konkret? Was war es denn für ein Auto?"

„Ein weißer Mercedes-Transporter", sagte ich. „Ein Mietwagen von Europcar. Ebert hat das grüne Logo mit der weißen Schrift an der Seite erkannt. Das Auto hatte ein Berliner Kennzeichen."

Kaczmarek nahm den Stick und verstaute ihn sorgfältig in der Innentasche seines Jacketts. „Es würde mich wundern, wenn wir den Fahrer nicht ermitteln könnten."

„So sehe ich das auch", bestätigte Carl.

Die Tür, durch die wir in den Raum gekommen waren, öffnete sich, und die blonde Vollzugsbeamtin schaute herein. „Brauchen Sie noch etwas Zeit?"

„Nein", sagte Kaczmarek. „Wir sind so gut wie fertig."

„Dann bringe ich Sie hinaus."

Wir erhoben uns.

Ich wandte mich an die Beamtin. „Hat sich Herr Preuß mittlerweile wieder beruhigt?"

Die Frau verzog keine Miene. „Sicher hat er das. Wir kennen ihn schon. Er ist öfter mal cholerisch."

„Ich finde es bewundernswert, wie ruhig Sie bleiben", sagte ich. „Ich selbst habe mich sehr über seinen Ausbruch erschrocken."

Die dünnen Lippen der Beamtin verzogen sich zu einem warmen Lächeln. „Ach, halb so wild. Ich kenne meine Mörder. Und glauben Sie mir, ich habe hier schon ganz anderes erlebt."

28

„So, da wären wir." Ich schaltete das Licht in unserem Appartement an. „Es ist schon spät. Du musst dir jetzt deinen Pyjama anziehen, deine Sachen für morgen bereitlegen und dich waschen."

Amelie hob mahnend einen Zeigefinger „Und Zähne putzen." Manchmal verhielt sie sich viel zu erwachsen für ihr Alter.

„Genau", sagte ich. „Das ist wichtig."

Amelie zog sich ihr Sweatshirt über den Kopf und ließ es achtlos zu Boden fallen. Automatisch bückte ich mich, hob es auf und legte es über einen Stuhl. In der Zwischenzeit war Amelie in ihrem Zimmer verschwunden. Ich hörte, wie sie Schubladen öffnete und schloss.

„Fandst du das Essen nicht auch toll?", rief sie mir zu.

„Ja", sagte ich. „Stella hat sich selbst übertroffen. Ein Spitzen-Büfett. Es gab für jeden etwas."

„Die kleinen aufgespießten Würstchen, die waren leeecker!"

Ich folgte ihr in ihr Zimmer. „Ich habe mich sehr gefreut, dass du Stella geholfen hast."

„Das macht doch Spaß." Amelie hatte Schwierigkeiten, in ihr Nachthemd zu schlüpfen. Schließlich schaffte sie es doch. „Mit den Hunden gehe ich auch bald Gassi. Am Wochenende. Das hat der Colonel mir versprochen."

„Super." Ich trat an ihr Bett und schlug die Decke zurück.

„Stella und der Colonel arbeiten jetzt immer mit euch zusammen, um die Verbrecher zu fangen?"

„Wer hat dir das erzählt?"

„Ich bin doch kein Baby mehr", kam ihre empörte Antwort. „Das merke ich doch."

Ich musste lächeln. „Aha."

„Und? Arbeitet ihr jetzt zusammen?"

„Könnte schon sein", sagte ich und blickte verstohlen auf meine Uhr.

„Was ist los?", fragte sie, während sie sich auf den Weg ins Badezimmer machte.

„Nichts. Ich will mich nachher nur kurz mit Carl treffen."

„Du kannst auch jetzt zu ihm gehen, dann hast du es hinter dir. Ich putze mir die Zähne. Da brauche ich dich nicht."

„Bis du fertig bist, bin ich wieder zurück. Es dauert wirklich nicht lange."

Amelie blieb stehen und drehte sich zu mir um. „Wenn ich im Bett liege, liest du mir noch mal das Gedicht mit den Birnen und dem Ribbeck vor."

„Klar", sagte ich. „Das Birnengedicht. Mach ich."

„Bis gleich." Sie verschwand im Bad. Bald darauf hörte ich Wasser rauschen.

Ich verließ unsere Wohnung, lief den Gang hinunter, an der Bibliothek vorbei und klopfte bei Carl an.

„Komm rein!", rief er.

Ich fand ihn vor einer der Stellwände. Er war gerade damit beschäftigt, einzelne Zettel und Fotos umzupinnen. Für mich wirkte das alles recht chaotisch und unübersichtlich. Für ihn anscheinend nicht. Irgendwann musste er mir mal sein System erklären, nach dem er das alles arrangierte.

„Amelie wartet", begann ich. „Ich habe nicht viel Zeit. Ich wollte nur mit dir abstimmen, was morgen ansteht."

Er wandte sich mir zu und machte eine Kopfbewegung in Richtung seines Laptops. „Kaczmarek hat vorhin gemailt. So wie es aussieht, hat Gregor Preuß nur noch einen lebenden Verwandten. Einen Sohn – Sascha. Freunde sind nicht bekannt. Aber das macht nichts. In dieser Beziehung kann uns vermutlich der Sohn weiterhelfen."

„Mehr wusste Kaczmarek von Gregor Preuß nicht zu berichten?"

Carl zuckte vage mit den Schultern. „Nicht wirklich. Allerdings scheint der alte Preuß nicht sonderlich beliebt zu sein. Niemand besucht ihn im Gefängnis, auch nicht Sascha. Keine Post."

„Die Adresse von diesem Sascha haben wir?"

„Ja. Und weil das Verhältnis zwischen Sohn und Vater augenscheinlich nicht das beste ist, habe ich gedacht, wir kündigen uns nicht an, sondern fahren morgen einfach unangemeldet zu ihm und klingeln."

„Der wird doch arbeiten."

„Vielleicht. Werden wir sehen. Sollte er nicht anwesend sein, schauen wir uns die Gegend an, klopfen bei den Nachbarn ein wenig auf den Busch ... ist manchmal ganz hilfreich." Carl grinste.

„Was ist mit dem Mietwagen, der Ebert beinahe überfahren hätte?"

„Kaczmarek schreibt in seiner Mail, dass der Autovermieter viele Mercedes-Transporter mit Berliner Kennzeichen in seiner Flotte hat ... war ja zu erwarten. Sie müssen das erst mal eingrenzen. Das bedeutet, ein Team der Spurensicherung sichtet die Fahrzeuge, sobald sie zurückgegeben werden, und untersucht insbesondere die Ladeflächen auf Blut- beziehungsweise Gewebereste."

„Das wird aber dauern."

„Anzunehmen." Carl nickte. „Muss aber sein. Sie können kaum zig Kunden durchleuchten und befragen. Würde noch mehr Zeit in Anspruch nehmen und viel zu viel Aufmerksamkeit erregen.

Das wäre kontraproduktiv, und Frau Wolf würde das bestimmt nicht gutheißen."

Hinter mir wurde die Eingangstür zu Carls Wohnung geöffnet. Kleine, nackte Füße tapsten über das Parkett. Ich drehte mich dem Geräusch zu.

„Ich bin fertig. Ich will jetzt mein Birnengedicht", sagte Amelie und machte ihren trotzigen Schmollmund.

Aus dem Augenwinkel bemerkte ich, dass sich Carl vor die Pinnwand mit den Fotos des toten Bassam stellte und Amelie dadurch den Blick auf die Bilder versperrte.

„Du meinst die Geschichte von Herrn von Ribbeck?", fragte er dabei.

„Du kennst die wohl auch?", erwiderte Amelie erstaunt.

„Natürlich." Carl lächelte. „Verena hat mir das Gedicht gegeben. Ich lerne es jeden Morgen auswendig."

„Magst du es auch?"

„Meinen Notizen nach zu urteilen mochte ich es anfangs gar nicht", sagte er. „Mittlerweile aber schon."

„Ach was!", mischte ich mich in die Unterhaltung der beiden.

Carl blieb ernst. „Ja."

„Und wieso gefällt es dir?", wollte Amelie wissen.

Carl zögerte.

„Und wieso gefällt es dir?", wiederholte ich, wobei ich Amelies Tonfall imitierte. „Das würde mich jetzt auch brennend interessieren."

Er warf mir einen irritierten Blick zu. Dann konzentrierte er sich wieder auf die Kleine. „Als ich so alt war wie du, habe ich Birnen sehr gerne gegessen. Daran erinnere ich mich ganz deutlich."

„Wie die Kinder in dem Gedicht", meinte Amelie.

„Genau. Und wenn meine Tante Ernestine – du kennst sie – meine Eltern und mich besucht hat, hat sie mir oft ganz saftige

Birnen mitgebracht. Sie hat sie mir aufgeschnitten. Und weißt du, wie wir die Stücke genannt haben?"

Amelie schüttelte den Kopf.

„Schiffe."

„Cool", sagte Amelie. Sie stellte sich auf die Zehenspitzen und versuchte, an Carl vorbei einen Blick auf die Stellwände zu erhaschen.

„Da schaust du jetzt nicht hin." Schnell trat ich vor, packte sie an den Schultern und drehte sie resolut weg.

Amelie gab nicht so schnell auf. Obwohl ich sie noch festhielt, reckte sie ihren Kopf in Richtung der Tafeln. „Habt ihr den Mörder endlich gefunden?"

„Verena und ich arbeiten daran", sagte Carl und kam an meine Seite.

Amelie befreite sich aus meinem Griff und sah uns an. „Aber nicht mehr heute Abend. Du hast meine Verena den ganzen Tag gehabt. Jetzt gehört sie mir. Das musst du verstehen."

„Sicher verstehe ich das", erwiderte Carl.

„Dann bis morgen", sagte ich.

„Ja. Morgen", antwortete er. „Ich freue mich schon."

Zwischen jetzt und morgen lag eine Nacht.

Und er würde alles vergessen, was heute geschehen war.

FREITAG

29

Berlin-Wedding, kurz vor elf. Viele Menschen unterschiedlichster Herkunft auf den Gehwegen, dichter Verkehr auf der vierspurigen Straße. Ampeln, Haltestellen, Zugänge zur U-Bahn.

Wir passierten ein Karstadt-Gebäude. Gegenüber eine grüne Freifläche. *Leopoldplatz* sagte mir das Navi. Dort schien ein Markt stattzufinden. Bunte Verkaufsbuden mit Lebensmitteln, noch mehr Menschen, noch mehr Gedränge.

Wir bogen von der Müllerstraße rechts ab, und ich suchte uns einen Parkplatz. Hier standen neuere Appartementgebäude neben schmuck hergerichteten Altbauten und dazwischen vereinzelt heruntergekommene Mehrfamilienhäuser, deren graue Fassaden einen morbiden Charme der Vergänglichkeit ausstrahlten. Im Erdgeschoss befanden sich Geschäfte – willkürlich zusammengewürfelt, ohne eine erkennbare Ordnung: Dönerimbiss, Schreibwarenladen, Sonnenstudio, Spielothek, Gemüseladen, türkische Metzgerei, ein Lokal, Thaimassage.

Wir schlenderten den ziemlich verschmutzten Gehsteig entlang. Einmal ertappte ich mich dabei, wie ich meine Hand ausstrecken wollte, um mich bei Carl einzuhaken. Im letzten Moment stoppte ich die Bewegung. Das war nicht diese Art von Spaziergang – ebenso wenig, wie es sich bei unserer Beziehung um diese Art von Beziehung handelte. Ich warf Carl einen verstohlenen Seitenblick zu. Er schien nichts bemerkt zu haben. Besser so.

Ein paar Meter weiter hielt er unvermittelt an, hob den Kopf und machte dabei rückwärtsgehend einige Schritte Richtung Fahrbahn. Er musterte ein für die Gegend eher schmales Wohnhaus mit fünf Stockwerken, das vor uns stand. Von den alten Holzfenstern war der ehemals weiße Lack fast vollständig abgeblättert. Der durch Abgase geschwärzte Putz zeigte deutliche Risse und abgeplatzte Stellen, teilweise konnte man das darunterliegende Mauerwerk erkennen. Im Erdgeschoss befand sich eine Bio-Reinigung mit Teppichwäscherei. Das breite grüne Schild, auf dem der Name der Firma *Ökoclean* prangte, verdeckte unvollständig eine verblichene Schrift auf der Fassade. *Metz* konnte ich auf der linken Seite entziffern und rechts *Preuß*.

„Hier muss es sein", sagte ich zu Carl.

„Hm", meinte er und deutete mit dem Kopf auf das kleine Schaufenster, durch das man einen Tresen erkennen konnte, hinter dem zahlreiche Hemden, Hosen und Jacken an Kleiderstangen hingen.

„Metzgerei Preuß", sagte er. „Kaczmarek hat mir in seiner gestrigen Mail mitgeteilt, dass in dem rückwärtigen Teil des Geschäftes die ersten beiden Morde begangen worden sind."

Ich sah ihn fragend an.

„Jede Metzgerei braucht einen Vorbereitungsraum, in dem das rohe Fleisch portioniert wird. Diese Bereiche unterliegen strengen Hygienevorschriften. Sie sind raumhoch gefliest. Dort gibt es Wasser, einen Abfluss und die Möglichkeit, ganze Rinderhälften aufzuhängen ... Ideal auch für andere *Aktivitäten*."

Ich ignorierte das Unbehagen, das in mir hochkriechen wollte. „Was befindet sich jetzt in dem Raum?"

Carl zuckte mit den Schultern. „Kann ich nur vermuten. Ich nehme an, sie werden dort die Teppiche waschen und ihre Waschmaschinen, Trockner und Dampfbügeleisen stehen haben. Bietet sich an ... Vielleicht können wir nachher einen Blick hineinwerfen."

Ich riss meine Augen vom Schaufenster los. „Und wo wohnt der Sohn?"

„Das haben wir gleich." Carl ging an mir vorbei bis zu einer mit einem alten Holztor verschlossenen Einfahrt und studierte die Klingelschilder. Ich zählte neun Stück, häufig mit mehr als einem Namen beschriftet. Ganz unten: *Sascha Preuß*.

Ich streckte den Arm aus und läutete. „Mal sehen, ob er da ist. Vielleicht haben wir Glück."

Nichts.

Ein zweites Mal drückte ich den schwarzen Knopf.

Erneut keine Reaktion.

Carl wandte sich der Reinigung zu. „Lass uns dort ..."

Ein Knacken, und aus der nahezu antiken Sprechanlage drang ein verzerrtes „Ja?" zu uns.

„Herr Preuß?", sagte ich.

Wieder dieses „Ja?".

„Herr Preuß", wiederholte ich. „Wuthenow und Hofer. Uns schickt die Staatsanwaltschaft. Wir hätten einige Fragen an Sie."

Kurze Pause. Dann: „Worum geht es?"

„Das können wir Ihnen unmöglich über die Anlage erklären. Dürften wir für ein paar Minuten hereinkommen? Wir werden Ihre Zeit nicht allzu lange in Anspruch nehmen."

Kurz darauf erklang als Antwort ein Summen. Carl drückte das Tor auf.

Wir betraten einen düsteren Eingangsbereich mit hoher Decke. Die Wände waren mit Ölfarbe gestrichen. Zehn Briefkästen, manche mit Werbung vollgestopft, reihten sich aneinander. Darunter standen zwei Fahrräder. Der Boden war schachbrettartig in Schwarz-Weiß gefliest; ganz offensichtlich handelte es sich noch um die Originalkacheln aus dem Baujahr. Es roch muffig und feucht.

Das hintere Ende des Foyers endete wieder an einem Tor,

durch das man wahrscheinlich in den Hinterhof gelangte. Eine Milchglasscheibe ließ spärliches Licht hereinfallen. Links davon führte eine Treppe aus schwarzem Holz in die oberen Stockwerke. An der rechten Seite befand sich eine Tür. Sie stand einen Spalt offen.

Carl machte sie vollends auf.

„Herr Preuß?“, rief er in den langen, schmalen Flur der Wohnung hinein.

Ein leises Quietschen antwortete uns, und ein Mann in einem Rollstuhl erschien. Mit beiden Armen bewegte er die Räder vorwärts.

Ich musterte ihn, während er näher kam. Er war noch keine dreißig. Seine dunklen Haare hatte er nach hinten zu einem Pferdeschwanz gebunden. Die Haut in seinem Gesicht war auffallend hell, er hatte tiefe Schatten unter seinen dunkelbraunen, nahezu schwarzen Augen.

Was meine Aufmerksamkeit erregte, waren die vielen Farbklekse auf seinem Sweatshirt, auf seinen kräftigen Händen und auch auf der hellen Decke, in die seine Beine eingeschlagen waren.

„Herr Preuß?“, wiederholte ich Carls Frage, als der Mann kurz vor uns stehen blieb.

Er sah zu uns empor. „Was kann ich für Sie tun?“

„Wuthenow, guten Tag“, stellte sich Carl knapp vor. „Und das ist meine Kollegin, Frau Hofer. Wir hätten einige Fragen zu Ihrem Vater.“

Preuß’ Mund wurde schmal. Seine Kiefermuskulatur begann deutlich sichtbar zu arbeiten. „Schon wieder?“

„Sie würden uns wirklich sehr helfen“, sagte ich betont freundlich.

Preuß schaute mich an und seufzte schließlich. Er wendete den Rollstuhl und fuhr los – in die Richtung, aus der er gekommen war. Er rumpelte über eine Schwelle und verschwand in einem Zimmer.

Carl und ich verständigten uns mit einem kurzen Blick und folgten ihm in einen relativ großzügig geschnittenen Raum – allem Anschein nach ein Atelier. Da die drei Fenster zu dem dunklen Hinterhof ausgerichtet waren und deshalb kaum Helligkeit spenden konnten, hatte Preuß ein ganzes Sammelsurium an Lampen aufgestellt. Grell beleuchteten sie jeden Winkel des Zimmers, vor allem aber die in der Mitte stehende Staffelei, die mit einer Leinwand bestückt war.

Das unfertige Bild zeigte eine Blumenwiese im Sonnenuntergang. Unnatürlich bunte Farben schrien mir *Kitsch!* entgegen.

Sascha Preuß hatte angehalten und beobachtete mich, wie ich sein Werk begutachtete.

„Gefällt es Ihnen?“, fragte er.

„Beeindruckend“, antwortete ich wahrheitsgemäß und nickte ihm zu.

„Ich kann seit meinem Unfall“, er blickte kurz auf seine Beine herunter, „nicht mehr arbeiten. Zuerst war das sehr schwer für mich. Aber dann habe ich die Malerei für mich entdeckt. Einer der Mieter hier geht wöchentlich auf den Flohmarkt am Mauerpark. Er fertigt Rahmen an, bestückt meine Bilder damit und verkauft sie.“

Ich nickte erneut und sah mich um. Mehrere fertige Bilder lehnten an einer der Wände. Auf einem Tisch lagen zahlreiche Farbtuben, Pinsel und Lappen. Nirgends ein Stuhl, nirgends eine Sitzgelegenheit.

„Davon können Sie leben?“, übernahm Carl sehr direkt.

Preuß runzelte die Stirn. „Nun ja. Das Haus hat schon immer meiner Familie gehört. Mittlerweile bin ich der Eigentümer. Leider ist es ziemlich heruntergekommen und wirft nur noch wenig Profit ab. Die Wohnungen haben lediglich Öfen. Die Toiletten sind auf dem Gang. Es gibt auch keine Bäder, einige der Mieter haben sich mit Elektro-Duschkabinen beholfen. Ich allein habe ein eigenes Bad. Behindertengerecht“, fügte er hinzu. „Das wenige, was das Haus abwirft, geht zum Großteil für die nötigste Instandhaltung und die Betriebskosten drauf.“

„Eine Rente haben Sie nicht?“, fragte Carl weiter.

Der Ausdruck auf dem Gesicht von Preuß wirkte verächtlich. „Sicher habe ich die. Eine Erwerbsunfähigkeitsrente. Davon allein kann ich unmöglich leben. Aber Sozialhilfe bekomme ich nicht. Die Behörde meint, ich könnte ja jederzeit mein Eigentum verkaufen und von dem Erlös leben … Die Bilder sind deshalb eine wichtige zusätzliche Einnahmequelle für mich.“ Er stockte und holte tief Luft. „Aber genug davon. Ich will Sie nicht mit meinen Sorgen langweilen. Was möchten Sie wissen?“

„Es geht um Ihren Vater“, begann Carl.

„Das sagten Sie bereits.“

„Wir würden gerne wissen, ob er Freunde oder Bekannte hat.“

„Sie meinen, ob er welche hatte, bevor er ins Gefängnis gekommen ist?“

„Genau“, bestätigte Carl.

Preuß lächelte ein kaltes Lächeln. „Nun, ich weiß nicht, ob Sie meinen Vater bereits persönlich kennengelernt haben, aber er ist nicht das, was man sich unter einem geselligen Menschen vorstellt.“

„Nein?“, fragte ich.

„Nein“, wiederholte Preuß bestimmt. „Selbst für mich war es immer äußerst schwer, mit ihm auszukommen, bevor … bevor er das gemacht hat.“

„Sie meinen die Morde“, konkretisierte ich.

„Ja. Die Morde.“ Er sah von mir weg und streckte einen Arm aus. „Da hinten hat er sie begangen. Keine zehn Meter von uns entfernt. Der Laden war früher unsere Metzgerei. Im Vorbereitungsraum hat er die zwei Männer getötet.“

Mir tat Sascha Preuß leid, doch Carl schien völlig unbeeindruckt zu sein. „Haben Sie noch lebende Verwandte?", fragte er.

Preuß wandte sich ihm zu. „Nein. Mein Vater hatte einen Bruder, aber der ist früh gestorben. Kinderlos. Und meine Mutter ist auch schon lange tot. Krebs. Da war ich gerade zwölf."

„Gab es vielleicht feste Mitarbeiter in der Metzgerei? Langjährige Angestellte? Oder haben Sie das Geschäft als reinen Familienbetrieb mit Ihrem Vater geführt?"

„Ich?" Preuß machte große Augen. „Bestimmt nicht. Ich wollte etwas aus meinem Leben machen und nicht ständig mit toten Tieren zu tun haben. Bis zu meinem Unfall war ich Gärtner."

„Deswegen malen Sie Blumen", stellte ich fest.

Preuß nickte.

„Um auf meine Frage zurückzukommen", schaltete sich Carl ein, „was ist mit langjährigen Mitarbeitern Ihres Vaters. Gab es welche?"

„Wieso wollen Sie das überhaupt wissen?", fragte Preuß, seine Stimme voller Misstrauen. „Die beiden Morde sind längst aufgeklärt. Mein Vater hat sie gestanden und ist dafür verurteilt worden."

Carl zuckte nicht mit einer Wimper. „Es tut mir leid, aber ich bin nicht ermächtigt, Ihnen das zu sagen."

„Ist auch nicht so wichtig." Preuß winkte ab. „Wenn Sie vermuten, mein Vater hätte sich wem auch immer anvertraut, muss ich Sie enttäuschen."

„Wirklich?", hakte ich nach.

„Ganz sicher. Mein Vater ist ein zurückhaltender, verschlossener und unbalancierter Mensch. Er ist entweder sehr still, oder er neigt zu …"

„Wutausbrüchen?", vervollständigte ich seinen Satz.

Eine bittere Grimasse überzog Preuß' Gesicht. „Das ist untertrieben."

Ich sah zu Carl, ob er noch etwas geklärt haben wollte. Doch er schien in Gedanken versunken. Ich wandte mich an Preuß. „Da Sie der Eigentümer des gesamten Hauses sind … könnten wir uns in den Räumlichkeiten der Reinigung umsehen?“

„Sie wollen den Ort besichtigen, an dem mein Vater die Morde begangen hat?“

„Wenn das geht?“

„Ich denke schon.“ Preuß griff unter die Decke und holte ein Handy hervor. Er wischte über das Display, tippte es an und hielt das Telefon anschließend ans Ohr.

„Hallo, Goran“, meinte er nach einer Weile. „Ich bin’s, Sascha. Du, ich hätte eine Bitte. Hier sind zwei Leute von der Staatsanwaltschaft. Die würden sich gerne den Raum anschauen … Du weißt schon … Genau … Super. Danke. Ich schicke sie rüber zu dir.“

Er beendete das Gespräch.

„Sie möchten uns nicht begleiten?“, fragte ich ihn. „Ist der Zugang nicht rollstuhlgerecht?“

„Darum geht es nicht.“ Preuß schüttelte den Kopf. „Aber Sie müssen das verstehen. Das, was mein Vater getan hat … das ist etwas … ich will es einfach vergessen. Ich kann es nicht ertragen, den Raum zu sehen.“

„Verständlich“, meinte Carl.

„Dann vielen Dank für Ihre Zeit“, sagte ich.

„Gerne.“ Preuß lächelte, diesmal gelöst. „Und wenn Sie noch Fragen haben, kommen Sie ruhig wieder. Ich laufe Ihnen nicht weg.“

30

Auf dem gläsernen Tresen lag ausgebreitet eine graue Stoffhose. Eine Kundin, vielleicht Mitte zwanzig, stand davor und deutete mit dem Zeigefinger auf eine Stelle.

„Sehen Sie das?“, fragte sie einen jungen Mann hinter der Theke, der sich zum Kleidungsstück herunterbeugte. Er trug ein T-Shirt der Marke *Superdry*, an seinem Hals baumelte eine silberne Kette mit einem kleinen Kreuz. Das dunkle Haar hatte er sorgfältig gestylt. Mit seinem Aussehen hätte ich ihn eher in einer teuren Boutique verortet als hinter der alten Ladentheke einer chemischen Reinigung.

„Das ist Fett?“, erkundigte er sich.

„Nein, nein. Das ist Wachs.“

„Wachs? Das kriege ich raus. Kein Problem.“

„Ich will aber keine Ränder. Und der Stoff ist empfindlich. Nicht dass die Farbe ausbleicht.“

Der Mann schüttelte den Kopf. „Wo denken Sie hin? Ich passe auf.“ Dann blickte er hoch und bemerkte Carl und mich. „Sie kommen von Sascha?“

Carl nickte.

„Gehen Sie einfach nach hinten.“ Er schlug eine seitliche Klappe am Tresen hoch. „Sie können es nicht verfehlen. Letzte Tür geradeaus.“

„Kommen Sie mit?“, wollte Carl wissen.

„Ich habe Kundschaft. Wir können ja im Anschluss noch mal reden, wenn Sie möchten. Also: Nur zu!“

Carl setzte sich in Bewegung, und gemeinsam zwängten wir uns zwischen den vollgehängten Kleiderständern hindurch. Wir erreichten eine Tür. Ein schmaler Gang mit künstlichem Licht folgte. Wieder eine Tür.

Wir betraten einen großen Raum ohne Fenster, in grelles Neonlicht getaucht, die Wände rundum weiß gefliest. Am Boden ebenfalls Fliesen – aber eine andere Sorte. Älter, abgetreten, glanzlos. In der Mitte entdeckte ich einen großen Abfluss, der mit einem Metallrost abgedeckt war.

Zwei mannshohe Industrie-Waschmaschinen standen an der einen Seite. Sie waren in Betrieb. Ihre Motoren wuchteten den Inhalt mit dem typischen Geräusch rhythmisch hin und her. Auf der anderen Seite befanden sich zwei Trockner, eine professionelle Bügelstation und eine Mangel. Auf einem Tisch waren Wäschekörbe aus Plastik ineinandergestapelt. Es roch nach Lauge und frischer Wäsche.

Carl schaute nach oben. Ich folgte seinem Blick. Mehrere Metallhaken ragten aus der Decke.

„Also gut", sagte er. „Du musst dir das so vorstellen: Der alte Preuß hat seine späteren Opfer draußen angesprochen und zu sich in die Metzgerei gebracht. Im Verkaufsbereich, dort, wo die Kundin soeben ihre Hose abgegeben hat, hat Preuß die Männer überwältigt und sie durch den engen Flur hierhergezerrt." Carl machte eine Pause und sah sich um. „Damals war dieser Raum sicher heruntergekühlt, er diente zur Vorbereitung der Fleischwaren." Carl wies auf das breite, chromfarbene Rohr einer Abluftanlage, das in einer der oberen Ecken verschwand und vermutlich in den Hinterhof mündete.

Er steckte die Hände in die Taschen und drehte sich einmal langsam im Kreis. „Er hat ihre Hände gefesselt. Vielleicht hat er sie auch geknebelt, aber ich bezweifle, dass das tatsächlich erforderlich war. Die Wände sind dick und ohne Fenster, da dringt kaum ein Geräusch nach draußen." Carl zog die Augen zusammen. Sachlich und mit ruhiger Stimme fuhr er fort: „Er hat sie an einen der Deckenhaken an den Händen aufgehängt. Vermutlich baumelten daneben frische Schweine- oder Rinderhälften." Erneut hielt Carl inne. „Er begann, sie zu schlagen, zu misshandeln und zu würgen. Das machte er längere Zeit, bis sie fast tot waren." Carl runzelte die Stirn. „Wahrscheinlich erkannte er das daran, dass ihre Schreie leiser wurden, dass sie nicht mehr zappelten. Das war der Punkt, an dem er das Interesse an ihnen verlor. Er nahm eines der Fleischermesser und brachte sie um, indem er dreimal auf sie einstach. Anschließend hat er die Leichen weggeschafft ... Und das Säubern des Tatorts ging ratzfatz. Einfach Schlauch aufdrehen und den Boden abspritzen. Fertig."

Ich hörte Carls Schilderung zu und versuchte, mir das vorzustellen. Diese schmucklosen Kacheln waren das Letzte gewesen, das die jungen Männer in ihrem Leben gesehen hatten. Die Fliesen, das Gesicht von Preuß.

Die Opfer hatten gefroren, obwohl sie bestimmt vor Angst geschwitzt hatten. Sie hatten geschrien, gebettelt, gefleht – ohne Erfolg. Die Schmerzen hatten sich immer weiter gesteigert. Und doch hatten sie bis zum Schluss gehofft, dass Preuß aufhören und so etwas wie Gnade zeigen würde. Aber in dem Moment, in dem er mit dem Messer auf sie zugekommen war, musste ihnen bewusst geworden sein, dass es kein Entrinnen für sie gab. Der Tod wartete auf sie ...

Die Umgebung verschwamm vor meinen Augen. Ich streckte eine Hand aus und hielt mich an einer der Waschmaschinen fest. Unter meinen Fingern vibrierte das Metallgehäuse.

„Was ist, Verena?" Carls Stimme kam von weither. Ich vernahm sie nur undeutlich.

„Ich muss hier raus", sagte ich.

31

Am Horizont, ganz hinten, schwebten ein paar Wolken. Ansonsten war der Himmel von einem makellosen Blau. Die Strahlen der Sonne hatten ihre größte Kraft bereits verloren. Mild und nachsichtig hüllten sie uns und die Umgebung ein.

Amelie tanzte wie ein Kreisel um mich herum. Sie zeigte mir die Enten, die auf dem See schwammen, klatschte in die Hände, wenn sie ihre Flügel ausbreiteten und sich in die Lüfte erhoben. Dann hielt sie mich fest und deutete nach oben auf kleine, weit entfernte Punkte. Wildgänse, die irgendwohin unterwegs waren, sich scheinbar schwerelos fortbewegten.

Wir erreichten eine Sandbank, fast eine Art Ministrand. Ich half Amelie Schuhe und Socken auszuziehen, krempelte ihr die Jeans hoch, und sie stapfte durch das seichte Wasser.

Sie bückte sich, tauchte ihre Finger hinein und spritzte mich voll. Anschließend rannte sie auf und ab, und weder sie noch ich achteten darauf, dass ihre Kleidung dunkel vor Nässe wurde.

Außer Atem blieb sie stehen. „Ich baue eine Burg“, verkündete sie mit wichtiger Miene. „Ganz allein für dich.“

Als ich ihr anbot zu helfen, lehnte sie entrüstet ab. „Das ist nichts für Große“, meinte sie und befahl mir, mich auf einen Baumstamm zu setzen, um sie bei der Arbeit zu beobachten.

Unter Protest gehorchte ich ihr und ließ mich nieder.

Amelie war nur wenige Meter von mir entfernt. Ich konnte beobachten, wie sie mit ihren kleinen Händen in den feuchten Sand griff, ihn zusammenschob, bis langsam, aber sicher ein pyramidenartiges Etwas entstand.

Immer wenn sie zu mir hersah, nickte ich ihr anerkennend zu, hob einen Daumen oder pfiff durch die Zähne. Das gefiel ihr.

Ich hörte Carl erst, als er sich direkt neben mir befand. „Ist da noch ein Platz frei?“, fragte er.

Ich blickte zu ihm auf, die Sonne blendete mich, und ich konnte ihn nur undeutlich erkennen.

„Jede Menge“, sagte ich und rutschte ein wenig zur Seite.

Er setzte sich, unsere Hüften berührten sich leicht. Ich rückte nicht ab. Er auch nicht.

Eine Zeit lang schwiegen wir und beobachteten Amelie beim Spielen.

„Du hast auf der Rückfahrt kein Wort gesprochen“, meinte er.

„Deine Musik“, sagte ich, als würde es etwas erklären.

„Die stört dich sonst auch nicht“, erwiderte er. „Nein, es war etwas anderes. In dieser Metzgerei, in dem Vorbereitungsraum, da hast du etwas gespürt, und das ...“ Er beendete seinen Satz nicht.

„Du hast recht“, gab ich nach einer Weile zu. „Der Tatort hat mich ganz schön mitgenommen, obwohl überhaupt nichts zu sehen war. Aber dennoch ...“

Wieder schwiegen wir.

Amelie hatte Carl inzwischen bemerkt und winkte ihm zu. Er gab ihr den Gruß zurück.

„Ich habe mir Gedanken gemacht“, sagte er. „Es war egoistisch von mir, dich in meine Arbeit hineinzuziehen.“

„Wie meinst du das?“, fragte ich.

„Du lebst in einer ganz anderen Welt. Du hast ein Kind. Du liest Gedichte und erkennst die Schönheit von Worten. Durch mich wirst du mit dem Schlechtesten konfrontiert, was wir Menschen hervorbringen. Ich weiß nicht, ob ich das Recht dazu habe, dich damit zu belasten.“

Ich atmete tief aus. „Wie schaffst du es eigentlich, mit dem Ganzen fertigzuwerden? Wird das mit der Zeit leichter?"

Carl lachte leise. „Nein. Es handelt sich um Menschen, es sind ihre Schicksale. Das ist immer schwierig."

„Hm", meinte ich. „Noch etwas verstehe ich nicht."

„Was denn?"

„Wie hältst du es aus, einmal nichts zu tun? Innezuhalten? Du musst doch wissen: Während du dich ausruhst, machen die Verbrecher einfach weiter. Wie kannst du das ertragen?"

Er sah mich nicht an, sondern hielt seine Augen auf Amelie gerichtet. „Das ist das Schwierigste." Er stockte.

Ich dachte schon, er würde nicht weiterreden, als er anfügte: „Und? Willst du jetzt aufhören?"

„Nein", sagte ich.

„Nein?" Jetzt schaute er mich doch an.

Ich schüttelte den Kopf. „Ich will den Mörder finden. Unbedingt. Ich bin emotional viel zu nah dran, ich würde es nicht fertigbringen, mich jetzt umzudrehen und so zu tun, als ginge mich das alles nichts an."

„Das kann ich nachvollziehen."

„Ich bin mir aber ganz sicher, dass es für mich bei diesem einen Fall bleiben wird."

Zu meinem Erstaunen nickte Carl. „Das ist mehr als genug. Wenn man einen Schuldigen der Gerechtigkeit zuführt ... das reicht schon."

Ohne mir bewusst zu sein, was ich tat, langte ich hinüber und ergriff seine Hand.

„Hey!", rief Amelie vom Ufer. „Ich bin fertig. Kommt runter und staunt!"

Ich ließ Carl los und stand auf.

Unsere Berührung bedeutete nichts. Hoffentlich.

32

Er stellte seinen Dacia auf dem Parkplatz in der Glasbläserallee ab. Zugegeben, kein besonderer Wagen, aber überaus praktisch. Und für den Preis einfach unschlagbar.

Er öffnete die Heckklappe und holte sein Angelzeug heraus. Nachdem er den Wagen sorgfältig verschlossen hatte, machte er sich auf den Weg. Er hielt sich rechts.

Zwischen den Mehrfamilienhäusern tauchte eine graue Fläche auf: der Rummelsburger See – er lag quasi mitten in der Stadt. Weiter vorn konnte er den alten Speicher sehen. Ein hohes Gebäude aus rotem Klinker, dessen Fassade in der untergehenden Sonne zu glühen schien.

Er stapfte den Fußweg entlang, wie Tausende Male zuvor. Die wenigsten wussten es: Um einen anständigen Fisch zu fangen, musste man nicht kilometerweit fahren. Nein, die Spree war voll davon.

Abends war es am besten. Keine Scharen von Fußgängern mehr, die einen anglotzten wie ein Alien, wenn man sich ans Ufer stellte und angelte.

Die Sonne versank gerade auf der gegenüberliegenden Seite des Sees hinter den eckigen Silhouetten der Häuser. Sie wirkten wie schwarze Kuben in einem Scherenschnitt.

Jetzt passierte er den alten Speicher. Es war nicht mehr weit bis zu seinem Stammplatz. Büsche standen hier, sogar eine Birke hatte es geschafft zu wurzeln.

Er ging am stählernen Geländer entlang und blickte nach unten. Heute hatte er Glück. Der Wasserstand war eher niedrig. Kurz entschlossen kletterte er über den Zaun und legte sein Angelzeug ab. Dann ging er in die Hocke, um die ein Meter hohe Böschung hinunterzuspringen. Er landete weich auf feuchtem Flusssand, drehte sich um, ergriff seine Sachen und zog sie zu sich.

Behutsam öffnete er die Tasche und kramte darin nach einem passenden Köder. Als er aufschaute, fiel sein Blick auf einen Gegenstand, der zwei, drei Schritte von ihm entfernt lag. Zuerst erkannte er nicht, worum es sich handelte. Dann sah er genauer hin: ein alter, abgeschabter Koffer. Jemand hatte ihn wohl kurzerhand ins Wasser geworfen, anstatt ihn zum Sperrmüll zu bringen.

Für einen Moment zögerte er. Vielleicht konnte er das große Ding einfach ignorieren. So tun, als wäre es nicht da. Aber insgeheim wusste er genau, dass er das nicht schaffen würde. Kein Dreck an seinem Lieblingsplatz. Das ging einfach nicht.

Er stellte seinen Beutel ab und drückte die Angelrute mit dem Schaft in den weichen Boden. Nachdem er sich vergewissert hatte, dass seine Tasche nicht umfallen würde, ging er zu dem Koffer hinüber.

Er streckte die Hand nach ihm aus, packte den Griff und versuchte, das Gepäckstück hochzuheben, um es auf die Böschung zu hieven.

Es ging nicht. Das Teil war zu schwer. Vermutlich hatte es sich voller Wasser gesogen.

So leicht gab er nicht auf. Er nahm seine zweite Hand zu Hilfe, stemmte sich ab und zog das alte Ding mit einem Ruck in seine Richtung. Es bewegte sich auf ihn zu – schneller als erwartet. Dabei verlor er das Gleichgewicht. Er stolperte rückwärts und landete schließlich auf seinem Hintern.

Der Koffer lag jetzt auf seinen Oberschenkeln. Die angerosteten Verschlüsse zeigten zu ihm.

Eigentlich war er kein neugieriger Mensch, aber …

Er ließ die Schlösser aufschnappen und öffnete den Deckel. Ein bestialischer Gestank schlug ihm entgegen, raubte ihm den Atem und ließ ihn würgen, während er in den Innenraum schaute. Und dann registrierte sein Verstand, auf was er starrte: Neben dem, was einem gehäuteten Fuß ähnelte, lag der Kopf eines Menschen. Ohne Augen, lippenlos. Die Wangenknochen hatten sich durch das verwesende Fleisch gebohrt.

Er schrie auf, strampelte und trat den Koffer von sich herunter. Einige der Körperteile fielen heraus und landeten platschend im Wasser.

Er schrie noch immer.

SAMSTAG

33

„Glaubst du nicht, dass Amelie sauer war, weil ich wieder weg bin?", fragte ich.

„Amelie?" Carl zog die Augenbrauen hoch.

„Na, heute ist Samstag. Eigentlich wollten wir etwas zusammen unternehmen. Die Gegend erkunden. Spielen, so was in der Art."

„Wenn ich das recht verstanden habe, macht sie gerade mit dem Colonel und den beiden Hunden einen ausgedehnten Spaziergang. Anschließend ist sie bei Stella. Ich habe etwas von Kuchenbacken und Ponyreiten gehört."

„Und Baden", ergänzte ich. „Sie wollen baden gehen."

„Na siehst du", sagte Carl. „Da kommt sicher keine Langeweile auf."

„Aber trotzdem", sagte ich. „Ich weiß nicht, ich habe ein schlechtes Gewissen."

„Ich denke nicht, dass du das haben musst. Amelie hat jede Menge Spaß. Sie wird dich bestimmt nicht vermissen."

Ich blickte den langen Gang hinunter. Glänzendes Linoleum an den Böden, die Wände kahl, davor einige Plastikstühle. „Wenn wir rechtzeitig nach Hause kommen, kann ich vielleicht noch mitschwimmen. Oder ich helfe beim Backen."

„Klingt nach einem guten Plan", sagte Carl.

„Obwohl das mit dem Backen", warf ich nach einer Weile ein, „ist nicht unbedingt mein Ding. Meine Kuchen schmecken zwar ganz gut, aber sie sehen immer aus wie Briketts."

Carl lachte leise. „Es gibt Schlimmeres."

Schritte wurden laut, und jemand bog um die Ecke in unseren Gang. Anfänglich konnte ich nur die Silhouette eines Mannes erkennen. Zielstrebig kam er näher und blieb schließlich vor uns stehen.

„Schön, dass Sie bereits da sind", sagte Kaczmarek zur Begrüßung. „Warten Sie schon lange?"

„Vielleicht zehn Minuten", meinte Carl.

Kaczmarek blickte auf seine Uhr. „Die Pathologin wollte uns um elf treffen."

„Dann sind wir alle pünktlich", sagte Carl. Er wandte sich mir zu. „Du weißt, du musst nicht mit hinein."

Ich holte tief Luft. „Gehört doch aber dazu."

„Ist nicht unbedingt ein schöner Anblick", stellte Kaczmarek fest. „Daran muss man sich erst gewöhnen. Manchen wird schlecht."

„Ich kann ja wieder rausgehen, wenn ich merke, dass ich es nicht aushalte", sagte ich.

Kaczmarek griff in die Tasche seines Sakkos und holte eine kleine Dose hervor. Ich kannte die Salbe. Ich hatte damit Amelie vor ein paar Monaten eingerieben, als sie einen bösen Husten gehabt hatte. Die Eukalyptusdämpfe hatten ihr gutgetan.

„Was soll ich damit?", fragte ich.

„Ich schmiere mir das unter die Nase", erklärte Kaczmarek. „Das treibt mir im ersten Moment zwar die Tränen in die Augen, aber es neutralisiert den Leichengeruch." Er seufzte. „Zumindest teilweise."

Er öffnete die Dose und hielt sie mir hin. Ich tauchte den Finger hinein und tupfte mir die Paste zwischen Nase und Oberlippe. Kaczmarek bediente sich selbst und streckte die Dose dann Carl entgegen. Der winkte ab.

„Mir macht das nichts aus", sagte er. „Außerdem können manche Gerüche überaus aufschlussreich sein."

Kaczmarek nickte. „Ich weiß. Aber ohne ertrage ich das nicht."

Eine Tür uns gegenüber öffnete sich, und eine zierliche Frau in einem weißen Kittel erschien. „Herr Kaczmarek? Ich wäre dann so weit."

„Gut", meinte Kaczmarek und wies auf uns. „Das sind Frau Hofer und Herr Dr. von Wuthenow. Die Staatsanwaltschaft schickt sie. Und sie begleiten mich heute."

Die Frau lächelte. „Lombardi." Sie streckte ihren Arm aus, und wir schüttelten uns nacheinander die Hände. „Dann herein in die gute Stube."

34

Wir gelangten in einen Saal von vielleicht hundertfünfzig Quadratmetern, die Decken sehr hoch. Alles war weiß gefliest, auch der Boden. An den Wänden befanden sich Schränke mit Glastüren. Auf den Regalen dahinter entdeckte ich eine Unzahl von Werkzeugen: Sägen, Bohrer, Feilen, Skalpelle und anderes, wofür ich keinen Namen wusste.

Vielleicht acht oder neun Arbeitstische waren in dem Raum verteilt, aus Edelstahl, und jeder besaß in der Mitte einen Ablauf und an einem Ende eine Art Waschbecken. Bis auf einen Tisch waren alle leer.

Frau Lombardi trat an ihn heran, und wir folgten ihr. Ich ließ die Männer vorgehen und wünschte mir, ich hätte mehr von Kaczmareks Salbe genommen. Der Geruch nach Formaldehyd und anderen Dingen schien mühelos durch die Eukalyptussperre in meine Nase zu dringen. Ich begann, durch den Mund zu atmen, aber das half nicht viel.

Auf einer chromglänzenden Fläche lagen die Überreste eines Menschen – sauber drapiert, wie sie zu dessen Lebzeiten zusammengehört hatten: ein Kopf mit Teilen des Halses. Ein Torso. Ein Arm, stark verwest, fast nur noch Knochen mit einigen für mich undefinierbaren Gewebeteilen. Hüfte. Zwei Oberschenkel, Knie … Stümpfe …

Vor ein paar Tagen war ich im Besprechungszimmer von Frau Staatsanwältin Wolf unvorbereitet mit den Bildern des ermordeten Strichers konfrontiert worden. Die detailreichen Fotografien mit ihrer schonungslosen Sachlichkeit hatten mich mehr als schockiert. Aber es waren trotz allem nur Fotos gewesen und Bassam, das abgelichtete Opfer, nur wenige Stunden tot.

Das hier hatte eine ganz andere Dimension. Das war es, was von einem Menschen übrig blieb. Vermodertes Fleisch, zersetzte Haut, braungraue Knochen und ein bestialischer Gestank. Ich zwang mich, die Pathologin anzusehen. Sie war eine hübsche Frau, keine vierzig, mit dunklen, ausdrucksstarken Augen und dichten Wimpern. Ihr Haar, das unter einer weißen Haube steckte, schien schwarz zu sein.

„Die Überreste befanden sich in einem Koffer. Leider haben wir nicht alles“, sagte sie und lächelte beinahe entschuldigend in die Runde. „Es fehlen der linke Arm und beide Unterschenkel.“

„Ist die Leiche zerstückelt worden?“, erkundigte sich Kaczmarek.

Ich warf ihm einen Blick zu. Seinem Ausdruck nach zu urteilen ging es ihm nicht viel besser als mir.

„Nicht zerstückelt.“ Frau Lombardi schüttelte den Kopf. „Auseinandergefallen trifft es eher. Von selbst.“

„Der Körper war nicht lange in dem Koffer?“, fragte Carl. Ihn schien die Situation nicht zu belasten.

„Nein“, antwortete Frau Lombardi. „Der Körper wurde begraben und lag unter der Erde. Vielleicht ein Viertel-, maximal ein halbes Jahr. Dann hat ihn jemand ausgebuddelt, Teile davon in den Koffer gestopft, und der ist dann ins Wasser geworfen worden.“

„Und der Rest?“ Kaczmareks Stimme klang krächzend.

„Der Rest?“ Die Pathologin zuckte mit den Schultern. „Der hat wohl nicht mehr reingepasst. Vielleicht findet man noch einen weiteren Koffer in der Spree.“

„Sie haben mir heute früh am Telefon bereits Auskunft darüber gegeben, was Sie an den Leichenteilen entdeckt haben. Wenn Sie uns das nochmals erläutern könnten?“, bat Kaczmarek.

„Gerne“, meinte die Ärztin. „Also“, sie deutete auf den Arm und die halben Beine. „An den Extremitäten konnte ich nichts mehr feststellen. Die Verwesung ist schon zu weit fortgeschritten. Aber am Hals, wenn Sie hier hinsehen“, sie wies an eine Stelle, „er könnte gewürgt worden sein. Da bin ich mir eigentlich recht sicher.“

„Ein *Er*?“, fragte Carl.

„Ja. Ein junger Mann. Mitteleuropäer. Maximal Mitte zwanzig, vermutlich jünger.“

„Weitere Verletzungen?“

Sie streckte eine Hand in Richtung des Torsos aus. „Gebrochene Rippen. Wahrscheinlich von Tritten. Eventuell könnten die Frakturen auch von Schlägen herrühren, aber die müssten dann sehr massiv gewesen sein.“ Ihre Hand glitt höher: „Eingeschlagene Zähne, gebrochenes Nasenbein. Das alles ante mortem mit entsprechenden Vitalreaktionen.“

„Was war die Todesursache?“ Carl beugte sich näher.

„Ich habe mehrere Stiche in der Brustgegend gefunden. Genauer gesagt, drei. Allem Anschein nach ein einfaches, scharfes Messer mit mittellanger Klinge. Zumindest einer der Stiche war tödlich.“

„Warum macht man so etwas?“, sagte ich in die folgende Stille hinein.

Alle Blicke richteten sich auf mich.

„Sie meinen, warum man jemanden umbringt?“, fragte Kaczmarek.

„Nein“, erwiderte ich. „Jemanden vergraben, dann wieder ausgraben, die verwesten Leichenteile in ein oder zwei Koffer packen und das Ganze dann im Fluss entsorgen – das geht doch nicht so leicht, oder?“

Frau Lombardi verzog den Mund. „Nein, das war in dem konkreten Fall ziemlich aufwendig und eine ganz schöne Sauerei. Die Leiche muss demjenigen unter den Händen zerfallen sein."

Ich vermied es noch immer, auf den Seziertisch zu schauen. „Warum macht man dann so etwas?", wiederholte ich.

„Du fragst nach der Motivation?", stellte Carl fest. „Entweder ist es jemand, der aus was für kranken Gründen auch immer Verwesungsprozesse studieren möchte, oder aber es ist ein ganz profaner Grund: Der Täter musste die Leiche umbetten."

„Umbetten?", wiederholte ich.

„Das Grab, besser gesagt, das Versteck war nicht mehr sicher, und der Mörder fürchtete, dass die Überreste entdeckt würden."

„Jetzt sind sie aber auch gefunden worden", beharrte ich.

„Doch ganz sicher nicht im direkten Umfeld des Täters. Dafür hat er einige Mühen auf sich genommen", mischte sich Kaczmarek in unser Gespräch ein.

Wir schwiegen eine Weile.

„Mehr kann ich Ihnen momentan nicht mitteilen", sagte Frau Lombardi schließlich. „Ich warte noch auf die Ergebnisse des Labors, aber nach so langer Zeit bezweifle ich, dass dabei etwas Brauchbares herauskommt."

„Bitte lassen Sie unbedingt auch einige Erdproben von der Leiche untersuchen und mit den Proben vom Skelett vergleichen, das wir vor ein paar Tagen im Tiergarten entdeckt haben", bat Kaczmarek.

„Ist bereits in Auftrag", meinte die Pathologin. „Ich gebe Ihnen umgehend Bescheid, sobald mir etwas vorliegt."

„Vielen Dank", meinte Kaczmarek. Er wandte sich zum Gehen. Carl ergriff meinen Arm, und wir schlossen uns ihm an.

Die Luft auf dem Gang erschien mir wohltuend frisch, dennoch konnte ich den Geruch aus der Pathologie nicht loswerden. Mit einem Mal hatte ich es sehr eilig.

„Wo willst du hin“, rief mir Carl hinterher.

„Zur Toilette.“

„Soll ich mit?“

„Nein“, brachte ich noch heraus, während ich die Tür zu den Damen-WCs aufriss und hineinstürmte.

35

„Geht's wieder?" war alles, was Carl zu mir sagte, als ich aus der Toilette in den Gang der Pathologie trat. Obwohl es nicht stimmte, nickte ich, weil ich kein Aufhebens um mich machen wollte. Mit Erleichterung registrierte ich, dass für ihn das Thema damit beendet war.

Schweigend verließen wir das Gebäude auf dem kürzesten Weg. Und die ganze Zeit über hatte ich diesen Geruch in der Nase. Ich würde ihn wohl nie wieder loswerden.

Draußen war Sommer. Sonnenschein. Zahlreiche Autos auf der Straße, Passanten auf dem Gehweg.

Kaczmarek stand nicht weit vom Eingang und telefonierte. Sobald er uns erblickte, winkte er uns zu sich heran. Eilig beendete er das Gespräch.

„Mein Büro", sagte er fast entschuldigend, während er das Handy in der Innentasche seines Sakkos verstaute.

„Etwas Neues?", fragte Carl.

Kaczmarek setzte zu einer Erwiderung an, stoppte und wies auf ein kleines Café auf der anderen Seite. „Einiges", meinte er. „Aber vielleicht wäre es nicht verkehrt, wenn wir uns drüben hinsetzen. Dort haben wir ein wenig mehr Ruhe. Wird uns allen guttun."

Damit meinte er eindeutig mich. Obwohl, wenn ich ihn genau betrachtete, wirkte auch er etwas mitgenommen.

„Gute Idee", stimmte Carl zu. „Es ist Mittag. Eine Kleinigkeit zu essen wäre nicht schlecht."

Verstohlen musterte ich die beiden. Sie verstanden sich mittlerweile besser. Eine erfreuliche Entwicklung.

Wir hatten Glück, und ein Außentisch wurde in dem Moment frei, in dem wir vor dem kleinen Lokal ankamen. Wir nahmen Platz, während der Kellner abräumte.

Kaczmarek bestellte sich ein alkoholfreies Bier und ein Kräuterbutterbaguette. Carl entschied sich ebenfalls für ein Bier, wählte dazu aber ein Omelett mit Gemüsefüllung. Ich beließ es bei einer großen Cola light.

„Drei Stichwunden – genau wie der Tote in der Baulücke", begann Kaczmarek, nachdem wir alleine waren. „Wir können nicht mehr ausschließen, dass es sich um einen Serienmörder handelt."

„Das war anfangs nur eine Hypothese von mir", sagte Carl. „Und eine äußerst gewagte noch dazu. Leider scheint sie sich mittlerweile zunehmend zu bestätigen."

Kaczmarek seufzte. „Ein Serientäter, der seine Opfer in ganz Berlin verteilt. Prost Mahlzeit."

Der Kellner kam mit unserer Bestellung zurück. Mit einem Mal meldete sich mein Magen. Ich merkte, wie hungrig ich war.

„Ich möchte bitte auch so ein Omelett", rief ich dem Kellner hinterher, der sich bereits von uns weggedreht hatte.

Er nickte in meine ungefähre Richtung und verschwand nach innen.

Ich wandte mich an Kaczmarek: „Außer unserem ermordeten Bassam haben Sie in den letzten Tagen zwei weitere Tote gefunden. Sie vermuten, die drei Fälle hängen zusammen. Ist das richtig?"

Kaczmarek setzte das Bier ab, von dem er gerade getrunken hatte. „Stimmt. Bei den letzten beiden Leichenfunden handelt es sich ebenfalls um rund zwanzigjährige Männer. Von einem haben wir nur das Skelett und können die Todesursache nicht mit letzter

Sicherheit bestimmen. Die Überreste des anderen haben wir gerade gesehen. Wenn die Erdproben, die die Pathologin auf den zwei Toten gefunden hat, übereinstimmen – und davon gehe ich aus –, wurden sie höchstwahrscheinlich vom gleichen Täter ermordet."

„Und nachdem der Tote aus dem Koffer drei nahezu identische Stichwunden aufweist wie der tote Bassam von der Baulücke ...", Carl stockte und machte eine drehende Handbewegung, „da schließt sich der Kreis."

Mein Omelett kam. Ich griff mir Messer und Gabel, schnitt mir ein großes Stück ab und begann zu essen. Auch Carl und Kaczmarek, die auf mich gewartet hatten, widmeten sich ihrer Mahlzeit.

Für eine Weile herrschte Stille.

„Das Skelett lag im Park, wenn ich es richtig im Kopf habe?", erkundigte ich mich zwischen zwei Bissen.

Kaczmarek kaute zu Ende, schluckte und deutete mit der Gabel auf mich. „Korrekt. Das Skelett wurde im Tiergarten, also im Park, versteckt. Den Koffer hat ein Angler im Rummelsburger See, mitten in Berlin, entdeckt."

„Ein See?", wiederholte ich.

„Eher ein Nebenarm der Spree", konkretisierte Carl. „Wird schwer sein, nachzuvollziehen, wo genau der Koffer in den Fluss geworfen wurde."

„Trotzdem suchen unsere Taucher den See nach den fehlenden Körperteilen ab", meinte Kaczmarek. „Man weiß ja nie."

Carl wischte sich den Mund mit der Serviette ab. „Irgendetwas hat sich im Umfeld des Täters verändert. Er kann seine Opfer nicht mehr an der Stelle begraben, an der er sie bislang deponiert hat."

Kaczmarek nickte zustimmend. „Die Leichen sind dort nicht mehr vor Entdeckung sicher. Er muss sie anderweitig loswerden."

„Denke ich auch", stimmte ihm Carl zu. „Aber damit geht er ein erhöhtes Risiko ein, gefasst zu werden."

„Was ist eigentlich aus dem Plan geworden, die alten Fälle durchzusehen?", fragte ich.

„Die zwei Morde, für die der Metzger, Gregor Preuß, verantwortlich ist?", erkundigte sich Kaczmarek.

„Genau die. Sie wollten doch wegen möglicher Hinweise auf einen Mittäter alles nochmals prüfen."

„Ein paar Kollegen sind gerade dabei. Bislang aber ohne Erfolg." Kaczmarek legte sein Besteck beiseite. „Hätte mich ehrlich gesagt auch gewundert. Aber in der JVA, da wird es wärmer."

„Inwiefern?", fragte Carl.

„Preuß ist zwar absolut unbeliebt im Knast, weil er ständig und mit jedem Streit anfängt ... eben ein Choleriker ... und keiner hält es mit ihm lange aus. Bis auf eine Ausnahme. Ganz am Anfang seiner Haftzeit, er saß damals noch im Untersuchungsgefängnis, hat er sich mit einem anderen Insassen angefreundet."

„Und der sitzt nicht mehr?", fragte Carl hoffnungsvoll.

Kaczmarek schüttelte den Kopf. „Nein. Den mussten wir gehen lassen."

„Wer ist es?"

„Sebastian Braun. Ein Zuhälter. Ganz mieses Schwein. Er betreibt einen großen Edelpuff. Die Kollegen wollten ihn damals wegen Steuerhinterziehung drankriegen, anders war ihm nicht beizukommen. Hat aber nicht geklappt. Seitdem lässt er seine Huren fleißig weiter für ihn anschaffen."

„Hm", meinte Carl. „Was spricht dagegen, dass Sie ihn einbestellen, und wir fühlen ihm gemeinsam auf den Zahn?"

Kaczmarek verzog den Mund. „Würde ich ja gerne machen. Die Kollegen haben aber erst vor Kurzem erneut versucht, gegen ihn zu ermitteln. Wenn wir jetzt schon wieder anfangen, riskieren wir ein Verfahren. Er hat einen guten Anwalt."

„Amtsmissbrauch“, sagte Carl.

„So ist es. Also müssen wir zumindest anfangs subtiler vorgehen, bis wir einen wirklich konkreten Verdacht gegen ihn haben.“

„Hm“, machte Carl erneut und warf mir einen Seitenblick zu.

„Lass mich raten: Du willst ihn besuchen?“, fragte ich.

„Wir können jederzeit mit ihm reden, wir gehören nicht zur Polizei.“

Ich machte große Augen. „Du meinst, im Bordell?“

„Ich kann auch alleine hin“, erwiderte er.

„Wir sind ein Team“, sagte ich.

Ich hatte vor ein paar Tagen das erste Mal Fotos eines Ermordeten gesehen. Ich hatte Tatorte besucht, eine Schlägerei in einer Nazi-Kneipe miterlebt und Häftlinge in zwei Gefängnissen besucht. Und vor nicht einmal einer Stunde hatte ich den Ausführungen einer Pathologin gelauscht, während ich vor den unvollständigen Überresten eines weiteren Ermordeten gestanden hatte, die auf dem Autopsietisch ausgelegt gewesen waren. Ein Besuch in einem Bordell würde mich nicht umwerfen.

Schlimmer konnte es nicht werden.

36

Wir kurvten schon eine Zeit lang durch ein typisches Gewerbegebiet, dann lenkte uns das Navi zu einem umzäunten Parkplatz. Dessen Tor war offen. Kurzerhand ließ ich den Carrera hineinrollen.

Ein paar Autos standen hier herum: ein silbergrauer Jaguar, zwei Mercedes und einige unscheinbare Mittelklassewagen.

Ich stellte den Porsche direkt neben dem hohen Zaun ab, und wir stiegen aus.

An die Freifläche grenzte ein zweistöckiges Gebäude aus Betonfertigteilen. Frisch gestrichen in den Farben Dunkelrot und Schwarz stach es deutlich aus der Umgebung hervor. Der Schriftzug *Aphrodite* prangte ausgesprochen protzig auf einer Werbesäule. Trotz Tageslicht war sie beleuchtet und drehte sich langsam um ihre eigene Achse.

Wir wandten uns dem Eingang zu. Eine große, schwarz lackierte Tür mit Goldverzierungen. Und erneut der Name *Aphrodite*.

Davor stand ein wahrer Kleiderschrank von einem Kerl – sicher eine Handbreit größer als Carl, breite Schultern, kurz geschnittene Haare, mit dunklem, elegant wirkendem Anzug. Er trug eines dieser Ohrtelefone. Als wir ihn erreichten, verzog er den Mund zu einem geschäftsmäßigen Lächeln.

Natürlich, dachte ich. *Er hat den Porsche gesehen. Er hält uns für solvente Kunden.*

„Sorry“, sagte er, „Ladys dürfen hier leider nicht herein.“ Seine Aussprache verriet seine osteuropäische Herkunft. „In dieser Beziehung sind wir eigen. Wenn Sie gerne zu dritt sind …“ Er zwinkerte mir leicht zu. „Ich kann Ihnen die Adresse eines unserer Partner-Klubs geben.“

Carl lächelte auch. „Wirklich sehr freundlich. Aber wir sind nicht zum Vergnügen hier. Wir möchten mit dem Inhaber, Herrn Braun, sprechen. Ich denke, er ist anwesend.“ Carl deutete in Richtung des Jaguars.

Die Augen des Türstehers blitzten auf, bevor sie schmal wurden. Während er Carl und mich musterte, verschwand sein Lächeln. „Sie sind aber nicht von der Polizei.“

„Nein“, bestätigte Carl. „Sind wir nicht. Wir hätten aber trotzdem ein paar Fragen an ihn.“

„Herr Braun beantwortet keine Fragen.“

Ein leises Surren erklang. Ich sah nach oben und erblickte eine schwarze Überwachungskamera, die gerade zu uns schwenkte.

Carl bemerkte sie ebenfalls. Auch er schaute hoch. „Teilen Sie Ihrem Chef mit, es handelt sich um Gregor Preuß“, sagte er dabei, „und um die Verbindungen, die er zu ihm hat.“

Einige Sekunden passierte nichts. Dann griff der Türsteher an sein Ohrtelefon. „Ja? … Gut.“ Und an uns gerichtet: „Kommen Sie bitte mit.“

Wir gelangten in ein Foyer mit sehr viel Rot. Hinter einem mit rotem Samt und goldenen Nieten bestückten Tresen wartete eine äußerst leicht bekleidete Garderobenfrau, vielleicht Mitte zwanzig, grell geschminkt. Sie klimperte mit ihren falschen Wimpern.

Der Türsteher führte uns wortlos an ihr vorbei. Wir erreichten eine gewendelte Treppe aus schwarzem Marmor und stiegen sie hinauf. Oben angekommen, öffnete der bullige Russe eine Tür und ließ uns vorgehen.

Wir traten ein.

Eine Art Büro oder Empfangsraum. Eine breite Glasfront gewährte den ungehinderten Blick auf die darunterliegende Lounge. Wieder viel Rot, Schwarz und Gold. Eine Bühne mit Stange, an der sich gerade eine nur mit einem String bekleidete Frau rekelte. Davor Polstergruppen, auf denen ein knutschendes Pärchen und einige eher gelangweilt wirkende Männer saßen. Vier oder fünf leicht bekleidete Frauen in High Heels saßen an der Bar und nuckelten an ihren Getränken herum. Auch sie sprühten nicht gerade vor Tatendrang. Eindeutig nicht die Hauptgeschäftszeit dieses Etablissements.

Der Raum, in dem wir standen, war geschmackvoll, teuer und dezent möbliert. Beige Ledermöbel, Parkett, ein teurer Teppich, weiter hinten ein dunkler Schreibtisch. Einige Grünpflanzen, effektvoll verteilt.

Ein Mann, vielleicht Mitte vierzig, mit Stoffhose und weißem Hemd, saß auf einem der Sessel. Die Beine lässig übereinandergeschlagen, schaute er uns entgegen. Wortlos wies er auf die Couch neben sich.

Während wir zu ihm gingen, wurde mir bewusst, dass die breite Glasfront kein normales Fenster war, sondern aller Wahrscheinlichkeit nach ein Einwegspiegel, durch den der Inhaber die Gäste und die Prostituierten jederzeit im Blick hatte, ohne selbst gesehen zu werden.

Ein mir unbekanntes Geräusch ertönte, ähnlich einem zischenden Surren. Reflexartig drehte ich mich um. Der Türsteher drückte Carl ein schwarzes Kästchen an den Rücken. Carl stöhnte auf, knickte ein und fiel auf ein Knie. Ich wollte ihm helfen, aber er hob eine Hand und schüttelte seinen gesenkten Kopf.

Ich verharrte auf der Stelle, schaute von dem Russen zu dem eleganten Mann, der vor uns saß.

„Ein Elektroschocker“, meinte der. „Damit von vornherein klar ist, wer hier das Sagen hat.“

Carl erhob sich mühsam, schlurfte schweigend zum Sofa und ließ sich darauf nieder. Mir blieb nichts anderes übrig, als ihm zu folgen und neben ihm Platz zu nehmen. Mein Herzschlag pochte mir in den Ohren. Meine Kehle fühlte sich an wie zugeschnürt. Ich presste die Hände zusammen, um ein Zittern zu unterdrücken. Aus dem Augenwinkel musterte ich Carl. Er hielt sich kerzengerade, wirkte aber trotzdem noch mitgenommen.

Der Türsteher stellte sich neben den Mann und reichte ihm eine Brieftasche. Der Mann stöberte in ihr herum und zog schließlich eine Visitenkarte heraus.

„Dr. Carl von Wuthenow, externer Berater", las er mit spöttischem Unterton vor. Er sah auf. „Wen beraten Sie denn?"

Der Türsteher musste Carl die Brieftasche abgenommen haben, nachdem er ihn mit dem Elektroschocker angegriffen hatte. Ein weiterer Blick zu Carl zeigte mir, dass er noch nicht in der Lage war zu antworten. Ich musste für ihn einspringen. Ob ich wollte oder nicht.

„Ich nehme an, Sie sind Herr Braun", sagte ich zu meinem Gegenüber. „Herrn Dr. von Wuthenow kennen Sie ja jetzt. Mein Name ist Hofer. Wir arbeiten für die Staatsanwaltschaft."

Kaum hatte ich zu Ende gesprochen, zückte der Türsteher erneut den Schocker, diesmal, um ihn bei mir einzusetzen.

„Dimitri!", die Stimme von Braun stoppte ihn. „Lass uns erst einmal hören, was sie zu sagen hat."

Dimitri senkte den Elektroschocker und drehte ihn unschlüssig zwischen seinen Fingern hin und her.

„Gregor Preuß", begann ich und zwang mich, deutlich und mit Nachdruck zu sprechen, damit niemand meine Angst merkte.

„Was ist mit ihm?", kam es von Braun zurück.

Ich setzte mich zurecht und schlug ebenfalls die Beine übereinander. „Wir haben gehört, Sie sind mit ihm befreundet."

Brauns Augen verengten sich nahezu unmerklich. „So? Das haben Sie gehört? Wer erzählt denn das?"

„Als Sie in U-Haft waren, haben Sie ihn kennengelernt."

„Und?"

„Dann stimmt es. Sie sind mit ihm befreundet."

„Befreundet wäre übertrieben." Er machte eine vage Handbewegung. „Aber es trifft zu. Ich habe ihn kennengelernt."

„Sie waren viel zusammen?"

Er zuckte einmal mit den Schultern. „Eine Zweckgemeinschaft. War für uns beide von Vorteil."

„Vorteil? Wieso?"

„Wenn wir zusammen aufgetreten sind, hatte keiner der anderen Häftlinge ein Interesse daran, sich mit uns anzulegen." Er lächelte kalt. „Wir hatten unsere Ruhe."

„Was Preuß getan hat, hat Sie nicht gestört?", entfuhr es mir, und sofort hatte ich Bedenken, mit der Frage zu weit gegangen zu sein.

Brauns Lächeln fror ein. „Ich weiß, dass er ein Mörder ist, aber darüber haben wir nicht gesprochen."

„Er hat Ihnen nicht erzählt, wie er die Morde begangen hat? Keine Einzelheiten? Nichts?"

Zu meinem Erstaunen lachte Braun laut auf. „Sie waren noch nie im Knast, oder? Sie haben völlig falsche Vorstellungen. Das ist nicht wie im Fernsehen. Im Knast redet man nicht über die Dinge, die einen da reingebracht haben." Er tippte sich an die Schläfe. „Wäre ja auch schön blöd. Der Typ, dem du vertraust, könnte dich verraten, wenn er sich davon einen Vorteil verspricht. Da vertraut keiner irgendjemandem."

„Sie müssen aber über etwas gesprochen haben", beharrte ich.

Erneut eine abschätzige Geste. „Das ist schon ziemlich lange her. Genau kann ich es nicht mehr sagen. Ich war auch nicht so lange drinnen. Generell ist es im Knast nicht viel anders als draußen. Small Talk. Man redet über Sport, den letzten Urlaub. Die Familie."

„Familie?“, wiederholte ich ungläubig.

Er schnaubte. „Was glauben Sie denn? Nur weil ich in der Erotikbranche bin, heißt das noch lange nicht, dass ich keine Familie habe. Im Gegenteil: Ich habe Frau und drei Kinder. Und Preuß hat einen Sohn. Der lag ihm sehr am Herzen.“

Ich zog die Augenbrauen hoch. „Wirklich?“

„Sicher. Ständig hat er sich wegen dessen Gesundheit Sorgen gemacht.“

„Weil er querschnittsgelähmt ist?“

„Warum fragen Sie überhaupt, wenn Sie es ohnehin wissen? Kurz bevor Preuß eingebuchtet wurde, hatte sein Sohn diesen Unfall. Seitdem ist er ein Krüppel und sitzt im Rollstuhl. Das macht einem Vater schon zu schaffen.“ Er sah mich durchdringend an. „Der einzige Sohn …“

Ich kam nicht weiter. Aber so schnell gab ich nicht auf. „Sie wollen mir wirklich weismachen, er hat Ihnen nichts davon erzählt, dass er zwei Stricher gefoltert und getötet hat? Wie er es getan und was er dabei empfunden hat?“

Etwas in Brauns Ausdruck veränderte sich. Mit einem Mal wirkte er nicht mehr wie ein distinguierter Geschäftsmann, sondern verschlagen und bösartig. Er wandte sich an Dimitri: „Wir sind hier fertig. Bring die Herrschaften bitte nach draußen.“ Und an mich gerichtet: „Das nächste Mal kommen Sie lieber in Begleitung der Polizei. Das ist besser für Ihre Gesundheit.“

Ich wollte Carl aufhelfen, aber er erhob sich von alleine, um sich auf meiner Schulter abzustützen. Wir folgten Dimitri die Treppe hinunter, an der Garderobe vorbei nach draußen. Er begleitete uns bis zum Auto. Scheinbar wollte er sicherstellen, dass wir nicht irgendwo auf dem Gelände herumschnüffeln würden.

Am Carrera angelangt, legte Carl die Hände auf das Dach auf der Beifahrerseite.

„Geht es halbwegs?“, fragte ich ihn.

„Klar“, kam seine einsilbige Antwort.

Ich ging um den Porsche herum, um an meine Tür zu gelangen.

„Übrigens“, hörte ich Carls Stimme, als ich meinen Autoschlüssel aus der Tasche zog. Ich wandte mich Carl zu. Aber er redete nicht mit mir.

„Dimitri, ich wollte dir noch etwas sagen“, meinte er.

Der Türsteher kam mit aufmerksamem Gesichtsausdruck näher.

Wie der Blitz wirbelte Carl herum. Er trat Dimitri gegen die Kniescheibe. Dimitri sackte mit dem Oberkörper nach vorne.

Jetzt fasste Carl mit beiden Händen Dimitris Hinterkopf und zog ihn mit einem gewaltigen Ruck nach unten. Gleichzeitig stieß Carl mit seinem angewinkelten Oberschenkel kraftvoll nach oben. Er traf Dimitris Nase. Es knackte laut.

Carl schubste den stark blutenden Dimitri von sich weg. Der stolperte einen Schritt nach hinten und fiel schließlich zu Boden, wo er liegen blieb.

Carl drehte sich zu mir. „Wir können“, meinte er. „Lass uns nach Hause fahren.“

37

„Hallo! Hier bei Wuthenow“, tönte mir eine fröhliche Kinderstimme aus dem Handy entgegen.

„Amelie?“, fragte ich. „Bist du das?“

Etwas undeutlich hörte ich Stella aus dem Hintergrund rufen: „Amelie! Wer ist denn dran?“

„Verena!“, schrie sie zurück, und an mich gewandt, sagte sie: „Na, was macht ihr so?“

„Wir sind in Berlin“, sagte ich. „Und wir hätten noch etwas zu tun.“

„Ja, und?“

„Ich wollte wissen, ob das mit dir in Ordnung geht, wenn ich erst ein wenig später zurückkomme.“

„Aber zum Abendessen seid ihr da.“ Das war keine Frage, sondern eindeutig ein Befehl.

Ich musste lächeln. „Klar. Ganz bestimmt.“

„Dann ist ja gut. Gibt es sonst noch was?“

„Willst du mir nichts von deinem Tag erzählen?“

Amelie seufzte und schnalzte anschließend mit der Zunge. „Mensch, dafür habe ich jetzt echt keine Zeit! Stella und ich haben gerade den Kuchen aus dem Ofen geholt. Für morgen. Zum Frühstück. Und sobald Stella ihn aus der Form draußen hat, tue ich Zuckerguss drüber. Dann gehen wir zu den Ponys.“

„Die darfst du füttern?“, fragte ich.

„Füttern?“, meinte sie empört. „Was denkst du denn! Das ist für Babys. Ich werde reiten. Stella führt mich herum.“

„Reiten“, wiederholte ich. „Toll.“

„Und bald kann ich das dann alleine.“

„Sei trotzdem vorsichtig mit den Ponys“, mahnte ich.

„Ach Verena.“ Wieder dieses erwachsene Seufzen. „Bin ich doch immer. Ich muss jetzt aber Schluss machen. Bis später!“

Sie legte einfach auf. Ich nahm mein Handy vom Ohr, schaute irritiert auf das Display und steckte es schließlich weg.

Durch die Windschutzscheibe des Porsches hatte ich einen guten Blick auf die Tankstelle, an der wir gerade standen. Es herrschte reger Betrieb. Das Benzin war heute recht günstig.

„Sie will mit Stella reiten gehen?“, erkundigte sich Carl vom Beifahrersitz aus. Seine Stimme klang ein wenig müde und abgespannt.

Ich wandte mich ihm zu. „Das hatten wir so nicht besprochen. Ich weiß nicht, ob das eine gute Idee ist.“

„Warum?“

„Amelie könnte runterfallen und sich wehtun.“

„Hm“, machte Carl und nahm einen Schluck aus der Wasserflasche, die er hielt. Es war bereits die zweite, die er trank.

Er setzte das Mineralwasser ab. „Die Ponys sind klein. Sie fällt nicht tief.“

„Ach ja?“, sagte ich empört.

„Wenn du möchtest, kaufen wir ihr einen Reithelm.“

„Gibt es die auch für Kinder?“

Carl zuckte mit den Schultern. „Garantiert.“

Er nahm erneut einen tiefen Schluck.

„Wie geht es dir?“, fragte ich.

„Seltsamerweise habe ich großen Durst. Und meine Muskeln schmerzen. Sonst ist alles okay.“

„Kein Wunder, dass du Nachwirkungen spürst“, erwiderte ich. „Elektroschocker sind nicht ohne.“

„Die in Deutschland zugelassenen Elektroimpulswaffen sind bessere Spielsachen. Die kitzeln nur.“

„Ich hatte nicht den Eindruck, dass du lediglich ein Kitzeln abbekommen hast", entgegnete ich.

Er schüttelte den Kopf. „Nein. Ganz sicher nicht. Das Ding, mit dem dieser Dimitri mich erwischt hat, stammt entweder aus den USA oder aus Russland. Die haben ganz andere beziehungsweise gar keine Richtlinien, was die Stromstärke angeht."

„Habe ich bemerkt", sagte ich. „Aber zurück zu meiner Frage: Glaubst du, du kannst wirklich noch mit zu Preuß junior?"

„Das haben wir doch vorhin schon besprochen." Er runzelte unwirsch die Stirn. „Es ist wichtig und sinnvoll. Sonst arbeiten wir lediglich mit Hypothesen. Das bringt nichts. Wir müssen den jungen Preuß fragen, ob sein Vater den Zuhälter aus der Zeit vor dem Gefängnis kannte."

„Du hältst das tatsächlich für denkbar?"

„Ist dir nicht aufgefallen, wie heftig Braun reagiert hat, als du nicht lockergelassen hast und ihn zu den Einzelheiten der Morde befragen wolltest?"

„Er wurde richtiggehend böse. Sah plötzlich ganz schön fies aus", erinnerte ich mich.

„Eben." Carl nickte mit Nachdruck. „Er hat uns rausgeschmissen. Also weiß er mehr, als er zugeben wollte."

„Kann sein." Ich richtete den Blick nach vorne und langte an den Zündschlüssel, um den Wagen anzulassen.

Carl räusperte sich. Fragend sah ich ihn an.

„Das wird fast schon zur Gewohnheit ...", begann er nahezu verschämt. „Ich muss dich wieder loben."

„Loben?" Ich verstand nicht.

„Die Befragung – du hast sie sehr gut durchgeführt. Professionell. Du hast Braun unheimlich aus der Reserve gelockt."

„Das war doch nichts Besonderes", winkte ich ab, doch insgeheim freute ich mich riesig.

„Von wegen!" Carl war völlig ernst. „Manche trainieren das

jahrelang und beherrschen es nicht. Du bist ein Naturtalent." Energisch schraubte er seine Mineralwasserflasche zu.

Ich fuhr noch nicht los.

Carl setzte sich zurecht. „Das mit Dimitri auf dem Parkplatz ... das musste sein."

Ich holte tief Luft. „Ich weiß. Sonst hätte Braun keinerlei Respekt vor uns."

„Ganz genau. Solche Menschen verstehen nur diese Sprache. Und deswegen musste ich Dimitri eine Lektion erteilen."

Ich blickte tief in seine violetten Augen. „Nur deswegen?"

Er schaute nicht weg. Stattdessen begann er zu grinsen.

„Weißt du, was ich erschreckend finde?", fragte ich ihn.

Er blieb still.

„Dass ich empfinde wie du. Vor einer Woche hätte ich ganz anders geurteilt."

„Ist sicher mein schlechter Einfluss", meinte er.

Ich startete den Wagen und ließ seine Feststellung unkommentiert.

Denn er hatte recht.

38

Erneut kurvte ich durch Berlin-Wedding. Dichter Verkehr – fast noch mehr als gestern. Auf den Gehsteigen ganze Trauben von Menschen. Mit vollgepackten Tüten und Taschen hetzten sie hin und her.

Wir passierten Karstadt, ich ordnete mich ein und bog ab. Die Gegend war mir nicht mehr vollkommen fremd. Bald würde ich mich ohne Navi zurechtfinden.

Diesmal ergatterte ich eine Parklücke direkt vor der früheren Metzgerei. Wir stiegen aus, Carl klingelte an dem alten Holztor, und wir warteten.

„Ja?“, meldete sich die Sprechanlage.

„Herr Preuß?“, sagte ich. „Wir sind es noch mal. Wuthenow und Hofer. Von der Staatsanwaltschaft.“

Es summte, und wir traten ein.

Der Flur sah aus wie am Vortag. Auch der Geruch war derselbe.

Preuß stand mit seinem Rollstuhl in der offenen Tür zu seiner Wohnung.

„Da sind Sie ja wieder“, meinte er, während er uns nicht sonderlich erfreut beäugte.

„So ist es“, begann ich mit meinem schönsten Lächeln. „Wir *schon* wieder. Aber wir stören Sie wirklich nur ungern.“

„Sie haben noch einige Fragen“, stellte er fest, wobei er freundlicher wirkte.

„Ganz offensichtlich", bestätigte ich.

Ein Lächeln huschte über sein Gesicht. „Na, dann kommen Sie rein."

Wir folgten ihm in den großen Raum, der ihm als Atelier diente. Auf der Staffelei war heute eine Leinwand befestigt, auf der sich ein halb fertig gemalter Blumentopf aus Terrakotta mit Geranien befand. Die Farben kreischten um die Wette.

„Was kann ich für Sie tun?", fragte Preuß.

„Sie haben uns gestern mitgeteilt, dass Ihr Vater aufgrund seines aufbrausenden Temperamentes keine Freunde gehabt hat", übernahm Carl.

Preuß strich sich die Decke über seinen Knien glatt. „Ja, und?"

„Können Sie sich vielleicht an einen Sebastian Braun erinnern?"

„Braun?" Er dachte kurz nach. „Nie gehört den Namen." Seine Augen verengten sich. „Warum wollen Sie das denn überhaupt wissen? Sie meinten gestern, Sie seien nicht befugt, mir das zu sagen, aber ganz ehrlich, jetzt besuchen Sie mich heute zum zweiten Mal. Langsam mache ich mir so meine Gedanken. Was ist los?"

„Nun", Carl warf mir einen fragenden Blick zu. „Meinst du, wir dürfen ausnahmsweise Herrn Preuß Auskunft geben?"

Ich war mir unsicher, worauf Carl hinauswollte, also sagte ich: „Ich weiß nicht so recht. Das musst du entscheiden."

Carl schürzte die Lippen, als würde er mit sich ringen. „Also gut. Das nehme ich auf meine Kappe." Er wandte sich erneut Preuß zu. „Qualitätssicherung."

„Qualitätssicherung?", wiederholte Preuß ungläubig.

„Die Arbeit der Polizei wird regelmäßig überprüft – von externen Beratern, wie Frau Hofer und ich es sind."

Preuß wirkte nicht vollends überzeugt.

„Per Zufallsprinzip", führte ich weiter aus, „werden alte Fälle ausgewählt. Wir schauen die Akten durch und überprüfen, ob alles seine Richtigkeit hatte. Das ist es auch schon. Eigentlich recht langweilig.“ Ich verdrehte kurz die Augen. „Der Fall Ihres Vaters ist nicht der einzige, den wir noch mal gegenchecken müssen.“

Die Gesichtszüge von Preuß entspannten sich merklich, obwohl ich dennoch den Eindruck hatte, dass sein Misstrauen nicht restlos verschwunden war. „Okay“, meinte er. „Sie müssen verstehen, dass es für mich nicht unbedingt angenehm ist, über diese ... alten Sachen zu reden. Ich versuche, das alles so gut es geht zu vergessen.“

„Wir machen auch ganz schnell“, versprach ich.

„Zurück zu Sebastian Braun“, fuhr Carl fort. „Wenn Ihnen der Name nicht bekannt ist, vielleicht kennen Sie den Mann vom Sehen?“

„Er ist circa Mitte vierzig. Grau meliertes, braunes Haar. Durchschnittliche Figur. Teuer gekleidet im Anzug“, sagte ich.

Während ich sprach, hatte Carl sein Handy gezückt und mit dem Daumen auf dem Display herumgewischt.

„Ich habe im Netz ein Foto gefunden“, sagte er. „Nicht besonders vorteilhaft, aber das müsste reichen.“ Er hielt Preuß das Smartphone entgegen.

Der beugte sich vor und studierte das Foto. „Kenne ich nicht“, meinte er. „Nach dem Anzug zu urteilen scheint es aber jemand Wichtiges zu sein. Wohl ein Politiker, oder?“

„Fast“, entschlüpfte mir. „Ein Bordellbesitzer.“

Preuß funkelte mich an. Er war sichtlich verärgert. „Bordell? Wie kommen Sie darauf, dass mein Vater einen Zuhälter kennt?“

„Oh, er kennt ihn definitiv“, meinte Carl betont sachlich und unaufdringlich. „Die beiden haben sich in der U-Haft kennengelernt. Und aufgrund einer Äußerung Brauns gewannen wir den Eindruck, dass sie eventuell besser befreundet waren.“

„Und das schon längere Zeit“, konkretisierte ich. „Vielleicht hat dieser Braun ...“, ich wies auf das Display, auf dem noch immer dessen Foto zu sehen war, „einmal eins seiner Häuser in Ihrer Wohngegend betrieben?"

Preuß runzelte irritiert die Stirn. „Berlin ist eine Großstadt. Da gibt es überall Huren und Bordelle. Aber hier in der Nähe? Nein."

„Nichts von der Art?", beharrte Carl. „Vielleicht auch etwas Inoffizielles?"

„Das wüsste ich. Es gab mal einen Sexshop mit Videokabinen. Zwei Straßen weiter. Aber das war eher für eine andere Kundschaft."

„Homosexuelle?", fragte Carl.

Preuß nickte und blickte zu Boden. „Ist schon ewig her. Aber einen Puff ... den hatten wir hier noch nicht."

„Könnte er ein Stammkunde in der Metzgerei Ihres Vaters gewesen sein?", bohrte Carl nach.

„Möglich ist alles." Preuß zuckte mit den Schultern. „Kann ich mir aber nur schwer vorstellen. Im Kiez leben keine neureichen Anzugtypen." Er sah Carl an. „Was war das für eine Äußerung?"

„Äußerung?" Carl zog die Augenbrauen hoch. „Sie meinen, weshalb wir annehmen, dass Herr Braun und Ihr Vater befreundet sind?" Carl wartete erst gar keine Antwort ab. „Herr Braun hat uns Informationen gegeben, die er nur von Ihrem Vater haben kann."

„Vertrauliche Informationen", sagte ich.

„Und welche?", wollte Preuß wissen.

Ich zögerte.

„Über Ihren Unfall", sagte Carl.

Ich nahm wahr, wie Preuß bei dem Wort *Unfall* unwillkürlich zusammenzuckte. „Er hat Braun geschildert, wie es passiert ist?" Preuß legte beide Hände auf seine Oberschenkel. Es wirkte, als wolle er sich schützen.

„Nein. Das wohl nicht", meinte Carl. „Aber Braun hat sich daran erinnert, dass sich Ihr Vater Sorgen um Sie machte."

„Wegen meiner Querschnittslähmung“, warf Preuß tonlos ein.

„Laut Braun haben sie sich öfter darüber unterhalten.“

Preuß senkte erneut seinen Kopf und starrte auf den Boden.

Wir schwiegen.

„Darf ich Sie etwas fragen?“, sagte ich schließlich. „Sie müssen mir aber nur antworten, wenn Sie das möchten.“

Preuß mied meinen Blick und holte tief Luft. „Okay.“

„Ihr Unfall. Wie ist der eigentlich passiert?“

Preuß blieb still, und ich konnte den Straßenlärm von draußen hören, der undeutlich, wie ein fernes Rauschen, bis zu uns drang.

„Früher wohnten wir im zweiten Stock, über der Metzgerei. Ist die beste Wohnung gewesen. Hell, und die anderen Mieter heizen von oben und unten“, begann er schließlich. „Das Treppenhaus ist aus Holz. Einmal im Monat haben wir es gewachst und gebohnert. Ich bin auf Socken herumgelaufen, ausgerutscht und …“ Er führte den Satz nicht zu Ende. „Deshalb bin ich jetzt in dieser Wohnung. Die ist zwar kälter und kleiner, und ich brauche ständig eine Decke. Aber das Haus hat keinen Fahrstuhl. Das macht es unmöglich für mich, in die Obergeschosse zu gelangen.“

„Das tut uns sehr leid“, sagte ich.

Er schaute auf. „Ist schon in Ordnung. Ich habe mich damit abgefunden. Anfangs wollte ich es nicht akzeptieren. In der Klinik – das war die reinste Hölle für mich. Und dann, nachdem ich entlassen wurde, musste ich weiterhin täglich zum Arzt. Ich habe unzählige Stunden in Wartezimmern verbracht, nur um zu hören, dass sich nichts bessert.“

„Sicherlich hat Sie das stark belastet.“

Preuß nickte. „Das stimmt. Und deshalb habe ich irgendwann beschlossen, mir das nicht mehr länger anzutun. Keine sinnlosen Untersuchungen, keine Ärzte mehr … Ich mache einfach das Beste aus meiner Situation.“

SONNTAG

39

Ich stieg aus der Dusche, trocknete mich ab und ging in mein angrenzendes Schlafzimmer, um mich anzuziehen. Dazu musste ich das Licht anschalten. Draußen schien die Welt unterzugehen. Der Regen hatte in der Nacht begonnen. Jetzt prasselte er mit harten Tropfen gegen die Scheiben. Es wurde nicht richtig hell, die Wolken hingen tief über dem weiten Land und verloren sich in weißen Schlieren in unserem See. Die Sonne legte heute definitiv eine Pause ein.

Während ich mit dem Colonel und Carl in der Sporthalle trainiert hatte, zuckten sogar vereinzelte Gewitterblitze über den Himmel. Sie wurden stets von einem tiefen Grollen begleitet, das man hier, in der Natur, sehr viel deutlicher wahrnahm, als ich es von der Stadt gewöhnt war.

Der Colonel hatte mir gezeigt, wie man sich gegen einen Messerangriff zur Wehr setzt. Und obwohl ich es anfänglich als eine lästige und, um ehrlich zu sein, vollkommen überzogene Pflichtübung angesehen hatte, war ich zum Schluss richtiggehend stolz auf meine Fortschritte.

Seltsam – ich schüttelte den Kopf.

Jedenfalls hatte ich mir die heiße Dusche redlich verdient.

Carl und der Colonel waren anschließend in einem der großen Gewölbekeller verschwunden, in dem früher Kartoffeln und Rüben lagerten. Inzwischen diente er einem weitaus profaneren Zweck: Da er lang und relativ hoch war, hatte ihn der Colonel kurzerhand zu einem Schießstand umfunktioniert.

Das allerdings war überhaupt nichts für mich. Mit Pistolen wollte ich nichts zu tun haben. Selbstverteidigung – meinetwegen, da konnte man nicht viel verkehrt machen. Aber Schusswaffen, dabei handelte es sich um eine ganz andere Kategorie. Obwohl, vielleicht wäre es doch einmal ganz interessant gewesen, so ein Ding abzufeuern. Nur einmal, versteht sich. Um zu sehen, wie sich das anfühlt.

Erneut schüttelte ich den Kopf über mich selbst.

Ich föhnte mir noch schnell die Haare trocken, tuschte mir die Wimpern und verließ mein Appartement. Amelie half Stella unten in der Küche. Vielleicht konnte ich da mitmachen, oder aber uns Dreien würde etwas ganz anderes einfallen. Das riesige Gutshaus bot tausend Möglichkeiten.

Ich ging den Flur entlang, erreichte die breite Treppe und war im Begriff, sie hinunterzusteigen.

Jemand kam mir entgegen. Eine ältere, schlanke Frau, gepflegte Erscheinung, teuer gekleidet: Ernestine von Wuthenow.

Und sie war nicht allein. Ihr folgte ein Mann in dunklem Anzug mit einer schwarzen Schirmmütze auf dem Kopf – allem Anschein nach ihr Chauffeur. Auf mich wirkte dieser Aufzug übertrieben und nahezu lächerlich. Aber Frau von Wuthenow legte eben Wert auf Etikette. Stella, die Köchin, gehörte in die Küche, und der Fahrer hatte eine Uniform zu tragen. Typisch neunzehntes Jahrhundert. Mit ihrer Einstellung hätte sie perfekt in einen Stendhal-Roman gepasst. Ich musste ein allzu breites Grinsen unterdrücken.

Ich verharrte am Treppenabgang.

„Guten Tag, Frau von Wuthenow“, sagte ich. „Schön, Sie zu sehen.“

Sie kam die letzten Stufen zu mir herauf, und für einen Augenblick dachte ich, sie wollte mich umarmen. Im letzten Moment schien sie sich zu besinnen. Sie brach ihre Bewegung ab und streckte mir stattdessen überaus förmlich ihren Arm entgegen.

„Die Freude ist ganz meinerseits, Frau Hofer“, sagte sie, und wir schüttelten uns die Hände.

Der Chauffeur hatte uns nun ebenfalls erreicht. Er atmete angestrengt. Erst jetzt nahm ich bewusst wahr, dass er einen großen, offensichtlich schweren Karton schleppte.

„Wo wünschen Sie, dass ich die Kiste deponiere?“, fragte er Carls Tante.

„Ich zeige es Ihnen gleich“, sagte sie knapp. Sie wandte sich mir zu und bemerkte meinen neugierigen Blick. „Ich habe gehört, dass Sie sich in der früheren Bibliothek umgesehen haben und sie ein wenig herrichten.“ Sie wies auf das Paket. „Ganz zufällig hatte ich bei mir noch ein paar alte Bücher stehen, die Sie vielleicht interessant finden.“

Ich wusste nicht, wie mir geschah. „Bücher? Und noch dazu alte?“ Das klang nicht gerade geistreich.

Frau von Wuthenow lächelte. „Ich habe vergessen hinzuzufügen, die Bände dürften ziemlich selten sein. Erstausgaben von Lessing und Klopstock, um genau zu sein.“

„Erstausgaben?“, wiederholte ich erstaunt.

„Nun, Sie können sie ja genauer inspizieren und dann entscheiden, ob sie etwas taugen.“ Sie ergriff meinen Unterarm und zog mich Richtung Bibliothek.

Ich öffnete ihr die Tür, und wir traten ein. Der Chauffeur stellte die Kiste auf den Couchtisch, nickte seiner Chefin zu und entfernte sich diskret.

Wir waren allein.

Frau von Wuthenow machte ein paar Schritte und schaute sich in dem großen Raum um. „Sie haben sich Möbel von unten geholt“, stellte sie fest.

„Aus dem großen Saal“, bestätigte ich und beeilte mich anzufügen: „Ist das ein Problem?“

„Überhaupt nicht.“ Resolut schüttelte sie den Kopf. „Der untere Salon diente vornehmlich offiziellen Anlässen. Dort wurden Gäste empfangen." Sie machte eine Pause. „Dieser Raum hier ... der war immer privat. Das Sofa und die Sessel passen hier sehr gut hin." Sie griff in ihre Handtasche und zog eine vergilbte Schwarz-Weiß-Fotografie heraus, die an den Rändern ein Wellenmuster besaß. „Es war einmal", meinte sie und reichte mir das Foto.

Ich betrachtete die Aufnahme. Sie zeigte eindeutig die Bibliothek, in der wir uns befanden. Allerdings waren die Regale nicht leer, sondern voller Bücher. Und sie war komplett möbliert – überaus geschmackvoll, soweit ich das beurteilen konnte. Ein Ort, der förmlich dazu einlud, sich mit Literatur und Poesie zu beschäftigen.

Nahezu ehrfürchtig wollte ich ihr das Foto zurückgeben, doch sie winkte ab. „Nein, nein. Behalten Sie es nur. Möglicherweise kann es Ihnen als Inspiration dienen."

„Vielen Dank", sagte ich, weil mir nichts Besseres einfiel.

„Sie müssen wissen, mein Großvater war belesen", fuhr sie fort. „Und ein persönlicher Freund Fontanes."

„Oh", machte ich.

„Ja", Frau von Wuthenow nickte. „Er hat die Bücher von überallher zusammengetragen und mit der Zeit eine Sammlung aufgebaut, die ihresgleichen suchte. Sie war sein ganzer Stolz."

„Kann ich verstehen", sagte ich.

„Er nannte sie die *Fontane-Bibliothek* ... Natürlich enthielt sie nicht nur die Werke seines Freundes. Aber Fontane hatte meinen Großvater wohl auf die Idee gebracht und ihn bei der Auswahl der Werke auch das ein oder andere Mal beraten." Ihr Blick irrte über die leeren Regale, und sie seufzte. „Im Krieg und in der Zeit danach ist alles verloren gegangen. Eine Schande, wenn Sie mich fragen."

„Der Colonel hat noch einige Bände auf dem Dachboden gefunden", erwiderte ich. „Die habe ich sorgfältig entstaubt und bereits eingeräumt."

„Das ist gut so", sagte sie. „Das Haus konnte ich renovieren. Aber die Bibliothek war immer die Seele des Ganzen. Ich freue mich, dass jetzt jemand da ist, der den nötigen Sachverstand hat, um sich darum zu kümmern."

„Vorübergehend", erinnerte ich sie.

„Natürlich." Sie lächelte. „Wie kommen Sie übrigens mit Carl zurecht?"

Der plötzliche Themenwechsel erwischte mich kalt. „Ich?"

Sie nickte.

„Gut."

Sie blieb still und musterte mich aufmerksam.

Was erwartete sie von mir zu hören? „Deutsche Literatur liegt nicht unbedingt im Mittelpunkt seines Interesses", tastete ich mich vorwärts. „Aber wir machen Fortschritte."

Sie senkte den Kopf ein wenig, in Andeutung eines erneuten Nickens, ließ mich dabei nicht aus den Augen. „Sie helfen ihm bei seiner Arbeit? Bei den Ermittlungen?"

„Darüber sind Sie doch bestens informiert", sprach ich meine Vermutung laut aus, und mein Tonfall klang in meinen Ohren zu schroff.

„Bin ich das?", entgegnete sie. In ihren violetten Augen erschien ein Leuchten, das ich von Carl her kannte.

„Das war doch der eigentliche Grund, warum Sie mich ausgewählt haben. Sie haben von vornherein darauf gesetzt, dass ich Ihren Neffen bei der Aufklärung von Morden unterstütze."

„Habe ich das?", meinte sie milde, und das Strahlen ihrer Augen verstärkte sich.

Langsam wurde ich sauer. „Sie haben jemanden gesucht, der intelligent ist. Der weitestgehend unabhängig ist, Verantwortung für andere übernimmt und sich nicht unterkriegen lässt. Und der aufgrund fehlender Fachkenntnisse unbedarft an die Ermittlungen herangeht. Das bin eindeutig ich. Vermutlich hätte sich niemand sonst darauf eingelassen."

„Und der die natürliche Gabe besitzt, Zusammenhänge emotional zu erkennen. Das war mir ebenfalls wichtig", fügte sie hinzu. „Etwas, das meinem Neffen manchmal leider fehlt. Er ist doch eher der reinen Logik verpflichtet. Sie beide ergänzen sich bestens."

Darauf wollte ich ihr antworten. Vieles. Und in einem durchaus emotionalen Ton, den sie an mir ja offenbar besonders schätzte. Ich kam aber nicht mehr dazu, weil sich die Tür öffnete und Carl hereinstürmte. „Du kommst einfach hierher, ohne mir Bescheid zu sagen? Hätte ich gewusst, dass wir uns heute sehen, hätte ich mein Training mit dem Colonel anders gelegt."

Frau von Wuthenow wandte sich ihrem Neffen zu. „Wie schön, dass du jetzt da bist, Carl. Und mach dir keine Gedanken. Ich habe mich in der Zwischenzeit mit Frau Hofer unterhalten. Sie hat mir von euren literarischen Studien erzählt."

„Studien?" Carl warf mir einen fragenden Blick zu. Ich zuckte verstohlen mit den Schultern.

Er verstand sofort, und sein Ausdruck wurde grimmig. „Oh ja. Studien. Literarische. Rund um die Uhr. Die Verse sprudeln nur so aus mir heraus. Möchtest du einen hören, liebe Tante?" Ohne eine Antwort abzuwarten, stellte er sich in Pose und begann:

„Herr von Ribbeck auf Ribbeck im Havelland,
Ein Birnbaum in seinem Garten stand,
Und kam die goldene Herbsteszeit
Und die Birnen leuchteten weit und breit,
Da stopfte, wenn's Mittag vom Turme scholl,
Der von Ribbeck sich beide Taschen voll."

Während er rezitierte, betonte er derart übertrieben, dass es mir innerlich wehtat. Auf seine Tante hinterließ das Gedicht aber einen völlig anderen Eindruck. Abrupt drehte sie sich von uns weg und lief zum Fenster hinüber, um nach außen in die tief hängenden Wolken zu schauen.

Carl beendete sein Schauspiel mit einer geradezu affigen Verbeugung. Doch auch die schien seine Tante nicht zu bemerken. Stattdessen wiederholte sie leise, ohne den Blick von der verregneten Landschaft zu nehmen: „Und die Birnen leuchteten weit und breit …“ Ihre Schultern hoben und senkten sich. Sie wandte sich uns wieder zu, blieb aber beim Fenster stehen: „Mein Großvater hat mir das immer vorgetragen. Er meinte, das Gedicht beschreibe die Heimat unserer Familie.“ Sie machte eine Pause. „Für ihn war das ganz wichtig – und für mich auch.“ Erneut unterbrach sie sich. „Ich habe dir immer Birnen mitgebracht, weißt du noch?“

Ich blickte zu Carl. Sein Gesicht verlor den gereizten Ausdruck, seine Miene blieb ernst. „Ja. Du hast mir die Birnen aufgeschnitten, und ich habe sie Schiffe genannt.“

Frau von Wuthenow machte einen Schritt auf Carl zu, blieb dann aber stehen. „Das habe ich getan, damit auch du ein Gefühl dafür bekommst, dass es einen Ort gibt, der immer dein Zuhause sein wird, wenn du es willst oder brauchst.“

„Wenn dir derartig viel an alldem liegt“, Carl vollführte eine umfassende Geste mit der Hand, „dann zieh doch einfach her. Platzmangel herrscht hier bestimmt nicht.“

Sie hielt seinem Blick stand. „Dafür ist die Zeit noch nicht gekommen.“

Wieder wurden wir unterbrochen. Der Chauffeur schaute in den Raum. „Frau von Wuthenow?“, sagte er. „Entschuldigen Sie die Störung, aber Ihr nächster Termin …“

„Natürlich. Ich bin gleich da“, erwiderte sie, und ich hatte den Eindruck, dass es ihr schwerfiel, das Gespräch zu beenden.

Sie setzte sich Richtung Tür in Bewegung. Als sie an mir vorbeikam, streckte sie ihre Hand aus und berührte mich leicht am Oberarm. Ohne ein Wort des Abschieds ließ sie Carl und mich allein.

Wir vernahmen ihre leiser werdenden Schritte im breiten Flur; wenig später hörten wir, wie ein Motor draußen ansprang und sich entfernte.

„Jemand informiert sie über das, was hier passiert", stellte Carl fest.

„Das bin garantiert nicht ich", sagte ich.

„Stella ist es auch nicht. Ebenso wenig Amelie", meinte er.

„Ist es schlimm, wenn das der Colonel macht?", fragte ich.

Carl blies die Wangen auf. „Keine Ahnung. Aber es ist schon seltsam, dass er mir gegenüber bislang verschwiegen hat, in welch engem Kontakt er zu meiner Tante steht."

„Vielleicht solltest du ihn einfach direkt darauf ansprechen", schlug ich vor.

Er blickte zu Boden. Das machte er nicht oft. „Vielleicht. Jedenfalls notiere ich es mir heute Abend."

MONTAG

40

Wie bei meiner ersten Begegnung mit Frau Wolf stürmte die Staatsanwältin voller Tatendrang in das Besprechungszimmer. Doch diesmal umgab sie nicht die Aura des Mütterlichen. Im Gegenteil – sie kochte. Und wie.

„Da haben Sie's!" Sie warf ein paar auf Papier ausgedruckte Fotos auf den Tisch. Die Blätter rutschten auseinander und blieben kurz vor Kaczmarek, Carl und mir liegen.

Ich kam nicht dazu, auch nur einen Blick darauf zu werfen, denn Frau Wolf tobte ansatzlos weiter. „Vielleicht erinnern sich die Herrschaften dunkel an die halb verwesten Leichenteile, die ein Mann beim Angeln aus der Spree gezogen hat?" Ohne auf eine Antwort zu warten, fuhr sie fort: „Irgend so ein Neunmalkluger kam vorbei, sah den kreischenden Angler und hat die Polizei gerufen. Und die Zwischenzeit, bis die Beamten eintrafen, hat dieser *Held* gleich produktiv genutzt." Sie wies auf die Fotos. „Er hat mit seinem Smartphone eine ganze Serie von Bildern geschossen. Sämtliche malerischen Details sind darauf abgelichtet. Die schwimmenden Leichenteile im Wasser, im Koffer, der entsetzte Finder, wie er sich am Ufer übergibt." Sie ließ sich auf ihren Stuhl fallen und beugte sich vor. „Gestern Abend hat er die Fotoserie verschiedenen Zeitungen gegen Honorar angeboten. Die haben natürlich rundweg abgelehnt, die Bilder zu publizieren. Nicht, weil die Damen und Herren so etwas wie Pietät besitzen, sondern weil sie die rechtlichen Folgen fürchten. Aber die Story, die dahintersteckt, die interessiert sie natürlich brennend. Und deswegen klingelt bei mir seit heute früh um acht ununterbrochen das Telefon. Damit nicht genug …" Sie machte eine Pause, um tief Luft zu holen. „Unser Fotoamateur hat sich – offensichtlich gekränkt durch die Zurückweisung der Presse – dazu entschlossen, seine Bilder selbst zu veröffentlichen. Auf Facebook, Instagram, Twitter und was es sonst noch gibt. Und seine Follower versehen die Fotos gerade in diesem Moment mit Likes und traurigen Smileys und teilen seine Beiträge fleißig auf ihren eigenen Seiten. Es entsteht ein … wie nennt man das jetzt?" Sie sah Kaczmarek an.

„Ein Hype", erwiderte er leise.

Frau Wolf holte erneut tief Luft. „Mir blieb keine andere Wahl, als es gegenüber der Presse zu bestätigen."

„Was ist mit den anderen beiden Funden?" Carl wirkte vollkommen ungerührt von dem Auftritt der Staatsanwältin.

„Was soll damit sein? Ich bin doch nicht blöd! Selbstverständlich habe ich darüber kein Wort verloren. Die Presse weiß nach wie vor nichts von den anderen beiden Toten und somit auch nicht, dass es möglicherweise Zusammenhänge zwischen den Funden gibt."

„Gut", meinte Carl.

„Nichts ist gut!", fauchte sie ihn an. „Ich kriege von Ihnen ja nur halb gare Informationen! Welche Zusammenhänge sind denn inzwischen tatsächlich bewiesen?"

Aus dem Augenwinkel sah ich, wie sich Kaczmarek, der sich bisher auf seinem Stuhl klein gemacht hatte, aufrecht setzte. „Die drei Stiche. Die sind identisch im Fall des toten arabischen Jungen und der Kofferleiche. Beim dritten Fund haben wir nur ein Skelett, da konnte die Pathologin die Todesart weder bestätigen noch ausschließen. Allerdings werden die Erdspuren noch überprüft, die sowohl an der Leiche im Koffer als auch an dem Skelett aus dem Tiergarten hafteten. Wenn sie gleich sind, dann steht fest, dass es sich um eine Mordserie handelt."

„Sie können davon ausgehen, dass das so sein wird", stellte Carl überaus sachlich fest.

Frau Wolf ließ sich gegen ihre Stuhllehne plumpsen. „Mordserie", wiederholte sie. „Na prima! Und wie ist der Ermittlungsstand?"

„Wir sind mittendrin", beeilte sich Kaczmarek zu erwidern.

„Mittendrin? Das will ich konkreter!"

„Bei dem toten Stricher wurde möglicherweise ein Leihtransporter am Tatort gesehen." Kaczmarek hob hilflos die Hände. „Aber ehrlich gesagt kommen wir da nicht richtig weiter."

„Wieso nicht?"

„Wir haben mittlerweile mehr als vierzig Transporter der Leihwagenfirma überprüft, aber nirgends Spuren gefunden. Wir haben noch sechs Wagen vor uns, die wir checken müssen. Aber wenn wir da auch nichts entdecken, ist das eine Sackgasse."

„Weiter!" Frau Wolf hatte sich wieder vorgebeugt und trommelte mit ihrem Finger unruhig auf die Tischplatte. „Dieser Preuß, der damals verurteilt wurde: Sie haben doch eindeutige Parallelen zu seinen Taten nachgewiesen. Und der hat vor ein paar Jahren alles gestanden und sitzt seitdem. Er kann es also nicht gewesen sein."

„Wir vermuten einen Mittäter oder einen Nachahmungstäter", meinte Carl.

„Mittäter", schnaubte Frau Wolf. „Wie beabsichtigen Sie, den zu überführen, wenn er denn überhaupt existiert?"

„Das ist die Frage", erwiderte Kaczmarek tapfer. „Soweit wir ermitteln konnten, hatte Preuß keine Freunde. Auch im Gefängnis ist er ein Einzelgänger. Allein zu einem Zuhälter hat er während der Untersuchungshaft eine gewisse Vertrautheit aufgebaut."

„Den haben Sie schon gecheckt?“

Kaczmarek nickte. „Unsere diesbezüglichen Untersuchungen haben noch nichts ergeben. Wir bleiben aber weiter dran.“

„Wir waren bei Sascha Preuß“, sagte ich. „Dem Sohn des Inhaftierten. Er hat uns glaubhaft versichert, dass sein Vater vor dem Gefängnis keine sozialen Kontakte pflegte. Außerdem gibt es keine weiteren lebenden Verwandten mehr.“

„Sonst hat er nichts von seinem Vater berichtet?“

„Sascha Preuß sitzt im Rollstuhl. Er ist querschnittsgelähmt“, erklärte ich. „Er hat keine besonders gute Beziehung zu seinem Vater. Er hat ihn uns gegenüber als Choleriker beschrieben. Wenn er noch etwas gewusst hätte, bin ich mir sicher, hätte er es uns nicht verschwiegen.“

Frau Wolf schaute in die Runde. „Ist das alles?“

„Wir untersuchen in alle möglichen Richtungen“, sagte Carl.

„Herr Kaczmarek und seine Kollegen arbeiten äußerst gewissenhaft rund um die Uhr an dem Fall“, ergänzte ich.

„Pff“, machte Frau Wolf. Ganz offensichtlich war es uns nicht gelungen, sie zu besänftigen. „Egal, wie Sie das anstellen“, sagte sie, „sehen Sie zu, dass Sie das lösen. Zackig! Spätestens morgen steht alles in der Zeitung. Wenn es dumm läuft, kommt anschließend der Hundebesitzer auf die Idee, der Presse von seinen Abenteuern beim Gassigehen zu berichten. Und haben wir Pech, kann der Rechtsradikale oder einer seiner Kumpels wider Erwarten lesen. Macht der kleine Nazi dann noch seinen Mund auf, stecken wir in der Scheiße!“

Kaczmarek atmete hörbar ein.

Frau Wolf erhob sich. „Das ist so!“, gab sie zurück. „Und das eine sage ich Ihnen: Wenn diese Sache Konsequenzen für mich hat, wird sie Konsequenzen für uns alle haben.“

Ohne sich von uns zu verabschieden, rauschte sie aus dem Zimmer. Die ausgedruckten Fotos ließ sie auf dem Tisch liegen.

Ich erhob mich und klaubte die Blätter auf.

„Ich brauche jetzt einen Schnaps", sagte Kaczmarek.

„Später", meinte Carl. „Zuerst gehen wir zu Ihnen ins Büro und sehen uns die Akten von Preuß noch einmal gemeinsam durch."

Kaczmarek zuckte mutlos mit den Schultern. „Das haben die Kollegen doch schon gemacht."

Carl stand auf. „Vertrauen ist gut, Kontrolle ist besser."

41

In Kaczmareks Büro sah es aus, als wäre eine Bombe eingeschlagen. Polizei- und Gerichtsakten türmten sich auf seinem Schreibtisch und auf dem Boden. Dazwischen standen zwei leere Pizzakartons und mehrere Flaschen Wasser, die wir uns vor rund einer Stunde zum Mittagessen hatten kommen lassen.

Zu dritt saßen wir um seinen Besprechungstisch. Jeder von uns hielt einen dicken Hefter in den Händen, den wir hoch konzentriert durcharbeiteten.

Verstohlen blickte ich auf die Uhr. Halb zwei. Allzu lange würden Carl und ich nicht mehr bleiben können, damit ich Amelie rechtzeitig vom Kindergarten abholen konnte.

Kaczmarek ließ seine Akte auf den Tisch fallen, blies die Wangen auf und atmete laut aus. „Beim besten Willen, ich finde nichts."

Carl sah auf. „Ihre Kollegen haben super gearbeitet. Alles ist gründlich durchgeschaut, mit Markierungen versehen. Und auch damals ist sehr gewissenhaft recherchiert worden."

„Außer Rechtschreibfehlern und einer innovativen Kommasetzung ist mir nichts aufgefallen", sagte ich und lehnte mich zurück. Mir schwirrte der Kopf. In den letzten drei Stunden hatte ich unzählige Fakten, Paragrafen und Notizen gelesen. Ich fühlte mich überreizt und frustriert.

„Das bringt uns nicht weiter", sagte Kaczmarek. „Wir stecken fest."

„Irgendetwas müssen wir übersehen“, beharrte Carl.

„Aber was?“, erwiderte Kaczmarek. „Wir sind alles durchgegangen. Zweimal. Da ist nichts.“

„Sollte Preuß senior einen Mittäter gehabt haben, dann haben ihn die Ermittler bereits damals nicht identifiziert. Dann kann logischerweise auch kein Hinweis auf diese Person in den Akten verborgen sein“, sagte ich.

„Aller Wahrscheinlichkeit nach gab es keinen Mittäter“, grummelte Kaczmarek. Er griff sich ein übrig gebliebenes Stück Pizza, sah es an und legte es mit angewidertem Gesichtsausdruck wieder zurück.

Carl runzelte die Stirn. „Moment, was Verena sagt, ist nicht abwegig. Nehmen wir einmal an, es existiert tatsächlich ein Mittäter. Wie konnte es sein, dass diese Person übersehen wurde?“

„Keine Ahnung.“ Kaczmarek zuckte mit den Schultern.

„Wie ist denn der Verdacht auf Preuß senior gefallen?“, fragte ich.

„Auf Preuß?“ Kaczmarek schürzte die Lippen. „Zuerst verschwanden kurz hintereinander zwei Stricher. Sehr schnell fiel der Verdacht auf Preuß, weil der im Umfeld der Stricher schon längere Zeit herumgeschlichen ist und auch mal handgreiflich wurde.“

„Moment“, sagte ich. „Wer hat denn überhaupt die Stricher als vermisst gemeldet? Nach allem, was ich bisher gehört habe, führen diese Männer ein unstetes Leben, kommen und gehen, wie sie wollen.“

„Das ist eine berechtigte Frage“, sagte Carl. „Und ich stelle gleich noch eine zweite: Wer hat Preuß senior bei der Polizei angeschwärzt? Die Stricher wohl kaum. Die halten doch Abstand zu den Behörden.“

„Das stimmt. Aber das habe ich vorhin irgendwo gelesen.“ Kaczmarek stand auf, ging zu seinem Schreibtisch, zog eine Akte aus dem Haufen und begann zu blättern. Nach einer Weile legte er sie zurück und schnappte sich eine andere. „Na bitte. Da haben wir es doch“, meinte er schließlich. „Ein Sozialarbeiter hat beide Meldungen gemacht.“

„Ein Sozialarbeiter?“, wiederholte Carl. „Steht dort auch der Name?“

„Nein“, Kaczmarek schüttelte den Kopf. „Eine anonyme Quelle.“

„Wie anonym?“, fragte Carl. „Anonym wie: *unbekannt*, oder anonym wie: *Wir finden das heraus*?“

„Vertrauliche Information“, erwiderte Kaczmarek. „Ich kenne den damaligen Ermittler. Ich rufe ihn schnell mal an. Der weiß das bestimmt noch. Von dieser Sorte haben wir nicht so viele Fälle.“ Er ergriff das Telefon und betätigte eine Kurzwahltaste.

„Hallo, Max“, meldete er sich nach einer Weile. „Hier Anton. Sag mal, du erinnerst dich doch noch an den Fall mit den zwei ermordeten Strichern vor ein paar Jahren? ... Genau, mit dem Metzger als Täter. Preuß war sein Name ... Hm ... Auch das stimmt. Wie hieß denn der Typ, der die beiden Stricher als vermisst gemeldet und euch auch auf die Spur von Preuß gebracht hat?“ Kaczmarek lauschte seinem Gesprächspartner. „Kannst du es vielleicht nachsehen? Wir bräuchten den Namen dringend. Geht das? ... Du hast deine handschriftlichen Notizen noch? Super! ... Ja, ich warte. Ruf mich zurück.“

Kaczmarek legte auf und wandte sich uns zu. „Sie haben es ja mitbekommen. Hoffen wir das Beste.“

Kaczmarek ließ sich auf seinem Schreibtischstuhl nieder und begann, die Akten vor ihm zu ordnen.

Die Minuten tickten dahin.

Endlich klingelte es. Kaczmarek befeuchtete seine Lippen mit der Zungenspitze und nahm den Hörer ab. „Max? Und? ... Aha ... Das ist eindeutig? ... Prima. Ich schulde dir was.“ Er stellte das Telefon in die Station zurück.

„Und?“, fragte ich.

„André Klemm“, sagte Kaczmarek.

„Klemm?“ Ich zog die Augenbrauen hoch. „Der Leiter der Oase?“

„Der kannte auch Bassam, den ermordeten arabischstämmigen Jungen“, ergänzte Carl.

Kaczmarek lächelte kalt. „Das nenne ich einmal einen Zufall.“

42

Carl saß regungslos vor seinen Stellwänden und hatte die weißen Kopfhörer seines iPods in den Ohren. Zuerst dachte ich, er wäre eingeschlafen – wie vor ein paar Tagen. Doch als ich um ihn herumschlich, sah ich, dass er die Augen offen hatte und die vollgehängten Tafeln betrachtete.

Er lächelte, sobald er mich bemerkte. Ein warmes Lächeln. Stand ihm gut.

Mit einem Mal fühlte ich mich ein wenig unsicher.

Er langte nach oben und nahm die Kopfhörer ab. „Hallo“, sagte er.

„Auch hallo“, erwiderte ich, und meine Stimme kratzte leicht. Ich räusperte mich und fügte an: „Metallica?“

Seine Miene verschloss sich vor mir. „Nein“, sagte er. „Keine Musik.“

Mir lag es auf den Lippen, ihn zu fragen, was er sich anhörte.

„Irrelevant für den Fall“, setzte er nach, als hätte er meine Gedanken erraten. Er legte den iPod mit den Kopfhörern beiseite.

„Amelie schläft schon?“, lenkte er ab.

„Ich habe ihr noch vorgelesen. Nach einer halben Seite ist sie weggeschlummert.“

Wir schwiegen, und irgendwie kam ich mir dumm vor, wie ich nutzlos mitten im Raum stand. Kurz entschlossen zog ich mir einen weiteren Stuhl heran und setzte mich neben ihn.

„Worüber denkst du nach?“, fragte ich.

„Klemm“, erwiderte er knapp.

„Schade, dass Kaczmarek ihn heute Nachmittag nicht erreichen konnte, weil Klemm diese Woche Nachtschicht hat“, sagte ich.

„Von zweiundzwanzig Uhr bis zum Morgengrauen“, meinte Carl.

„Nachts zu arbeiten ist hart, aber er muss ja nach seinen Jungs sehen.“

„Seine Jungs“, wiederholte Carl.

Ich nickte. „Ein knallharter Job, den Klemm da verrichtet. Es ist wichtig, dass er viel vor Ort ist, Präsenz zeigt. Und vielleicht hat Kaczmarek recht, wenn er meint, dass Klemm den Mörder kennt, ohne sich dessen bewusst zu sein.“

„Möglich.“ Carl begann erneut, auf die Wände zu starren.

„Du bist nicht überzeugt?“ Auch ich wandte meine Aufmerksamkeit den Tafeln zu. Klemm lächelte mich sympathisch von einem ausgedruckten Foto an.

„Klemm hängt im Moment bei Bassam, dem arabischstämmigen toten Stricher“, sagte ich. „Haben wir ihn dort eigentlich richtig platziert?“

„Anfangs schon“, sagte Carl. „Aber nach dem, was wir vor ein paar Stunden erfahren haben, gibt es auch eine Verbindung zwischen Klemm und den ersten beiden Morden.“

„Stimmt. Wir haben insgesamt fünf Morde.“ Ich begann, an den Fingern abzuzählen. „Die damaligen zwei Morde, die Preuß senior gestanden hat und für die er einsitzt. Dann das Skelett im Park bei der Goldelse …“

„… von dem wir noch nicht genau wissen, ob es sich überhaupt um ein Mordopfer handelt, aber nehmen wir es einfach einmal an“, ergänzte Carl.

Ich hob den vierten Finger. „Die Kofferleiche aus dem Wasser. Der Mann ist eindeutig umgebracht worden.“ Finger Nummer fünf: „Und Bassam.“

„Zu drei der fünf Toten hat Klemm nachweislich eine Beziehung gehabt", fasste Carl zusammen.

Ich runzelte die Stirn. „Du betonst *nachweislich* so komisch?"

„Nun, lass uns doch einmal eine These formulieren: Das Skelett und die Kofferleiche – was ist, wenn Klemm die beiden auch gekannt hat?"

Ich beugte mich auf meinem Stuhl vor. „Du meinst, er kannte alle fünf?"

Carl zuckte mit den Schultern. „Bei dem skelettierten Toten und der Kofferleiche handelte es sich laut der Pathologin ebenfalls um junge Männer. Niemand hat sie als vermisst gemeldet. Das ist doch zumindest auffällig und ungewöhnlich."

„Nicht nach dem, was uns Klemm erklärt hat", entgegnete ich. „Stricher kommen und gehen, wie sie wollen. Niemandem fällt auf, wenn sie verschwinden."

„Außer vielleicht Herrn Klemm", warf Carl ein.

Ich stand auf, nahm das Bild des Sozialarbeiters ab und hängte es über das Bild von Preuß senior. Ich trat einen Schritt zurück. „Kommt das nur mir seltsam vor, oder könnte da viel mehr dahinterstecken, als Kaczmarek denkt und wir bisher angenommen haben?"

Carl schürzte die Lippen. „Nun, Klemm ist als Leiter der Oase vor Ort. Ständig und seit Jahren. Er kennt das Milieu, er kennt die Stricher … Und er kennt auch Preuß senior." Carl hielt inne. „Er hat gegenüber der Polizei damals ausgesagt, er habe Preuß senior herumschleichen sehen. Aber vielleicht war das stark untertrieben."

„Willst du damit andeuten, Klemm könnte etwas mit den Morden selbst zu tun haben? Vielleicht sogar mit allen fünf?"

„Es wäre nicht das erste Mal, dass sich ein Verbrecher hinter der Maske eines Wohltäters und Menschenfreundes versteckt."

Ich griff nach meiner Hosentasche, um mein Handy herauszuholen. „Diesen Verdacht müssen wir unbedingt Kaczmarek mitteilen, damit er sein Gespräch mit Klemm morgen entsprechend steuern kann."

„Warte", stoppte mich Carl.

Unschlüssig blickte ich von meinem Handy zu ihm.

„Ich bezweifle stark, dass Kaczmarek einen solchen Verdacht über ein nettes Gespräch oder selbst eine Befragung erhärten oder zerstreuen kann", meinte er.

„Was dann? Ist es besser, wenn wir mit Klemm reden?"

Carl schüttelte entschieden den Kopf. „Reden ist nicht das richtige Mittel. Wir sollten uns erst einmal ein Bild davon machen, was Klemm nachts arbeitet. Vielleicht fällt uns dabei etwas auf, das uns weiterbringt."

Ich machte große Augen. „*Heute* Nacht?"

„Ist das ein Problem?" Carls violette Augen musterten mich.

„Nein", antwortete ich bestimmt. „Ich hole nur schnell meine Sachen und gebe Stella wegen Amelie Bescheid."

Carl erhob sich. „Vergiss deine Wagenschlüssel nicht."

„Warum denn das?", fragte ich.

„Wir nehmen deinen Fiat. Der Carrera wäre viel zu auffällig. Und der Colonel hat den Fiat in den letzten Tagen ein wenig überholt und hergerichtet. Wie du ja sicher weißt, hatte dein Auto das dringend nötig."

43

Der Fiat tuckerte tapfer durch Berlin. Obwohl ich gedacht hatte, mich auszukennen, verfuhr ich mich prompt. Daraufhin übernahm Carl die Rolle des nicht existierenden Navis und lotste mich scheinbar ziellos kreuz und quer durch die Stadt.

Nachts sah hier alles ganz anders aus. Die Lichter ließen die Häuser größer, teilweise bedrohlicher wirken. Stumm blickten sie auf uns herab, schienen verändert – ernst und abweisend.

Im Gegensatz dazu war der Verkehr nahezu gleich geblieben. Auf den Gehsteigen und in den kleinen Lokalen herrschte reger Betrieb. Niemand war müde, das Leben pulsierte.

„Hier rechts ab“, sagte Carl.

Ich folgte seiner Anweisung und bog um die Kurve. Die Straße kam mir vage bekannt vor. Die Geschäfte, die Fassaden – dann fiel mein Blick auf das Schild *Oase*. Ich bremste und brachte meinen Wagen in einer Feuerwehrzufahrt zum Stehen. Die regulären Parkplätze waren restlos belegt.

Ich stellte den Motor ab. Angestrengt schaute ich zu den beleuchteten Fenstern der Einrichtung hinüber.

„Macht den Eindruck, als wäre jemand da“, sagte ich.

„Wie Klemm uns erzählt hat, kommen die meisten Stricher erst in den Morgenstunden zu seiner Station“, erwiderte Carl. Auch er beobachtete das Gebäude. „Für die Jungs ist jetzt Hauptgeschäftszeit.“

„Dann hält sich dort vermutlich nur das Personal der Oase

auf", schlussfolgerte ich. „Hoffen wir mal, dass Klemm nicht bereits unterwegs ist."

„Ich glaube nicht", meinte Carl. „Das wäre zu bald."

Ich sah auf meine Armbanduhr. Fast halb zwölf. „Was machen wir, wenn er rauskommt?"

Carl wandte seine Augen nicht vom Eingang der Oase. „Du suchst dir einen richtigen Parkplatz, denn hier wirst du abgeschleppt – auch um diese Uhrzeit. Ich beschatte Klemm, und du kommst hinterher."

Mir wurde ein wenig mulmig zumute. Zwar war ich ein Kind der Großstadt, aber Berlin war doch etwas ganz anderes. Außerdem würde sich Klemm – und damit auch wir – kaum in den Vorzeigestadtteilen bewegen. „Wie soll ich dich dann finden? Es wird vermutlich eine Weile dauern, bis ich den Fiat abgestellt habe."

„Du rufst mich an, und ich sage dir, wo ich bin." Offensichtlich bemerkte Carl meine innere Unruhe nicht.

„Ich kenne mich hier aber nicht aus", versuchte ich es noch einmal.

„Hast du kein Navi im Smartphone?"

Ignoranter Kerl.

„Navi?", erwiderte ich. „Selbstverständlich habe ich die App. Aber mein Handy ist ein wenig älter, und der Akku hält bei Dauereinsatz nicht wirklich lange. Außerdem", fügte ich schnell hinzu, um dieses Geständnis rasch hinter mich zu bringen, „ist mein Guthaben für diesen Monat nahezu erschöpft."

Carl ging auch darauf nicht ein. „Kann man damit noch telefonieren?"

„Telefonieren? Sicher. Mehrmals." Hoffte ich zumindest. „Aber nicht surfen." Das wusste ich definitiv.

„Das mit deinem Telefon ändern wir gleich morgen früh. Du musst erreichbar sein", meinte er. „Wir tauschen jetzt." Er langte in seine Tasche und reichte mir sein Smartphone.

Ich nahm es und gab ihm dafür meins.

„Warte", sagte er. „Ich muss dir das Muster zum Entsperren zeigen." Er rutschte näher zu mir, blickte dabei aber unentwegt zur Oase.

Ich hielt ihm das Display seines Handys hin, und er zeichnete mit dem linken Zeigefinger blind ein Rautenmuster auf die Entsperrpunkte. „Weißt du, wie es geht?", fragte er.

„Ja", antwortete ich.

„Und deins?"

„Meins?"

„Wie entsperre ich dein Handy?"

„Musst du nicht, einfach benutzen."

„Ernsthaft?" Ich konnte sehen, wie er die Stirn runzelte.

„Dort, wo ich herkomme, vertrauen wir unseren Mitmenschen. Da gibt es keine Verbrechen."

„Denkst du!"

„Außerdem tut mir derjenige leid, der mein Handy klaut. Ich habe es vor drei Jahren gebraucht gekauft. Seins ist vermutlich besser."

Carl lachte leise, gleich darauf richtete er sich kerzengerade auf.

Ein Mann trat aus der Tür der Oase. Mittelgroß, um die fünfzig mit Jeans und Lederjacke über einem weißem T-Shirt. Klemm. Er steckte die Hände in die Hosentaschen, wandte sich nach links und schlenderte die Straße entlang.

„Los geht's", sagte Carl. „Wir machen es wie abgemacht."

Er stieg aus und schloss sachte die Tür.

Ich wartete, bis er einige Meter von mir entfernt war, dann startete ich den Fiat und fuhr zügig zuerst an Carl und dann an Klemm vorbei. An der nächstmöglichen Abzweigung setzte ich den Blinker und bog ab. Natürlich war auch hier alles vollgeparkt, bis auf den kleinsten Fleck. Nachdem ich zweimal den Block umrundet hatte, gab ich auf und stellte mich kurzerhand seitlich an den Rand einer Einfahrt. Der kleine Fiat störte hier nicht wirklich. Würde schon gut gehen.

Ich kletterte aus dem Auto, sperrte beide Türen ab und rief Carl an.

Er nahm ab. „Das glaube ich nicht“, begrüßte er mich mit gedämpfter Stimme.

„Was denn?“, fragte ich.

„Katy Perry als Klingelton.“

Ich musste grinsen. „Chic, nicht wahr?“

„Gewöhnungsbedürftig“, erwiderte er. „Also. Ich bin hier in der Meineckestraße. Klemm ist gerade in eine Pizzeria gegangen und will scheinbar etwas essen. Ich stehe direkt gegenüber. Falls du es nicht findest, melde dich noch mal.“

Er hatte vorhin im Auto meine Unsicherheit doch bemerkt.

Ich öffnete die App des Navis, gab die Adresse ein und setzte mich in Bewegung. Von der Umgebung bekam ich nicht viel mit, weil ich mich auf das kleine Display konzentrieren musste. Circa fünf Minuten später hatte ich mein Ziel laut Navi erreicht.

Vor mir die Pizzeria. Keine Spur von Carl.

Ein deutliches Unbehagen machte sich in mir breit. Ich zwang mich dazu, mich ruhig und ohne Hast umzublicken. Ein kleines Lokal mit Außenbestuhlung. Jemand winkte. Ich ging hinüber und setzte mich neben Carl.

Auf unserem Tisch standen zwei Tassen Kaffee.

„Gab es Probleme?“ Er schien ehrlich an meiner Antwort interessiert zu sein.

„Probleme?“, wiederholte ich, als wäre das eine völlig abwegige Frage. „Wo denkst du hin?“

Ich trank von meinem Kaffee und lehnte mich anschließend in meinem Stuhl zurück. Dabei schaute ich zu der Pizzeria hinüber. „Ist Klemm noch beim Essen?“

„Von hier aus können wir beide Eingänge sehen. Er ist jedenfalls noch nicht wieder rausgekommen. Hast du dein Auto gut untergebracht?“

„Relativ“, sagte ich. „Wird schon passen.“

Er nickte.

Die nächsten Minuten verbrachten wir damit, schweigend unseren Kaffee zu trinken. Es war schon eine Zeit lang her, dass ich mit einem Mann alleine abends ausgegangen war. Und mein letztes Date lag – ich grübelte kurz – ewig zurück. Natürlich war das hier alles andere als ein Date. Obwohl es für Außenstehende so wirken konnte. Eine junge Frau – das war ich immer noch – und ein gut aussehender Mann saßen um Mitternacht vor einem kleinen Lokal und tranken einen letzten Kaffee. Sie hatten also nicht unbedingt vor, die nächsten Stunden zu schlafen. Sie würden danach zusammen heimgehen und … Ich sah Carl prüfend an. Nein, das würden wir ganz sicher nicht tun.

Warum eigentlich nicht? dachte ich gleich darauf. Carl war attraktiv, und hinter seiner ruppigen Art versteckte er nur seine gefühlvolle Seite. Nun ja, das war jetzt vielleicht ein wenig zu dick aufgetragen. Wahrscheinlich interessierte ihn lediglich der Fall …

„Geht es dir gut?“, unterbrach er meine Gedanken, wobei er mich irritiert musterte.

Gott sei Dank konnte er in dem Licht nicht sehen, wie ich rot anlief. „Mir? Wunderbar. Schöner Abend, guter Kaffee …“

Bevor er dazu kam, darauf etwas zu erwidern, bemerkte ich, dass Klemm aus dem Restaurant trat.

„Carl“, sagte ich.

Er verstand sofort, wandte sich ebenfalls dem Lokal zu und machte Anstalten, sich zu erheben.

„Wir müssen noch bezahlen“, erinnerte ich ihn.

„Schon erledigt“, erwiderte er und setzte sich in Bewegung. Ich hinterher.

Ein paar Häuser weiter blieb Klemm stehen, um sich eine Zigarette anzuzünden. Carl und ich betrachteten unterdessen die Auslage eines türkischen Ladens. Gebrauchte Handys, goldener Nippes, unechte Orientteppiche, Kleidung, Wasserpfeifen.

Klemm ging weiter, und wir nahmen die Verfolgung auf, wobei Carl darauf achtete, immer einen genügend großen Abstand zu halten.

Wir erreichten eine Art Allee. Neben den Bäumen lungerte eine Gruppe junger Männer herum. Klemm hielt sich eine Weile bei ihnen auf, sprach mit ihnen. Es wurde gelacht, er reichte Zigaretten herum und, soweit ich das erkennen konnte, auch Kondome. Er verabschiedete sich mit einem nachlässigen Winken in die Runde und setzte seinen Weg fort.

Sein nächster Stopp war bei einem Sexkino. Ein Neonschild mit rotem Herz hing über dem Eingang, und davor erneut mehrere junge Männer, die meisten eher noch Jugendliche. Wieder der gleiche Ablauf. Austausch von Zigaretten, Kondomen. Reden. Diesmal unterhielt er sich länger mit einem blonden Jungen, der eine rot glänzende Jacke trug. Klemm legte ihm freundschaftlich einen Arm um die Schultern, knuffte ihn mit der Faust gegen den Oberkörper. Der Junge lachte.

Wir verfolgten Klemm sicher noch vier oder fünf ähnliche Stationen weiter, ohne dass irgendetwas Außergewöhnliches geschah. Langsam taten mir die Füße weh, und der Kaffee verlor seine Wirkung. Ich merkte, wie ich müde wurde. Kurz nach zwei.

Klemm steuerte eine Kneipe an. Durch die Scheiben konnten wir ihn dabei beobachten, wie er ein Bier trank. Er wechselte ein paar Worte mit dem Wirt und trat nach draußen. Wieder eine Zigarette. Die Glut leuchtete im Dunkeln auf, als er daran zog.

Die Straße, in die er jetzt einbog, war insgesamt nur wenig befahren und beleuchtet. Wir erkannten lediglich die Umrisse seiner Gestalt vor uns.

Unvermittelt blieb er stehen und verschwand in einer dunklen Zufahrt.

Wir wechselten auf seine Straßenseite. Vorsichtig näherten wir uns. Wir hörten nichts. Keine Schritte, keine Geräusche.

Wir lugten um die Ecke.

Spärliches Licht fiel aus einem der Fenster der Wohnungen in einen Teil der Einfahrt. Klemm stand breitbeinig halb abgewandt von der Straße an eine der Wände gelehnt. Der blonde Stricher in der roten Jacke kniete vor ihm und bewegte ruckartig seinen Kopf vor und zurück.

Klemm kümmerte sich um seine Jungs. Jedoch anders, als wir bislang angenommen hatten.

DIENSTAG

44

Die Scheinwerfer des Fiats schnitten ungleichmäßige Löcher in das Dunkel der Nacht. Monoton röhrte der Motor. Ich hatte das Radio angedreht, und mitunter drangen Musikfetzen bis in mein Bewusstsein vor. Am Horizont tauchte ein hellerer Streifen auf. Die Dämmerung war nicht mehr weit.

Obwohl wir vor unserer Rückfahrt nach Wuthenow noch einen doppelten Espresso getrunken hatten, fühlte ich mich zerschlagen und hundemüde.

Zunächst hatten Carl und ich ausgiebig über Klemm geredet. Mich hatte dessen Verhalten geradezu abgestoßen und wütend gemacht. Und in unserem Gespräch hatte ich mit meinen Gefühlen auch nicht hinter dem Berg gehalten.

Carl sah das, was Klemm tat, nüchterner. Er erläuterte mir lang und breit dessen Persönlichkeitsstruktur, führte aus, warum Klemm so handelte. Es war kein positives Bild, das er von Klemm zeichnete, sondern das eines Mannes, der die Menschen, denen er eigentlich helfen soll, für ihre Schwäche verachtet. Irgendwann hatte Klemm wohl damit begonnen, seine überlegene Position und Macht auszuspielen. In jeder Hinsicht. Und niemand bremste ihn. Ich verstand sehr gut, was Carl mir da erklärte, und es machte mich noch wütender. Wie konnte es sein, dass eine moderne Gesellschaft junge Männer, eigentlich noch halbe Kinder, nicht besser schützte, sondern zuließ, dass sie irgendwelchen Perversen hilflos ausgeliefert waren?

Carl kam mir mit der Freiheit des Individuums – eine Idee, die ich unter normalen Umständen vollinhaltlich bejahte und unterstützte. Aber sie in diesem Zusammenhang anzuführen ärgerte mich unheimlich.

Carl, ganz der Profiler, folgerte aus meiner Reaktion, dass ich an einem ausgeprägten Helfersyndrom leiden würde und aufpassen müsse, Grenzen für mich zu ziehen. Ich nannte ihn einen eiskalten und emotionslosen Klotz. Beinahe hätten wir uns gestritten.

Eine ganze Weile fuhren wir jetzt schon schweigend dahin. Carl gähnte ausgiebig. Und noch einmal.

Es machte keinen Sinn, ihm das übel zu nehmen. Höchstwahrscheinlich hatte er seine verletzenden Ausführungen nicht einmal böse gemeint. Und auch wenn man so etwas nicht sagte, sondern bestenfalls dachte – rein logisch betrachtet waren seine Feststellungen zutreffend.

„Auch müde?“, fragte ich.

„Sehr“, gab er zu.

„Wir sind bald zu Hause.“

„Ich weiß nicht, ob ich so lange durchhalte“, sagte er. „Offensichtlich habe ich mir heute zu viel zugemutet. Ich habe Angst einzuschlafen.“

Ich brauchte einige Sekunden, bis ich begriff, was er mir mitteilen wollte. Ich erinnerte mich an das letzte Mal, als er aufgewacht war und mich – eine für ihn wildfremde Frau – in seiner Wohnung vorgefunden hatte. Und jetzt saßen wir in einem fahrenden Auto. In der Mitte von Nirgendwo. Nicht auszudenken, was passieren konnte.

„Was machen wir?“, fragte ich ihn.

„Rede mit mir“, forderte er mich auf und kurbelte auf seiner Seite das Fenster hinunter.

„Was soll ich dir erzählen?“

„Egal. Irgendwas. Spielt keine Rolle."

Ich warf ihm einen Blick zu. Er wirkte blass und hatte tiefe, dunkle Ringe unter den Augen. „Okay …", begann ich. Mein Kopf war leer.

Am Straßenrand erschien ein blau-weißes Schild: Parkbucht. Kurz entschlossen lenkte ich den Fiat hinein und stellte den Motor ab. „Was hältst du davon, wenn wir uns die Beine vertreten? Die frische Luft wird uns wach machen."

Carl ließ sich mit seiner Antwort etwas Zeit. „Gut", meinte er schließlich.

Ich sprang aus dem Wagen und eilte um das Auto. Er hatte Schwierigkeiten auszusteigen, doch ich spürte, dass er sich nicht helfen lassen wollte, also ließ ich es bleiben.

Mittlerweile war es etwas heller. Die Gegenstände, die Umgebung schälten sich zögerlich aus dem Schwarz der Nacht. Erstes Vogelgezwitscher begrüßte den herannahenden Morgen.

„Da vorne geht ein Weg ab", sagte ich. „Lass uns ein wenig spazieren gehen."

Seite an Seite setzten wir uns in Bewegung.

Ich merkte, dass es ihm schwerfiel, mit mir Schritt zu halten. Ich drosselte das Tempo. „Also", sagte ich betont fröhlich. „Ich erzähle dir von Amelie. Das erste Mal, als ich sie gesehen habe, war sie gerade eine Stunde alt. Was für ein süßes, kleines, verschrumpeltes Ding. Ich durfte sie auf den Arm nehmen, und sie hat doch tatsächlich ihre Augen aufgemacht. Und weißt du was? Sie hatte fast keine Haare. Nur einen ganz leichten Flaum."

„Aha", sagte Carl.

„Ja. Meine Schwester hatte das erste Jahr große Angst, dass Amelie ein Glatzkopf bleiben würde. Stell dir vor! Ich habe ihr dann gesagt, mach dir keine Sorgen, wir tätowieren sie einfach."

„Das hast du nicht gesagt." Seine Stimme klang gepresst.

„Du hast recht. War ein Test für dich." Ich warf ihm ein Lächeln zu. „Jedes Mal, wenn ich meine Schwester besucht habe, habe ich Amelie mit einer ganz weichen Babybürste gekämmt. Ich habe nämlich irgendwo im Internet gelesen, dass das den Haarwuchs stimuliert."

„Blödsinn", erwiderte er. „Die Haare kommen von ganz alleine. Bei dem einen früher, bei dem anderen später. Das ist genetisch bedingt und hat nichts mit Kämmen zu tun."

„Trotzdem ist es sinnvoll", beharrte ich. „Bis vor Kurzem habe ich es noch jeden Abend gemacht. Natürlich nicht mehr mit der Babybürste, sondern mit einer richtigen. Naturborsten, versteht sich. Jetzt macht es Amelie allein."

„Hat auch keinerlei Einfluss auf den Haarwuchs."

„Du bist genauso verbohrt wie Dirk."

„Dirk wer?"

„Dirk, mein Ex."

„Auch, *der Idiot* genannt", stellte er fest.

„Hey", meinte ich, „obwohl das stimmt, darfst du so nicht über ihn reden. Du kennst ihn doch gar nicht!"

Wir blieben stehen, und ich schaute mich um. Über einen der blassgrünen Hügel krochen erste Sonnenstrahlen. Das Konzert der Vögel hatte an Intensität zugenommen. Auf den ausgedehnten Grasflächen um uns herum begannen Milliarden winziger Tautropfen silbrig zu glänzen.

Carl schwankte.

„Da vorne ist eine Bank", sagte ich. „Ich möchte mich ausruhen."

Carl antwortete mir nicht, sondern nickte nur. Die wenigen Schritte erschienen mir wie eine Ewigkeit, aber schließlich erreichten wir die grob gezimmerte Sitzgelegenheit und nahmen darauf Platz.

Hinter uns plätscherte ein Bach. Das Rund der Sonne erschien. Mit Macht schob sie sich empor und tränkte die wenigen Wolken in ein orangegelbes Licht, das die Dunkelheit unbarmherzig vertrieb.

Carl zitterte und sackte zusammen.

Ich erschrak, doch dann sah ich, dass er seine Augen weit offen hielt. Er hatte eine seiner Absencen.

Ich rückte näher an ihn heran, zog ihn zu mir und hielt ihn fest. Wir blieben lange sitzen. Schweigend beobachteten wir den Sonnenaufgang, während ich ihm durchs Haar strich.

Carl schlief nicht ein.

45

„Sie beide sehen aus wie der Tod“, Kaczmarek beugte sich vor und goss mir Kaffee nach.

„Danke für das Kompliment“, gab ich zurück. „Ich möchte nicht wissen, wie Sie mit nur einer Stunde Schlaf auf andere wirken.“

Kaczmarek machte es sich auf seinem Stuhl bequem und schaute von mir zu Carl. „Haben Sie heute früh Zeitung gelesen?“

„Nein“, meinte Carl. „Dazu sind wir nicht gekommen.“

„Na, dann betrachten Sie doch mal die Titelseite.“ Kaczmarek schob uns den *Tagesspiegel* entgegen.

Carl und ich warfen einen Blick darauf. Eine fette Schlagzeile. *Grausamer Leichenfund im Rummelsburger See.* Darunter zwei Fotos: einmal ein Mann mit einer Angelrute in der Hand, der mit ernstem Gesicht und ausgestreckter Hand auf ein Gewässer deutete. Daneben das Bild eines nichtssagenden Koffers.

„Shit“, murmelte ich.

Kaczmarek zog eine Grimasse: „Sie sagen es.“

Carl trank von seinem Kaffee. „Über kurz oder lang musste es so weit kommen. Es grenzt schon beinahe an ein Wunder, dass Sie alle Morde bisher verheimlichen konnten.“

„Alle Morde“, wiederholte Kaczmarek. „Seit gut zwei Stunden können wir fest davon ausgehen, dass auch die skelettierte Leiche einem Gewaltverbrechen zum Opfer gefallen sein muss.“

„Sie haben das Untersuchungsergebnis der Erdproben vorliegen?“, schlussfolgerte ich.

Kaczmarek nickte. „Genau. Die Leiche in dem Koffer und das Skelett aus dem Park waren längere Zeit an der gleichen Stelle vergraben."

„Irgendwelche Besonderheiten, was die Bodenbeschaffenheit angeht?", erkundigte sich Carl mit interessiertem Gesichtsausdruck.

„Leider nein." Kaczmarek zuckte mit den Schultern. „Keine außergewöhnlichen Belastungen oder Verunreinigungen, die uns bei der Ortsbestimmung helfen könnten. Sand, Erde, ein wenig Humus. Das ist alles. Ganz gewöhnlicher Boden. Die Labortechniker meinten, dass die Körper vielleicht in der Nähe eines Blumenbeets lagen. Aber sie meinten auch, dies sei nur eine vage Möglichkeit."

„Hilft uns also kaum weiter", sagte Carl.

„Leider", bestätigte Kaczmarek.

„Was wir aber haben, ist Gewissheit", fuhr Carl fort. „Die Person, die Bassam getötet hat, hat auch den jungen Mann getötet, dessen Skelett im Tiergarten lag, sowie den Mann, dessen Überreste in dem Koffer gefunden wurden." Er trank seine Tasse aus und hielt sie Kaczmarek auffordernd entgegen. Der schenkte umgehend nach.

„Außerdem", nahm Carl seine Erläuterung wieder auf, „hängen die Morde, die Preuß senior vor ein paar Jahren begangen hat, eindeutig damit zusammen. Es ist die gleiche Handschrift, das gleiche Vorgehen, dic gleiche Opfergruppe."

„Nur der jetzige Täter fehlt", seufzte Kaczmarek. „Der alte Preuß kann es ja nicht gewesen sein."

„Was ist mit dem Leihwagen?", fragte ich.

Kaczmarek wandte sich mir zu. „Weißer Transporter mit dem grünen Logo von Europcar auf der Seite und Berliner Kennzeichen. Mittlerweile sind wir alle relevanten Fahrzeuge durch. Nirgends haben wir etwas gefunden. Das war eine Sackgasse. Wer weiß, ob und was dieser Ebert überhaupt gesehen hat. Vermutlich spielt er sich nur auf, der kleine Wichtigtuer."

„Schade", sagte Carl. „Im ersten Moment schien es sich um eine vielversprechende Spur zu handeln."

„Macht nichts", winkte Kaczmarek ab. „So sind Ermittlungen eben. Es gibt immer wieder Rückschläge."

„Ist schon klar", meinte Carl. „Trotzdem schade."

„Das wäre alles von meiner Seite", sagte Kaczmarek. „Jetzt zu Ihnen. Sie haben am Telefon angedeutet, Sie hätten sich die Nacht in Berlin um die Ohren geschlagen?"

„Wir haben Klemm beschattet", sagte Carl.

„Was?" Kaczmarek richtete sich kerzengerade auf. „Das können Sie doch nicht einfach machen. Wenn er Sie gesehen hätte ..."

„Hat er aber nicht", fiel ihm Carl ins Wort. „Ganz sicher nicht."

„Okay", Kaczmarek atmete tief durch. „Und, haben Sie sich einen Eindruck von seiner Sozialarbeit verschafft?"

„*Sozialarbeit* ist gut", schnaubte ich.

„Klemm hat nachts seine Runden gedreht", übernahm Carl. „Dabei hat er sich einen Jungen ausgesucht, der ihm dann später in einer dunklen Einfahrt einen blasen musste."

Kaczmarek blieb eine ganze Weile still. Und er lief rot an. Dunkelrot. „Was für ein Schwein!", platzte er schließlich heraus. „Präsentiert uns scheinheilig seine Einrichtung, erzählt von seiner wichtigen Tätigkeit, spielt sich als Beschützer der Jungs auf. Und in Wirklichkeit beutet er die jungen Männer sexuell aus."

„Tja", meinte Carl. „Wenn ein Mensch eine derartige Grenzüberschreitung begeht und er das – wie wir den Eindruck hatten – regelmäßig und ganz selbstverständlich macht, könnte es denkbar sein, dass er auch weitergeht."

„Bis zum Mord?", fragte Kaczmarek.

„Durchaus", bestätigte Carl.

Kaczmarek verzog den Mund. „Vermutungen, Spekulationen. Wir haben keine Beweise. Selbst die Indizien sind mehr als vage. Damit kann ich nicht gegen Klemm vorgehen. Wenn ich ihn jetzt einbestelle und befrage, wird er alles leugnen."

„Wir bräuchten etwas Handfestes gegen ihn?", erkundigte ich mich.

„Sie sagen es. Ich kann Klemm hinter den Kulissen einmal unauffällig durchleuchten lassen. Wir können schauen, was wir über ihn an Infos haben. Aber wenn ich ihn jetzt zur Rede stelle, mache ich mehr kaputt, als dass es uns nutzt. Im schlimmsten Fall ist er vorgewarnt und vernichtet alles, was ihn belasten könnte."

„Trotzdem sollten Sie ihn beschatten lassen", sagte Carl.

„Da haben Sie recht." Kaczmarek zwang sich zu einem Lächeln. „Wird nicht einfach werden, aber mit Frau Wolfs Hilfe müsste es klappen."

Wir schwiegen. Durch die dünnen Wände hörte ich das Klingeln von Telefonen und Stimmengemurmel aus den angrenzenden Büros.

„Preuß senior", durchschnitt Carls Stimme die Stille.

Kaczmarek und ich sahen ihn fragend an.

„Wir sollten noch einmal mit ihm reden."

„Gregor Preuß?" Kaczmarek runzelte die Stirn. „Was versprechen Sie sich davon? Er hat uns beim ersten Mal nicht geholfen. Wieso sollte er seine Haltung jetzt ändern?"

„Als wir ihm von dem toten Bassam berichtet haben, hat sich Preuß unheimlich aufgeregt, sonst wäre er nicht handgreiflich geworden", meinte Carl. „Er weiß irgendetwas, aber er verschweigt es. Wenn wir ihn jetzt überrumpeln und ihm von einer ganzen Mordserie berichten ..."

„Sie hoffen darauf, dass er absolut die Pedale verliert?" Kaczmareks Augen begannen zu glänzen.

Carl grinste ihn an. „Aber diesmal sind wir auf seinen Wutausbruch vorbereitet. Und mit ein bisschen Glück verplappert er sich und belastet Klemm, den er bisher vermutlich gedeckt hat."

„Das ist aber auch mit einem Risiko verbunden", gab Kaczmarek zu bedenken.

„Wieso Risiko?", fragte ich.

„Er kann uns oder sich selbst oder die Wärter verletzen, wenn er durchdreht."

„Dann treffen wir eben entsprechende Vorkehrungen", schlug ich vor.

Carl schüttelte den Kopf. „Das geht nicht. Sollten wir einen zweiten Justizvollzugsbeamten mit in den Befragungsraum nehmen oder Preuß besser fixieren lassen, wird ihn das sofort misstrauisch machen. Und wir können ihn nicht mehr aus der Reserve locken."

Kaczmarek packte die Zeitung und rollte sie gedankenverloren zusammen. „Wenn wir das durchziehen, ist Preuß der erste Außenstehende, der von der Mordserie erfährt." Er hielt die Rolle kurz in den Händen, dann klopfte er mit ihr zweimal auf den Tisch. „Ach, was soll's. Wir werden das ohnehin nicht mehr lange verheimlichen können. Bringen wir es hinter uns."

46

Das gleiche Besprechungszimmer im Gefängnis Tegel. Vergitterte Fenster, wenig natürliches Licht. Zweckmäßiges Mobiliar.

Ich saß links am Tisch, Kaczmarek rechts, und zwischen uns hatte Carl Platz genommen. Kaczmarek hielt einen Stift in der Hand und kritzelte in einem Notizbuch herum. Carl sah gelangweilt durch das Fenster, und ich surfte auf meinem brandneuen Smartphone, das mir Carl heute als Allererstes besorgt hatte, sobald wir nach Berlin gekommen waren. Wirklich ein schmuckes Teil.

Die Tür öffnete sich, und die uns bereits bekannte blonde Beamtin in ihrer JVA-Wärterkluft mit dem großen Schlüsselbund an der Hüfte erschien. Sie führte Gregor Preuß zu uns herein. „Schön, Sie wiederzusehen", begrüßte sie uns.

Ich nickte ihr zu, um mich gleich darauf erneut mit den Angeboten auf eBay zu beschäftigen.

Preuß setzte sich uns gegenüber – wie er es vor ein paar Tagen getan hatte.

Kaczmarek schmierte weiter seinen Block voll, und Carl interessierte sich noch immer für das Fenster.

Die Minuten tickten dahin.

Ich schielte unauffällig unter meinen gesenkten Lidern zu Preuß. Der begann, unruhig zu werden. Verräterische Schweißperlen waren auf seiner Stirn erschienen.

Urplötzlich klappte Kaczmarek den Notizblock zu. Er verstaute ihn in seinem Sakko. Ich machte mein Handy aus und steckte es in die rückwärtige Hosentasche, während Carl zu der Akte griff, die auf dem Tisch lag. Er entnahm ihr einen Satz Fotos. Wortlos breitete er die Bilder vor Preuß aus: Eine Fotografie zeigte den toten Bassam. † *2 Wochen* stand darunter. Auf der nächsten war die Kofferleiche zu sehen, mit der Aufschrift: † *6 Monate*. Und auf dem letzten Foto war der Skelettfund abgebildet: † *1,5 Jahre*.

Wir schwiegen noch immer. Wir alle beobachteten Preuß, warteten auf seine Reaktion.

Dessen Augen glitten mehrmals über die Fotografien – hin und her und wieder zurück. Dann hob er den Blick und sah zu Carl.

Der starrte ausdruckslos zurück.

Preuß drehte sich zu Kaczmarek, doch auch er zeigte keine Regung.

Die Schweißtropfen auf Preuß' Stirn wurden deutlicher.

„Nicht nur ein Mord", sagte Carl schließlich, „sondern eine ganze Serie, die definitiv mit Ihren Morden begonnen hat und noch immer anhält."

Preuß leckte sich fahrig über die Unterlippe. Ein Muskel zuckte in seinem Gesicht. Er öffnete den Mund, als ob er etwas sagen wollte, schloss ihn wieder und schwieg. Nervös fingerte er am Reißverschluss seiner blauen Adidasjacke herum.

Carl lächelte kalt und zog eine weitere Fotografie aus dem Ordner. Er platzierte sie über den drei ausgebreiteten Bildern der Opfer. Ein Porträt von Klemm, dem Leiter der Oase.

Jetzt konnte sich Preuß nur noch mit Mühe beherrschen. Das nervöse Zucken seiner Wange wurde stärker. Er riss die Augen weit auf, beugte sich vor und stieß gegen den Tisch. Ich hatte den Eindruck, er wollte sich wie bei unserer ersten Begegnung erneut auf uns stürzen. Doch er ließ sich zurückfallen.

„Sie halten den wohl für den Täter?", sagte er mit Blick auf das Bild von Klemm.

„Das müssen Sie doch wissen“, erwiderte Carl. „Das ist Ihr alter Komplize, nicht wahr? Sie haben ihm das Foltern und Morden beigebracht. Er hat das bei Ihnen gelernt und macht jetzt fröhlich damit weiter, während Sie hier drinnen verrotten.“

Preuß atmete tief ein und aus.

„Ihr Azubi hat das gut hinbekommen. Der lacht sich sicher schief, wie blöde Sie waren, alles auf sich zu nehmen. Er hat einen Dummen gefunden, das sind Sie.“

Preuß schloss die Augen, seine Schultern hoben sich. Er verschränkte die Finger seiner grobschlächtigen Hände ineinander und rieb sich die Daumen.

„Also gut“, sagte er. „Noch ein einziges, letztes Mal: Das vor drei Jahren, das waren meine Morde. Meine ganz allein. Kein Mensch hat mir dabei geholfen. Niemandem habe ich etwas davon gesagt – außer beim Verhör der Polizei und dann im Gericht. Da habe ich alles gestanden. Jedes Detail.“

Carl schnaubte und wandte sich Kaczmarek zu. „Wie dämlich muss man sein, um diesen Klemm noch immer zu schützen?“

„Ich habe mit dem da“, Preuß wies mit dem Kopf in Richtung des Fotos, „nichts zu tun. Ich weiß nur, dass er gegen mich ausgesagt hat. Ohne ihn wäre die Polizei nie auf mich gekommen.“

„Schwachsinn“, zischte Carl.

„Doch, das stimmt!“ Preuß wurde lauter. „Dieser Sozialarbeiter war bei meinem Prozess anwesend. Er wurde mehrfach befragt. Er hat so gut wie alles mitbekommen, was mir zur Last gelegt wurde. Und draußen im Gang, vor dem Gerichtssaal, hat er immer gewartet und Kaffee getrunken. Er hat sich mit den Leuten unterhalten. Kein Wunder, dass er genau darüber Bescheid weiß, wie ich die Morde begangen habe. Irgendeiner der Polizisten oder anderen Zeugen hat es ihm sicher erzählt.“

„Zwischen Ihnen beiden besteht also keine Beziehung?“

„Zwischen mir und dem?“ Preuß lachte hämisch auf. „Niemals! Ich hasse Schwule, und ganz besonders hasse ich deren Zuhälter."

Carl zog die Augenbrauen hoch. „Was erzählen Sie da? Soll das heißen, dieser Klemm ist ein Zuhälter und lässt Stricher für sich anschaffen gehen?" Er beugte sich vor. „Das sollen wir Ihnen glauben? Warum haben Sie das dann nicht im Prozess ausgesagt? Ihr Anwalt hätte das sicherlich zu Ihrer Entlastung verwendet."

„Tja." Preuß verzog spöttisch den Mund. „Anfangs habe ich das noch nicht gewusst. Aber im Gefängnis erfährt man so einiges. Und als mir davon berichtet wurde, war es für meinen Prozess zu spät." Er tippte mit dem Finger mehrmals auf Klemms Porträt. „Überprüfen Sie den mal! Vielleicht haben seine Jungs nicht gespurt, und er wollte ein Exempel statuieren. War jedenfalls nicht schade um die kleinen Arschficker."

47

Es war bereits weit nach Mittag, und ich fühlte mich furchtbar. Mein Kopf brummte, meine Augen brannten, und ich hatte riesigen Hunger – wie immer, wenn ich übermüdet bin. Carl schien es ähnlich zu gehen, denn er fragte Kaczmarek nach einem Restaurant in der Nähe. Der erzählte etwas von einem exzellenten Griechen keine fünf Minuten vom Gefängnis entfernt und lud uns ein.

Wir ließen unsere Autos stehen, liefen die kurze Strecke und fanden in dem Lokal einen netten Tisch im kleinen Hinterhof. Ich fackelte nicht lange, bestellte mir eine Rhodos-Platte nach Art des Hauses, mit Fleisch, Fleisch und nochmals Fleisch. Kaczmarek und Carl folgten meinem Beispiel. Dazu trank ich eine Cola, Kaczmarek entschied sich für ein alkoholfreies Bier, und Carl wählte ein großes Wasser.

Zu meiner großen Freude kam das Essen sehr schnell, und während wir uns über die üppigen Portionen hermachten, sprachen wir kein Wort über Serienmörder, Zuhälter oder Leichen. Die Männer betrieben etwas Small Talk, richteten ab und zu höflicherweise eine Frage an mich, die ich mit *Hm*, *ja* oder einem Kopfnicken beantwortete, und langsam kehrten meine Lebensgeister zurück.

Zum Nachtisch bestellten wir uns alle einen doppelten Espresso.

Zufrieden seufzend nippte ich an meinem Kaffee.

„Habe ich zu viel versprochen?“, fragte Kaczmarek.

„War ganz vorzüglich“, erwiderte ich. „Genau das Richtige. Und das nächste Mal kommen Sie einfach zu uns aufs Gut. Stella, die für uns kocht, wird Ihnen dann etwas ganz Besonderes zaubern.“ Ich merkte, wie mich Carl verwundert ansah, und beschloss, es einfach zu ignorieren. „Vielleicht bringen Sie auch Ihre Frau mit. Wir würden uns jedenfalls über Ihren Besuch freuen.“

„Ich bin nicht verheiratet“, sagte Kaczmarek, und er wurde doch tatsächlich rot.

„Aber eine Freundin?“, fragte ich.

„Das schon.“

„Na, dann ist das abgemacht“, meinte ich. „Sie sagen Bescheid, und wir bereiten alles vor.“

Carl hüstelte und wir kehrten wieder in die Realität zurück. „Wie schätzen Sie die Aussage von Preuß ein?“

„Dass Klemm ein Zuhälter ist?“ Kaczmarek stellte seine Tasse ab. „Hat mich sehr überrascht. Diese Wendung habe ich nicht vorhergesehen.“

„Hat mich ganz ehrlich auch überrascht. Ich dachte, er missbraucht seine Machtposition lediglich, um seine sexuellen Bedürfnisse zu befriedigen. Aber Schutz suchende junge Männer für sich anschaffen zu lassen – das ist noch mal eine ganz andere Hausnummer“, gestand Carl ein, und Kaczmarek quittierte diese Bemerkung mit einem grimmigen Lächeln.

„Wenn ich es richtig sehe“, schaltete ich mich ein, „verdichten sich die Hinweise auf Klemm. Er kannte sowohl die Opfer vom alten Preuß als auch Bassam. Der Verdacht liegt nahe, dass er auch mit dem skelettierten Toten und der Leiche im Koffer zu tun gehabt hat, auch wenn wir ihm das bisher noch nicht nachweisen können.“ Ich gab dem Kellner ein Zeichen, mir noch einen weiteren Espresso zu bringen. „Carl und ich haben heute Nacht herausgefunden, dass Klemm von seinen Schützlingen zumindest … wie soll ich das formulieren? … *Dienstleistungen* einfordert. Und jetzt meint Preuß senior, Klemm fungiert sogar als Zuhälter für seine Jungs."

Carl hob die Augenbrauen, vermutlich war er über meinen Redeschwall erstaunt. Dann zuckte er mit den Schultern. „Wenn man darüber nachdenkt, ist die Situation für sein Unternehmen optimal."

„Der Staat richtet ihm mit der Oase einen Treffpunkt ein", übernahm Kaczmarek, „zahlt ihm die Räumlichkeiten, das Personal und trägt darüber hinaus auch die ärztliche Versorgung der Stricher. Selbst die Kondome gibt es umsonst. Und Klemm funktioniert das Ganze kurzerhand um ... zu was eigentlich? ... Nicht direkt ein Puff, aber eine Art Zentrale, von der aus er alles managen und kontrollieren kann."

„Gewinnmaximierung", bestätigte Carl trocken. „Klemm macht sich nicht einmal verdächtig, weil es zu seiner Arbeit gehört, nachts unterwegs zu sein, sich um die Stricher zu kümmern. Und die Stricher selbst – das wissen wir ja von Klemm persönlich – reden nicht mit Außenstehenden."

Wir schwiegen eine Zeit lang. Der Kellner kam und stellte mir eine neue Tasse Kaffee hin.

Ich schüttete ausgiebig Zucker hinein und rührte um. „Woher weiß der alte Preuß eigentlich so gut über Klemm Bescheid?"

„Er hat gemeint, er habe es im Gefängnis erfahren", antwortete Kaczmarek.

„Wenn wir ihm das glauben wollen – und es spricht momentan nichts dagegen, das zu tun –, dann kommt als Quelle nach unserem Kenntnisstand nur die Person infrage, mit der er sich im Knast angefreundet hatte: Sebastian Braun", sagte Carl, und Kaczmarek vervollständigte: „Der Inhaber des Bordells Aphrodite."

„Braun ist ein Geschäftsmann", sagte ich. „Er kennt sein Umfeld ganz bestimmt. Es ist naheliegend, dass er von Klemm weiß."

„Zuhälter unter sich", bemerkte Kaczmarek.

„Und was machen wir jetzt?“, fragte ich.

Kaczmarek faltete seine Serviette und legte sie seitlich unter seinen Teller. „Erstens werde ich Klemm nachts beschatten lassen. Ich brauche noch Konkreteres. Die Aussage von Preuß ist zu wenig stichhaltig und nur reines Hörensagen. Deshalb sollten wir zweitens“, er blickte von mir zu Carl, „noch einmal intensiv mit Braun reden.“

„Eine Unterredung mit Braun wäre sehr sinnvoll“, stimmte Carl nach kurzem Zögern zu. „Vielleicht weiß er noch mehr, als er Preuß gegenüber ausgeplaudert hat.“

„Aber Carl und ich können das diesmal nicht alleine übernehmen. Wegen der Sache mit Dimitri“, sagte ich. Zu spät fiel mir ein, dass Kaczmarek von Carls tätlicher Auseinandersetzung mit dem Türsteher des Bordells nichts wusste.

„Dimitri?“, fragte Kaczmarek prompt.

Ich lächelte möglichst unverbindlich, und Carl meinte: „Irrelevant. Aber Verena hat recht. Wir können das nicht alleine übernehmen.“

„Dann machen wir das diesmal eben zusammen“, sagte Kaczmarek. Er musterte uns kritisch. „Sie sehen müde aus. Schaffen Sie das noch?“

„Auf alle Fälle“, meinte Carl und warf mir einen fragenden Blick zu.

„Klar“, sagte ich. „Ich bin dabei.“

Kaczmarek zog sein Smartphone aus der Tasche, wischte ein paarmal über das Display und hielt sich das Handy schließlich ans Ohr. „Hier Hauptkommissar Kaczmarek“, meinte er nach einer kurzen Weile. „Ich möchte mit Herrn Braun sprechen.“ Er runzelte die Stirn. „Er ist nicht da? Machen Sie keine Faxen, ich kann ihn auch vorladen. Jederzeit ... Heute ist sein freier Tag? Gut ... Dann geben Sie mir bitte seine Adresse.“ Er fingerte mit der freien Hand Stift und Notizblock aus der Jackentasche. „Danke“, meinte er, während er schrieb. „Sie können Herrn Braun ruhig anrufen und mich anmelden. Wir kommen zu dritt: Ich, Frau Hofer und Herr Dr. von Wuthenow. Haben Sie das? … In Ordnung." Er beendete das Gespräch und sah auf.

„Wo wohnt Braun?", wollte Carl wissen.

Kaczmarek lächelte spöttisch. „Was glauben Sie? In Grunewald. Wo alle Reichen leben."

48

Diesmal brauchte ich das Navi nicht, denn Kaczmarek kannte den Weg und fuhr uns mit seinem dunklen Dienstwagen voraus. Die Strecke zog sich, bestimmt eine Dreiviertelstunde kreuzten wir durch Berlin.

Allmählich veränderte sich die Gegend. Die hohen Stadthäuser wurden weniger, niedrigere Gebäude säumten unseren Weg. Immer mehr Grün erschien, und der Verkehr nahm ab. Schließlich erreichten wir eine wunderschöne Straße, gesäumt mit Laubbäumen. Linker Hand versteckten sich prächtige Jugendstilvillen hinter Zäunen und Hecken. Wir überquerten eine Brücke mit bläulichem Metallgeländer, und durch die dichte Bepflanzung auf der rechten Seite konnte ich mitunter das Schimmern von Wasser erkennen.

„Hübsch hier“, meinte ich mehr zu mir selbst, und Carl sagte: „Der Koenigssee“, als würde das etwas erklären.

Die Bremsleuchten von Kaczmareks Limousine leuchteten auf. Wir bogen in eine enge Straße ab und gleich darauf erneut. *Schwedlerstraße* stand auf dem Schild an der Einmündung. Eigentlich handelte es sich um keine richtige Straße, und sie ähnelte schon gleich gar nicht den Berliner Straßen, die ich bisher kennengelernt hatte. Vielmehr erinnerte sie mich mit ihren Gehwegen ohne Bordstein und den vielen Bäumen an eine verträumte einspurige Allee. In regelmäßigen Abständen waren antik wirkende Laternenmasten mit putzigen Porzellanhauben als Abdeckung gesetzt.

Kaczmarek blinkte und ließ seinen Wagen in eine leere Parkbucht rollen. Davon gab es hier reichlich. Ich stellte unseren Carrera dahinter ab, und wir stiegen aus.

Ich atmete tief ein. In der Luft kein Geruch von Benzin, so gut wie kein Lärm von Motoren, dafür umso mehr Vogelgezwitscher. Kaum Passanten. Über der Gegend hing der Flair einer exquisiten Verschlafenheit.

Ich blickte mich genauer um. Villen, vermutlich gegen Ende des neunzehnten, Anfang des zwanzigsten Jahrhunderts gebaut, wechselten sich mit modernen, kubusartigen Gebäuden ab. Aber egal, ob alt oder neu – alle besaßen sie prächtige Gärten und hohe Zäune.

„Wow", sagte ich. „Wenn ich groß bin, will ich hier auch ein Haus haben."

Kaczmarek, der inzwischen zu Carl und mir getreten war, grinste breit. „Wer nicht."

„Wo müssen wir hin?" Carl wirkte vollkommen unbeeindruckt. Kein Wunder, dachte ich, er ist Wuthenow gewohnt.

„Gleich hier." Kaczmarek deutete auf eine zweistöckige Residenz uns gegenüber.

„Das gehört Braun?", fragte ich ungläubig. „Was muss man für eine solche Immobilie hinblättern?"

Kaczmarek zuckte vage mit den Schultern. „Das ist eine der kleineren Villen. Ich schätze mal so um die dreihundert Quadratmeter. Dürfte rund dreieinhalb Millionen kosten. Weiter hinten gibt es noch ganz andere. Die sind dann für circa zehn oder zwölf Milliönchen zu haben."

„Wer kann sich denn so etwas leisten?", erkundigte ich mich.

„Meine Tante", erwiderte Carl trocken.

Bevor ich dieses hochinteressante Thema vertiefen konnte, ging Kaczmarek über die Straße, und wir folgten ihm.

Er trat an den Zaun und klingelte am Eingang. Kurz darauf erklang das Surren der hier obligatorischen Überwachungskamera.

Wir blickten hoch in die Linse, und Kaczmarek winkte leicht. Ein Klacken ertönte, das schwere Metalltor schwang auf.

Wir schritten über einen weißen Steinweg durch einen penibel getrimmten Vorgarten. Die Haustür öffnete sich. Eine ältere Frau in einem grauen Rock und weißer Bluse erschien.

Sie lächelte uns freundlich zu. „Sie möchten zu Herrn Braun?“

Wir nickten.

„Er erwartet Sie bereits“, meinte sie. „Wenn Sie mir bitte folgen möchten?“

Im Inneren der Villa war es angenehm kühl. Der Boden bestand aus feinstem Marmor. Ein weites Foyer, ein Durchgangszimmer von sicherlich über dreißig Quadratmetern, und wir standen in einem großzügigen Raum mit einer üppigen Wohnlandschaft aus elfenbeinfarbenem Leder, diversen indirekt beleuchteten Vitrinen und einem auf Stoßzähnen ruhenden Couchtisch aus Glas.

Wie äußerst geschmackvoll, dachte ich.

„Nehmen Sie doch bitte Platz“, sagte die Hausdame. „Herr Braun ist sofort da.“

Sie ließ uns allein.

Wir setzten uns. Das Leder quietschte leise, als wäre es neu.

Vielleicht zwei Minuten später erschien der Hausherr, ganz leger gekleidet in einer hellbeigen Hose und einem kurzärmeligen, offensichtlich maßgeschneiderten Hemd. Die oberen drei Knöpfe standen offen und zeigten den Ansatz von Brusthaar.

Kaczmarek wollte sich erheben, doch Braun gab ihm mit einer nachlässigen Handbewegung zu verstehen, dass er darauf keinen Wert legte. Er nahm auf einem Sessel Platz und verschränkte die Beine übereinander, wie er es bereits im Büro seines Bordells getan hatte.

„Hauptkommissar Kaczmarek?“, begann Braun an den Polizisten gewandt. „Meine Mitarbeiter haben Sie angekündigt.“

„Das ist richtig.“ Kaczmarek nickte. „Und Frau Hofer sowie Herrn Dr. von Wuthenow kennen Sie ja bereits.“

„Leider“, stellte Braun trocken fest, während sein Blick uns streifte.

Kaczmarek hüstelte.

„Was kann ich für Sie tun?“, erkundigte sich Braun. „Ich habe nicht viel Zeit. Mein Architekt kommt in einer halben Stunde, und es wäre mir nicht recht, wenn er Sie hier antreffen würde.“

„Es wird nicht lange dauern“, sagte Kaczmarek. „Wir haben nur ein paar Fragen an Sie. Das geht schnell.“

Braun runzelte die Stirn. „Ich bezweifle, dass ich Ihnen weiterhelfen kann. Sie wissen bestimmt, dass ich grundsätzlich keine Aussagen mache, durch die ich mich selbst belasten könnte.“

„Es geht auch nicht um Sie“, beteuerte Kaczmarek. „Wir hätten gerne Informationen von Ihnen zu einer dritten Person.“

„Das ist absolut ausgeschlossen. Ich bin bestimmt kein Denunziant. Das kann ich mir in meinem Metier nicht leisten.“

„Hören Sie sich unsere Fragen doch erst einmal an“, meinte Kaczmarek. „Ablehnen können Sie immer noch.“

Braun nickte ansatzweise.

„Es geht um Klemm“, übernahm Carl.

Brauns Augen zogen sich zusammen. „André Klemm? Der Leiter dieses offenen Treffs? Oase, heißt die Einrichtung, wenn ich mich nicht irre.“

„Exakt.“ Carl lehnte sich zurück.

Ein kaltes und böses Grinsen huschte über Brauns Gesicht. „In diesem speziellen Fall kann ich eine Ausnahme machen. Denn dieser Klemm gehört eigentlich zu euch. Aber …“, er hob den Zeigefinger, „ich rede nur hypothetisch. Meine Position verbietet es mir, vor Gericht für die Behörden auszusagen. Dafür bitte ich um Ihr Verständnis.“

„Kein Problem“, erwiderte Kaczmarek. „Alles, was wir hier

besprechen, ist informell. Wenn Sie also etwas über einen Menschen namens Klemm wüssten, was wäre das dann wohl?"

„Als Erstes muss ich betonen, dass meinen folgenden Ausführungen kein persönliches Erleben zugrunde liegt, sondern ich werde Ihnen mitteilen, was man mir rein theoretisch hätte zutragen können."

„Okay." Kaczmarek beugte sich ein wenig vor.

„Ich erzähle Ihnen bestimmt nichts Neues, wenn ich Ihnen erkläre, dass es in unserer Stadt sehr viel Straßenprostitution von Frauen gibt. Viele der Mädchen stammen aus dem ehemaligen Ostblock. Und die bieten für geringes Geld ihre Dienste an. Dabei sind sie sehr fleißig und machen guten Umsatz." Er stockte. „Das ist wie beim Discounter. Die Masse macht's. Das Ganze ist natürlich organisiert."

„Natürlich", bemerkte Kaczmarek.

„Das Gleiche gibt es auch für die Stricher. Das läuft nicht viel anders als bei den Straßenhuren. Im Prinzip ist es dasselbe. Und überall brauchen die Sexarbeiter eine strenge Hand, die alles steuert ... Damit jeder weiß, wo es langgeht."

„Und Klemm bietet wohl diese *strenge Hand*? Wollen Sie darauf hinaus?", unterbrach Carl.

Der kurze Blick, den Braun Carl zuwarf, sprühte vor Abneigung. Dann hatte sich Braun wieder unter Kontrolle und lächelte süffisant. „Strenge Hand wäre in Klemms Fall untertrieben. Der Mann hat eine Vormachtstellung, weil er für eine Behörde arbeitet. Dem kann keiner etwas anhaben. Wenn zu Klemm jemand kommt und ihn befragt, macht er einfach auf Mutter Teresa."

„Das ist nur Fassade?", fragte Kaczmarek.

Braun schnaubte. „Wenn Sie hinter seine Heiligenmaske schauen, hat man mir zumindest gesagt, tun sich wahre Abgründe auf." Er machte eine entwaffnende Geste mit den Händen. „Ich zum Beispiel, ich betreibe mit meiner *Aphrodite* ein exklusives

Etablissement. Den Frauen geht es bei mir gut. Ich stelle lediglich die Location zur Verfügung, sorge für einen ansprechenden Rahmen. Die Frauen zahlen mir Eintritt. Was sie in meinen Räumlichkeiten machen, entscheiden sie selbst und völlig eigenverantwortlich. Sie sind quasi Freiberufler. Bei Klemm allerdings", erneut hob er einen Zeigefinger, „da läuft das ganz anders. Er hat auch Jungs, die das gar nicht tun wollen, was er von ihnen verlangt. Die Armen suchen bei ihm Hilfe und Unterschlupf, und er nutzt das gnadenlos aus."

„Das ist alles?", fragte Carl.

Wieder dieser Blick zu Carl. „Nein, das ist nicht alles. Die Zuhälter vom Straßenstrich haben ständig Schwierigkeiten mit Klemm. Er beansprucht die guten Standplätze für sich und versucht, die Huren mit rüden Methoden zu verdrängen. Er ist übrigens auch an Sexkinos beteiligt. Und auch da agiert er sehr aggressiv."

„Was meinen Sie mit *rüden Methoden*?", wollte Kaczmarek wissen.

„Klemm setzt sich durch. Tätlich und extrem … Und das alles haben Sie nicht von mir. Wenn Sie gegen Klemm ermitteln wollen, tun Sie den Strichern etwas Gutes. Nicht, dass die Jungs dann damit aufhören, aber dann kriegen sie einen anderen Zuhälter, und der ist garantiert nicht so enthemmt, weil er nicht die Behörden im Rücken hat."

Ich hatte genug gehört. „Aber Sie, Herr Braun, Sie sind ganz nett, nicht wahr? Sie werden nie handgreiflich, und Sie verwenden auch keine rüden Methoden. Bestimmt …"

Braun erhob sich und starrte auf mich herab. Für einen Augenblick dachte ich, er würde auf mich losgehen. „Handgreiflich? Das sagen mir die Richtigen. Sie können froh sein, dass ich nicht nachtragend bin."

„Sind Sie nicht?" Carls Stimme schnitt durch den Raum.

„Nein." Braun wandte sich Carl zu. „Ich bin Geschäftsmann. Gewalt bringt mich nicht weiter. Allerdings kann ich nicht für meine Mitarbeiter sprechen." Das Lächeln, das er uns zeigte, wirkte künstlich. „Sonst noch etwas?"

„Nein danke", meinte Kaczmarek und stand ebenfalls auf. „Sie haben uns sehr geholfen."

DIENSTAGABEND UND MITTWOCH

49

An diesem Tag war nicht mehr viel mit mir los. Sobald wir in Wuthenow angekommen waren, zwang ich mich dazu, noch ein wenig mit Amelie zu spielen. Aber ehrlich gesagt war ich nicht mit ganzem Herzen bei der Sache. Die Anstrengungen der letzten Stunden forderten ihren Tribut.

Das Abendessen nahmen wir wieder alle gemeinsam ein. Der Colonel erzählte von Südamerika und einem besonderen Pfeilgift, das die Ureinwohner dort benutzen. Obwohl ich es nicht wollte, konnte ich es nicht verhindern, dass mir die Augen wiederholt zufielen und ich ausgiebig gähnen musste.

Carl ging es übrigens auch nicht viel besser. Er verhielt sich noch zurückhaltender als gewöhnlich, wirkte insgesamt blass und erschöpft.

Nach der Mahlzeit blieben wir normalerweise noch etwas zusammen sitzen und unterhielten uns über die Ereignisse des Tages. Das ließen wir heute aus. Carl und ich verabschiedeten uns und gingen in unsere Wohnungen. Ich versorgte Amelie, kontrollierte, dass sie sich lange genug die Zähne putzte, flocht ihr die Haare zu einem Zopf, weil sie Locken haben wollte, und steckte sie in ihr Bett.

Fast wie in Trance machte ich mich selbst fertig für die Nacht und kroch unter meine Decke. Bilder, Erinnerungen, Fetzen von Gesprächen rauschten mir durch den Kopf. Und dann, irgendwann, schlief ich tief und fest.

Ich begann zu träumen. Die Art von Traum, bei dem einen bewusst ist, dass man träumt.

Ich stand in Berlin – ich wusste einfach, dass es sich um Berlin handelte – mitten auf einem Gehweg. Die Sonne schien, es war viel los. Zahllose Passanten strömten an mir vorbei. Es herrschte dichter Verkehr.

Ich hatte unseren Carrera vorhin um die Ecke geparkt. Carl saß darin und wartete auf mich. Ich setzte mich in Bewegung, umrundete die Häuserzeile … und stoppte. Weit und breit kein Carrera in Sicht.

Suchend blickte ich mich um. Vielleicht irrte ich mich, und der Wagen stand woanders. Ich stellte mich auf die Zehenspitzen, doch ich konnte das Auto nirgends entdecken.

Vermutlich musste ich in eine der Querstraßen. Ich bog rechts ab, dann links, ging dabei immer schneller, bis ich schließlich rannte. Pkw, Transporter, Busse, Menschen … nirgends eine Spur von Carl und unserem Wagen.

Schwer atmend hielt ich an. Jemand musste mir helfen. Doch wenn ich die Passanten ansprechen wollte, eilten sie an mir vorbei, ohne von mir Notiz zu nehmen – als wäre ich unsichtbar.

Ich streckte meine Hand aus und packte eine ältere Frau am Arm. Sie blieb stehen.

„Haben Sie einen schwarzen Porsche gesehen? Er muss hier irgendwo parken", fragte ich sie.

Sie antwortete mir nicht, und als ich sie näher betrachtete, um die Ursache ihres Schweigens herauszufinden, bemerkte ich, dass sie keinen Mund hatte. Erschrocken ließ ich sie los und blieb allein im unübersichtlichen Gewimmel der Menschen zurück.

Angst stieg in mir auf, ein Gefühl des Verlorenseins überkam mich. Ich zwang mich aber, ruhig zu bleiben, wie es mir in der letzten Zeit so oft gelungen war. Systematisch begann ich, meine Umgebung zu betrachten. Die Gebäude, die Personen, die Fahrzeuge.

Und wirklich, nach einer kleinen Weile entdeckte ich vor einem Schaufenster einen groß gewachsenen Mann. Carl. Er hatte mich auch gesehen und winkte mir zu. Erleichtert stürzte ich los, bahnte mir den Weg durch die Menge.

Carl hatte sich auch in Bewegung gesetzt, jedoch nicht in meine Richtung, sondern in die entgegengesetzte. Sosehr ich mich auch bemühte, ich konnte nicht zu ihm aufholen. Der Abstand vergrößerte sich sogar noch.

Er verschwand in einem Hauseingang. Ich hinterher, machte ein paar Schritte und hielt an.

Die Umgebung hatte sich verändert. Sie war mir vertraut. Ich stand im Foyer unseres Herrenhauses in Wuthenow. Carl war sicher nach oben gegangen. Ich wandte mich der Treppe zu und eilte die Stufen empor.

Der breite Flur war verlassen. Aber die Tür zur Bibliothek stand weit offen.

„Carl?“ Ich lugte hinein.

Der Raum war hell erleuchtet. Die Sonne strahlte durch die weit geöffneten Fenster. Und die Regale waren nicht mehr leer. Unzählige ledergebundene Bücher unterschiedlicher Größe reihten sich nun dicht an dicht.

Kurz ließ ich die Atmosphäre auf mich wirken und genoss das Bild, das sich mir bot. Auf dem Couchtisch lag aufgeschlagen der Gedichtband von Fontane, den ich Carl vor ein paar Tagen gegeben hatte. Ich lächelte. Ganz offensichtlich hatte Carl bis vor Kurzem darin gelesen. Und jetzt war er … wo? Natürlich … in seinem Appartement.

Ich ging die paar Schritte weiter bis zu seiner Tür, klopfte an und trat ein.

Leer. Die Zimmer waren ausgeräumt. Keine Möbel, keine Computer, keine Stellwände. Nichts.

„Carl!", rief ich erneut, diesmal lauter, doch ich erhielt keine Antwort.

Jemand sah mich an. Ich drehte mich um …

Ich wachte auf und öffnete die Augen.

Eine Person saß auf meiner Bettkante. Im fahlen Mondlicht konnte ich nur die Silhouette erkennen. Ein Mann.

„Endlich wach?", sagte Carl.

Meine Erleichterung, ihn gefunden zu haben, war riesengroß.

„Was ist los?", sagte ich mit belegter Stimme.

Ich schaute auf die Leuchtziffern meines Weckers. Kurz nach drei. Was wollte er um diese Uhrzeit bei mir?

„Warum sitzt du da und guckst mich an?", fragte ich ihn. Eigentlich war es eine Unverschämtheit von ihm, mitten in der Nacht ungebeten in mein Zimmer zu kommen und mich beim Schlafen zu beobachten.

„Der Colonel hat mich vorhin geweckt. Kaczmarek hat angerufen", meinte er.

Ruckartig stemmte ich mich hoch. „Haben sie den Mörder gefasst?"

„Das nicht. Aber es gibt einen Vorfall mit Preuß senior im Gefängnis Tegel."

„Hat dir Kaczmarek Näheres berichtet?"

Carl schüttelte den Kopf. „Nicht wirklich viel. Und wir müssen uns beeilen. Ich erzähle es dir auf der Fahrt."

Ich blieb sitzen.

„Was ist los?", wollte er wissen.

„Du musst raus. Ich will mich anziehen."

Er räusperte sich. „Ach so. Klar." Er stand auf und machte Anstalten zu gehen.

„Übrigens", hielt ich ihn auf.

Er wandte sich mir zu.

„Wie lange hast du bei mir gesessen?"

„Eine ganze Weile."

„Und warum?"

„Ich wollte dich ja sofort wecken, aber …" Er brach ab. Im Dunkeln gelang es mir nicht, seinen Gesichtsausdruck zu deuten.

„Aber was?"

„Du hast im Schlaf geredet."

Mein Traum kam mir in Erinnerung, so deutlich, als hätte ich ihn wirklich erlebt. Ich hatte mehrmals seinen Namen gerufen.

„Was habe ich denn gesagt?", fragte ich.

„Ich habe es nicht verstanden."

Er log. Und das auch noch schlecht.

„Oh!", meinte ich. „Hast du gerade dein Taktgefühl entdeckt?"

Es dauerte eine Weile, dann erst antwortete er: „Ja. Taktgefühl."

Und wieder fuhren wir nach Berlin. In der Nacht. Aber es war anders als sonst. Das Land schien sich verändert zu haben. Ich erkannte die Umgebung nicht mehr, obwohl sie mir doch mittlerweile vertraut war.

Es gab keine künstliche Beleuchtung, die Sichel des Mondes, die Sterne über uns schickten ihr blasses Licht. Die Umrisse der Sträucher und Bäume verloren sich zitternd ins Schwarz. Die knorrigen Äste glichen Armen, das Laub gigantischen Häuptern, die zu uns herabblickten.

Mir war kalt.

Gedanken bewegten sich träge durch meinen Kopf. Ich trank den Kaffee, den Carl uns gekocht und in Reisebechern abgefüllt hatte. Aber das Gebräu vermochte mich nicht zu wärmen.

Außer uns war niemand unterwegs. Wir waren wie zwei Menschen im Nichts, die nirgendwohin eilten.

Schließlich erreichten wir die Autobahn. Um diese Zeit krochen hauptsächlich riesige Laster monoton ihrem Ziel entgegen. Ich zog den Wagen nach links und drückte aufs Gas. Vor uns erschienen die ersten Lichter der Stadt. Die Dunkelheit verblasste zu einem Grau, als die Nacht allmählich starb.

Der Morgen dämmerte, und die Realität hatte uns wieder.

50

Am Eingangstor versperrten uns uniformierte Polizisten den Zutritt. Auf dem Gefängnisgelände selbst standen mehrere Einsatzwagen. Trotz der frühen Morgenstunde hatten sich einige Schaulustige eingefunden, und ich entdeckte auch zwei Reporter mit Mikrofonen, die vermutlich von Radiosendern kamen.

Kaczmarek tauchte zwischen den Beamten auf. Eilig näherte er sich.

„Die beiden gehören zu mir", sagte er zu einem Polizisten, sobald er uns erreicht hatte.

Wir durften passieren.

Er begrüßte uns nicht, machte stattdessen kehrt, und wir folgten ihm über die Hoffläche.

„Also", begann er, ohne langsamer zu werden. „Folgender Sachverhalt: Preuß hat gestern am späten Abend über Schmerzen geklagt und sich am Boden gekrümmt. Daraufhin wurde er in die Krankenstation gebracht. Auf dem Weg hat er einen der Wärter niedergeschlagen und sich dann mit einer Vollzugsbeamtin verschanzt. Da oben, sehen Sie?" Er deutete auf ein Backsteingebäude. „Dritter Stock. Außen, an der Ecke, die letzten zwei Fenster." Kaczmarek blieb stehen.

Auf der gepflasterten Fläche vor dem Haus hielten sich mehrere Polizisten auf, einer sprach in ein Funkgerät, ein anderer trug ein Megafon. Drei weitere unterhielten sich miteinander. Obwohl die Morgendämmerung stetig an Kraft gewann, waren mehrere

Scheinwerfer in Betrieb und fluteten die gesamte Umgebung sowie auch das Backsteingebäude mit grellem Licht. Die Ziegelsteine schimmerten in einem intensiven Rotton.

Carl hatte den Kopf in den Nacken gelegt und starrte angestrengt nach oben. „Ich sehe keine Gitter."

„Die Krankenstation wird gerade renoviert, auch die Fenster. Deshalb haben sie die Gitter entfernt. Der Flügel ist gesperrt", antwortete Kaczmarek.

„Wenn er eine Geisel genommen hat, hat er doch sicher auch Forderungen gestellt", meinte Carl.

Kaczmarek nickte. „Er will freies Geleit, und er droht, wenn wir es ihm nicht geben, die Wärterin umzubringen."

„Hat er denn eine Waffe?", fragte ich.

„Das wissen wir nicht. Der Vollzugsbeamte, den er niedergeschlagen hat, und auch seine jetzige Geisel waren jedenfalls nicht bewaffnet. Aber wir gehen davon aus, dass er sich ein Messer oder so etwas Ähnliches beschafft beziehungsweise angefertigt hat."

Die Haltung der fünf wartenden Polizisten veränderte sich. Sie blickten aufmerksam an uns vorbei. Wir drehten uns ebenfalls in die Richtung. Ein Trupp von vielleicht zehn schwarz gekleideten und vermummten Personen marschierte auf das Gebäude zu. Sie waren schwer bepackt. Ich sah Maschinenpistolen, die quer vor dem Oberkörper hingen, Nylontaschen, Schlagstöcke und Pistolen, die in tief geschnallten Holstern steckten. Vor dem Eingang blieben die Männer stehen. Sie besprachen sich kurz. Dann setzten sie sich ihre schwarzen Helme auf, die sie unter dem Arm getragen hatten, und verschwanden im Haus.

„Was passiert jetzt?", fragte ich.

„Das ist das SEK", antwortete Carl, ohne die Augen vom Gebäude zu nehmen. „Da Preuß ein verurteilter Mörder ist und nicht aufgibt, kümmern sich die Spezialisten um das Problem."

„Und das bedeutet?", hakte ich nach.

„Zugriff“, erklärte Kaczmarek. „Die Geisel ist in Gefahr. Jedes weitere Hinauszögern wäre verantwortungslos.“

Wir warteten. Nichts war zu sehen.

Ein dumpfer Knall ertönte, und kurze Zeit später wurde das äußere Fenster an der Ecke im dritten Stock aufgerissen. Glas klirrte. Ein Mann kletterte nach außen auf den umlaufenden Sims. Dabei hielt er sich mit beiden Händen am Fensterflügel fest.

„Was zum Teufel …“, entfuhr es Kaczmarek.

Ich erkannte den Mann. Mittelgroß, mausgraues Haar, blaue Adidasjacke: Gregor Preuß. Er löste eine Hand und versuchte, die Regenrinne zu greifen. Obwohl er sich reckte, klappte das nicht. Der Abstand war zu groß.

Aus allen Himmelsrichtungen rannten jetzt Polizisten herbei. Befehle wurden geschrien. Eine Sirene erklang, und ein Sanitätswagen brauste heran.

Ein weiteres Fenster in der Nähe wurde geöffnet. Einer der SEK-Beamten beugte sich heraus und gestikulierte in Preuß' Richtung.

„Was ist los?“, fragte ich.

„Er will ihn zum Aufgeben überreden“, sagte Carl. „Das wird ihm nicht gelingen.“

Kaczmareks Handy klingelte. Er hielt es sich ans Ohr. „Ja? Wie schwer ist sie verletzt? … Stichwunde am Hals? … Sie bringen sie jetzt runter? Gut. Danke.“

Der SEK-Beamte beugte sich weiter heraus. Sosehr ich mich konzentrierte, ich konnte nicht hören, was er zu Preuß sagte.

Preuß presste sich flach gegen die Wand. Ich sah ihn genau, wie er dort oben stand, zwischen Leben und Tod. Wie er versuchte, an die Dachrinne zu kommen. Ein Ding der Unmöglichkeit. Mir war das klar. Und auch Preuß musste sich dessen bewusst sein. Aber er probierte es trotzdem. Er löste die zweite Hand vom Fenster und streckte sich zum Rohr, weiter … und noch weiter …

Plötzlich schwankte er. Sein Fuß rutschte ab. Für einen Augenblick schien er in der Luft zu hängen. Dann stürzte er wie eine große Puppe rückwärts hinunter.

Mit einem lauten Klatschen krachte sein Körper auf die Steine am Boden.

Wir befanden uns nur wenige Meter entfernt. Ich konnte genau beobachten, wie sich eine dunkle Pfütze unter seinem Kopf bildete und sich langsam ausbreitete.

Preuß rührte sich nicht mehr.

51

Ich saß im Porsche. Allein. Die Türen hatte ich verriegelt, den Schlüssel ins Zündschloss gesteckt. Aber ich fuhr nicht los. Stattdessen schaute ich die Straße hinunter. Dort gingen Menschen, dort waren Autos unterwegs. Die Leute lachten, sie redeten miteinander. Manche blieben neugierig stehen und beobachteten das Aufgebot an Polizei- und Rettungswagen, bevor sie ihren Weg nach einer Weile fortsetzten.

Es versprach, ein warmer Tag zu werden. Die Sonne schien, doch mir war trotzdem kalt. Und ich zitterte.

Ich schloss die Augen. Ich war wieder in meinem kleinen Büro an der Uni. Auf meinem Schreibtisch stapelten sich Bücher, daneben Seminararbeiten – sorgsam in bereits korrigierte und unkorrigierte getrennt, beschwert mit einem Locher und einem Hefter. Weiter links ein Packen geklammerter Kopien.

Ich ergriff die Papiere, verließ mein Zimmer und ging Richtung Vorlesungsraum. Bereits beim Eintreten vernahm ich das erwartungsvolle Gemurmel der Studenten. Ich schritt ans Pult, legte mein Konzept ab und sah mir meine Zuhörer an. Junge Menschen, um die zwanzig – wissbegierig, aufgeschlossen, allem Anschein nach gut vorbereitet.

„Guten Tag“, sagte ich. „Ich bin Verena Hofer. Professor Leinhardt ist verhindert. Er hat mich gebeten, das Seminar für ihn zu übernehmen. Und wir beginnen heute mit der frühen Romantik. Eine ganz besondere, außergewöhnliche Zeit für die deutsche Literatur.“

Jemand schlug mit der Faust auf den Tisch. Es hallte dumpf. Ich versuchte, ihn in der Menge auszumachen, aber es gelang mir nicht. Wieder dieses unangenehme Pochen. Widerwillig öffnete ich die Augen.

Carl beugte sich an der Beifahrerseite herab und lugte ins Innere. Erneut klopfte er gegen die Scheibe. Ohne nachzudenken, drückte ich auf den Entriegelungsknopf für die Türen. Carl öffnete den Wagen und stieg zu mir ins Auto. Er hatte zwei Pappbecher dabei, dem Geruch nach mit Kaffee gefüllt. Er hielt mir einen entgegen.

„Ich will nichts." Meine Stimme klang brüchig.

„Trink", sagte er. „Tut gut."

Ich nahm ihm den Becher ab, setzte ihn an die Lippen und schlürfte die bittere Brühe. Sie war zu heiß, meine Zunge brannte.

„Ich halte das nicht mehr aus", sagte ich. „Dafür bin ich einfach nicht stark genug."

Er nickte ernst. „Das gerade zu erleben, das ist keinem leichtgefallen."

„Mag schon sein", erwiderte ich. „Aber die anderen trifft keine Schuld an Preuß' Tod."

Carl verstand sofort. „Du bist der Überzeugung, wir haben seinen Tod verschuldet?"

„Sicher." Ich schnaubte. „Wir waren es doch, die ihn unter Druck gesetzt haben. Absichtlich haben wir ihn manipuliert. Uns allen war klar, dass er darauf irgendwie reagieren wird. Und das wollten wir auch. Das war unser Ziel … Scheißziel."

„Wir hatten gute Gründe, warum wir mit Preuß so umgegangen sind."

Ich drehte mich ihm zu. „Der Zweck heiligt also die Mittel? Wir wollten, dass der Mörder gefunden wird, und wir wollten weitere Morde verhindern. Und deshalb ist es in Ordnung, wenn jemand dabei stirbt?"

Carl trank von seinem Kaffee, riss den Blick von mir los und schaute die Straße hinunter, wie ich es vorhin getan hatte. Wir schwiegen.

„Keiner hat Preuß dazu gezwungen, das zu machen, was er getan hat", meinte er nach einer Weile. „Er hätte auch ganz einfach mit uns reden können."

„Reden", wiederholte ich verächtlich. „Du bist doch Profiler. Du wusstest ganz genau, wie Preuß gestrickt war. Dass er vermutlich extrem reagieren würde. Das haben wir alle gewusst. Und die Wärterin, was ist mit der? Die Frau, die er als Geisel genommen hat? Die hätte er genauso gut töten können."

Carl nickte ernst. „Du hast recht. Er hat sie schwer am Hals verletzt."

„Wie geht es ihr?", fragte ich.

„Die Sanitäter haben sie in die Klinik gebracht."

„Hast du vorher mit ihr sprechen können?"

„Nein." Carl schüttelte den Kopf. „Wegen der Verletzung konnte sie nicht reden. Sobald es möglich ist, holen wir das nach."

Erneut schwiegen wir für längere Zeit.

„Was machen wir jetzt?", fragte ich schließlich.

„Kaczmarek ist bereits vorgefahren. Er wartet in seinem Büro auf uns."

Ich stellte den Kaffeebecher in den Halter und drehte den Zündschlüssel. „Gut", meinte ich. „Ich komme mit. Aber sobald der Fall abgeschlossen ist, war es das. Dann werde ich mit Amelie Wuthenow verlassen."

52

Kaczmareks Schreibtisch war verwaist. Der Hauptkommissar selbst saß zusammen mit Frau Wolf in seiner Besprechungsecke, und sie war gerade dabei, etwas aus ihrer Tasche herauszukramen. Sie schaute auf. In ihrer Hand hielt sie einen ledergebundenen Kalender.

„Dann sind wir ja komplett“, sagte sie und wartete, bis Carl und ich bei ihnen Platz genommen hatten.

„Ich bin auch gerade erst gekommen“, fuhr sie fort. „Als Erstes kann ich uns alle beruhigen. Die JVA-Beamtin, die Preuß als Geisel genommen hatte, ist gut im Krankenhaus angekommen, und die Ärzte sind zuversichtlich, dass sie überleben wird. Sie wird gerade operiert.“

„Das ist eine wunderbare Nachricht“, sagte ich und spürte große Erleichterung.

Frau Wolf neigte ihren Kopf in meine Richtung. „Finde ich auch.“

„Wenigstens etwas“, erwiderte Kaczmarek und biss sich auf die Unterlippe.

„Ihnen scheint etwas auf dem Herzen zu liegen“, meinte die Staatsanwältin, nachdem sie Kaczmarek eine Zeit lang gemustert hatte.

„Ja“, gestand er ein. „Wir haben Preuß gestern befragt. Und vielleicht war ich zu forsch und habe ihn zu sehr bedrängt.“

Frau Wolf runzelte die Stirn. „Sie denken doch nicht etwa, dass Sie das heute verursacht haben?“

„Man kann sich nie sicher sein, was in einem anderen Kopf vorgeht“, wich Kaczmarek aus.

Frau Wolf öffnete den Verschluss ihres Kalenders, klappte ihn auf und zog einen Kuli aus der inneren Halterung. Mit einem Klicken machte sie den Stift schreibbereit. „Gestern bei der Befragung ... haben Sie da Grenzen überschritten, Gesetze gebrochen, und/oder Preuß bedroht?“

„Nein.“ Kaczmareks Antwort kam prompt und entschieden.

„Aber Sie haben ihn hart befragt.“

„Richtig.“

Frau Wolf zuckte nachlässig mit den Schultern. „Das ist Ihr Job, also machen Sie sich deshalb keine Gedanken.“ Sie sah auf und blickte einmal in die Runde. „Hat die gestrige Befragung etwas Brauchbares ergeben?“

„Hat sie. Dazu muss ich aber etwas weiter ausholen“, sagte Kaczmarek.

„Tun Sie das.“ Frau Wolf lehnte sich zurück.

„Unsere Ermittlungen haben uns zu einer Person geführt, die sowohl die beiden Opfer von Preuß kannte als auch den erstochenen jungen Mann in der Baulücke identifiziert hat.“

„Um wen handelt es sich?“

„Um einen Sozialarbeiter namens André Klemm. Er ist der Leiter der Oase – eine offene Einrichtung für Stricher und Drogensüchtige, die von der Stadt finanziert wird.“

Frau Wolf tippte mit dem Kuli auf ihren Kalender. „In dieser Funktion ist es doch naheliegend, dass er die Verstorbenen kannte.“

„Das dachten wir zunächst auch“, bestätigte Kaczmarek. „Dennoch war es neben den Verletzungen die erste wirkliche Verbindung, die wir zwischen den drei Opfern erkennen konnten.“

„Gut“, sagte Frau Wolf. „Weiter.“

„Herr von Wuthenow und Frau Hofer haben Herrn Klemm,

der diese Woche Nachtschicht mit Außendienst hat, daraufhin vorgestern … ähm …“ Kaczmarek lächelte unbehaglich.

„Observiert“, ergänzte Frau Wolf ungerührt.

Kaczmarek beeilte sich zu nicken. „Und Klemms Verhalten, dass sie beobachtet haben, erschien uns gelinde gesagt befremdlich.“

Die Staatsanwältin warf Carl und mir einen fragenden Blick zu, doch als wir nichts näher erklärten, wandte sie sich wieder an Kaczmarek, der fortfuhr: „Klemm hatte seinerzeit Preuß in dem Mordprozess mit seiner Aussage schwer belastet. Also entschieden wir uns, Preuß zu befragen, weil wir davon ausgingen, dass zwischen den beiden Männern eventuell eine Beziehung bestehen könnte.“

„Aha“, sagte Frau Wolf und beugte sich vor.

„Bei unserer Befragung“, übernahm Carl, „hat Preuß den Sozialarbeiter beschuldigt, dass er Stricher für sich anschaffen lässt.“

„Ach? Als ihr Zuhälter?“

„Exakt“, sagte Carl. „Preuß’ Aussage wurde von Sebastian Braun, einem Bordellbesitzer, bestätigt. Wir hatten Ihnen bei unserem letzten Treffen bereits von Braun erzählt. Er hatte sich in der U-Haft mit Preuß angefreundet. Jedenfalls haben wir Braun zu Klemm befragt, und Braun meinte, dass Klemm sehr brutal werden könne, wenn seine Jungs nicht spuren.“

„Sie glauben ihm?“

Carl nickte. „Definitiv.“

„Deswegen habe ich Klemm gestern Nacht von unseren Leuten erneut überwachen lassen“, sagte Kaczmarek. „Die Kollegen haben ihn dabei beobachtet, wie er Geld von den Strichern eingesammelt hat. Heute werden wir die Observierung fortsetzen.“

„Ein Sozialarbeiter“, murmelte Frau Wolf gedankenverloren. Dann sah sie Carl direkt an. „Passt so jemand ins Profil eines Serienmörders?“

„Die allermeisten Serienmörder führen nach außen hin ein völlig normales, überaus angepasstes, manchmal sogar gesellschaftlich vorbildliches Leben“, gab Carl Auskunft. „Also: ja. Man muss sich nur vorstellen, wie viel Energie ein solcher Mensch darauf verwenden muss, dass ihn keiner durchschaut. Diesem Klemm ist das höchstwahrscheinlich sogar über Jahre hinweg gelungen. Das weist auf ein hohes kriminelles Potenzial hin. Und da liegt Mord absolut im Bereich des Möglichen.“

Frau Wolf blies die Wangen auf und ließ die Luft ausströmen. Sie steckte ihren Kuli mit einer entschiedenen Bewegung an seinen Platz in der Mitte des Kalenders zurück. „Gut. Dann machen wir in dieser Richtung weiter.“ Sie klappte den Kalender zu.

„Jemand muss Sascha Preuß verständigen, dass sein Vater gestorben ist“, sagte ich.

„Egal, wie die Beziehung zwischen Vater und Sohn war, das müssen wir“, stimmte mir Kaczmarek zu. Sein Gesicht sprach Bände. Ihm war nicht wohl bei dem Gedanken, die Nachricht überbringen zu müssen.

„Das können Carl und ich übernehmen“, bot ich an.

Frau Wolf erhob sich. „Ich sehe, Sie haben alles im Griff. Wenn ich Sie irgendwie unterstützen kann, sagen Sie Bescheid.“

„Das machen wir. Danke“, meinte Kaczmarek, während sie den Raum verließ.

53

„Das ist sehr anständig von ihr“, meinte Kaczmarek, nachdem Frau Wolf gegangen war. „Das hätte ich gar nicht von ihr gedacht. Vor allem nicht nach der letzten Kopfwäsche, die sie uns wegen des Zeitungsartikels verpasst hat.“

„Doch“, erwiderte Carl. „Ich habe mehrmals mit ihr zusammengearbeitet. Sie tut zwar vordergründig sehr streng, aber sie steht hinter ihren Leuten. Immer.“

„Wenn wir schon beim Thema Anstand sind …“, wandte ich mich an Kaczmarek. „Sie haben vorhin alle Schuld auf sich genommen, als es darum ging, dass Preuß von uns vielleicht zu hart befragt worden ist. Sie haben nicht versucht, irgendetwas auf Herrn von Wuthenow und mich abzuwälzen. Ich schätze das sehr, und ich bin mir sicher, ich spreche hier auch für meinen Kollegen.“

Kaczmarek senkte für einen Moment verschämt den Blick. „Das lag in meiner Verantwortung, und die übernehme ich. Damit haben Sie nichts zu tun.“

„Frau Hofer hat recht“, bekräftigte Carl. Er räusperte sich und fügte hinzu: „Trotzdem sollten wir uns noch einmal dem Fall zuwenden.“

Kaczmarek schien diese Anregung nur allzu gern aufzugreifen. „Der Fall. Richtig. Meine Kollegen beschatten Klemm auch heute Nacht, und Sie beide werden mit Preuß’ Sohn reden.“

Carl nickte. „Das werden wir. Außerdem erachte ich es als wichtig, dass wir die Situation generell analysieren. Wir waren gestern bei Preuß, haben ihn nach Klemm befragt, und irgendetwas hat ihn derartig aufgeregt, dass er durchgedreht ist und sich zu einem völlig ungeplanten und unkoordinierten Fluchtversuch hat hinreißen lassen."

„Stimmt", meinte Kaczmarek. „Und was glauben Sie, hat ihn so aufgeregt?"

Carl machte eine vage Handbewegung. „Keine Ahnung. Darüber zerbreche ich mir schon die ganze Zeit den Kopf, aber ich finde keine Antwort."

„Tja", meinte Kaczmarek. „Vielleicht wollte Preuß ausbrechen, um Klemm zu warnen? Das wäre das Naheliegende."

„Ich hatte wirklich nicht den Eindruck, dass Preuß Klemm positiv gegenübersteht. Ich kann mir das überhaupt nicht vorstellen. Klemm hat ihn durch seine Aussage ins Gefängnis gebracht, und Preuß hat ihn gestern so richtig in die Pfanne gehauen."

Kaczmarek fuhr sich durchs Haar. „Auch wieder wahr. Aber dann fällt mir leider nichts weiter ein. Und die Ermittlungsakten von damals geben auch nicht mehr her. Da bin ich mir sicher. Ich kann sie mittlerweile schon fast auswendig herunterbeten."

„In den alten Akten ist nichts", bestätigte Carl. „Da haben wir nichts übersehen."

Wir schwiegen eine Weile. Jeder überlegte.

„Wie wäre es denn", begann ich, „wenn wir den damaligen Ermittler fragen würden. Es könnte doch sein, er erinnert sich an irgendeine Kleinigkeit, die völlig unwichtig erschien, obwohl sie es nicht war."

„Den damaligen Ermittler? Sie meinen Max Wissmann? Warum nicht." Kaczmarek erhob sich und ging zu seinem Schreibtisch. Er griff sich das Telefon und drückte eine Kurzwahltaste. „Hallo, Max", sagte er. „Ich bin's. Hast du gerade Zeit? Wir bräuchten mal deine Hilfe ... Super. In meinem Büro." Er legte auf und kam zu uns zurück.

Keine Minute später klopfte es an die Tür. Sie wurde geöffnet, und ein älterer Mann trat ein. Graue Kleidung, Glatze, graue Augen, die uns hellwach entgegenblickten.

„Darf ich vorstellen?", sagte Kaczmarek. „Mein Kollege Wissmann. Und das sind Herr Dr. von Wuthenow und Frau Hofer. Sie kommen von der Staatsanwaltschaft."

„Staatsanwaltschaft?" Wissmann zog die Brauen hoch.

„Externe Berater", erklärte Kaczmarek. „Wir arbeiten sehr gut zusammen."

Wir schüttelten uns die Hände, und Wissmann nahm auf dem Stuhl Platz, auf dem vorhin Frau Wolf gesessen hatte. „Wie kann ich helfen?"

„Sie haben doch den Fall Preuß vor ein paar Jahren bearbeitet", sagte Carl.

Wissmann bejahte mit einem leichten Senken des Kopfes. „Die zwei toten Stricher. Wir haben Preuß gefasst, er hat gestanden und ist auch verurteilt worden."

„Preuß ist heute bei einem versuchten Gefängnisausbruch ums Leben gekommen", sagte Kaczmarek.

„Ach", entfuhr es Wissmann. Er schien interessiert, aber nicht sonderlich betroffen.

„Das überrascht dich nicht?", fragte Kaczmarek.

Wissmann zuckte mit den Schultern. „Ihr habt doch die Bilder von den toten Strichern gesehen. Wer so etwas tut, der ist zu allem fähig."

Wir waren still, und mit Gewalt musste ich mich dazu zwingen, nicht an die Fotografien der Mordopfer zu denken und daran, wie Preuß heute gestorben war.

„Bei Ihren Ermittlungen", fuhr Carl fort, „welche Rolle spielte dabei Herr Klemm?"

„Der Sozialarbeiter?" Wissmann wandte sich Carl zu. „Der ist der Leiter der Oase. Aber das wissen Sie bereits. Er konnte die toten Stricher identifizieren, und durch seine Aussage sind wir dann später auf Preuß gekommen. Klemm hat vor Gericht auch alles wiederholt."

„Das haben wir gelesen", sagte Carl. „Was uns interessiert, ist, ob es irgendeine Beziehung zwischen Klemm und Preuß gab. Vielleicht haben Sie etwas vermutet? Oder ein Gerücht gehört? Irgendetwas, was nicht in den Akten steht?"

„Nein." Wissmanns Antwort kam prompt. „Ganz sicher nicht. Eine Verbindung zwischen Klemm und Preuß – worauf wollen Sie hinaus?"

„Wir haben jetzt diese aktuellen Morde, die erstaunliche Parallelen zu Ihrem Fall aufweisen. Preuß kann es diesmal nicht gewesen sein, er saß im Gefängnis."

„Sie vermuten, dass Preuß einen Mittäter hatte? Oder dass er jemanden ins Vertrauen gezogen hat, der seine Morde nachahmt?"

„Der Gedanke drängt sich doch auf, Max", sagte Kaczmarek. „Hattest du zu irgendeinem Zeitpunkt einen entsprechenden Verdacht?"

„Niemals", meinte Wissmann. „Wirklich nicht. Ihr denkt, dass Klemm hinter den aktuellen Morden stecken könnte?"

„Momentan konzentrieren wir uns auf ihn."

„Und wie kommt ihr darauf, wenn ich fragen darf?" Wissmann wirkte überaus erstaunt.

„Anfänglich war alles nur ganz vage. Gestern dann hat ihn Preuß sehr belastet. Wir haben Klemm daraufhin beschattet und festgestellt, dass er nicht nur ein Sozialarbeiter ist, der sich um Stricher kümmert, sondern darüber hinaus höchstwahrscheinlich deren Zuhälter. Und jetzt arbeiten wir mit Hochdruck daran, Beweise zu sichern."

„Na so was." Wissmann pfiff durch seine Zähne. „Und lass mich raten: Ihr denkt jetzt, dass Klemm nicht nur ein Zuhälter ist, sondern ab und zu auch mal einen seiner Jungs um die Ecke bringt, wenn der nicht spurt?"

„Ja", meinte Carl.

„Wer hätte das gedacht!" Wissmann lehnte sich in seinen Stuhl zurück und hakte die Daumen in die Vordertaschen seiner Hose. „Dieser Klemm. War immer der reinste Vorzeigetyp. Aber wenn das stimmt, was ihr vermutet, dann hat er da ein ideales Unternehmen am Laufen. Er hat nicht einmal Betriebskosten, die zahlt ihm die Stadt. Klug eingefädelt ..." Wissmann registrierte meinen entgeisterten Blick, lächelte schief und brach ab.

„Kann ich Ihnen sonst noch irgendwie helfen?", fragte er schließlich.

„Nein, Max", sagte Kaczmarek. „Vielen Dank, dass du so schnell Zeit für uns gefunden hast."

Wissmann erhob sich, trat hinter seinen Stuhl und schob ihn ordentlich unter den Tisch. „Nun. Egal, wie es ist, mit Preuß hat es keinen Falschen getroffen."

„Wegen der Morde, die er begangen hat?", erkundigte ich mich.

„Natürlich wegen der Morde", bestätigte Wissmann. „Und wegen der Röntgenbilder und Arztberichte."

„Röntgenbilder und Arztberichte?", wiederholte Kaczmarek. „Wovon sprichst du?"

Wissmann stützte sich auf der Stuhllehne ab. „Na, die von dem Jungen."

„Welcher Junge?", fragte ich.

„Wir konnten sie nicht zur Beweisführung heranziehen, aber sie haben doch alles erhärtet."

„Ich weiß beim besten Willen nicht, wovon du redest", sagte Kaczmarek.

Wissmann sah ihn auffordernd an. „Die Misshandlungen, Anton. Wovon soll ich sonst sprechen? Preuß hat über Jahre hinweg seinen Sohn geprügelt. Da gab es im Laufe der Zeit mehrere Anzeigen. Von der Schule und auch vom Krankenhaus. Die Beweise waren eigentlich eindeutig. Die Verletzungen konnten nur durch Schläge und Tritte entstanden sein. Aber der Junge hat stets geschwiegen. Jedes Mal mussten die Ermittlungen eingestellt werden."

„Bist du dir sicher?" Kaczmarek musterte seinen Kollegen eindringlich. „Bringst du da nichts mit einem anderen Fall durcheinander?"

Wissmann schnalzte missbilligend mit der Zunge. „Nur weil ich über sechzig bin, heißt das nicht, ich bin senil. Ich weiß das ganz genau. Dieses Schwein von Preuß hat seinen eigenen Sohn misshandelt. Regelmäßig und systematisch. Ich dachte, ihr habt die Akten gelesen?"

Kaczmarek setzte zu einer Antwort an, doch Carl kam ihm zuvor: „Aber in den Akten, die wir hatten, stand definitiv nichts davon."

Wissmann stutzte, runzelte die Stirn und machte schließlich eine abschätzige Handbewegung. „Das ist natürlich mehr als dumm", sagte er zu Carl. „Da hat wieder irgendein Azubi falsch einsortiert. Wenn Sie wollen, lasse ich im Archiv suchen. Wir finden die entsprechenden Unterlagen ganz bestimmt."

„Wäre nicht verkehrt, nur für alle Fälle", sagte Kaczmarek.

Wissmann wandte sich zum Gehen. „Wird aber dauern."

„Das macht nichts", meinte Kaczmarek, und wir warteten, bis Wissmann die Tür hinter sich geschlossen hatte.

„Davon hat uns der junge Preuß nichts erzählt. Kein Sterbenswörtchen", wunderte ich mich. „Aber es erklärt, warum er seinen Vater nie im Gefängnis besucht hat."

„Wir haben ihn auch nie danach gefragt", entgegnete Carl. „Und wenn er als Kind die Misshandlungen verschwiegen hat, wird er als Erwachsener auch nicht darüber reden wollen."

„Vermutlich", stimmte ich zu.

Carl erhob sich. „Sehen wir mal, ob er sich öffnet, wenn wir ihm den Tod seines Vaters übermitteln."

„Aber im Fall selbst wird uns das kaum weiterhelfen", schaltete sich Kaczmarek ein. „Und es erklärt auch nicht, warum Preuß heute früh fliehen wollte."

„Das ist richtig." Carl nickte. „Mal sehen. Je nachdem wie sich die Situation entwickelt, können wir ihn ja eventuell auch unauffällig nach Klemm fragen."

„Und wenn es nicht klappt ..." Kaczmarek zuckte mit den Schultern. „Wenn wir Klemm erst einmal haben, werden wir der Sache schon auf den Grund gehen."

54

Blumen in sämtlichen Neonfarben. Darüber ein quietschblauer Himmel mit einer überdimensionalen Sonne. Das sichtbare Stück Rasen erinnerte mich an giftiges Plastik.

„Meine Bilder gefallen Ihnen", stellte Sascha Preuß fest.

Ich richtete meine Aufmerksamkeit auf ihn. „Immer wenn ich sie betrachte, habe ich den Eindruck, dass Sie viel von sich selbst auf die Leinwand bringen. Die Natur als Motiv scheint Sie zu beschäftigen." Ich wies auf die fertiggestellten, aber noch ungerahmten Werke, die an der Wand lehnten.

Sascha Preuß lächelte: „Bei Pflanzen ist alles einfach. Sie sind schön und rein. Das versuche ich festzuhalten und zu transportieren." Er stockte, sein Lächeln verschwand, und er räusperte sich. „Aber deshalb sind Sie nicht hier. Vorhin am Telefon meinten Sie, Sie hätten mir etwas mitzuteilen?"

Während er sprach, wirkte er nervös auf mich. Unter Druck, fast beunruhigt. Vermutlich spürte er instinktiv, was wir ihm gleich berichten würden.

„Es geht um Ihren Vater", begann ich.

Sein Ausdruck veränderte sich. Das Gesicht wurde blass, seine Kiefermuskulatur trat hervor. „Was ist mit ihm?"

„Ich weiß nicht, wie ich es Ihnen sagen soll", stotterte ich herum. „Es wird sicherlich schwierig …"

Carl fiel mir ins Wort. „Ihr Vater ist heute früh bei dem Versuch, aus dem Gefängnis auszubrechen, ums Leben gekommen.

Unser tief empfundenes Beileid."

Der Mann, der in dem Rollstuhl vor mir saß, atmete tief ein und aus. Dann wischte er sich über das Gesicht. Die Hand blieb eine Spur zu lang vor den Augen.

„Haben Sie meinen Kollegen verstanden, Herr Preuß?", fragte ich, weil er nicht weiter reagierte.

„Jaja", erwiderte er mit leiser Stimme, während er noch immer unseren Blick mied. „Ich habe Herrn Wuthenow sehr gut verstanden."

„Möchten Sie wissen, wie es passiert ist?", fragte ich so behutsam wie möglich.

Er schaute auf. „Ehrlich gesagt: nein. Das Verhältnis zwischen meinem Vater und mir war nicht ..." Er suchte nach den richtigen Worten. „Wir hatten keine gute Beziehung. Das ist für Sie wahrscheinlich nicht nachvollziehbar, aber es ist leider eine Tatsache."

Ich sah ihn direkt an. „Ich denke, inzwischen können wir das sogar sehr gut nachvollziehen."

„Wirklich?", fragte er.

„Wirklich. Wir haben heute von den Anzeigen gegen Ihren Vater wegen des Verdachts auf Kindesmisshandlung erfahren."

Er senkte den Kopf und schwieg.

„Als Kind haben Sie Ihren Vater nicht verraten. Aber das ist schon lange her, und jetzt ist Ihr Vater tot." Ich machte eine Pause. „Vielleicht täte es Ihnen gut, wenn Sie darüber reden würden."

Unvermittelt suchte er wieder Blickkontakt, und in seinen Augen vermochte ich das Leid zu entdecken, das ihn seit vielen Jahren begleitete. „Ich habe noch nie jemandem etwas gesagt, obwohl ich es schon oft probiert habe. Aber sobald ich mich darum bemühe, die *Dinge* in Worte zu fassen ... Es gelingt mir einfach nicht."

„Vielleicht kann ich Ihnen helfen", sagte ich. „Ihr Vater hat Sie systematisch geprügelt und gequält."

„Über viele Jahre hinweg“, flüsterte er und sah dabei auf das Bild mit den Blumen, das auf der Staffelei stand. Nach einer Weile fügte er an: „Ich hätte nicht gedacht, dass ich es schaffe.“ Er wandte sich mir wieder zu.

Ich fühlte, dass er mir vertraute. „Der Ermittler, der Ihren Vater festgenommen hat, meinte, Sie hätten sogar Brüche davongetragen.“

„Sie müssen das verstehen“, beeilte er sich zu erwidern. „Ich hatte eine wunderbare Kindheit. Meine Mutter hat mir jeden Wunsch von den Augen abgelesen. Dann wurde sie krank und starb. Und mein Vater … ich konnte ihm einfach nichts recht machen. Er hat mich gehasst und mich entsprechend behandelt.“

„Blumen“, sagte ich. „Deswegen malen Sie die Blumen.“

Er nickte. „In der Natur gibt es nur Ruhe, keinen Hass.“

„Wie geht es Ihnen jetzt?“

„Besser.“ Er holte tief Luft. „Freier. Egal, ob mein Vater hier war oder im Gefängnis – immer schwebte er wie ein dunkler, böser Schatten über meinem Leben. Ich bin nicht traurig, dass er weg ist.“

Wir blieben eine Weile still, bis sich Carl schließlich zu Wort meldete. „Wir verstehen sehr gut, dass es Sie belastet, über Ihren Vater zu sprechen. Aber sein Tod hängt mit unseren aktuellen Ermittlungen zusammen. Auch deshalb sind wir gekommen.“

Sascha Preuß faltete die Hände zusammen und verzog den Mund zu einer bitteren Linie. „Dann stimmt es also nicht, dass Sie routinemäßig alte Fälle überprüfen – wie Sie es bei Ihrem letzten Besuch vorgegeben haben?“

„Nein“, sagte ich entschieden. „Das entsprach nicht der Wahrheit. Aber bei laufenden Ermittlungen …“

„Kein Problem.“ Er zuckte mit den Schultern. „Machen Sie sich keine Gedanken. Ich helfe Ihnen gerne. Was möchten Sie wissen?“

„Vielleicht haben Sie in der Zeitung gelesen, dass es einen Leichenfund gab", übernahm Carl.

Sascha Preuß runzelte die Stirn. „Irgendwo in einem Koffer. Meinen Sie den?"

„Im Rummelsburger See", konkretisierte Carl. „Und es gibt eventuell Parallelen zu den Morden, die Ihr Vater begangen hat."

„So?" Sascha Preuß leckte sich über die Unterlippe. „Wirklich? Parallelen ... Das ist wie ein Albtraum für mich. Damit will ich nichts zu tun haben. Das mit meinem Vater, das scheint nie aufzuhören."

„Diesmal kann es Ihr Vater aber nicht gewesen sein", stellte Carl sachlich fest. „Deshalb sind wir auch ein wenig ratlos."

„Und was wollen Sie jetzt unternehmen?"

„Wir sind uns nicht sicher", erwiderte Carl wahrheitsgemäß. „Wir haben kürzlich mit dem Leiter der Oase gesprochen. Das ist eine soziale Einrichtung, die Stricher betreut. André Klemm heißt der Mann. Er soll sich für uns in der Szene umhören."

Sascha Preuß zog die Augen zusammen, als würde er überlegen.

„Was ist?", fragte ich.

„Klemm, Klemm ... Der Name kommt mir bekannt vor, aber ich kann ihn nicht einordnen."

„André Klemm hat im Prozess Ihres Vaters ausgesagt."

„Mag sein, aber daher kenne ich den Namen nicht. Aber woher dann?" Er biss sich auf die Unterlippe und schüttelte anschließend den Kopf. „Ich komme einfach nicht drauf."

„Nein?"

„Nein. Leider. Aber ich habe das unbestimmte Gefühl, dass er ein Bekannter meines Vaters war." Er hob hilflos beide Hände. „Es ist schon so lange her, und ich habe diese Zeit ganz aus meinem Gedächtnis verdrängt."

„Wir wären Ihnen trotzdem sehr dankbar, wenn Sie es weiterprobieren würden. Egal, was Ihnen einfällt, alles hilft uns weiter", schaltete sich Carl ein.

Sascha Preuß nickte. An seinem Haaransatz glitzerten Schweißperlen, und ich dachte zuerst, es wäre ihm vielleicht heiß. Er jedoch griff nach unten und zog die Decke, die über seinen Beinen lag, ein Stück weiter nach oben – fast, als wolle er sich schützen.

Und plötzlich verstand ich es.

Er sah mich an. „Gibt es noch etwas?"

„Ihre Beine", sagte ich. „Das war kein Unfall. Das war Ihr Vater, nicht wahr?"

Für den Bruchteil einer Sekunde loderte hinter seinen Pupillen ein Feuer auf. Dann erlosch es.

„Mein Vater", meinte er tonlos, „war wieder einmal außer Rand und Band. Er schrie und tobte. Er verfolgte mich durch die Wohnung. Ich bin oben aus der Tür gerannt. Und dann … dann hat er mich die Treppe hinuntergeschmissen."

Völlig fassungslos starrte ich ihn an. „Selbst das haben Sie nicht angezeigt?"

Die Blumen, der falsche Himmel, die makellose Sonne auf seinem Bild konnten ihm nicht mehr helfen. Er hielt meinem Blick stand. „Zuerst ging es mir sehr schlecht. Dann wurde mein Vater verhaftet, die Gerichtsverhandlung nahm ihren Lauf. Ich kam in eine Reha und habe einfach ein neues Leben angefangen."

55

Auf der Rückfahrt nach Wuthenow legten Carl und ich keinen Wert auf Konversation. Ich konzentrierte mich stattdessen auf den Straßenverkehr, und nach wenigen Minuten nahm Carl seinen iPod und steckte sich die Kopfhörer in die Ohren.

Mir war das ganz recht. Ich fühlte mich zerschlagen und verwirrt – aufgebracht in einer Art und Weise, wie ich es noch nicht gekannt hatte. Der Tod von Preuß, das, was uns sein Sohn anvertraut hatte. Die Unterredung mit Frau Wolf und Kaczmarek. Klemm, der Sozialarbeiter, nach außen Samariter, in Wirklichkeit ein wahres Monster – alles klumpte sich wie ein zäher Brei in meinem Inneren zusammen.

Dann versuchte ich, all die Dinge, die in den letzten Stunden auf mich eingestürzt waren, zu sortieren. Was war das Schlimmste gewesen? Zweifelsohne die Erlebnisse des querschnittsgelähmten Sascha Preuß. Über Jahre hinweg war er misshandelt und gequält worden. Von seinem eigenen Vater. Von dem Menschen, der ihn eigentlich hätte beschützen müssen. Und als krönenden Abschluss ihrer Beziehung hatte der alte Preuß seinen Sohn noch zum Krüppel gemacht.

Ich trat das Gaspedal nieder und überholte einen Mittelklassewagen, der vor uns auf der rechten Seite fuhr. Wahrscheinlich beachtete ich die Geschwindigkeitsbegrenzung dabei nicht. War mir gleichgültig.

War denn nicht alles egal? Gab es denn überhaupt Regeln, an

die man sich halten musste? Machten die Menschen nicht ohnehin nur das, was sie wollten, um ihre Bedürfnisse, ihre Neigungen, ihre Triebe zu befriedigen? Und wenn das auf Kosten von anderen ging – *so what?* Pech gehabt!

Wie hatte der alte Preuß mit seiner Schuld überhaupt leben können? Mit dem, was er seinem eigenen Sohn angetan hatte? Ungeheuerlich – ich schüttelte den Kopf.

Dann dachte ich an die Bilder der ersten Mordopfer. Männer, fast noch Kinder, die der alte Preuß zu Tode gefoltert hatte. Gnadenlos, nur um … Ich stockte. Warum hatte er das eigentlich getan? In den Polizeiakten hatte ich kein Motiv gelesen. Er hatte die Morde lediglich gestanden. Die Wut, der Hass – woher kamen diese Gefühle? Hatte er sie schon immer gehabt, oder hatte es einen Auslöser gegeben?

Sosehr ich mich auch anstrengte, ich fand keine Antwort auf diese Frage. Und der alte Preuß würde sich dazu nicht mehr äußern.

Ich bog von der Autobahn ab und erreichte die Landstraße. Die Fahrzeuge wurden weniger, die Landschaft öffnete sich vor meinem Blick. Die weiten Felder, die vielen Wasserarme und Kanäle mit ihren lieblichen Ufern, vereinzelt kleine Gruppen von Laubbäumen, deren Kronen sich majestätisch der Sonne entgegenstreckten.

Je mehr ich mich von Berlin entfernte, desto mehr ließ ich das, was ich dort erlebt hatte, hinter mir zurück – ähnlich einem bösen Traum, dessen Bilder beim Aufstehen anfänglich noch präsent sind, aber dann immer mehr verblassen.

Es war Sommer und so, wie es sein sollte. Alles um mich herum stand in Blüte, Vögel zogen über den Himmel, wiederholt konnte ich Habichte oder Falken kreisen sehen. Kühe lagen faul im üppigen Gras und bewegten wiederkäuend ihre großen Mäuler. Auf einer Koppel stolzierten Pferde umher. Junge Fohlen rannten und bockten voller Übermut und Lebensfreude über die Wiese.

Fast zu schnell erreichten wir die Pappelallee, die zum Gutshaus führte. Licht und Schatten wechselten sich ab, das Kopfsteinpflaster rüttelte unseren Wagen durch.

Ich bremste und hielt den Porsche an seinem gewohnten Platz direkt vor dem Eingang des Herrenhauses an.

Kurz vor vier. Heute war ich pünktlich.

Ich konnte es gar nicht erwarten, Amelie abzuholen.

56

Amelie und ich schlenderten vom Kindergarten zum Haus zurück. Nach dem langen Sitzen im klimatisierten Inneren des Carrera fühlte ich die Hitze jetzt umso stärker. Nicht der kleinste Hauch eines Windes war zu spüren, und ich schwitzte.

Es roch nach Rauch. Diese angenehme Art, die einem signalisiert, dass es bald etwas Leckeres zum Essen geben wird.

Wir umrundeten das Haus. Auf der Terrasse stand seitlich ein großer Kugelgrill, und der Colonel machte sich daran zu schaffen. Er hielt einen Blasebalg in den Händen und pumpte mit ihm Luft in die Glut. Kleine Funken stoben knisternd empor.

Ein großer Marktschirm war aufgespannt, und darunter stand ein ovaler Tisch mit mehreren Stühlen. Stella legte gerade das Geschirr auf.

„Da seid ihr endlich!“, rief sie uns zur Begrüßung zu.

„Das sieht ja toll aus!“, rief ich zurück und beeilte mich mit Amelie, zu ihr zu gelangen.

„Wir haben gedacht, wir überraschen euch“, sagte Stella. „Ihr habt es euch verdient. Und wir auch.“ Sie lachte. „Es ist viel zu schönes Wetter, um drinnen zu essen.“

„Dauert aber noch eine Weile“, meinte der Colonel, ohne sich umzudrehen. Der Blasebalg arbeitete unentwegt. Seine beiden Weimaraner lagen etwas abseits im Schatten.

Amelie ließ meine Hand los, eilte zu den Hunden und begann, sie ausgiebig zu kraulen.

„Sobald ich angeschürt habe, übernimmt Stella das Grillen“, sagte der Colonel.

„Steaks und Gemüse“, konkretisierte Stella. „Wenn die Kohle so weit ist, lege ich los. Wir können in etwa einer Stunde, maximal eineinhalb, essen.“

Der Colonel legte den Blasebalg weg und schloss den Deckel des Grills. „Das passt gut. Ich muss ohnehin noch meine Runde machen und die Hunde wegbringen.“

„Bitte nicht“, zwitscherte Amelie. „Die sind doch sooo lieb.“

„Sie stören beim Essen“, erwiderte der Colonel.

„Also mich nicht“, meinte ich. „Lassen Sie sie doch da.“

Amelie sah sich um. „Wo ist denn Carl?“

„Guck mal.“ Stella deutete zum Wasser. „Der hat, kaum dass er da war, seine Badehose gepackt und ist in den See gehechtet.“

Wir sahen in die Richtung, in die sie zeigte: Weit draußen vermochte ich einen Kopf zu erkennen.

„Ich gehe auch schwimmen“, meldete sich Amelie mit diesem ganz besonderen Ton in ihrer Stimme, der von vornherein klarmachte, dass sie beabsichtigte, ihren Willen durchzusetzen.

Ich tat so, als hätte ich nichts gehört. Mir schwebte eher ein alkoholischer Cocktail mit Schirmchen und Zuckerrand im Schatten vor.

„Verenaaaa“, wiederholte sie. „Ich gehe auch schwimmen!“

„Wirklich?“, sagte ich. „Willst du nicht lieber mit den Hunden spielen?“

„Das kann ich nachher auch noch.“

„Da hat sie recht“, versetzte mir Stella den Todesstoß. „Und das Wasser ist herrlich. Ich war heute Mittag auch schon drinnen.“

„Siehst du“, triumphierte Amelie. Sie kam zu mir, packte mich am Unterarm und zog mich Richtung Haus.

Ich gab mich geschlagen und folgte ihr.

In Nullkommanichts standen wir wieder draußen. Beide im

Badeanzug, mit Handtüchern bewaffnet und Amelie zusätzlich mit Schwimmflügeln. Wir tapsten über die Terrasse, schritten die paar Treppenstufen hinunter und suchten uns am Ufer eine seichte Stelle.

Ohne zu zögern, rannte Amelie in den See und ich natürlich hinterher. Sobald es tief genug war, vollführte sie witzige Schwimmbewegungen, prustete wie ein kleines Walross und quietschte vor Freude. Dabei spritzte sie mich absichtlich von oben bis unten nass.

Für diese Unverschämtheit musste ich mich natürlich revanchieren. Amelies gute Laune war ansteckend, und eine Zeit lang tobten wir wie die Wilden.

Carl war noch immer nicht zurück. Ich ertappte mich dabei, wie ich mich wiederholt unauffällig nach ihm umsah. Was wäre, wenn er eine seiner Absencen hätte? Alleine, im tiefen Wasser, und ich wäre zu weit weg, um ihm zu helfen? Und dann musste ich daran denken, dass ich ihm heute früh angekündigt hatte, nach dem Fall zu gehen. Dann würde er auch alleine zurechtkommen müssen. Das hatte er vorher geschafft und würde es wieder. Ich musste aufhören, mich verrückt zu machen.

Scheiße – ich holte tief Luft und blickte erneut in die Mitte des Sees, wütend auf mich selbst, aber unfähig, an meinem Verhalten und besonders meinen Gefühlen etwas zu ändern.

Carl befand sich auf dem Rückweg zum Ufer. Erstaunlich schnell kraulte er durchs Wasser. Natürlich, er war ein Ausnahmeprofiler, ein Ausnahmemensch und jetzt auch noch ein Ausnahmeathlet.

Amelie hatte ihn ebenfalls entdeckt und winkte ihm zu, wobei sie auf und ab hopste und laut „Juhu!“ rief.

Carl war bereits sehr nahe. Die restlichen Meter richtete er sich auf und bahnte sich den Weg im Gehen durchs Wasser bis zu uns.

„Hallo, miteinander", begrüßte er uns, als er uns erreicht hatte. „Amelie ist ja ein richtiger Fisch."

„Ich brauche aber noch die Flügel", sagte sie. „Alle Kinder brauchen das."

„Sicher", meinte er. „Die schauen auch wirklich todschick aus."

„Finde ich auch", meinte Amelie und betrachtete mit Stolz die unförmigen Plastikdinger an ihren Oberarmen.

Ich musterte Carl. Die Bewegung hatte ihm gutgetan. Die Muskeln an seinem Oberkörper waren deutlich definiert, ohne protzig zu wirken. Sein Bauch war flach. Seine nasse Haut glitzerte in der Sonne, und silbriges Nass tropfte ihm aus den Haaren, lief ihm über die Stirn und entlang seiner Wangenknochen …

Ich zwang mich, damit aufzuhören, und musterte ihn prüfend, ob er gemerkt hatte, was gerade in mir vorging. Hatte er eindeutig nicht. Er war nämlich viel zu sehr damit beschäftigt, mich ebenfalls zu mustern – auf die gleiche Weise, wie ich es soeben getan hatte.

Plötzlich schien er meine Gedanken zu erahnen, riss seinen Blick von mir los und räusperte sich. „Äh", meinte er wenig geistreich. „Du solltest auch mal rausschwimmen. Hinterher fühlt man sich wie neugeboren."

„Würde ich ja gerne", erwiderte ich. „Aber ich kann Amelie nicht alleine lassen."

„Na, das ist doch kein Problem. Ich bleibe einfach bei ihr."

„Das würdest du machen?"

„Selbstverständlich."

„Geh ruhig", mischte sich Amelie in unsere Unterhaltung ein. „Carl und ich üben inzwischen toter Mann."

Ich zögerte noch ein wenig, dann schritt ich ins tiefer werdende Wasser hinein. Hinter mir hörte ich das Jauchzen von Amelie.

Ich begann zu schwimmen. Zuerst schnell und heftig, dann mit langen, ruhigen Zügen. Der See war kühl, aber nicht kalt, das Wasser samtig und klar. Einige Zeit glitt ich dahin, vernahm nur meinen Atem.

Irgendwann hörte ich auf, mich zu bewegen. Für einen Moment lag ich an der Oberfläche, dann ließ ich mich sinken. Tiefer und tiefer.

Ich hatte die Augen geschlossen. Ich schwebte im Nichts.

Der Sauerstoff wurde knapp. Ich blinzelte. Um mich herum Dunkelheit. Ich legte den Kopf in den Nacken und sah nach oben. Mit kräftigen Beinstößen arbeitete ich mich wieder hinauf und durchbrach schließlich prustend die Oberfläche.

Das Herrenhaus war noch da. Auf der Terrasse eine kleine Figur. Stella.

Aber wo waren Amelie und Carl? Ich sah sie nicht.

Panisch holte ich Luft und wollte gerade Richtung Ufer losschwimmen, als ich sie erblickte. Sie saßen ein wenig abseits und schienen eine Sandburg zu bauen.

Alles war in Ordnung.

DONNERSTAG

57

Durch die Glastüren des Polizeigebäudes sah ich zwei Beamte, die sich zielstrebig dem Ausgang näherten. Einer Eingebung folgend blieb ich stehen. Carl, der neben mir gelaufen war, warf ebenfalls einen Blick ins Innere und stoppte auch.

Die Uniformierten traten heraus. In ihrer Mitte führten sie einen Mann in Handschellen. Ich erkannte ihn. Es handelte sich um Klemm, doch er wirkte verändert. Sein Gesicht war rot, seine Haare strähnig, und er schien nicht zu begreifen, was mit ihm geschah.

Die Polizisten bugsierten ihn zu einem Einsatzfahrzeug, setzten ihn auf die Rückbank und stiegen vorne ein. Langsam entfernte sich der Wagen.

Im Präsidium selbst herrschte Ruhe. Carl und ich gingen bis zum Fahrstuhl, warteten auf den Lift und fuhren hinauf. Mit dem obligatorischen *Ping* glitt die Tür zur Seite, und wir gelangten in die vierte Etage, in der Kaczmarek arbeitete.

Wie wir gleich darauf feststellten, stand er aber im Moment im nüchternen Flur und unterhielt sich angeregt mit Max Wissmann, dem Kollegen, den er uns gestern vorgestellt hatte.

Sobald Kaczmarek uns erblickte, winkte er uns mit einer braunen Akte zu und deutete auf sein offenes Büro. Wir gingen hinein, setzten uns auf die Besucherstühle vor seinem Schreibtisch, und keine Minute später gesellte er sich zu uns.

Kaczmarek wirkte bester Laune. Er legte die braune Akte ab,

stützte beide Hände auf die Schreibtischplatte und grinste uns nacheinander an.

„Also“, sagte er. „Erst einmal guten Morgen.“

„Sie führen Klemm dem Haftrichter vor?“, fragte Carl.

Ein kurzer irritierter Ausdruck auf seinem Gesicht, der gleich darauf erneut durch dieses zufriedene Lächeln ersetzt wurde. „Natürlich, Sie sind ihm unten begegnet.“

Wir nickten.

„Ich habe Ihnen ja bereits heute früh am Telefon mitgeteilt, dass wir ihn in Gewahrsam genommen haben“, fuhr er fort.

„Die genauen Begleitumstände fehlen uns aber noch“, erwiderte Carl.

„Stimmt“, bestätigte Kaczmarek. „Ich habe von den Ermittlungsbeamten auch erst vor wenigen Minuten die letzten Details erfahren.“ Er legte eine dramatische Pause ein. Er genoss sichtlich die Situation und kostete sie aus. Ich gönnte es ihm.

„Die Kollegen haben Klemm heute Nacht wie geplant verfolgt“, berichtete er weiter. „Sie haben wiederholt beobachtet, wie er Geld von Strichern angenommen hat. Das ist dokumentiert. Bombensicher. Dann hat er zwei Jungs mitgenommen. Sie sind zu dritt im Klo bei einem Spielplatz verschwunden. Längere Zeit. Zuerst haben die Kollegen gewartet, weil sie unerkannt bleiben sollten und wollten. Doch dann hörten sie Schreie. Jemand rief um Hilfe. Sie haben sich entschieden reinzugehen, und dort kam es dann zum Zugriff.“

„Was ist in der Toilette passiert?“, fragte ich.

Kaczmarek atmete ein. „Die beiden Stricher wiesen teils gravierende Verletzungen auf. Klemm hat beide geschlagen und getreten. Davor hat es wohl auch sexuelle Handlungen unterschiedlicher Art gegeben. Die Verletzten wurden in die Klinik gebracht, nachdem die Kollegen ihre Personalien festgestellt haben. Ob die Jungs aussagen …“ Kaczmarek hob die Hände und ließ sie wieder sinken. „Muss aber auch nicht unbedingt sein, wir haben genügend Beweise gegen Klemm, und die Beamten vor Ort sind Augenzeugen."

„Hm." Carl nickte abwägend. „Hatte Klemm die Jungs gefesselt?"

„Nein. Aber, wie gesagt, es gab massive Verletzungen."

„Der tote Bassam und die beiden ersten Opfer vom alten Preuß sind aber nicht sexuell missbraucht worden", gab ich zu bedenken.

Kaczmarek runzelte die Stirn. „Das ist schon richtig. Möglicherweise stellt das eine Eskalationsstufe dar. Jedenfalls deutet momentan alles auf Klemm. Er hat die drei Stricher identifiziert. Er kannte den alten Preuß. Und was wissen wir, was die beiden für eine genaue Beziehung hatten. Die Chancen stehen meiner Meinung nach sehr gut, dass wir endlich den ersehnten Durchbruch in dem Fall erzielt und unseren Mörder gefasst haben."

„Haben Sie Klemm dazu befragt?", wollte Carl wissen.

„Ich habe es kurz versucht. Er hat nur getobt, fast schon randaliert. Da habe ich mir gedacht, dafür ist später auch noch Zeit. Jetzt ist er beim Haftrichter, das geht flott. Und anschließend werden Frau Wolf und ich ihn uns vorknöpfen."

„Ich bin gespannt, wie er sich äußern wird", sagte ich. „Leugnen wird er ja kaum können. Zumindest nicht die Dinge, die dokumentiert sind."

„Und damit können wir ihn schon eine ganz lange Weile wegsperren." Kaczmarek schaute auf die braune Akte, die er vorhin auf den Tisch gelegt hatte. „Ach übrigens. Max, ich meine Herr Wissmann, hat die falsch abgehefteten Unterlagen gefunden."

„Welche Unterlagen?", wollte Carl wissen.

„Na, die Anzeigen wegen Kindesmisshandlung gegen Preuß senior." Kaczmarek klopfte auf die Akte. „Alles komplett. Das Haus verliert nichts."

„Als wir gestern bei seinem Sohn waren und ihm vom Tod seines Vaters berichtet haben, hat Sascha Preuß uns gegenüber bestätigt, dass er von seinem Vater jahrelang misshandelt wurde", sagte ich.

„Ich habe mir die Röntgenbilder vorhin kurz mal angeschaut. Das hat mir gereicht. Wirklich schlimme Sache", meinte Kaczmarek. „Sascha Preuß hat was mitgemacht."

Carl streckte die Hand aus. „Darf ich?"

„Sicher." Kaczmarek schob ihm die Akte zu. „Obwohl es jetzt keine Bedeutung mehr hat. Preuß senior ist tot. Zumindest das ist abgeschlossen."

„Trotzdem", sagte Carl. „Nur der Vollständigkeit halber." Er zog den braunen Hefter zu sich heran.

Kaczmareks Telefon klingelte. Er sah auf das Display und nahm den Anruf entgegen: „Frau Wolf?" Er lauschte. „Gut, dann mache ich mich langsam auf den Weg zum Gericht ... Ja, die sind bei mir. Sind soeben gekommen ... Ich werde sie mitnehmen. Bis gleich." Er legte auf.

„*It's showtime*", sagte er zu uns.

58

Iustitia sapientia stand über dem Eingang. Geschwungene, kaum lesbare Lettern aus dunklem Metall – vielleicht Gusseisen. Darunter, zwischen üppigen floralen Mustern, wieder schwer zu entziffern: *Kriminalgericht*. Dann der Kopf eines Menschen, womöglich einer Frau, deren Augen verbunden waren.

Ich hielt einen Moment an, um die Darstellungen auf mich wirken zu lassen. Carl und Kaczmarek waren unbeeindruckt weitergegangen. Sie blieben stehen und sahen zu mir zurück.

„Das habe ich mir anders vorgestellt", sagte ich.

„Was?", fragte Carl.

„Das Gericht. Das ist ja riesig, wie ...", ich suchte nach einem treffenden Vergleich, „... fast wie der Buckingham Palace."

„Nicht ganz", erwiderte Carl.

„Und dann diese seltsamen Schnörkel und dieser Spruch."

„Wieso? Passt doch."

„Iustitia sapientia – mit Gerechtigkeit und Weisheit", übersetzte ich.

Carl lächelte. „Und manchmal sind wir alle blind. Deshalb der Frauenkopf mit der Augenbinde."

Kaczmarek blickte auffällig-vorwurfsvoll auf seine Uhr. „Wir müssen uns beeilen. Frau Wolf wartet." Er drehte sich um, öffnete den gigantischen Türflügel, und wir traten ein.

Stille. Ein prunkvoller Treppenbau. Riesige Gemäuer, die in endlose Höhen strebten. Überall Fenster, lang, schlank, mit jugendstilartigen Sprossen unterteilt. Wieder blieb ich stehen, sog die Eindrücke in mich auf und staunte. Irgendwie erinnerte mich dieser Bau an etwas. Dann fiel es mir ein. An Harry Potters Hogwarts. Gänge, die ins Nichts zu führen schienen. Verschlossene, schwere Türen. Goldene Griffe und Hebel.

Und doch gab es einen großen Unterschied. Die in den Filmen gezeigte Zauberschule war geheimnisvoll, verspielt und *warm* gewesen. Das war hier ganz und gar nicht der Fall.

Kein dunkles Holz, stattdessen nur kalter, unpersönlicher Stein. Überall Verzierungen, aber keine Spur von Verspieltheit und Leichtigkeit. Im Gegenteil: Alles schien in Gefühllosigkeit erstarrt.

Doch den größten Unterschied machte die Leere aus. Außer uns waren keine Menschen zu sehen. Nein, das stimmte nicht ganz. Frau Wolf stand einsam vor einem großen Pfeiler. Sie hielt eine Aktentasche in der Hand.

Wir gingen zu ihr hinüber.

„Ich habe für Punkt zwölf den Termin zum Verhör von Klemm vereinbart", begrüßte sie uns. „Kommen Sie bitte mit. Wir müssen uns beeilen."

Gemeinsam setzten wir uns in Bewegung, das Klappern unserer Absätze hallte überlaut durch die scheinbar verlassenen Gänge.

Wir liefen einen Flur hinab, bogen um eine Ecke, nahmen eine neue Treppe, einen anderen Flur. Überall die Fenster, durch die nur Helligkeit drang, aber nicht der Sommer. Fliesen an den Wänden, einmal grün, dann rotbraun. Holzbänke, schlicht und blank poliert von unzähligen Menschen, die darauf gesessen hatten. Ein antik anmutendes Schild hing an Ketten von der Decke. *Warteraum 164.* Gab es dann noch mindestens hundertdreiundsechzig andere Wartebereiche in dem Komplex? Und wer hielt sich darin auf?

Hin und wieder begegneten wir einem Anwalt oder einer Anwältin in ihren schwarzen Talaren. Sie ignorierten uns, während sie über den Korridor huschten. Vereinzelt hörte ich Stimmen dumpf aus einem der Räume dringen, die wir passierten.

Inzwischen hatte ich vollkommen die Orientierung verloren. Nicht so Frau Wolf. Unvermittelt hielt sie an, öffnete eine Tür und forderte uns mit einer Handbewegung auf einzutreten.

Wieder tiefe Sprossenfenster, dazu modernes Mobiliar, ein Tisch mit Stühlen, ein Justizvollzugsbeamter und Klemm, der Leiter der Oase, der bereits Platz genommen hatte. Ganz offensichtlich hatte er seine Fassung wiedererlangt. Völlig entspannt lümmelte er auf seinem Stuhl, die Beine übereinandergeschlagen, und schenkte uns keinerlei Beachtung.

Wir setzten uns ihm gegenüber. Frau Wolf langte in ihre Tasche, holte einige rote Aktenmappen hervor und breitete sie vor sich aus.

„Guten Tag, Herr Klemm", sagte sie. „Sie haben doch sicher nichts dagegen, wenn meine Kollegen bei der Befragung anwesend sind?"

Klemm hatte sich äußerlich nicht verändert. Aber sein Verhalten schon. Von dem freundlichen, engagierten Sozialarbeiter war nichts mehr zu sehen. Stattdessen bedachte er uns mit einem überlegen wirkenden, abschätzigen Blick und kreuzte die Arme vor der Brust. „Meinetwegen kommen Sie im Dutzend. Ich sage sowieso nichts, bis mein Anwalt erscheint."

„Gut", meinte Frau Wolf. Sie öffnete eine der Akten. „Sie wissen, warum Sie hier sind?"

Klemms Antwort bestand aus einem zynischen Grinsen.

Die Staatsanwältin ließ sich dadurch nicht beirren. „Herr Kaczmarek hat es Ihnen heute bereits einmal erklärt, und ich erkläre es Ihnen erneut: Wir haben Sie in den letzten Tagen aufgrund einschlägiger Hinweise beschattet und festgestellt, dass Sie Geld von männlichen Prostituierten nehmen. Und letzte Nacht haben Sie sich mit zwei jungen Männern auf eine öffentliche Toilette zurückgezogen. Dort kam es zu sexuellen Handlungen und zu teilweise gravierenden Körperverletzungen, die von Ihnen ausgingen.

Wir haben Grund zu der Annahme, dass Sie ein Zuhälter sind. Die zwei Stricher, die Sie angegriffen haben, sind in der Klinik und haben bereits gegen Sie ausgesagt. Sie haben unsere Annahme vollinhaltlich bestätigt."

Klemm zuckte desinteressiert mit den Schultern. Sein Grinsen wurde breiter.

„Gerade jetzt im Moment wird die Oase durchsucht und ebenfalls Ihre Privatwohnung. Und ich bin sicher, wir werden fündig werden."

Erneut blieb Klemm stumm.

„Aber das Wichtigste zum Schluss: Vorrangig suchen wir übrigens nicht nach Geld oder Beweisen, dass Sie ein Zuhälter sind. Wir suchen etwas, das Sie mit den Morden in Verbindung bringt."

Frau Wolf hatte das Wort *Morden* besonders betont, und als sie geendet hatte, lehnte sie sich zurück und begann, langsam und dann immer deutlicher zu lächeln.

Ich konzentrierte mich auf Klemm. Zuerst versuchte er, ruhig zu bleiben und so zu tun, als ginge es ihn nichts an. Aber er schaffte es nicht. Seine Lider zuckten, er hob eine Hand, um sich damit über das Gesicht zu fahren, beherrschte sich mühsam im letzten Moment und ließ den Arm wieder sinken.

„Genau", bestätigte Frau Wolf nach einer längeren Pause. „Sie haben ganz richtig gehört. Es geht um Morde. Insgesamt drei. Wir", sie deutete auf Kaczmarek, Carl und mich, „sind der Überzeugung, dass Sie diese abscheulichen Taten begangen haben, und – da bin ich sicher – wir werden Ihnen die Straftaten auch nachweisen."

Gespannt beobachtete ich Klemms Reaktion. Er legte langsam den Kopf in den Nacken und begann, schallend zu lachen.

Frau Wolf wartete, bis er fertig war. „Was ist so witzig?“

„Was so witzig ist?“, durchbrach Klemm sein Schweigen. „Wen soll ich denn bitte schön getötet haben? Sie können reden, was Sie wollen. Ich habe niemanden umgebracht.“

„Nein? Erinnern Sie sich nicht an den toten Bassam? Den haben Sie doch identifiziert. Er war Ihr Stricher, und Sie haben ihn getötet. Genau wie zwei andere. Die Leichen haben wir.“

„Stricher“, schnaubte Klemm. „Die gibt es seit jeher. Und in letzter Zeit werden es immer mehr. Die verdienen besser als manche Huren. Und das jede Nacht. Von allen Seiten wird ihnen Geld reingesteckt. Von den Freiern, von unseren Behörden und von irgendwelchen Projekten, die den armen ausgebeuteten Jungen helfen wollen. Aber wissen Sie was?“ Klemm senkte vertraulich die Stimme, beugte sich vor und tippte bei seinen nächsten Worten mit dem Zeigefinger auf die Tischplatte. „Die Jungs wollen gar nicht aussteigen. Das Einzige, was sie wollen, ist, Geld zu verdienen. Glauben Sie mir, ich weiß es. Jahrelang habe ich versucht, ihnen zu helfen, sie zum Aufhören zu bewegen. Aber das macht keinen Sinn. Das bringt absolut nichts, denn keiner steigt aus.“ Er legte eine Pause ein und sah Frau Wolf direkt ins Gesicht. „Also habe ich mein Verhalten geändert und mich angepasst. Warum sollte ich der Einzige sein, der nicht an der Sache verdient? … Und nachdem Ihnen die Aussagen der beiden Jungs vorliegen: Ja, es stimmt. Ich bekomme eine kleine Provision. Dafür, dass ich alles ein wenig koordiniere.“ Klemm blickte uns nacheinander an. „Was ist daran unmoralisch? Und was den Sex betrifft, den Sie vorhin erwähnten: Den kann ich haben, mit wem ich will, solange derjenige alt genug ist und es einvernehmlich passiert.“

„Sie schlagen die Stricher“, sagte Frau Wolf.

Klemm schnalzte mit der Zunge. „Ein Irrtum Ihrerseits. Ein bedauerliches Missverständnis." Sein Grinsen kehrte zurück – verächtlich und siegessicher. „Die beiden waren eifersüchtig aufeinander. Sie haben sich um mich geprügelt. Ich habe lediglich geschlichtet."

„Nein", beharrte Frau Wolf unerbittlich. „Sie schlichten nicht. Sie schlagen die Jungs und schrecken auch vor Mord nicht zurück."

Klemm machte kugelrunde Augen. „*Ich?* Wieso sollte ich die Leute, die mir Geld bringen, töten? Die sind doch mein Kapital. Da wäre ich ja schön blöd!"

Die Tür öffnete sich, und ein Mann im Anzug mit Aktentasche erschien.

„Die Befragung ist hiermit beendet", sagte er. „Ich muss erst mit meinem Mandanten sprechen." Und an Klemm gewandt: „Wir waren doch so verblieben, dass Sie schweigen, bis ich komme."

„Es bestand keine Gefahr", erwiderte Klemm gelassen. „Die Leute reden absolut wirres Zeug, das sie nie beweisen können, weil es einfach nicht stimmt. Aus der Sache komme ich im Handumdrehen wieder heraus."

59

Der Motor des Porsches schnurrte, die Landstraße war frei, vor uns wölbte sich ein dunkelblauer Himmel. Keine einzige Wolke in Sicht.

Wir hatten längere Zeit geschwiegen. Und ich hatte das regelrecht genossen.

Mir wurde bewusst, dass wir keine Musik hörten.

„Wer ist heute dran?“, fragte ich deshalb.

Aus dem Augenwinkel sah ich, wie sich Carl mir zuwandte: „Womit?“

„Pop oder Rock?“

„Ach das. Ich denke, du bist an der Reihe.“

„Ich habe aber keine Lust auf Katy Perry oder Meghan Trainor. Such du aus.“

„Bist du dir sicher?“

„Absolut.“

Er öffnete das Handschuhfach, kramte darin herum und holte einen Stick heraus, den er in die Anlage steckte. Er suchte auf dem Display, bis er das Gewünschte fand, und wählte es aus.

Eine melancholische Gitarre erklang.

„Das ist kein Heavy Metal“, sagte ich.

„Ist es doch“, erwiderte er. „Metallica. *Nothing Else Matters.*“

Wir lauschten.

„Die Melodie gefällt mir“, meinte ich nach einer kurzen Weile. „Und auch die Aussage ist toll. Ein Liebeslied.“

„Das Stück war ursprünglich nicht für eine Veröffentlichung vorgesehen. Der Komponist, ein Mitglied der Gruppe, hielt es für zu persönlich. Dann haben sie es doch herausgebracht, und es wurde ihr erfolgreichster Song."

„Die sollten öfter so etwas schreiben", sagte ich und konzentrierte mich wieder auf die Straße und auf die Musik.

Meine Gedanken schweiften ab. „Staatsanwältin Wolf hat Klemm vorhin eiskalt angelogen, als sie ihm gegenüber behauptet hat, dass sie Aussagen von den Strichern besitzt. Darf sie das denn?"

„Sicher darf sie das." Carl zuckte mit den Schultern. „Sie kann behaupten, was sie will. In diesem Fall heiligt der Zweck die Mittel. Und sie hat Klemm damit zum Reden gebracht. Bluffen war ihre einzige Chance, denn die Stricher werden nie und nimmer aussagen."

„Wie sieht es mit den Morden aus? Kann sie ihn nur verurteilen, wenn er gesteht? Ist das die einzige Möglichkeit, ihn dafür verantwortlich zu machen?"

„Ein Geständnis ist natürlich immer das Beste. Allerdings würde es auch schon genügen, wenn die Durchsuchungen in der Oase und in Klemms Wohnung genügend belastbare Beweise zutage fördern."

„Wie könnten solche belastbaren Beweise denn aussehen?", fragte ich weiter.

„Gegenstände, die wir den Toten zuordnen können. Oder blutige Messer, DNA-Spuren an Stricken, Decken ... an seiner Kleidung. Etwas in dieser Art."

„Zwei der Toten waren eine Zeit lang vergraben", warf ich ein.

Ich sah Carl nicken. „Wenn die Polizei den Ort finden könnte und der hätte eine Beziehung zu Klemm – das wäre natürlich der ultimative Beweis."

„Oder sie können Klemm mit dem ominösen weißen Transporter in Verbindung bringen ... dass er ihn gemietet hat oder aber dass er sogar einen solchen Wagen besitzt."

„Ganz genau."

Ich seufzte. „Dann warten wir einfach ab, was sich tut."

„Unsere Arbeit ist erst einmal getan. Wir können den restlichen Tag genießen. Jetzt sind andere dran, Klemm unter die Lupe zu nehmen."

„Glaubst du denn, dass er es war?"

„Warum fragst du?"

Ich überlegte. „Er hat sehr offen mit Frau Wolf gesprochen. Er hat die Zuhälterei und seine diesbezüglichen Motive unumwunden zugegeben."

„Eigentlich typisch. Er ist seit Langem Zuhälter – mit allem, was dazugehört. Und in seinem Kopf hat er sich zurechtgelegt, dass er damit nichts Falsches tut. Er war begierig darauf, es endlich jemandem mitzuteilen. Das war für ihn wie eine Bestätigung."

Ich schnaubte. „Voll krank. Er muss doch wissen, dass es unrecht ist."

„Eine komplexe Geschichte. Vermutlich war Klemm anfangs wirklich sehr engagiert. Er hat immer gegeben, hat nichts zurückbekommen. Kein Erfolgserlebnis, nur Misserfolge. Und mit der Zeit hat ihn das ausgehöhlt. Er hat seine Ideale verloren. Zum Schluss blieb nur noch der reine Materialismus übrig. Dann gibt es kein Gut und Böse mehr. Keine Regeln, keine Grenzen. Man macht nur noch, was man will."

„Das würde mir nie passieren", erwiderte ich schroff, weil ich kein Verständnis für Klemm haben wollte.

„Du hast auch Amelie", kam es postwendend zurück.

„Ganz genau." Ich klopfte bestätigend auf das Lenkrad. „Die Kleine sorgt schon dafür, dass ich nicht abdrifte."

Carl lachte leise. „Ist es dir gestern eigentlich aufgefallen? Sie wird bald schwimmen können. Sie hat zwei, drei Züge hintereinander geschafft."

„Amelie ist ja nicht dumm. Und sie hat keine Angst ... obwohl sie so viel mitgemacht hat, durch den Tod ihrer Mutter."

„Dein Verdienst. Ohne dich hätte sie das Unglück bestimmt nicht so gut und so schnell verkraftet."

Da mochte er recht haben. Ich hatte es noch nie von dieser Seite aus betrachtet.

„Amelie hat eine positive Einstellung zu fast allem. Sie liebt das Wasser, ihren neuen Kindergarten und vor allem die Tiere auf Wuthenow."

„Sie hat auch keine Angst vor dem Reiten."

„Deswegen war es wichtig und richtig, dass wir ihr vorhin die Reiterkappe gekauft haben."

„Du weißt, irgendwann wird sie runterfallen."

Ich lächelte. „Gehört dazu."

„Ich glaube, der Colonel wird sich auch über die Kristallkaraffe freuen, die wir ihm ausgesucht haben."

„Die hat mich einfach im Schaufenster angelacht", meinte ich. „Und der Colonel ist doch so stolz auf seinen selbst gebrannten Schnaps."

„Aber hallo!" Carl lachte. „Und vollkommen zurecht ... Aber die silbernen Ohrringe mit den Totenköpfen ... denkst du, die gefallen Stella wirklich?"

„Wieso nicht?"

„Na, ist das nicht zu sehr", er räusperte sich, „Jugendkultur?"

Ich verdrehte die Augen. „Typisch Mann. Du hast überhaupt keine Ahnung. Erstens ist Stella tatsächlich noch sehr jung, und zweitens sind die Stecker richtig schick."

„Du würdest so etwas nicht tragen."

„Das heißt aber nicht, dass sie mir nicht gefallen. Sie passen nur nicht zu mir."

Das Lied war fast zu Ende.

Carl beugte sich vor. „Willst du es noch mal hören?“

„Ja, bitte“, sagte ich.

Er drückte auf Wiederholung, und die melancholische Melodie begann von Neuem.

Diesmal redeten wir nicht.

Noch zehn Minuten und wir würden in Wuthenow sein. Wir würden unsere Mitbringsel verteilen, uns auf die Terrasse setzen, vielleicht ein wenig schwimmen gehen und den Sonnenuntergang genießen. Wir konnten zufrieden sein mit dem, was wir erreicht hatten.

Ich dachte an Klemm. Daran, wie er seinen Kopf in den Nacken gelegt und schallend gelacht hatte, als Frau Wolf von den Morden sprach. Diese Reaktion und dieser spontane Gefühlsausbruch waren mir absolut ehrlich vorgekommen.

Im Moment war er unser Hauptverdächtiger. Alles deutete auf ihn hin. Er hatte zugegeben, dass er die Jungs zum Anschaffen schickte. In der letzten Nacht hatte er zwei von ihnen krankenhausreif geschlagen. Da war es doch mehr als wahrscheinlich, dass er gelegentlich weiterging, die Beherrschung verlor und …

Aber was, wenn er uns doch die Wahrheit gesagt hatte? Dann lief der wahre Mörder weiterhin da draußen herum, und der Fall war noch lange nicht beendet.

Ich bog in die Allee ein, schaltete in den dritten Gang.

Warum hatte ich überhaupt Zweifel an Klemms Schuld? Kaczmarek und Carl waren Profis. Sie kannten sich in dem Geschäft aus und wussten, was sie taten. Und Frau Wolf sowieso. Wünschte ich mir vielleicht insgeheim, dass die Untersuchungen noch weiterlaufen würden?

Ich hatte zu Carl gesagt, ich würde nach der Aufklärung der Morde gehen. Aber vielleicht gab es einen Teil in mir, der das anders sah.

Vielleicht wollte ich ja gar nicht weg.
Vielleicht wollte ich ja in Wuthenow bleiben.
Bei Carl.

DONNERSTAGNACHT

60

Für Donnerstagnacht war das Geschäft bislang gar nicht schlecht gewesen. Petar suchte in der Jackentasche nach seinem Tabakbeutel, nahm ihn heraus und drehte sich mit geschickten Fingern eine Zigarette. Zwei Freier hatte er schon bedient. Keine großen Sachen, eher Kleinigkeiten. Einmal Handarbeit und einmal Blasen. Das machte zusammen vierzig Euro. Wie gesagt, kein schlechter Start in die Nacht.

Er trat von einem Fuß auf den anderen, löste sich von der Wand, gegen die er sich gelehnt hatte, und ging näher an den Bordstein heran.

Man musste sich zeigen, denn die Konkurrenz war mittlerweile ebenfalls unterwegs. Er blickte sich um – zwei blonde Jungs, er kannte sie flüchtig. Sie sprachen zwar genauso schlecht Deutsch wie er selbst. Aber sie waren eben blond und jünger, ihre Figuren schmächtig. Petar schätzte sie auf maximal achtzehn. Das kam bei den Freiern wesentlich besser an.

Er sah auf seine billige Armbanduhr: gerade zwölf. Jetzt machten sich die biederen Familienväter langsam von zu Hause auf. Ihre Frauen und Kinder schliefen, und es war dunkel. Sie schlichen sich aus ihrem warmen Zuhause und kamen hierher auf die Straße, wo sie das erhielten, was sie dringend brauchten. Und dann gingen sie mit jungen Männern dorthin, wo sie niemand sah, und machten das, wovon sie den ganzen Tag insgeheim geträumt hatten.

Ein Auto näherte sich im Schritttempo. Petar stellte sich in Pose und machte einen lasziven Schmollmund. Der Wagen passierte einige andere Stricher, und Petar dachte schon, er würde weiterfahren. Aber dann hielt er direkt vor ihm an. Wie gesagt, kein schlechter Tag.

Das Seitenfenster des weißen Transporters wurde heruntergedreht. Petar schmiss seine Kippe weg und lugte hinein. Der Fahrer hatte sich vorgebeugt. Trotzdem konnte Petar von ihm nicht viel mehr als dessen Umrisse erkennen. Doch das reichte ihm vollkommen für eine Einschätzung. Er war lange genug dabei.

Baseballkappe, Sonnenbrille. Das gab es häufig. Die Kunden wollten eben nicht erkannt werden. Selbstredend waren ihnen die Stricher dabei egal, die zählten nicht. Er und die anderen Jungs waren Menschen zweiter Klasse, mit denen die Freier für Geld machen konnten, was sie wollten. Aber die Männer fürchteten, dass jemand vorbeikommen könnte, der zählte. Ein Bekannter, ein Verwandter, ein Arbeitskollege. Und der könnte am nächsten Tag etwas ausplaudern. Vorbei wär's mit der Fassade. Das wollten viele Kunden unter allen Umständen verhindern.

„Hallo", sagte Petar, zauberte einen verführerischen Ausdruck auf sein Gesicht und leckte sich einmal über die Lippen.

Der Typ zögerte. Er war sich noch unschlüssig.

Petar stemmte die Hände gegen das Auto und sagte: „Kann ich dir ... *helfen*?"

Wieder dieses Zögern, dann sagte der Freier: „Ja. Kannst du."

Im gleichen Moment wurde die Beifahrertür geöffnet. Petar ließ sich nicht zweimal bitten und stieg in den Wagen.

Sie fuhren los.

Im Schein der Laternen konnte Petar den Fahrer näher betrachten. Ein recht großer Kerl, kräftig gebaut, starke Hände. Und am Finger glänzte ein Ehering. Typisch. Die Freier wollten nicht zugeben, dass sie schwul waren. Versteckten das vor ihrer gesamten Familie und legten sich zur Tarnung Frauen und Kinder zu. Doch in Wirklichkeit standen sie auf junge Männer.

Der Wagen verlangsamte, bog in eine Seitenstraße ab und rollte auf das hinterste Ende eines Discounter-Parkplatzes. Der Kerl stellte den Motor ab.

Petar benetzte sich erneut die Lippen. „Wie soll ich dich verwöhnen?", hauchte er verführerisch. „Blasen oder Hand?"

„Bin mir noch nicht sicher", erwiderte der Freier. „Wie viel willst du haben?"

„Sechzig für Blasen, fünfzig für Hand", sagte Petar im Brustton der Überzeugung.

„Dreißig. Und du bläst." Der Kerl griff in seine Tasche und zog die Geldscheine heraus, die er offensichtlich schon vorbereitet hatte. Er wedelte damit vor Petars Nase herum.

Schnell griff Petar zu, das war mehr, als er erwartet hatte. Er faltete die Scheine zusammen und steckte sie umständlich in seine rückwärtige Hosentasche.

Als er vom Sitz rutschen wollte, um sich an die Arbeit zu machen, hielt ihn der Kerl auf. „Nicht so hastig."

Verdammt, manchmal wollten die Freier es hinauszögern. Schmusen und streicheln, bevor es zur Sache ging. Petar mochte das nicht, das war viel zu intim. Zärtlichkeiten waren eigentlich für seine Freundin reserviert.

„Küssen kostet extra", meinte er.

Der Freier lächelte, legte einen Arm um Petars Nacken und langte mit seiner freien Hand in die Tasche, aus der er zuvor schon das Geld herausgezogen hatte.

Er hielt einen Zwanziger zwischen ausgestrecktem Zeige- und Mittelfinger.

Petar wollte sich das Geld holen. Doch bevor er dazu kam, bewegten sich die Finger des Typen. Blitzschnell stießen sie vor und bohrten sich in Petars Hals – in die weiche Stelle, wo das linke und rechte Schlüsselbein zusammenlaufen.

Der Schmerz war so heftig, als würde in ihm ein Feuerball explodieren. Er lähmte seinen Körper. Petar wollte Luft holen, um zu schreien. Es gelang ihm nicht. Panik stieg in ihm auf. Er vernahm ein rostiges Röcheln und wusste, dass er es war, der diese Geräusche verursachte.

Petar versuchte zu fliehen. Er tastete blind nach dem Türöffner. Aber der Sauerstoff wurde ihm knapp. Seine Hand gehorchte ihm nicht mehr, seine Muskeln versagten.

Etwas wurde ihm in den Mund gestopft. Ein Stück Tuch, ein Knebel. Das war furchtbar, denn dadurch konnte er noch weniger atmen.

Überhaupt ließ der Schmerz nicht nach. Wenn möglich wurde er sogar noch stärker. Die Atemnot, die Panik, die ihn ergriffen hatte, steigerten sich.

Wie im Halbschlaf bekam er mit, dass der Typ neben ihm ausstieg. Kurz darauf wurde seine Tür aufgerissen, er selbst an den Schultern gepackt und herausgezogen.

Er fiel auf den Boden, versuchte, sich abzustützen. Seine Knie schmerzten, die Handflächen brannten. Sein Röcheln war in ein Wimmern übergegangen. Wieder wurde er unter den Schultern gepackt, über den Asphalt gezerrt.

Es quietschte, als die Heckklappe aufging.

Petar wurde in eine aufrechte Position gehievt und nach hinten auf die metallene Ladefläche geschubst. Hart krachte sein Schädel auf das Blech.

Der Kerl stieg ebenfalls ein, zog Petar ganz ins Innere. Dann kniete er sich über ihn und begann mit einer Art Seil, ihm die Hände zusammenzubinden.

Keine Luft. Überall nur Schmerzen. Am Hals, in der Lunge, am Hinterkopf und jetzt auch an den Handgelenken.

Mit der wenigen Kraft, die Petar noch geblieben war, versuchte er, sich aus der unbarmherzigen Umklammerung zu befreien. Er wand sich, zuckte, wimmerte und sog krampfhaft Luft durch seine halb verstopfte Nase ein. Dabei verschluckte er fast den Knebel.

Er würgte – husten konnte er nicht –, verlor vollkommen die Übersicht über das, was ihm geschah.

Ein seltsames, regelmäßiges Knacken und dann ein Druck quer über seiner Brust. Wieder dieses Knacken und der gleiche Druck eine Handbreit tiefer. Der Kerl zurrte ihn mit Spanngurten auf der Ladefläche fest.

Petar gab auf. Er lag ruhig, nahezu bewusstlos.

Der Typ kniete noch eine Weile neben ihm, dann stieg er von der Ladefläche und schloss die Heckklappe. Kurze Zeit später wurde der Motor angelassen. Petar fühlte noch, wie der Wagen anfuhr, dann wurde er ohnmächtig.

Eine ungewisse Zeit später – Petar konnte es nicht bestimmen – kam er wieder zu sich. Sie waren noch immer unterwegs, und er konnte sich noch immer nicht rühren.

Luft. Er brauchte dringend Luft.

Mit der Zunge versuchte er, den Lappen in seinem Mund nach vorne zu schieben. Er würgte, und der Knebel bewegte sich tatsächlich etwas. Petar bemühte sich weiter. Noch ein Stückchen rutschte der Tuchball vor.

Der Wagen fuhr um eine Kurve. Petar wurde gegen eine der Seitenwände gepresst, der Knebel bewegte sich erneut. Petar spuckte ihn aus.

Das half. Gierig schnappte er nach Luft. Atmete den Sauerstoff pfeifend in seine Lungen.

Sein verschwommener Blick lichtete sich. Er vermochte die fensterlosen, weiß lackierten Wände des Transporters zu erkennen. Sein Verstand arbeitete wieder.

Sie waren noch immer unterwegs, und er würde sterben. Der Typ wollte keinen Sex, auch nicht auf die harte Tour. Der hatte vor, ihn zu töten.

Petar unterdrückte den Impuls zu schreien. Stattdessen begann er, sich wie eine Schlange zu winden oder, besser, zu zappeln wie ein Fisch auf dem Trockenen. Der obere Spanngurt gab nach. Petar bekam eine Schulter frei. Verbissen arbeitete er weiter.

„Scheiße!", hörte er aus dem Cockpit.

Kurz darauf spuckte der Motor.

Was war da los? Entweder war der Wagen kaputt, oder der Tank war leer.

Bremsen quietschten, der Transporter bog irgendwo ein.

Ein Ruck, ein Schlag ging durch den Wagen. Vermutlich war das Auto über eine zu hohe Bordkante gefahren. Petar wurde gehörig durchgerüttelt. Der obere Spanngurt gab weiter nach.

Sie hielten an. Petar konzentrierte sich auf das, was er hörte.

Das Öffnen und Schließen einer Wagentür. Gleich darauf Schritte. Das metallische Geräusch vom Einführen eines Benzinstutzens.

Der Kerl draußen war fertig. Der Tankdeckel wurde zugeschraubt, die Schritte entfernten sich.

Seine Chance.

Petar zwang sich dazu, zu warten. Wie lange brauchte man, bis man zur Kasse gelangte, um zu bezahlen? Sicher eine halbe, wahrscheinlich eine ganze Minute.

Er zählte bis dreißig. Dann holte er tief Luft und bäumte sich mit seiner gesamten Kraft auf. Wieder und immer wieder. Der Wagen schaukelte.

Auch der zweite Spanngurt lockerte sich. Petar wurde nicht mehr gehalten.

Die Schritte kamen zurück. Schwer atmend hielt Petar inne. Sein Körper zitterte vor Anstrengung. Schwarze Schlieren bildeten sich vor seinen Augen. Er registrierte, wie der Kerl wieder in den Wagen stieg und startete. Dann verlor Petar erneut das Bewusstsein.

Als er zum zweiten Mal zu sich kam, waren sie noch immer unterwegs. Petar blinzelte ein paarmal. Eine schreckliche Gewissheit breitete sich in ihm aus. Er hatte nicht mehr viel Zeit. Er musste raus hier. Irgendwie. Sofort.

Der Wagen wurde langsamer, rollte aus und hielt mit laufendem Motor. Vermutlich eine rote Ampel.

Jetzt!

Petar setzte sich halb auf, rutschte in Position und trat mit beiden Füßen gegen die Heckklappe. Einmal, zweimal, dreimal. Beim vierten Mal gab die Klappe nach und schwang nach oben.

Der Kerl vorne begann zu brüllen.

Petar robbte vorwärts, bis er schließlich aus dem Wagen stürzte.

Grelles Licht. Eine Straße. Wohnbebauung.

Strauchelnd kam Petar auf die Füße. Nur weg hier.

Er rannte los, schneller, immer schneller über die Straße und hin zu den Häusern, in denen Menschen lebten, die ihn sehen würden, die ihm helfen würden.

Er hetzte über den Grünstreifen, die Straßenbahnschienen, wieder über Rasen, erreichte die Fahrbahn der Gegenrichtung.

Ein Geräusch von rechts. Er riss den Kopf herum. Scheinwerfer blendeten ihn, Bremsen kreischten. Ein dumpfer Schlag, als das Fahrzeug in ihn hineinfuhr. Er wurde erfasst, durch die Luft geschleudert, sein Körper schmetterte hart auf den Boden.

Dunkelheit hüllte ihn ein.

FREITAG

61

Ich tippte den Satz zu Ende, speicherte zur Sicherheit und blickte von meinem Laptop auf. Keine zwei Schritte von mir entfernt saß Carl an seinem Notebook und klimperte unablässig auf der Tastatur herum.

Ich erhob mich und ging zu ihm hinüber. Neugierig linste ich auf seinen Bildschirm. „Was machst du da?"

„Ich?", erwiderte Carl. „Ich füttere mein Gedächtnis."

„Wie bitte?"

Carl lehnte sich auf seinem Stuhl zurück. „Ich lese mir meine Aufzeichnungen der letzten Tage durch, ergänze beziehungsweise komprimiere sie, soweit erforderlich, setze Fakten in Verbindung, entscheide, was gelöscht werden kann. Meine Memo-Technik eben."

„Ach so", sagte ich, obwohl ich mir kaum vorstellen konnte, wie er das anstellte. Schließlich wurden die Infos, die er sich früh einprägen musste, mit jedem Tag mehr. Andererseits merkte ich mir ja auch nicht jede Einzelheit über Wochen oder Monate hinweg.

Ich lugte erneut auf den Monitor. Eine dreidimensionale farbige Mindmap mit zig Pfeilen, Unterkategorien, Verweisen und Fußnoten. Mir wurde schon vom Hinsehen allein beinahe schwindelig. „Hast du keine Angst, einmal etwas falsch einzuordnen oder …", ich blähte die Wangen auf, „oder jemand bricht ein, fährt deinen Computer hoch und stiehlt dir deine gesamten Erinnerungen?"

Auf Carls Stirn erschienen deutliche Falten. „Warum sollte jemand so etwas tun?"

Ich wies zum Fenster, hinter dem der See im Sonnenlicht glänzte. „Die Welt da draußen ist schlecht."

„Nicht bei uns in Wuthenow", entgegnete er.

„Aber trotzdem", beharrte ich.

Er neigte seinen Kopf zur Seite. „Natürlich ist meine Datei passwortgeschützt. Obwohl das eigentlich unnötig wäre."

Ich machte große Augen. „Und wie schaffst du es, dir das Passwort zu merken, wenn du doch – wie wir beide wissen – alles vergisst?"

„Hey!" Carl beugte sich vor. „Ich vergesse bei Weitem nicht alles. Nur mein Kurzzeitgedächtnis streikt momentan. Mein Langzeitgedächtnis hingegen ist top in Form."

„Habe ich schon mitgekriegt." Ich lächelte.

„Na siehst du", meinte er ein wenig von oben herab. „Ich habe natürlich ein Passwort, das ich schon vor meinem Unfall verwendet habe."

„Na dann ..." Ich schlenderte hinüber zu den Stellwänden.

„Wie kommst du mit deiner Arbeit voran?", fragte Carl.

Ich drehte mich zu ihm um. „Mit dem Bericht für Kaczmarek über unsere nächtliche Spontan-Beschattung von Klemm?"

Carl nickte.

„Prima", meinte ich. „Aber ich fürchte, mein Stil ist etwas zu", ich suchte nach dem richtigen Wort, *„literarisch*. Vielleicht schaust du, wenn ich fertig bin, noch mal über den Text, und wir kürzen ihn gegebenenfalls."

„Mache ich gerne", sagte Carl und tippte mit dem Zeigefinger auf seinen Bildschirm. „Aber dir ist schon klar, dass du auf jeden Fall mehr Details im Kopf hast, als ich mir notiert habe."

„Dann bin ich dein Kurzzeitgedächtnis und du mein Lektor. Passt." Ich grinste ihn an und wandte mich wieder den vollgehängten Stellwänden zu.

„Die könnten wir eigentlich langsam auch abbauen", meinte ich.

„Damit warten wir besser", sagte Carl zu meinem Rücken. „Vielleicht brauchen wir das ein oder andere noch."

Ich hörte, wie seine Finger erneut die Tastatur bearbeiteten. Ich kehrte an meinen Platz zurück, setzte mich, doch anstatt weiterzuschreiben, sah ich zum Fenster hinaus. Unten am Seeufer konnte ich den Colonel erkennen, der mit seinen beiden Hunden irgendwohin unterwegs war. Vielleicht sollte ich ihn einmal begleiten, solange ich noch hier war.

Ein warmer, sanfter Windzug strömte vom Wasser zu uns herein. Die Wipfel der Pappeln bewegten sich mit verspielter Leichtigkeit. Ein kleiner Vogel flog vorbei. Die Zeichnung seines braunen Gefieders harmonierte wunderbar mit den zahlreichen Grüntönen der Natur.

„Ist auch mal schön, hier zu sein", sagte ich mehr zu mir.

Carl unterbrach sein Tippen. „Ist dir nicht langweilig?"

War mir langweilig? Nicht im Geringsten. Laut sagte ich: „Wie kommst du denn darauf? Amelie ist im Kindergarten und gut versorgt. Wir müssen zur Abwechslung nicht nach Berlin hetzen. Und vorhin hatte ich das erste Mal seit meiner Ankunft Zeit, durch das gesamte Haus zu streifen. Ich habe nur das Hauptgebäude geschafft. Wahnsinn, wie groß das ist. Der Erhaltungsaufwand muss irre hoch sein."

„Ist er sicher", bestätigte Carl. „Aber meine Tante zahlt das aus der Portokasse … Ich bin mir sicher, ihre findigen Finanzberater setzen das Gut auch noch irgendwie von der Steuer ab. Und jetzt hat sie sich ja – angeregt durch dich – auch noch vorgenommen, die Bibliothek wieder im alten Glanz erstrahlen zu lassen."

„Das kann dann mein Nachfolger übernehmen", sagte ich und spürte gleichzeitig einen schmerzlichen Stich in der Brust.

Carl gab mir keine Antwort. Er sah mich nur einen Moment lang forschend an. Und obwohl ich seinem Blick standhielt, war ich froh, als er sich schließlich wieder über das Notebook beugte.

Er kam jedoch nicht dazu, die Dokumentation seiner Erinnerungen fortzusetzen. Sein Handy klingelte.

„Wuthenow", meldete er sich. „Ah, Herr Kaczmarek. Einen Moment, ich mache Sie laut, damit Frau Hofer mithören kann."

Carl legte das Smartphone auf den Tisch und winkte mich zu sich.

„Hallo, Herr Kaczmarek", sagte ich in Richtung des Telefons. „Schön, mit Ihnen zu sprechen."

„Ebenfalls", erwiderte er. „Auch wenn der Anlass nicht besonders erfreulich ist."

„Was ist los?", fragte Carl.

„Ich habe meine Kollegen gebeten, dass sie mich sofort informieren, falls irgendein Angriff auf einen Stricher stattfinden sollte."

„Gab es da wohl was?", erkundigte sich Carl.

„Ja, einen Autounfall. Ein Stricher ist angefahren worden."

„Und inwiefern ist das von Bedeutung für uns?", wollte Carl wissen.

„Nun", Kaczmarek räusperte sich. „Ich bin mir sicher, dass das für uns relevant ist. Erinnern Sie sich an eines unserer ersten Treffen?"

Carl sah mich an, lächelte spitzbübisch und zwinkerte mir auch noch übertrieben zu. „Ich erinnere mich an jede winzige Einzelheit."

„Wunderbar. Ich auch", beeilte sich Kaczmarek zu erwidern. „Sie haben mich damals auf etwas aufmerksam gemacht. Und jetzt maile ich Ihnen ein Foto zu. Das dauert ein paar Sekunden, die Datei ist recht groß. Der Stricher auf dem Bild, unser Unfallopfer, stammt offensichtlich aus Osteuropa. Und jetzt schauen Sie sich bitte einmal seine Hände an."

„Moment", Carl wischte über das Display.

Ein Foto baute sich auf. Ich konnte einen jungen Mann in zerrissener Kleidung erkennen, der bewusstlos auf einer Trage lag. Carl beugte sich näher heran. Dann vergrößerte er mithilfe seines Daumens und Zeigefingers einen Teilausschnitt, bis die Hände deutlich sichtbar wurden. Sie waren mit einem Strick aneinandergefesselt.

„Sehen Sie es?", fragte Kaczmarek.

„Moment", gab Carl zurück und vergrößerte die Aufnahme erneut, um den Knoten näher zu begutachten. Er kniff die Augen zusammen. „Ist es das, was ich denke?", fragte er laut.

„Kein Zweifel", kam es von Kaczmarek zurück. „Ein Metzgerknoten."

„Der Junge, ist er tot?", erkundigte sich Carl.

„Nein. Er liegt im Krankenhaus. Ist zurzeit noch bewusstlos, aber die Ärzte haben gemeint, wir könnten ihn gegen zwei oder drei befragen."

„Gibt es noch weitere Parallelen zu unseren Morden?"

Ich hörte Kaczmarek seufzen. „Wissen wir im Moment noch nicht. Wir konnten den jungen Mann bislang nicht vernehmen. Die Verletzungen an sich sind nicht eindeutig."

„Gut." Carl stand auf. „Frau Hofer und ich machen uns sofort auf den Weg."

„Ich erwarte Sie in der Charité. Wir treffen uns beim Haupteingang des neuen Bettenhauses."

62

Ein Teil der Stadt, den ich noch nicht kannte. Wie immer ein unübersichtliches Gewirr von Straßen, Gebäuden, Schildern, Autos und Menschen. Unvermittelt erreichten wir eine Art Schloss. Aus Backstein, mit länglichen, oben abgerundeten Sprossenfenstern und sogar einem Turm. *Charité Krankenhaus* stand mit weißen Buchstaben an dessen roter Fassade. Direkt angrenzend befand sich eine schmale Einfahrt mit hohen Torpfosten begrenzt.

Mein Navi wollte mich hindurchlotsen.

„Soll ich da wirklich rein?“, fragte ich Carl.

„Versuchs ruhig. Manchmal bekommt man auf dem Klinikcampus eher einen Parkplatz als in der direkten Umgebung“, meinte er.

Ich bog ein. Wir passierten eine offen stehende Schranke und weitere dieser reich verzierten Häuser aus der vorletzten Jahrhundertwende. Dazwischen erhoben sich moderne Zweckbauten – Sichtbeton und Stahl –, nüchtern und kalt dominierten sie die verspielte Architektur der Vergangenheit.

Im Schritttempo rollten wir dahin. Uns begegneten Krankenwagen, auf den Gehsteigen waren Menschen unterwegs – in weißen Kitteln, in unterschiedlich farbigen Schwestern- oder Pflegeroutfits, aber auch Männer, Frauen und Kinder in normaler Kleidung, Patienten in Rollstühlen oder mit Krücken.

Kurze Zeit später erreichten wir einen wahrhaften Koloss. Quaderförmig mit sicher zwanzig Stockwerken überragte er die umliegende Bebauung um ein Vielfaches.

„Das ist das Bettenhaus“, sagte Carl und deutete überflüssigerweise auf das urbane Monster.

Wieder Beton, silbrig glänzender Stahl und Glasflächen ohne Ende.

Vor mir setzte ein Pkw aus einer Parklücke zurück. Ich hielt an, und als die Fläche frei war, lenkte ich den Porsche hinein.

„Perfekt“, murmelte Carl.

Wir stiegen aus und gingen die zwei-, dreihundert Schritte zum Eingang des imposanten Klotzes. Wir sahen uns nach Kaczmarek um, aber wir konnten ihn nicht entdecken. Also postierten wir uns in der Nähe der großen Glastüren.

Ich trat einen Schritt zurück, legte den Kopf in den Nacken und versuchte, das obere Ende des riesigen Gebäudes auszumachen, vor dem wir standen. „Wow“, sagte ich leise. „Das hört gar nicht mehr auf – wie dieser gesamte Campus.“

„Habt ihr so was in Nürnberg nicht?“, fragte Carl.

„Schon“, erwiderte ich. „Aber nicht in dieser Dimension. Das ist ja hier wie ein eigener Stadtteil.“

„Ist offensichtlich nötig“, meinte er.

„Dass es so viele Kranke gibt ...“, sagte ich.

Ein Mann hastete auf uns zu.

„Tut mir leid, dass Sie auf mich warten mussten“, begrüßte uns Kaczmarek, sobald er uns erreicht hatte. „Eigentlich war ich pünktlich, aber es hat gedauert, bis ich einen Parkplatz gefunden habe.“

„Macht nichts“, sagte ich. „Wir hatten Glück. Vor uns fuhr gerade einer weg. Aber wir stehen hier wirklich noch nicht lange herum.“

Wir schüttelten uns die Hände und betraten den Klinikbau. Massive, hell gestrichene Betonträger erwarteten uns in dem riesigen Foyer. Und erneut Stahl und Glas und hypermoderne Architektur. Kein Schmuck, keine Verzierung – die einzige Auflockerung, die die Baumeister sich erlaubt hatten, bestand in Lampenringen, die wohl eine Art von modernen Kronleuchtern darstellen sollten. Sie hingen an Kabeln von der Decke. Zu mehr hatte der Mut der Konstrukteure nicht gereicht.

Kaczmarek sprach im Gehen mit uns: „Ich bringe Sie kurz auf den neuesten Stand: An der Kreuzung Osloer Straße/Prinzenallee ist heute Nacht ein junger Mann von einem Auto erfasst worden. Der Fahrzeugführer sagt, er sei ihm plötzlich vor den Wagen gerannt – ob von links oder rechts, konnte er nicht sagen, es sei alles viel zu schnell gegangen."

Wir hatten die Aufzüge erreicht. Kaczmarek drückte den Anforderungsknopf. „Der Fahrer war nicht besonders schnell unterwegs, vielleicht mit fünfzig, aber mehr nicht. Er ist voll auf die Bremse gestiegen, trotzdem hat er den jungen Mann erwischt. Er hat dann angehalten und sofort einen Notruf abgesetzt."

Ein heller Ton signalisierte uns die Ankunft des Lifts. Die Türen glitten zur Seite, und wir stiegen ein.

„Wo war ich?", fragte Kaczmarek und wählte ein Stockwerk aus. „Ach ja. Der Notruf. Polizei und Rettungswagen erreichten den Unfallort innerhalb von elf Minuten. Der Unfallverursacher hat – unterstützt von einem weiteren Autofahrer – inzwischen Erste Hilfe geleistet. Thermodecke, stabile Seitenlage, das Übliche. Als die Beamten eintrafen, fielen ihnen die Fesseln an den Händen des Unfallopfers auf. Die Polizisten haben Bilder gemacht, die dann schließlich bei mir gelandet sind. Eines der Fotos habe ich Ihnen gemailt."

„Haben Sie die Sanitäter gefragt, ob das Opfer auf dem Weg zum Krankenhaus etwas gesagt hat?", erkundigte sich Carl.

Kaczmarek nickte. „Haben wir. Und nein, das Opfer war bewusstlos. Die Leute vom Roten Kreuz haben ihn erstversorgt. Er hat während der ganzen Fahrt kein Wort von sich gegeben."

„Und die Verletzungen?", wollte Carl wissen.

„Ich habe vorhin mit dem behandelnden Arzt telefoniert. Knochenbrüche, am linken Arm und an beiden Beinen. Zahlreiche Abschürfungen und eine Gehirnerschütterung. Insgesamt hätte das für den jungen Mann noch viel schlimmer ausgehen können."

„Messerstiche?"

„Nichts dergleichen." Kaczmarek schüttelte den Kopf. „Aber was noch interessant ist: sein Tascheninhalt. Neben Zigaretten und Hausschlüsseln hatte er ein paar Geldscheine, Kondome und Gleitmittel bei sich."

„Also höchstwahrscheinlich ein Stricher", konstatierte Carl.

„Davon gehe ich auch aus."

Wieder der helle Signalton, ein Ruck, und der Aufzug schwang auf.

Kaczmarek setzte sich in Bewegung, wir hinterher.

„Das Personal weiß schon Bescheid, dass wir kommen", sagte er. „Ich melde uns nur schnell an."

Der an einer Ecke gelegene Schwesternstützpunkt war offen gestaltet. Die obere Hälfte beider Außenwände fehlte, eine einzelne quadratische Säule trug das darüberliegende Gewicht der Decke. Ein paar Holzapplikationen, über den Tresen eine dreißig Zentimeter hohe Glasscheibe, dahinter zwei Computerarbeitsplätze.

Kaczmarek klopfte kurzerhand an das Glas und beugte sich über die Abtrennung. „Wir haben bereits telefoniert", sagte er der Schwester, die zu ihm aufsah. Er hielt ihr seine Dienstmarke entgegen. „Ist er schon wach?"

„Ja", meinte sie. „Seit einer Dreiviertelstunde. Zimmer 1804." Sie deutete einen Gang hinunter.

„Haben Sie mit ihm gesprochen?"

„Wir haben seine Personalien aufgenommen."

„Könnte ich die bitte …"

Kaczmarek führte seinen Satz nicht zu Ende, weil ihm die

Schwester wortlos einen Computerausdruck reichte, den sie offensichtlich schon bereitgelegt hatte.

„Ah, vielen Dank“, sagte Kaczmarek.

„Sie können zu ihm rein“, meinte die Schwester. „Auf Ihren Wunsch hin haben wir ihn alleine gelegt.“

„Super“, lobte Kaczmarek, und die Schwester lächelte.

„Wenn Sie noch etwas brauchen …“

„Komme ich auf Sie zu. Vielen Dank.“

Kaczmarek drehte sich zu uns um und blickte aufs Papier. „Petar Bakardshiev. Bulgarischer Staatsangehöriger, aber hier geboren. Zweiundzwanzig. Wohnt in Kreuzberg. Das lasse ich anschließend verifizieren.“

Er sah uns an. „Wollen wir?“

Wir nickten.

63

In dem Krankenzimmer stand ein einzelnes Patientenbett. Die Wände waren weiß-grün gestrichen. Die Front des Einbauschrankes sowie der Tisch und die beiden dazugehörigen Stühle waren in einem fahlen Braun gehalten. An der Kopfseite des Raums befanden sich zwei fast bodentiefe Fenster und boten einen atemberaubenden Ausblick über die Dächer Berlins. Die filigran anmutende Nadel des Fernsehturms gab der Szenerie einen unwirklich futuristischen Charakter.

„Herr Bakardshiev?“, begann Kaczmarek.

Der dunkelhaarige Mann in dem Bett öffnete die Augen und nickte zögernd. Er wirkte blass. Auf einer Wange klebte ein dickes, weißes Pflaster, auf der Stirn befanden sich Blutergüsse. Am linken Arm hatte er einen dieser Fixateure, und im rechten Arm steckte eine Infusion.

„Ich bin Hauptkommissar Kaczmarek, und das sind Herr Dr. von Wuthenow und Frau Hofer. Sie kommen von der Staatsanwaltschaft. Wir möchten Sie zu Ihrem Unfall befragen.“

Bakardshiev räusperte sich mehrmals. „Der hat mich einfach angefahren. Dafür kann ich nichts, und mehr werde ich Ihnen auch nicht sagen.“ Seine belegte Stimme klang abweisend, doch sein Blick verriet mir, dass er schlicht und ergreifend Angst hatte. Ich entschloss mich, die Initiative zu übernehmen.

„Sie müssen nicht mit uns sprechen, wenn Sie das nicht wollen. Dennoch sind meine Kollegen und ich uns ziemlich sicher, zu wissen, was mit Ihnen geschehen ist." Ich zog mir einen Stuhl heran und setzte mich neben ihn. „Da draußen ist jemand, der junge Männer ermordet. Er bringt sie in seine Gewalt, schafft sie an einen Ort, wo sie niemand schreien hört. Dort foltert er sie zu Tode."

Bakardshievs Augen weiteten sich. Er blieb still.

Ich beugte mich vor und sprach betont sanft weiter. „Wenn Sie nicht wollen, dass es weitere Opfer gibt, sollten Sie reden." Ich machte eine Pause. „Sie hatten Riesenglück. Sie sind nämlich der Erste, der das überlebt hat, und Ihre Aussage ist für uns deshalb ungeheuer wichtig."

Die Spitze seiner Zunge erschien zwischen seinen zusammengepressten Lippen und wischte zweimal unruhig hin und her.

„Ich muss nichts befürchten, wenn ich rede?", fragte er. „Sie zeigen mich nicht an?"

Meine nächsten Worte wählte ich mit Bedacht. „Womit Sie Ihr Geld verdienen, ist für uns nicht von Bedeutung. Es gibt im Leben manchmal Situationen, in denen man Dinge machen muss, die man eigentlich nicht tun will. Das ist ganz schlimm, aber deswegen sind wir nicht hier. Sie würden uns enorm weiterhelfen, wenn Sie uns ganz inoffiziell alle Details darüber geben würden, was vorgefallen ist."

Er zögerte und senkte die Lider. Er hatte lange, fein geschwungene Wimpern.

„Herr Bakardshiev?", fragte ich nach einer Weile und griff nach seiner gesunden Hand.

Er schaute mich an. „Das war ein ganz perverser Kerl."

„Haben Sie ihn gesehen?"

„Ja", erwiderte er mit deutlicher Verzögerung.

„Können Sie ihn beschreiben?"

„Nicht so richtig. Aber …" Er holte tief Luft. „Aber ich erzähle Ihnen von Anfang an, was ich weiß. Glauben Sie mir, es ist nicht viel."

Ich schenkte ihm ein warmes Lächeln.

„Ich stand letzte Nacht auf meinem gewohnten Platz“, begann er. „Und dann kam ein Typ in einem weißen Transporter angefahren.“

„Haben Sie den Mann schon öfter dort gesehen?“

Er versuchte, den Kopf zu schütteln, und verzog den Mund zu einer schmerzhaften Grimasse. „Nein. Noch nie. Der Typ hat bei mir angehalten, wir haben uns kurz unterhalten, und ich bin zu ihm ins Auto gestiegen.“

„Haben Sie das Kennzeichen erkennen können?“

„Darauf achte ich doch nicht. Ein weißer Laster mit grüner Schrift auf der Seite.“

„Ein Mietwagen?“

„Jaja. So ein Umzugswagen.“

„Und der Mann in dem Transporter?“

Er holte erneut Luft. „Ein typischer Familienvater. Trug eine Baseballkappe und eine Sonnenbrille, mitten in der Nacht. Na, Sie wissen schon, wie diese Typen sind.“

„Ehrlich gesagt weiß ich es nicht“, erwiderte ich. „Können Sie mir das näher erklären?“

Bakardshiev riss seinen Blick von mir los und schaute über meine Schulter in Richtung Carl und Kaczmarek, die beide hinter mir stehen geblieben waren.

„Herr Bakardshiev?“, fragte ich und drückte ihm aufmunternd die Hand.

Er wandte seine Aufmerksamkeit wieder mir zu. „Die wollen nicht gesehen oder erkannt werden. Die schämen sich für das, was sie machen. Deswegen sind wir auch auf einen unbewachten, dunklen Parkplatz gefahren.“

„Und dann?“

„Na, wie immer. Zuerst habe ich das Finanzielle geklärt, und alles lief wunderbar. Ich wollte anfangen, aber er hielt mich auf.“

„Weshalb?“

„Anfänglich dachte ich, er will ...“ Bakardshiev schluckte und räusperte sich erneut. „Zärtlichkeiten.“

„Das ist wohl eher ungewöhnlich?“, fragte ich sanft.

„Schon. Und es kostet extra. Doch ...“

„Doch?“

„Plötzlich hat er mich geschlagen. Ein einziges Mal ... Eigentlich nicht richtig geschlagen. Er hat mich hier getroffen.“ Er legte den Kopf ein Stück zurück und zeigte uns seinen Hals. Dort – an der weichen Stelle, wo die beiden Schlüsselbeine zusammentreffen – klebte ebenfalls ein dickes gepolstertes Pflaster.

„Was ist danach passiert?“, fragte ich.

„Ich habe keine Luft gekriegt, ich konnte mich nicht wehren. Ich wollte raus, aber das ging nicht mehr, und er hat mich überwältigt.“ Bakardshiev hustete.

„Möchten Sie Wasser?“, erkundigte ich mich.

„Nein“, sagte er.

„Wie hat er Sie überwältigt?“

„Er hat mir einen Knebel in den Mund gesteckt, mich aus dem Wagen und hinten auf die Ladefläche gezerrt. Er hat mir die Hände gefesselt und mich mit Spanngurten festgezurrt, als wäre ich ein Stück ... ein Gegenstand.“

Ich blieb eine Weile still, bis ich den Eindruck hatte, dass er sich wieder beruhigt hatte.

„Wie ist es Ihnen gelungen zu entkommen?“

„Zuerst bin ich ohnmächtig geworden. Vielleicht sogar mehrmals.“

„Wie lange in etwa?“

„Keine Ahnung. Wirklich nicht. Jedenfalls fuhr er die ganze Zeit herum. Es gelang mir, den Knebel auszuspucken ... Plötzlich höre ich, wie er laut *Scheiße* brüllt. Und dann ist er zu einer Tankstelle hin. Er fuhr über einen Bordstein. Es gab einen Ruck, und ich hatte das Gefühl, die Spanngurte geben ein bisschen nach. Während er in der Tanke bezahlt hat, habe ich mich dann befreit."

„Aber Sie sind noch nicht aus dem Wagen raus, oder?"

Bakardshiev wurde langsam müde. Seine Lider senkten sich. Ich drückte seine Hand.

„An der Tankstelle konnten Sie noch nicht fliehen?", stellte ich meine Frage erneut.

„Ging nicht. Er kam zu schnell zurück, und ich war total schwach. Außerdem hatte ich Angst ... Ich bin erneut ohnmächtig geworden. Und als ich zu mir kam, waren wir wieder unterwegs. Lange Zeit. Es kam mir ewig vor. Dann hat er angehalten. Ich nahm an, wegen einer roten Ampel. Und ich wusste, wenn ich es jetzt nicht schaffe ... Ich habe all meinen Mut, all meine Kraft zusammengenommen und habe nach hinten getreten. Gegen die Heckklappe ... Er hat vorne geschrien. Ich weiß nicht, was ... Plötzlich schwingt die Klappe hoch, ich nichts wie raus, stürzte draußen auf die Straße. Und ich bin losgerannt. Weg, nur weg, über den Grünstreifen."

„Dabei hat Sie das Auto erwischt?"

„Ja ... und mehr weiß ich nicht."

Wir schwiegen eine Weile.

„Der Fahrer hat angehalten und sich sofort um Sie gekümmert", meldete sich Kaczmarek zu Wort.

Bakardshiev versuchte, sich aufzurichten, zuckte zusammen und ließ es bleiben. „Dem dürfen Sie keine Schwierigkeiten machen, der kann nichts dafür."

„Haben wir auch nicht vor", versicherte Kaczmarek.

„Ist Ihnen sonst noch etwas aufgefallen?", erkundigte sich Carl.

Bakardshiev dachte eine Weile nach. „Nein. Ich glaube nicht."

„Er hat doch mit Ihnen gesprochen", fasste Carl nach. „Hat er irgendetwas Besonderes gesagt? Oder hatte er einen Dialekt?"

„Nein, das war ein ganz normaler Kerl, kein Akzent, nichts. Weder jung noch alt. Aber ziemlich kräftig. Bewegt sich schnell, ich habe den Schlag nicht kommen sehen.“

Bakardshiev fielen erneut die Augen zu. Sachte ließ ich seine Hand los und stand auf.

„Wenn Ihnen noch etwas einfallen sollte, sagen Sie einfach der Schwester Bescheid. Die ruft uns dann an.“

„Ja. Sicher“, murmelte er.

Leise verließen wir das Zimmer, und Carl schloss die Tür hinter uns.

„Vielen Dank, dass Sie das übernommen haben“, sagte Kaczmarek zu mir. „Mit uns hätte er vermutlich nicht geredet.“

Ich lächelte. „Gerne.“ Dann wurde ich wieder ernst. „Er tat mir einfach leid.“

Kaczmarek nickte einmal und sah von mir zu Carl.

„Der Angreifer ist eindeutig unser Täter“, sagte Carl.

Kaczmarek machte ein skeptisches Gesicht. „Aber er hat mit dem Jungen da drinnen nichts weiter angestellt. Keine Stiche, keine Folter … Vielleicht täuschen wir uns.“

„*Noch* nicht“, konterte Carl.

„Was meinen Sie?“, fragte Kaczmarek.

„Der Täter hatte noch nichts mit Bakardshiev gemacht. Die Betonung liegt auf *noch*. Aber wir wissen jetzt, wie er die Jungs entführt. Und die Spur mit dem weißen Transporter, die hat sich bestätigt. Wir müssen unbedingt noch mal ganz genau überlegen, was uns bislang entgangen ist.“

Kaczmarek blies die Wangen auf und steckte die Hände in die Hosentaschen. „Das bedeutet aber, dass Klemm nicht unser Mann ist.“

„Vermutlich“, bestätigte Carl.

„Wie auch immer.“ Kaczmarek seufzte. „Klemm bleibt zumindest die nächsten Tage in Haft. Das verschafft uns Zeit. Wer weiß, was wir bei ihm noch finden. Er ist ja wahrhaft kein Heiliger."

Carl ging darauf nicht ein. Er starrte blicklos den Gang hinunter. „Der Täter läuft immer noch da draußen herum. Wir haben – verdammt noch mal – etwas übersehen. Aber was?"

64

Ich hatte nicht gewusst, was es mit einem anstellt, wenn man stundenlang nahezu bewegungslos auf einem Stuhl sitzt. Seit Amelie eingeschlafen war, saß ich jetzt in Carls Wohnung und starrte auf seine Stellwände. Fotos, Pfeile, Diagramme, Ausrufezeichen, Fragezeichen, Verbindungen. Alles hatte ich eingehend betrachtet, bis die Bilder vor meinen Augen verschwammen und nur noch ein helles Grau übrig blieb. Wieder und wieder hatte ich mich auf jedes Detail konzentriert. Mir die Gesichter, Geschichten, Ereignisse dahinter vorgestellt. Und überlegt, wo verborgene Zusammenhänge existieren könnten und wie ich die einzelnen kleinen Steinchen platzieren müsste, damit sie ein großes Ganzes ergaben.

Klingt vielleicht banal, war es aber ganz sicher nicht.

Jedes Mal, wenn ich mir eine logische Geschichte ausdachte, passte einer der Fakten nicht hinein – egal, von welcher Seite ich anfing, von welcher Prämisse ich ausging.

Ich seufzte, griff nach der Teekanne, die zwischen Carl und mir auf einem kleinen Beistelltisch stand, und goss mir meine Tasse voll.

„Ich habe jetzt alles hundertmal im Geiste durchgespielt. Ich denke, mir fällt nichts mehr ein", sagte ich in die Stille.

Carl blinzelte einige Male und räusperte sich. „Okay. Wer soll anfangen?"

Mir schwirrte der Kopf. „Am besten du."

„Na gut." Er sah zu den Tafeln. „Die Verbindung zwischen allen Morden, den alten und den neuen, sowie auch der gestrigen Entführung ist der verstorbene Preuß senior." Carl hob die Hand und deutete unnötigerweise zu dem entsprechenden Foto. „Preuß hat die ersten Morde begangen, und die darauffolgenden Morde liefen nach seinem Muster ab – soweit wir das sagen können. Auch der Vorfall von gestern zeigt Parallelen. Also muss es da etwas geben, das wir nur noch nicht gefunden haben. Aber es ist da. Ganz bestimmt." Er blickte mich fragend an.

Ich nickte bestätigend, und er fuhr fort.

„Schauen wir uns Klemm genauer an: Wir haben herausgefunden, dass er in Beziehung zu Preuß senior stand, und wir waren uns schon sehr sicher, dass er unser Täter ist. Aber die gestrige Entführung kann er nicht begangen haben, weil er inhaftiert war. Deshalb glauben momentan alle, dass Klemm es nicht gewesen sein kann."

„Genau", meinte ich und nippte von meinem Tee.

„Was wäre aber …" Carl runzelte die Stirn. „Was wäre, wenn Klemm unsere Ermittlungen vorausgesehen hat und seinerseits einen Komplizen hätte?"

„Wieso Komplize? Wo kommt denn der plötzlich her? Ist das nicht weit an den Haaren herbeigezogen?"

„Alle Morde, die vorher passiert sind und von denen wir wissen, sind reibungslos verlaufen. Und gestern, auf einmal, kaum dass Klemm verhaftet ist, gelingt einem der Opfer die Flucht. Es kann sich um einen Zufall handeln, könnte aber auch von einem Komplizen Klemms inszeniert sein, damit wir zu genau der Schlussfolgerung kommen, die wir zunächst gezogen haben: nämlich, dass Klemm unschuldig ist."

„Quasi ein nachträgliches Alibi", stellte ich staunend fest.

„Exakt." Carl holte tief Luft. „Kaczmarek muss jetzt Klemms Umfeld unter die Lupe nehmen. Das machen sie ja ohnehin bereits, aber sie müssen besonderes Augenmerk darauf richten, ob jemand dabei ist, zu dem Klemm ein spezielles Verhältnis hat."

„Und sie müssen nach dem weißen Transporter Ausschau halten", ergänzte ich.

„Ja." Carl nickte erneut. „Wenn diese Theorie zutrifft, müsste jemand aus Klemms Umfeld – oder er selbst – einen solchen Lieferwagen besitzen beziehungsweise Zugriff darauf haben."

„Sollte es diese Person geben, kommen wir über sie zu Klemm. Dann können wir es ihm doch nachweisen."

„Das war meine Überlegung", bestätigte Carl.

„Super Theorie", sagte ich.

Wir lehnten uns zurück, schwiegen und tranken Tee.

„Und was hast du?", fragte Carl nach einer längeren Pause.

Ich war mir unsicher, wie ich beginnen sollte, schließlich hatte ich das noch nie gemacht. „Das mit Klemms Zauberlehrling … darauf wäre ich nie gekommen", tastete ich mich an die Sache heran. „Ich habe mich auf etwas anderes konzentriert. Ich habe mich an den Umstand geklammert – davon bin ich nicht weggekommen –, dass zwei der Leichen ausgegraben worden sind. Das hat mir keine Ruhe gelassen."

Ich hatte Carls volle Aufmerksamkeit. „Interessant. Rede weiter."

„Kaczmarek hat vom Labor den Nachweis, dass die beiden Toten in der gleichen Erde bestattet waren."

„Das stimmt."

„Aber … ganz im Ernst, keiner gräbt Leichen grundlos aus. Das ist doch eine ziemliche Arbeit und – auch wenn man vollkommen abgebrüht ist – zumindest eine riesige Sauerei. Außerdem besteht immer die Gefahr, dabei entdeckt zu werden. Es muss also einen triftigen Grund für die Exhumierungen geben."

„Das ist mir auch schon wiederholt durch den Kopf gegangen. Rede weiter", ermunterte mich Carl.

„Dieser Zwang, auszubuddeln", fuhr ich selbstbewusster fort, „kann eigentlich nur vom Grundstück selbst herrühren."

„Wie meinst du das?"

„Na, das liegt doch auf der Hand. Die Leichen sind dort nicht mehr sicher. Deshalb habe ich überlegt, wann das der Fall sein könnte. Und meine Antwort darauf ist: Wenn jemand Fremdes plötzlich Zugriff auf das Land bekommt! Also wenn das Grundstück verkauft wird oder der Mietvertrag für ein Wohnhaus endet."

„Stimmt. Hundertprozentig."

„Meiner Meinung nach müssen wir Kaczmarek Folgendes sagen: Er muss überprüfen lassen, ob Klemm oder einer aus seinem Umfeld ein geeignetes Grundstück besitzt, das er demnächst verliert oder veräußert. Aber damit nicht genug: Du sagst zurecht, die Verbindung ist der verstorbene Preuß senior. Demnach gilt das Gleiche auch für den Inhaber des *Aphrodite*-Bordells, Sebastian Braun."

„Sicher", stimmte mir Carl zu. „Braun ist der zweite Mann, der zu Preuß senior eine Beziehung hatte. Den dürfen wir keinesfalls außen vor lassen."

„Kaczmarek und seine Leute haben die nächsten Tage viel zu tun", stellte ich fest.

„Wenn diese beiden Verdächtigen und ihre direkte Umgebung unter die Lupe genommen werden, dann müsste es schon mit dem Teufel zugehen, wenn wir den Täter nicht finden würden", meinte Carl.

„Es sein denn …", warf ich ein.

„Es sei denn?"

„Es ist jemand involviert, an den wir noch gar nicht gedacht haben."

Carl blieb eine Weile still, bevor er entschieden den Kopf schüttelte. „Das halte ich für absolut unwahrscheinlich. Da hätten wir im Zuge unserer Recherchen irgendeinen Hinweis finden müssen, was wir nicht haben.“ Er stellte seine Tasse ab. „Wir dürfen keine Zeit verlieren. Wir sollten alles aufschreiben und Kaczmarek mailen, damit er gleich früh anfangen kann.“

„Müssen wir“, sagte ich wenig enthusiastisch.

Carl ließ nicht locker. „Wer macht was?“

Ich musste grinsen. „Das machen wir zusammen an deinem Laptop. Und zwar gleich und flott. Ich bin müde, ich muss ins Bett.“

65

Liebe Grüße W und H, tippte ich in den Laptop und gähnte anschließend ausgiebig.

Carl neben mir gähnte ebenfalls.

„Wir sollten uns das noch mal durchlesen, bevor wir es Kaczmarek senden“, sagte ich.

„Ich glaube nicht, dass wir etwas vergessen haben“, meinte Carl.

„Trotzdem. Kann nicht schaden.“

Carl erhob sich. „Ich bin todmüde. Ich muss mich ein bisschen bewegen, sonst schlafe ich ein.“

„Und das wollen wir nicht.“

Carl blickte mich prüfend an, und als er sah, dass ich grinste, schnitt er eine Grimasse. „Mach dich nur lustig über mich!“

„Immer!“, konterte ich.

„Ich brühe mir noch eine Tasse Tee auf. Die Kanne ist leer.“ Er wandte sich seiner Küche zu. „Willst du auch einen?“

„Nichts Belebendes mehr. Vielleicht einen Kräutertee oder Kamille. Ich gehe danach schlafen.“

„Mal sehen, was ich finde.“ Er verschwand im Nebenraum, und ich hörte ihn dort hantieren.

Ich strich mir über den verspannten Nacken und blickte dabei auf das Dokument, das wir gerade verfasst hatten. Es war nicht lang, nur eineinhalb Seiten, aber inhaltlich anspruchsvoll. Wir hatten über eine Stunde dafür gebraucht, um es aufzusetzen. Ich sollte es besser sichern.

Ich klickte auf *Datei/Speichern unter*. Der Laptop schlug mir als Speicherort *Kurzzeitgedächtnis* vor. Meine Neugierde war geweckt. Eine Sekunde zögerte ich. Dann ließ ich von meiner ursprünglichen Absicht ab und rief stattdessen diesen geheimnisvollen Ordner auf.

Carls Mindmap erschien, die ich bereits einmal von Weitem auf seinem Computer gesehen hatte. Ich lauschte in Richtung Küche. Carl schien beschäftigt. Also wagte ich einen näheren Blick.

Eine dreidimensionale Grafik, die mich an Carls Stellwände erinnerte. Nur wesentlich komplexer. Ein wahres Labyrinth. Namen, Daten, Beziehungen. Alles mit Ober- und Unterbegriffen. Dicht gepackt mit Infos. Untereinander verzahnt, mit verschiedenfarbigen Vektoren verbunden.

Ich scrollte ein wenig herum, während ich mit einem Ohr bei Carl in der Küche blieb. Ich sah eine *Kaczmarek*-Wolke, daneben eine große Ellipse mit unserem Fall. Wenn ich mit der Maus darüberfuhr, erschien ein stark strukturiertes Untermenü mit unzähligen weiteren, stichpunktartigen Details.

Eine Wolke namens *Stella*. Eine Wolke *Amelie Hofer*. Dann eine Wolke, die meinen Namen trug.

„Das Wasser kocht gleich. Fenchel-Anis ist okay?", rief Carl mir von nebenan zu, und ich fiel vor Schreck fast vom Stuhl.

„Prima!", gab ich mit klopfendem Herzen zurück, obwohl ich keine Ahnung hatte, wie das schmecken sollte.

Ich wusste, es war falsch. Ich wusste, ich sollte es besser lassen. Ich wusste, das würde nur Ärger geben. Dennoch klickte ich meine Wolke an. Ein Foto von mir erschien. Erneut Untermenüs: *Biografisches, Vorlieben, Interessen …* und schließlich *Beziehungsstatus*.

Ich runzelte die Stirn. Was sollte denn das?

Ich klickte auf den Tab. Zu meinem großen Erstaunen erschienen diesmal keine Stichpunkte, sondern ein zusammenhängender Text:

Jeden Morgen, wenn ich diese Zeile lese, zweifle ich, ob das die Wahrheit ist oder ob mir meine lückenhafte Erinnerung einen Streich spielt. Aber sobald ich Verena sehe, bin ich mir hundertprozentig sicher, dass es stimmt. Ich genieße jede Sekunde, die ich mit ihr verbringen kann. Nicht nur beruflich. Ich bin überzeugt, dass ich sie liebe. Und manchmal denke ich, sie hat auch Gefühle für mich. Doch das alles werde ich ihr nicht sagen. Auf die Dauer wäre ich eine zu große Belastung für sie. Sie hat sich vorgenommen, mich nach Abschluss des gegenwärtigen Falles zu verlassen. Ich weiß nicht, was sein wird, wenn sie geht.

Ich hörte seine Schritte. Hastig schloss ich die gesamte Mindmap. Unser Schreiben, das wir für Kaczmarek vorbereitet hatten, füllte wieder den Bildschirm. Nüchtern blinkte der Cursor.

Carl stellte meine Tasse ab und setzte sich auf den Stuhl neben mich. Er musterte mich. „Ist was?"

„Nein", meinte ich um einen beiläufigen Ton bemüht. „Was soll sein?"

„Du siehst blass aus."

„Blass?", wiederholte ich. „Ich bin nur müde. Hundemüde, um genau zu sein."

Wieder dieser prüfende Blick aus seinen violetten Augen. Dann nickte er.

„War auch ein langer, verrückter Tag."

„Das kannst du laut sagen", erwiderte ich.

SAMSTAG

66

Carl und ich waren wieder in der Charité. In einem anderen Stockwerk, in einem anderen Flur. Kaczmarek begleitete uns nicht. Er hatte genug mit den Untersuchungen am Hals, die wir ihm vorgeschlagen hatten. Und ich war mir sicher, dass er seine Arbeit wie immer sehr gründlich erledigte.

Das Krankenzimmer, das wir betraten, glich dem, in dem der verletzte Stricher lag, aufs Haar – mit dem einzigen Unterschied, dass sich in diesem Raum zwei Patienten befanden. Die blonde JVA-Beamtin, die wir von unseren Besuchen im Gefängnis Tegel her kannten, saß mit einem grauen Jogginganzug bekleidet auf dem vorderen Bett. Sie trug Kopfhörer und blickte auf einen Monitor, der sich an einem Schwenkarm befestigt circa einen Meter von ihrem Gesicht entfernt befand. Ihre Zimmernachbarin döste mit halb geschlossenen Augen vor sich hin.

Die Beamtin schaute auf.

„Frau Wüstner?“, fragte ich.

Sie zog die Stöpsel aus ihren Ohren und sah mich aufmerksam an. „Sie sind von der Staatsanwaltschaft, nicht wahr?“

„Wir kennen uns ja bereits“, erwiderte ich. „Mein Kollege Dr. von Wuthenow, und ich bin Frau Hofer.“

Sie nickte uns beiden zu.

„Wie geht es Ihnen?“, erkundigte sich Carl.

„Oh, schon besser. Danke der Nachfrage.“ Sie lächelte kurz,

wurde aber schnell wieder ernst. „Das ist bestimmt kein Höflichkeitsbesuch."

„Nein", bestätigte Carl. „Wir würden uns gerne mit Ihnen unterhalten."

„Tja", meinte sie und machte eine Kopfbewegung in Richtung ihrer Mitbewohnerin. „Dann gehen wir besser raus, damit wir nicht stören."

Ich blickte auf Frau Wüstners Armbeuge, in der eine Infusion steckte. „Geht das?"

„Ich werde morgen, spätestens übermorgen entlassen. Und das ist die letzte Flasche, die ich bekomme."

„Soll ich Ihnen beim Aufstehen helfen?"

Sie schüttelte entschieden den Kopf. „Das kriege ich schon alleine hin. Warten Sie bitte draußen einen Moment auf mich."

Wir ließen sie allein, und nach einer kurzen Weile erschien sie auf dem Gang. Mit der linken Hand schob sie ihren Infusionsständer, der klappernde Geräusche von sich gab.

„Lassen Sie uns in die Besucherzone gehen." Mit ihrer Rechten wies sie den Flur hinunter.

Wir liefen langsam neben ihr her, und nach wenigen Metern erreichten wir eine Sitzecke, die von bodentiefen Fenstern umgeben war. Wir befanden uns im sechzehnten Stock, der Blick über Berlin war wie auch am Tag zuvor einfach großartig. Unter normalen Umständen hätte ich ihn genossen. Doch die Umstände waren alles andere als normal.

Carl und ich setzten uns nebeneinander, und Frau Wüstner nahm uns gegenüber Platz. „Die Stadt ist wunderschön", sagte sie. „Das bekommt man gar nicht richtig mit, wenn man da unten lebt."

„Ein Dichter meinte einmal, man sollte die Welt ohnehin nur von oben betrachten. Quasi aus der Adlerperspektive", erwiderte ich.

Frau Wüstner lächelte mich an. „Kluger Mann. Ist meist besser."

Carl räusperte sich.

„Ich weiß nicht recht, was ich Ihnen noch erzählen soll. Ich habe der Polizei gestern Nachmittag alles im Detail erklärt", sagte sie.

„Hauptkommissar Kaczmarek hat uns heute früh bereits ausführlich informiert", bestätigte Carl.

„Dann sind Sie doch bestens im Bilde."

„Was den groben Ablauf betrifft."

Frau Wüstner hob hilflos die Schultern. „Ich betreue viele Verbrecher. Und Preuß war einer meiner Mustermörder, wenn Sie so wollen. Gelegentlich benahm er sich aufbrausend und cholerisch. Dann hat er herumgeschrien. Aber insgesamt bin ich sehr gut mit ihm zurechtgekommen."

„An dem Tag, an dem er ausbrechen wollte, gab es da zuvor keine Anzeichen, dass er etwas plant?", fragte Carl.

„Nein. Alles war wie immer, bis auf Ihren Besuch. Aber spätabends, ich musste Überstunden machen, hat er mich gerufen, weil es ihm schlecht ging. Und dann ist er vor meinen Augen zusammengebrochen und hat sich vor Schmerzen am Boden gekrümmt."

„Wie haben Sie darauf reagiert?"

„Nach Vorschrift: Ich habe einen Pfleger gerufen. Der kam mit einem Rollstuhl. Gemeinsam haben wir Preuß hineingesetzt und ihn zusammen in die Krankenstation verfrachtet." Sie holte tief Luft, ihre Miene verschattete sich. „Dort wird ein Flügel gerade umgebaut, modernisiert. Und als wir den passiert haben, ist er plötzlich aufgesprungen. Dabei ist der Rollstuhl umgekippt. Er hat den Pfleger niedergeschlagen und mich mit einem angespitzten Schraubenzieher bedroht."

„Damit hatten Sie nicht gerechnet?"

„Woher denn!“ Sie schnaubte empört. „Ich kenne … ich kannte Preuß seit Jahren. Das geschah aus heiterem Himmel. Ich war total geschockt. Ein anderer Kollege kam zufällig vorbei und hat uns gesehen. Preuß zog mich daraufhin in den leer stehenden Trakt und hat sich mit mir verbarrikadiert, während der Kollege Alarm schlug.“

Sie senkte ihre Augen und mied unseren Blick.

„Sie waren recht lange mit ihm allein?“, fragte ich.

„Er hat ein Kabel auf der Baustelle gefunden und mir damit die Hände gefesselt. Und ständig hat er mit diesem Schraubenzieher herumgefuchtelt. Ich dachte wirklich …“ Sie stockte und verzog den Mund. „Ich dachte, er würde mich umbringen.“

„Das war sicher schrecklich“, sagte ich.

„Sie haben ja keine Ahnung“, erwiderte sie. „Zuerst haben die Kollegen versucht, durch die Tür mit ihm zu reden. Ihn zur Vernunft zu bringen. Aber als sie merkten, sie machen ihn damit nur wütender, haben sie aufgehört, und ich wusste, jetzt ist es nur noch eine Frage der Zeit, bis der Spezialtrupp anrückt.“

„Bestimmt haben auch Sie versucht, mit ihm zu sprechen, auf ihn einzuwirken“, sagte Carl.

Frau Wüstner nickte. „Selbstverständlich. Das lernen wir in der Ausbildung und trainieren es regelmäßig bei Fortbildungen. Ich habe meinen gesamten Mut zusammengenommen, und da ich eine Beziehung zu ihm hatte, habe ich versucht, darauf aufzubauen. Aber was immer ich auch probiert habe, er hat abgeblockt. Ich konnte so viel an seine Vernunft appellieren, wie ich wollte. Er hat ständig wiederholt, dass er rausmuss. Weil er Schuld hat. Dass er das stoppen muss.“

„Haben Sie eine Ahnung, was er damit gemeint hat?“

„Nein. Ich habe ihn auch nicht danach gefragt. Er war wie von Sinnen. Mal hat er es laut gesagt, mal leise vor sich hin geflüstert.“ Sie sah zum Fenster hinaus. „Das war zum Fürchten.“

Wir blieben eine Weile still.

„Wie hat er auf Sie gewirkt?“, fragte ich schließlich.

„Ich hatte ihn noch nie so gesehen. Als hätte ich einen Fremden vor mir. Einen total anderen Menschen.“

„Er war wieder wütend?“, übernahm Carl.

„Schon.“ Frau Wüstner überlegte kurz, schien sich nicht sicher zu sein. „Aber anders als sonst. Er war total …“ Sie schürzte die Lippen. „Er wollte eben unbedingt raus. Das war ihm wichtig. Absolut wichtig. Ich kann das nicht besser beschreiben.“

„Wie ging es weiter?“

Frau Wüstner strich sich ihr Haar nach hinten. „Er hat wohl gemerkt, dass die Spezialeinheit angerückt ist. Da bekam er Panik. Er wollte zum Fenster raus. Ohne darüber nachzudenken, habe ich trotz meiner Fesseln versucht, ihn aufzuhalten.“ Sie atmete mehrmals tief durch. „Und er hat mich mit dem Schraubenzieher verletzt.“ Ihre freie Hand tastete nach dem Verband, der sich an ihrem Hals befand.

„Es musste Preuß doch bewusst gewesen sein, dass er keine Chance hatte, durch das Fenster zu entkommen“, meinte Carl. „Er befand sich im dritten Stock, und das Gebäude war umstellt.“

„*Mir* war das klar“, sagte Frau Wüstner. „Aber ob ihm das bewusst war, bezweifle ich.“

Wir schwiegen erneut, und ich erinnerte mich an Preuß, wie er versucht hatte, zur Regenrinne zu gelangen, ausrutschte und herunterstürzte. Ich glaubte, erneut das entsetzlich-endgültige Geräusch zu hören, als sein Kopf auf dem Boden aufschlug.

„Zurück zu diesen letzten Stunden mit Preuß“, setzte Carl noch einmal an. „Hat er irgendeinen Namen genannt, irgendeine Andeutung auf eine Person gemacht?“

Die Beamtin runzelte die Stirn. Sie kniff die Augen zusammen. „Er hat immer wieder gesagt, dass er gehen muss, weil er an allem schuld ist und das beenden muss. Und einmal habe ich ihn etwas von einem verdorbenen Kerl murmeln hören.“

„Verdorbener Kerl?“

„Genau. So hat er sich ausgedrückt. Jetzt fällt es mir wieder ein. Verdorbener Kerl, hat er gesagt. Und Abschaum, der nur an abartiges Ficken denkt. Und dass dieser Kerl ihn betrogen und verkauft hat.“

„Aber keine Namen?“, versuchte ich es ein letztes Mal.

Sie schaute mich an. „Leider nein.“

67

Diesmal hatten wir den Carrera vor der Charité abgestellt. In der Nähe zur Campus-Einfahrt hatte ich eine Parklücke entdeckt und hatte sie kurz entschlossen genutzt. Ich hatte keine Lust gehabt, auf dem Gelände selbst herumkurven zu müssen. Da erschien mir ein kurzer Fußmarsch als die eindeutig bessere Alternative. Und Carl hatte sich auch nicht beschwert.

Auf unserem Rückweg zum Auto passierten wir das Gebäude mit dem netten Turm aus rotem Backstein. Längere Zeit waren wir still nebeneinander hergelaufen – jeder von uns in seine eigenen Gedanken vertieft.

„Gut, dass wir uns nicht auf die polizeiliche Befragung verlassen haben, sondern selbst noch mal hergekommen sind, um mit Frau Wüstner zu sprechen", begann Carl.

„Seit wann verlassen wir uns auf andere?" Ich grinste.

Er warf mir einen Blick zu und lächelte ebenfalls. „Ein kleiner Kontrollzwang kann nie schaden."

„Sehe ich genauso", sagte ich. „Aber den ganz großen Durchbruch haben wir auch nicht erzielt. Wenn ich ehrlich bin, hatte ich mir mehr erhofft."

„Du hast zu hohe Erwartungen. Während der Entführung stand Frau Wüstner unter enormer Anspannung. Es ist äußerst fraglich, ob sie sich in einer derartigen Ausnahmesituation überhaupt alles hat merken können. Vielleicht fällt ihr später noch etwas ein, wenn sie mehr Abstand gewinnen konnte. Wir müssen mit dem arbeiten, was sie uns geliefert hat." Carl machte eine Pause. „Und sie hat uns durchaus neue Infos gegeben."

Ich war nicht überzeugt. „Die neuen Infos sind aber, gelinde ausgedrückt, vage. Was sich allerdings zu bestätigen scheint, ist, dass Preuß die Morde damals nicht alleine begangen hat."

„Hm", meinte Carl. Manchmal, wenn er das tat, verspürte ich den Wunsch, ihn zu schütteln. Nur ein klein wenig. Aber schon.

„Was, *hm*?", konterte ich. „Preuß hat doch gemeint, er müsse raus, um jemanden aufzuhalten. Und dass er selbst schuld sei. Das heißt für mich, er hat ganz genau gewusst, wer unser jetziger Täter ist."

„Ja." Carl nickte. „Und er hat ihn uns auch beschrieben: ein Mann. Und sexuell abartig, zumindest nach Preuß' Meinung. Wir müssen uns überlegen, was das bedeutet."

„Homophobie", sagte ich. „Preuß hat Stricher gequält und getötet. Damit dürfte zweifelsohne feststehen, dass er etwas gegen Homosexuelle hatte."

„Könnte auf Klemm hindeuten. Er ist schwul."

„Genau. Klemm. War auch mein Gedanke."

„Oder aber …"

„Oder?", wiederholte ich.

„Oder er meint mit dem Kerl, der nur ans abartige Ficken denkt, jemanden, der generell mit Sex zu tun hat … möglicherweise davon lebt."

„Das wäre dann Braun", sagte ich.

„Als Bordellbetreiber ist Sex in jeder Spielart sein Geschäft."

„Laut Frau Wüstner hat Preuß außerdem noch geäußert, dass er betrogen und verkauft worden sei."

Carl nickte erneut. „Wenn wir in diesem Gedankenkonstrukt bleiben, dass der jetzige Täter Preuß verraten und verkauft hat, bedeutet das, dass er schon damals ein Komplize war und mit Preuß irgendeinen Deal hatte, weshalb Preuß alle Schuld auf sich genommen hat."

Wir hatten das Auto erreicht.

„Na, passt doch!“ Ich kramte in meiner Handtasche nach dem Schlüssel.

„Passt eben nicht“, hörte ich Carl sagen.

Ich hob den Kopf. „Wieso?“

„Warum sollte sich Preuß verkauft und betrogen fühlen, wenn sein *Partner* weitermordet?“

„Hm“, konnte ich mir nicht verkneifen, weil mir darauf keine Antwort einfiel und ich mich insgeheim darüber ärgerte, dass ich diese logische Schlussfolgerung nicht selbst gezogen hatte.

Ich drückte auf die Fernbedienung und entriegelte den Porsche.

Carls Handy klingelte. Er nahm es aus seiner Tasche, blickte aufs Display und meldete sich: „Herr Kaczmarek? ... Ja, haben wir ... Warten Sie, wir sind gerade beim Auto. Wir setzen uns hinein, dann kann ich auf laut stellen, und Frau Hofer hört mit.“

Carl und ich kletterten in den Carrera und schlossen die Türen. Carl betätigte den Lautsprecher seines Smartphones. „Wir wären jetzt so weit.“

„Hallo, Frau Hofer“, tönte mir Kaczmareks Stimme entgegen. „Nur ganz kurz, ich habe nicht viel Zeit. Wir haben die Spur mit dem weißen Lieferwagen wieder aufgegriffen und auch nach Grundstücken gesucht, auf denen man Leichen vergraben könnte.“

„Irgendetwas Neues bei dem Wagen?“, fragte Carl.

„Nein. Noch nicht. Wir ermitteln weiter und bleiben dran. Und was das Grundstück anbelangt, haben wir bei Klemm nichts gefunden.“

„Aber?“, drängte Carl.

„Bei Braun schon. Der besitzt gleich mehrere Immobilien, was zu erwarten war. Eine davon ist ein frei stehendes, älteres Haus mit großem Garten in Potsdam.“

„Und?“

„Er hat einen Bauantrag zum Abriss des Gebäudes eingereicht. Auf dem Grundstück soll eine Eigentumswohnanlage mit Tiefgarage errichtet werden."

„Vermutlich hatte er deswegen vor ein paar Tagen den Termin mit seinem Architekten, als wir bei ihm waren", mischte ich mich in die Unterhaltung ein.

„Das war mir entfallen", meinte Kaczmarek. „Gut möglich."

„Wenn auf dem Gelände Leichen vergraben worden sind, muss er sie natürlich fortbringen beziehungsweise fortbringen lassen, sonst würden sie zwangsläufig gefunden werden", sagte Carl.

„Ob dort Leichen waren oder noch welche sind, werden wir in Kürze feststellen", erwiderte Kaczmarek. „Frau Wolf hat mir einen Durchsuchungsbeschluss beschafft, und den werden wir mit ihr gemeinsam vollstrecken."

„Sie fahren jetzt hin?"

„Ja. Ich bin auf dem Sprung."

Carl und ich sahen uns an.

„Hätten Sie etwas dagegen ...", begann ich.

„Nein. Natürlich nicht", unterbrach mich Kaczmarek. „Deshalb rufe ich Sie ja an. Sie kommen bitte auch."

„Wir machen uns sofort auf den Weg", sagte Carl. „Geben Sie mir bitte die Adresse."

Noch während Kaczmarek Carl die Anschrift mitteilte, startete ich den Wagen und lenkte ihn aus der Parklücke.

68

Auf der linken Seite der engen Straße standen mehrere Polizeieinsatzfahrzeuge: Pkw und ein Kleinbus mit Anhänger. Da ich nicht vorbeikam, stellte ich den Carrera einfach dahinter ab. Einige Passanten hatten sich auf dem gegenüberliegenden Gehsteig versammelt. Angestrengt starrten sie zu uns herüber.

Carl und ich stiegen aus. Schnellen Schrittes liefen wir an einem unbebauten Grundstück vorbei und steuerten auf eine größere Menschengruppe zu: Beamte sowohl in Uniform als auch in Zivil. Ein Polizist mit Schäferhund. Dazwischen, wie ein Fels in der Brandung, Frau Wolf mit Kaczmarek an ihrer rechten Seite. Sie sprachen mit Braun.

Im Näherkommen konnte ich feststellen, dass er aufgebracht, regelrecht wütend wirkte. Hinter ihm entdeckte ich eine weitere Person, die ich kannte: Dimitri – wie sein Brötchengeber im schicken Anzug. Allerdings passten die blau-violetten Flecken in seinem Gesicht und die mit weißem Tape fixierte Nase nicht ganz zu seinem sonst durchgestylten Outfit. Seine Konfrontation mit Carl hatte deutliche Spuren hinterlassen.

„Ich fordere Sie noch einmal auf, mit Ihrer lächerlichen Aktion zu warten, bis mein Anwalt hier ist“, sagte Braun gerade zu Frau Wolf. Obwohl er sich um einen energischen Tonfall bemühte, konnte ich doch deutlich die Unsicherheit heraushören, die sich dahinter verbarg.

„Und ich sage Ihnen noch ein allerletztes Mal, dass wir nicht warten müssen und auch nicht warten werden", konterte Frau Wolf seelenruhig. „Wir werden jetzt das Grundstück und das Gebäude betreten. Bitte händigen Sie mir den Schlüssel aus."

„Und wenn ich das nicht tue?", erwiderte Braun trotzig.

„Dann werden die Kollegen eben aufbrechen müssen."

Braun atmete laut hörbar ein, griff aufgebracht in seine Tasche und holte ein schwarzes Etui heraus. „Hier!" Er streckte es Frau Wolf entgegen, die sich allerdings nicht bewegte. Stattdessen nahm Kaczmarek den Schlüssel an sich.

„Ich sperre auf", sagte er, und an seine Kollegen gewandt: „Wir beginnen wie abgemacht. Sie teilen sich auf: Garten und Gebäude."

Kaczmarek bemerkte uns und begrüßte uns mit einem Nicken. „Sie beide gehen am besten mit Frau Wolf."

„Ich komme mit!", sagte Braun.

„Ihr gutes Recht", erwiderte Frau Wolf. „Gehen Sie bitte vor."

Auch sie begrüßte uns mit einem Nicken, und dann setzten wir uns alle in Bewegung. Dabei erhaschte ich einen Blick auf Dimitri. Er starrte mit unverhohlenem Hass in unsere Richtung. Das Kapitel war für ihn eindeutig noch nicht abgeschlossen.

Das Abrisshaus war ein schäbiges Gebäude. Zweistöckig mit ramponiertem Dach. Der Putz bröckelte von der Fassade, und die noch vorhandenen Fensterläden hingen schief in den Angeln. Die Fenster selbst waren bestimmt seit Jahren nicht mehr geputzt worden.

Kaczmarek sperrte auf, und wir drängten hinein.

Ein schmaler Flur, alte, vergilbte Tapete. Rechts führte eine schmale Stiege ins Obergeschoss.

Der Gang mündete in einer Art Wohnküche, ausgestattet mit einem vor Fett triefenden Elektroherd, einem verbeulten Kühlschrank, einer rostigen Spüle voll dreckigem Geschirr und einem einzelnen Buffet. Ein angeschlagener Tisch und vier unterschiedliche Stühle rundeten das Bild des Elends ab.

An einer Wand befand sich eine Terrassentür. Eine Scheibe war defekt und durch Pappe ersetzt worden. An der anderen Wand entdeckte ich eine weitere Tür. Sie öffnete sich langsam. Eine junge Frau lugte vorsichtig heraus. Sie erblickte uns, ihre Augen wurden groß, und sie wollte sich wieder zurückziehen.

Kaczmarek hatte sie auch gesehen. „Halt!", rief er. „Hierbleiben."

Die Frau zögerte, doch inzwischen war Kaczmarek bei ihr und drückte die Tür vollends auf. Über seine Schulter konnte ich in den dahinterliegenden Raum blicken. Ungefähr fünf oder sechs Frauen hielten sich darin auf. Keine älter als Mitte zwanzig. Angstvoll und stumm beäugten sie uns.

Ich konnte sie genauer betrachten. Sie wirkten ungepflegt und ein wenig verwahrlost – wie auch das Zimmer, in dem sie sich befanden. Zwischen Matratzen mit Bettzeug und Kleidungsstücken lag Müll herum: halb ausgetrunkene Plastikflaschen, aufgerissene Essensverpackungen. Es roch ungelüftet.

„Wer sind Sie bitte?", fragte Kaczmarek.

Niemand antwortete ihm. Die jungen Frauen starrten ihn nur weiter an und wichen unmerklich zurück.

„Bitte weisen Sie sich aus", sagte Kaczmarek.

Die junge Frau, die vorhin ihren Kopf aus der Tür gestreckt hatte, trat einen Schritt vor. Sie wedelte beschwichtigend mit ihren Händen. „Wir nix gemacht. Nix Polizei, bittä."

„Oben sind noch mehr Frauen", rief eine Stimme hinter mir.

„Runterbringen", antwortete Frau Wolf. „Wir brauchen die Personalien. Und niemand verlässt das Grundstück." Sie wandte sich an Braun. „Können Sie mir sagen, was das für Frauen sind, die sich in Ihrem Haus aufhalten?"

„Woher soll ich denn das wissen?", schnaubte Braun. „Das Gebäude steht schon lange leer. Ich will es abreißen lassen."

„Das ist mir schon klar", erwiderte Frau Wolf. „Aber offensichtlich leben hier zahlreiche Personen. Haben Sie die Frauen gemeldet? Oder gehen sie für Sie sogar einem Gewerbe nach? Auf der Straße?"

„Was meinen Sie denn damit?", schnappte Braun zurück. „Ich war seit Monaten nicht mehr hier. Ich hatte keine Ahnung, dass im Haus jemand wohnt."

„Kennen Sie die Frauen?", hakte Frau Wolf nach.

Braun zuckte mit den Schultern. „Wie gesagt, sehe ich heute zum ersten Mal." Er zog die Brauen hoch und öffnete die Hände in einer ratlosen Geste: „Vielleicht Hausbesetzer?"

Frau Wolf lachte herzhaft. „Na, das ist ja wohl das Dümmste, was ich jemals gehört habe." Sie drehte sich zu Kaczmarek: „Fordern Sie bitte Fahrzeuge an und bringen Sie die Frauen aufs Revier zu den Kollegen. Die sollen sie erst wieder gehen lassen, wenn sie die Personalien festgestellt haben."

„Frau Wolf?" Ein Uniformierter drängte sich an mir vorbei. „Im Garten sind mehrere Bereiche frisch umgegraben worden. Der Hund hat noch nicht angeschlagen. Wir fangen aber auch erst an."

„Kämmen Sie alles gründlich durch und suchen Sie auch innen im Haus nach Blutspuren, sobald wir die Frauen weggebracht haben", gab sie zur Antwort.

„Blutspuren? Sie glauben doch nicht etwa, dass die Frauen geschlagen wurden?", mischte sich Braun entnervt ein. „Und überhaupt, was suchen Sie da draußen?"

Frau Wolf spitzte die Lippen. „Das muss ich Ihnen jetzt noch nicht erläutern. Aber ich werde es Ihnen auseinandersetzen, bevor ich Sie dem Haftrichter vorführen lasse."

„Haftrichter?", wiederholte Braun, und diesmal schrie er fast.

„Herr Kaczmarek", sagte Frau Wolf. „Bitte nehmen Sie Herrn Braun in Gewahrsam, und stellen Sie sicher, dass er auch aufs Revier kommt."

„Ungeheuerlich“, zischte Braun mit schneeweißem Gesicht. „Das ist reine Willkür. Das wird ein Nachspiel haben.“

„Das hoffe ich sehr“, erwiderte Frau Wolf und ließ ihn stehen.

Ich hielt es hier nicht mehr aus. Die Polizisten, die verzweifelten Gesichter der jungen Frauen, der Gestank – das alles setzte mir zu. Ich packte Carl, der die ganze Zeit neben mir gestanden hatte, am Arm und zog ihn zur Terrassentür. Er öffnete sie, und wir gingen in den Garten – wenn man die große Brachfläche denn so nennen wollte.

Ein mannshoher Haufen abgesägter Äste und mehrere Baumstümpfe bewiesen, dass hier bis vor Kurzem ein ziemliches Dickicht geherrscht haben musste. Jetzt war alles gerodet. Baggerspuren, tiefe Mulden, Erdhaufen. Dazwischen führte ein Polizist seinen eifrig schnüffelnden Hund langsam herum, und ein weiterer Beamter suchte ebenfalls akribisch den Boden mit den Augen ab.

Ich verschränkte die Arme vor der Brust.

„Was denkst du?“, fragte Carl.

„Hier begraben zu sein – das wäre schrecklich“, sagte ich.

Eine Zeit lang beobachteten wir die Polizisten bei ihrer Arbeit.

„Das könnte den Durchbruch bedeuten“, sagte Carl.

69

Überall Menschen. Beamte in Uniform und Zivil. Brauns Anwalt, ein Mann mit schlohweißem, sorgsam gekämmtem Haar und perfekt sitzendem Anzug. Kaum angekommen, machte er auf wichtig, indem er sich lauthals bei Dimitri darüber beschwerte, dass Frau Wolf mit seinem Mandanten einfach abgefahren war, ohne auf ihn zu warten.

Niemand schenkte ihm Beachtung, nicht einmal Dimitri selbst. Der beobachtete die Frauen, die wir im Haus angetroffen hatten. Sie wurden zu VW-Transportern der Polizei geleitet. Ohne die geringste Spur einer Gefühlsregung ließen sie das mit sich geschehen. Wahrscheinlich war ihnen bewusst, dass sie in Kürze wieder auf der Straße sein würden.

Die Menge der Schaulustigen hatte sich vergrößert. An die zwanzig Menschen starrten angestrengt vom gegenüberliegenden Gehsteig zu uns herüber. Gelegentlich deutete einer in unsere Richtung und sprach dabei aufgeregt mit seinem Nebenmann.

Die Türen der Transporter wurden laut hörbar aufgeschoben. Die Frauen stiegen nacheinander ein. Und dann bewegten sich die Fahrzeuge langsam die Straße hinunter, bis sie um die Ecke bogen und ich sie aus dem Blick verlor.

Ich drehte mich um und sah zurück zu Brauns Abrisshaus. Carl und Kaczmarek kamen auf mich zu.

„Der Hund hat angeschlagen, und das Team wird jetzt anfangen zu graben“, sagte Kaczmarek zu mir, als sie mich erreicht hatten.

„Eigentlich hoffe ich nicht, dass sie noch etwas finden", erwiderte ich.

Kaczmarek steckte die Hände in die Hosentaschen. „Ich verstehe sehr gut, was Sie meinen. Aber wenn wir hinten im Garten etwas entdecken und es zuordnen können, dann ist der Fall wasserdicht." Er machte eine Pause. „Sie haben uns jedenfalls großartig unterstützt. Und der Hund ist ausgebildet. Er gibt nicht umsonst Laut. Aber es muss ja keine weitere Leiche sein, es genügen auch Gewebereste, etwas, was beim Verwesungsprozess entsteht."

Ich merkte, dass er mich trösten wollte und rechnete ihm insgeheim hoch an, dass er trotz der problematischen Situation darum bemüht war, Rücksicht auf mich zu nehmen.

„Oder wir finden die Leichenteile, die uns noch fehlen", ergänzte Carl in seiner sachlich trockenen Art. Sobald es um seine Arbeit ging, ließ er jede Feinfühligkeit vermissen.

„Na, du weißt schon", meinte er, als ich ihn vorwurfsvoll ansah. „Die Kofferleiche war nicht vollständig. Die Reste könnten sich im Garten befinden."

Ich holte tief Luft. „Ich weiß." Und an Kaczmarek gewandt, fügte ich hinzu: „Wie geht es jetzt weiter?"

„Sorgfältigkeit ist das Gebot der Stunde. Braun lassen wir erst einmal schmoren. Dann wird er von Frau Wolf und mir befragt. Inzwischen haben wir hoffentlich Gewissheit, was er auf seinem Grundstück oder im Haus außer den Frauen womöglich versteckt hat. Und natürlich vernehmen wir auch die jungen Frauen selbst."

„Wie passen die eigentlich ins Bild?"

„Korrigieren Sie mich bitte, falls ich falschliege, Herr Kaczmarek", sagte Carl. „Braun betreibt offensichtlich nicht nur das Luxusbordell *Aphrodite*, sondern er hat seine Finger auch im Straßenstrich."

„So ist es." Kaczmarek nickte. „Es gibt mehrere Kategorien von Prostituierten. Die teuren, die etwas günstigeren und das, was wir hier gesehen haben. Die jungen Dinger bieten ihre Dienste für ein paar Euro an. Sie kommen hauptsächlich aus Osteuropa. Vielleicht hat Braun sie von einem anderen Zuhälter gekauft. Oder er hat sie hergelockt, ihnen die Pässe abgenommen, und dann schickt er sie anschaffen."

„Eigentlich wie bei Klemm", sagte ich.

„Überhaupt kein Unterschied", bestätigte Kaczmarek. „Wie schlimm das für die Frauen auch sein mag, für uns ist es positiv, weil wir Braun länger festhalten können. Wir gewinnen Zeit, um ihn mit den Morden in Verbindung zu bringen."

Brauns Anwalt lief wortlos an uns vorbei, stieg in seinen schicken, auf Hochglanz polierten Mercedes und fuhr ab, ohne uns eines Blickes zu würdigen.

„Dann brauchen Sie uns heute also nicht mehr?", fragte ich Kaczmarek.

„Du willst zu Amelie", stellte Carl fest.

„Es ist Wochenende. Der Colonel und Stella kümmern sich zwar um sie, und ihr gefällt das auch sehr gut, aber ich wäre eben gerne bei ihr", sagte ich.

„Ach", meinte Kaczmarek und musterte mich interessiert: „Sie haben eine Tochter?"

Ich wollte ihm eigentlich erklären, dass Amelie meine Nichte war, das Kind meiner verstorbenen Schwester. Aber weil er mich so direkt gefragt hatte, zögerte ich. Und dann antwortete ich: „Ja. Amelie. Sie ist fünfeinhalb."

Kaczmarek lächelte. „Das ist wirklich schön, wenn man außer der Arbeit noch etwas hat. Manchmal drückt das alles schon aufs Gemüt." Er räusperte sich, als hätte er zu viel von sich selbst preisgegeben. „Ich habe noch eine Bitte an Sie. Es ist ein großer Gefallen, doch ich schaffe es zeitlich nicht, will es andererseits aber nicht zu lange liegen lassen ... Nur wenn es für Sie in Ordnung ist ..."

„Worum geht es?", fragte ich.

„Die persönliche Habe von Preuß senior. Sie ist mir ausgehändigt worden mit dem Auftrag, sie dem jungen Preuß zu übergeben. Eigentlich hatte ich vor, es gestern zu machen, aber ich kam beim besten Willen nicht dazu. Und heute ..." Er hob die Hände in einer hilflosen Geste. „Ich kann mich nicht klonen."

Mein erster Impuls bestand darin abzulehnen. Ich wollte weg, weg aus Berlin, weg von den Verbrechen. Zurück nach Wuthenow, zu dem See mit dem klaren Wasser und zu Amelie. „Ich bezweifle stark, ob der Sohn erpicht darauf ist, die Sachen zu bekommen."

„Sie gehören aber nun mal ihm", entgegnete Kaczmarek. „Und ich ...", er fuhr sich übers Kinn, „ich wüsste gar nicht, was ich mit ihm reden sollte. Ich kenne ihn nicht persönlich. Alle Gespräche mit ihm haben Sie geführt ... Dafür haben Sie dann morgen definitiv frei. Wir sehen uns erst am Montag wieder – zu einem formellen Abschluss."

Auch der junge Mann in dem Rollstuhl hatte ein Recht darauf, einen Abschluss zu finden. Sein Vater hatte ihm Schreckliches angetan. Und wenn er die Gegenstände sah, die von dem Mann stammten, der ihn geschlagen, gequält und für sein Leben gezeichnet hatte, konnte er vielleicht verstehen, dass er endlich frei war. Das war mir den Umweg wert.

„Ich denke, Sie haben recht, Herr Kaczmarek", sagte ich deshalb. „Carl und ich übernehmen das."

„Bist du dir sicher?", fragte Carl.

„Absolut." Ich nickte. „Es ist für uns alle besser. Danach kann ich mich völlig auf Amelie konzentrieren, und meine Gedanken hängen nicht woanders fest."

Kaczmarek entspannte sich sichtlich. „Es ist auch nicht viel. Nur ein Karton. Ein paar Kleider, ein paar Sachen. Ich hole die Kiste schnell aus meinem Auto. Und ich gebe Ihnen auch noch eine Empfangsbestätigung für Herrn Preuß mit. Die muss er unbedingt unterzeichnen, damit alles seine Richtigkeit hat."

70

Fahrtzeit 53 Minuten, zeigte mir das Navi an.

Sommer, schönstes Wetter und niemand, der uns zu einer bestimmten Uhrzeit erwartete. Ich fuhr ganz entspannt.

„Ein Karton voller Gerümpel. Das ist alles, was von einem Leben übrig bleibt", sinnierte ich.

„Preuß senior hinterlässt aber auch noch ein Wohnhaus", erinnerte mich Carl.

„Das ist nichts Privates. Das ist lediglich ein Gebäude."

„Hm", machte er, um nach einer Weile anzufügen: „Du klingst im Moment leicht depressiv."

„Das ist nur die Anspannung, die gerade von mir abfällt. Weil wir uns mit großen Schritten dem Ende unserer Ermittlungen nähern." Ich spürte meinen Empfindungen nach. „Wenn ich ehrlich bin, fühle ich etwas wie Enttäuschung."

„Wieso Enttäuschung?"

„Ich habe mir das spektakulärer vorgestellt."

„Spektakulärer?"

„Hörst du auf, meine letzten Worte zu nehmen und daraus eine Frage zu formulieren? Das nervt gewaltig!" Ich lenkte um eine Kurve. „Aber um deine Frage zu beantworten: Alles verläuft ausgesprochen sachlich. Brauns Haus wird durchsucht, das Grundstück umgegraben. Und was die Polizei findet ..."

„... werden Frau Wolf und Kaczmarek akribisch katalogisieren lassen und in einem monatelangen Prozess Braun nachweisen.

Und dann kommt es zu einem Urteil, er legt vermutlich Berufung ein. So gehen die Jahre ins Land …" Ich sah aus dem Augenwinkel heraus, wie Carl eine vage Handbewegung machte.

„Aber wenigstens ist der Mörder von der Straße", erinnerte ich ihn.

„Und alle können so glücklich weiterleben wie zuvor."

Ich grinste spöttisch. „Jetzt machst du mich wirklich depressiv."

„Ich?"

„Hast du vorhin nicht die Frauen gesehen?" Ich bedachte ihn mit einem kurzen Blick, bevor ich wieder auf die Straße schaute. „Und die ganzen Stricher vor ein paar Tagen. Machte irgendeiner von denen einen glücklichen Eindruck auf dich?"

„Damit haben wir nichts zu tun. Wir können nicht jedes Unrecht aus der Welt schaffen. Wir konzentrieren uns auf das Schlimmste."

„Auf die Morde", bestätigte ich. „Anschließend düsen wir in deinem schicken Schlitten wieder zurück nach Wuthenow, in das herrliche Märchenschloss am See, weit weg von allem. Und wir tun so, als wäre die Stadt ein schlechter Traum."

„Eindeutig depressiv", stellte Carl trocken fest. „Willst du vielleicht Katy Perry hören?"

Ich musste lachen. „Was mich betrifft, wird von meinem Leben ganz sicher mehr übrig bleiben als ein paar Sachen. Dinge von Bestand, verstehst du?"

„Nein. Was denn?"

„Na das, was ich Amelie mitgeben werde. Meine Werte, die Liebe zur Literatur."

„Aaaaah", kam es absolut übertrieben von Carl zurück, gefolgt von: *„Herr von Ribbeck auf Ribbeck im Havelland."*

Ich ging auf seine Stichelei nicht ein. „Du hast es erfasst. Fontane und Co."

„Er fühlte sein Ende.
's war Herbsteszeit,
Wieder lachten die Birnen weit und breit;
Da sagte von Ribbeck: Ich scheide nun ab. Legt mir eine
Birne mit ins Grab",

rezitierte Carl, und ich musste zugeben, er machte das ziemlich gut.

„Bist du eigentlich sicher, dass Literatur einen Wert hat?", fügte er hinzu.

„Selbstverständlich." Wie konnte ein erwachsener Mann nur an einer derartigen Tatsache zweifeln?

Carl schnaubte. „Nur weil sich die Wörter gefällig reimen, definiert sich doch kein Wert."

„Stimmt", gab ich zu. „Die Lyrik ist lediglich die äußere Verpackung. Das habe ich dir aber bereits erklärt. Vermutlich hast du es dir nicht aufgeschrieben, und jetzt hast du es vergessen. Deswegen noch einmal, damit du es dir heute Abend fett notierst: Das Wichtige an Literatur sind der Sinn und die damit verknüpfte Aussage."

„Aaaah" – schon wieder!

„Das wäre dann bei diesem Gedicht folgende weltbewegende Erkenntnis: Es ist schön, wenn ein alter Tattergreis Kindern Birnen schenkt." Carl lachte laut auf. „Sorry, ich will dir wirklich nicht zu nahe treten. Aber heutzutage würde man vermutlich denken, der alte Ribbeck habe pädophile Neigungen."

„Blödmann!", zischte ich und trat aufs Gas. „Darum geht es in dem Gedicht gar nicht."

„Nein? Es geht nicht um einen alten Mann der Birnen verschenkt? Könnten mich dann Frau Professorin bitte erleuchten?"

Ich drosselte die Geschwindigkeit. „Du hast es doch gerade aufgesagt. Der alte Ribbeck stirbt und nimmt noch eine Birne mit ins Grab."

„Ja, und?“

„Aus dieser Birne wächst ein Baum, und damit stellt Ribbeck sicher, dass die Kinder auch nach seinem Tod Birnen bekommen.“

„Genial“, spottete Carl. „Jetzt hast du mich aber vollständig davon überzeugt, dass es sich um hohe Literatur handelt.“

Unverschämtheit! Ich öffnete den Mund, um ihm den tieferen Sinn dieser Aussage zu erklären, aber da wurde mir bewusst, dass ich vor uns bereits das Haus erkennen konnte, in dem Sascha Preuß wohnte. Sogar einen Parkplatz entdeckte ich auf Anhieb.

Carls Literaturlektion musste noch etwas warten.

71

Das Schrillen der Klingel drang undeutlich zu uns heraus. Ich nahm den Zeigefinger vom Knopf und wartete.

„Vielleicht schläft er", mutmaßte Carl und rückte den Pappkarton, den er trug, umständlich in seinen Armen zurecht. Das Ding schien schwer zu sein.

„Jetzt? Am helllichten Tag?" Ich schellte erneut, diesmal deutlich länger.

Nichts.

„In Ordnung", sagte ich nach einer Weile. „Was machen wir jetzt?"

Carl stellte die Kiste ab und klopfte an eines der Fenster.

Erneut keine Reaktion.

„Er ist nicht da", meinte er.

„Wie, *nicht da*?"

„Na weg. Nur weil er im Rollstuhl sitzt, kann er doch auch einmal unterwegs sein. Wir werden morgen noch einmal herkommen müssen. Und vielleicht rufen wir vorher zur Sicherheit an."

Das passte mir gar nicht. „Morgen? Ich will aber frei haben und mich zur Abwechslung mal selbst um Amelie kümmern. Außerdem haben wir es Kaczmarek versprochen."

Carl seufzte. „Was schlägst du vor?"

„Wenn wir schon hier sind, kann ich auch in der Reinigung nachfragen. Vielleicht weiß der Inhaber, wo der junge Preuß ist."

Carls Miene verriet mir deutlich, was er von meiner Idee hielt. Als er aber meinen entschlossenen Gesichtsausdruck bemerkte, nickte er resignierend und hob den Karton auf. „Also gut. Probieren wir unser Glück. Kann nicht schaden."

„Eben." Ich setzte mich in Bewegung.

In der Reinigung begrüßte uns wie beim letzten Mal der typische Geruch nach Waschmittel und Sauberkeit. Der Inhaber lümmelte hinter dem Tresen und guckte in sein Handy.

Er blickte auf, als Carl die Pappkiste leicht ächzend auf die Theke stellte.

„Hallo", sagte ich. „Wir hätten eine Frage."

Der Inhaber musterte mich, dann erhellten sich seine Züge. „Ah, Sie sind's. Die zwei von der Polizei, die neulich beim Sascha waren."

„Fast", korrigierte ich. „Wir sind von der Staatsanwaltschaft."

„Möchten Sie noch einmal den Raum hinten sehen?"

„Nein danke", sagte Carl. „Wir wollten Herrn Preuß ein paar Sachen bringen." Er klopfte auf das Paket. „Er scheint aber nicht zu Hause zu sein. Wissen Sie vielleicht, wo wir ihn finden können oder wann er zurückkommt?"

Der Inhaber zuckte mit den Schultern. „Keinen Schimmer. Sascha meldet sich bei mir nicht ab. Aber", er hob den Zeigefinger, „er fährt oft in seine Laube."

„Wie kommt er da hin?", fragte ich erstaunt.

„Er ruft sich einfach ein Behindertentaxi. Die kutschieren ihn, er malt dort seine Blumenbilder und gärtnert ein wenig. Später holen sie ihn wieder ab."

„Haben Sie die Adresse?", erkundigte sich Carl.

„Vom Kleingartenverein?"

Carl nickte.

„Klar. Ich war schon ein paarmal mit Sascha da. Wir haben gegrillt. Das ist die Kolonie beim Volkspark Rehberge. Nicht weit von hier. Parzelle …“, er kniff die Augen zusammen, „Parzelle siebenunddreißig oder achtunddreißig.“

„Und Sie denken, er ist dort?“

Der Inhaber grinste. „Wenn ich wetten müsste, würde ich sagen: ja. Es ist schönes Wetter. Wo sollte er sonst sein?“

72

Anstatt die Klimaanlage einzuschalten, hatte ich die Seitenfenster heruntergelassen. Mein linker Unterarm ruhte auf der Fahrertür in der Öffnung, ich bewegte die Finger im leichten Wind, während ich mit rechts lenkte. Überaus entspannt.

Ich plauderte mit Carl. Über Wuthenow, was wir am nächsten Tag mit Amelie unternehmen könnten, ob Stella und der Colonel wohl wieder grillen würden … und ähnliche Dinge.

Ein paar Abzweigungen. Einige Ampeln. Die Gegend, durch die wir uns bewegten, war mir zwar fremd, aber die Szenerie mit ihren hohen Häusern und den geschäftigen, fröhlichen Menschen nicht. Mittlerweile hatte ich das Gefühl, als würde ich schon seit Jahren durch Berlin streifen.

Wenige Minuten später hielten wir vor der Kleingartenkolonie. Auf der einen Seite der Straße vier-, fünfstöckige Gebäude; dicht an dicht bildeten sie eine wuchtige, bollwerkartige Fassade. Gegenüber ersteckte sich lediglich eine lange, vielleicht zweieinhalb Meter hohe Hecke.

Ich fand schnell einen Parkplatz. Carl und ich stiegen aus.

„Vergiss den Karton nicht“, erinnerte ich ihn.

Er verzog den Mund. „Das heißt zwar Kleingartenkolonie, aber die Fläche ist riesig. Ich kenne diese Anlagen. Ich habe die Kiste heute schon einmal umsonst mit mir herumgeschleppt. Erst schauen wir, ob Preuß überhaupt da ist. Die Schachtel kann ich dann immer noch holen.“

„Du hast Zweifel, dass wir ihn antreffen?“, erwiderte ich. „Der Besitzer der Reinigung meinte, Preuß ist bestimmt in seinem Schrebergarten. Und ich habe auch ein gutes Gefühl.“

„Wenn du dir so sicher bist, schlepp du doch die Kiste.“

„Träum weiter!“ Ich verriegelte den Porsche. „Dann gehst du eben zweimal.“

Wir überquerten die Straße. Das große Metalltor am Eingang der Kolonie war unverschlossen. Wir gingen hinein.

Wieder ein Weg, gesäumt mit niedrigen Hecken oder Büschen. Dahinter die Giebel kleiner Häuschen, mal aus Holz, dann aus Stein gefertigt. Wir näherten uns einer großen Tafel, auf der sich ein Lageplan mit bunter Legende befand.

Ich warf einen Blick darauf. „Hier kann sich doch kein Mensch auskennen.“

Carl trat dichter heran und schenkte mir ein mildes Lächeln. „Parzelle siebenunddreißig?“

„Siebenunddreißig oder achtunddreißig.“

„In Ordnung. Sieh her.“ Er deutete mit dem Finger auf den Plan. „Wir müssen geradeaus gehen, dann einmal nach rechts und die zweite Abzweigung wieder rechts. Dann ist es der dritte Garten auf der linken Seite.“

„Unheimlich kompliziert“, schnaubte ich. „Warum nummeriert man das nicht der Reihe nach durch? Warum liegt siebenunddreißig hinter hundertvierzehn?“

„Das ist doch ganz logisch. Das hängt mit der Wegführung zusammen. Wenn du …“

„Nein“, sagte ich.

„Nein *was*?“

„Du hast sicher recht, aber ich will die Erläuterung gar nicht hören. Wir gehen jetzt einfach hin. Dann bleibe ich bei Preuß in seinem Häuschen, damit ich mich in diesem Labyrinth nicht verirre und unterhalte mich ein wenig mit ihm. Inzwischen läufst du, wie wir es abgemacht haben, zurück zum Auto, holst die Kiste und bringst sie. Und im Handumdrehen sind wir wieder weg und fahren endlich heim."

„Genau das wollte ich sagen." Er grinste.

Wir schritten nebeneinanderher – Carl auf Betonplatten, ich auf einem schmalen Rasenstreifen. Die Kronen der Obstbäume lugten hinter den Zäunen hervor, Vögel zwitscherten. Selbst der deutlich hörbare Straßenverkehr und das Dröhnen einzelner Flugzeuge konnten dieser Idylle nichts anhaben.

Zur Abwechslung dachte ich einmal an gar nichts. Nicht an Mörder, nicht daran, dass ich Carl und Wuthenow bald verlassen würde, um mit Amelie wieder in meine Heimatstadt Nürnberg zurückzukehren. Stattdessen genoss ich die Sonne auf meinem Rücken und die friedvolle Atmosphäre, die mich umgab.

Und wie gesagt: Carl kannte sich offensichtlich aus.

Wir hielten vor der Nummer siebenunddreißig an, und ich schaute in die Parzelle. Ein erstaunlich großes Stück Rasen, eine gemauerte Laube, eher schon ein kleines Haus mit Gartenbank. Und drei … vier … fünf rechteckige Hochbeete, ihre Wände aus dicken Holzbohlen gefertigt.

Sascha Preuß saß im Rollstuhl vor einer Staffelei, die obligatorische Decke über seinen Beinen, und malte. Sobald er uns erblickte, hob er eine Hand und winkte uns mit seinem Pinsel zu.

„Hallo!", rief er. „Kommen Sie doch herein!"

Wir ließen uns nicht zweimal bitten und gingen zu ihm. Erst jetzt fielen mir mehrere sorgsam gepflasterte Wege auf, die zu den Beeten und zum Haus führten – sicher überaus praktisch für einen querschnittsgelähmten Mann, der es als gelernter Gärtner liebte, mit Pflanzen zu arbeiten.

„Hallo", wiederholte er, als wir bei ihm angekommen waren. „Das ist aber nett, dass Sie mich besuchen."

Heute machte Sascha Preuß auf mich einen völlig anderen Eindruck. In seiner Wohnung hatte ihn immer eine Aura von Traurigkeit, fast schon Verzweiflung und Resignation umgeben. Doch hier, bei seinen Blumen und mit seiner Staffelei, wirkte er wie ein neuer Mensch: gelöst, fröhlich und glücklich.

„Guten Tag!", gab ich zurück. „Was für ein schönes Fleckchen Erde!" Ich drehte mich zu Carl. „Nicht wahr? Wie ein Paradies."

Carl nickte, wenn auch mehr, um mir einen Gefallen zu tun. Small Talk lag ihm nicht. „Und das mitten in Berlin."

Preuß strahlte uns an. „Was führt Sie zu mir?"

„Wir …", ich verstummte.

Carl übernahm: „Herr Kaczmarek hat uns gebeten, Ihnen die Sachen Ihres verstorbenen Vaters vorbeizubringen."

Die Fröhlichkeit wich aus Preuß' Gesicht. Er war deutlich darum bemüht, sich nichts anmerken zu lassen. „Sachen meines Vaters?"

„Ein Karton", erklärte ich. „Er gehört jetzt Ihnen."

„Müssen Sie mir den geben?", fragte er, um nach einer Weile anzufügen: „Ich bin mir nicht sicher, ob ich ihn haben will."

„Das verstehe ich", erwiderte ich betont sanft. „Wir könnten ihn auch wegwerfen, wenn Sie das möchten. Trotzdem glaube ich, Sie sollten die Sachen einmal in aller Ruhe selbst sichten. Um abzuschließen. Und wenn Sie sich dann dafür entscheiden, nichts davon zu behalten, ist das in Ordnung."

Preuß schlug die Augen nieder und lächelte traurig. „Sie haben recht. Das ist sicher besser. Und ich muss den Karton ja nicht sofort öffnen."

„Ganz genau", stimmte ich ihm zu.

Er sah auf. „Wo ist die Kiste?"

„Ich hole sie schnell aus dem Auto", sagte Carl. „Wir wussten nicht, ob wir Sie hier antreffen. Und deswegen …" Er deutete in Richtung Straße.

„Was halten Sie davon, wenn ich uns inzwischen einen Kaffee mache?", fragte Preuß.

„Kaffee?", wiederholte ich. „Klingt perfekt."

Während Carl sich auf den Rückweg machte, folgte ich Preuß zu seiner Laube. Die Tür stand weit offen. Er fuhr hindurch, und auch ich trat ein – in einen großzügigen Raum mit einer Küchenzeile am hinteren Ende. Wider Erwarten herrschte hier eine angenehme Kühle. Die holzvertäfelten Wände verströmten Gemütlichkeit.

Ein kleines Sofa mit Couchtisch. Ein älterer Fernseher.

In jeder Ecke befanden sich Blumen auf Hockern und speziell dafür angefertigten Podesten. Selbst von der Decke hing eine ausladende Ampel mit einer üppigen Grünlilie. Es roch angenehm frisch wie bei einem Floristen.

„Schauen Sie sich ruhig um", meinte er und begann, an einer alten Kaffeemaschine zu hantieren.

Ich stellte mich ans Fenster und sah hinaus. Hinter mir klapperte Preuß mit Porzellan.

Der Garten, in dem die Staffelei zwischen den Hochbeeten stand, wirkte verträumt und friedlich.

„Schön haben Sie es hier", wiederholte ich meine Worte von vorhin.

„Ja", kam es zurück.

„Aber nicht viel los", sagte ich. „Man müsste doch denken, dass an einem Samstag bei Sonnenschein mehr Betrieb wäre."

„Betrieb?"

„Na, als Carl und ich hergelaufen sind, haben wir niemanden getroffen. Und auch jetzt", ich blickte angestrengt durch die Fensterscheibe, „scheinen wir die Einzigen zu sein. Komisch, oder?"

„Überhaupt nicht", ertönte seine Stimme aus der Küchenzeile. Wasser blubberte durch den Kaffeeautomaten. „Die Kolonie ist verkauft worden. Am Montag kommen die Bagger. Die machen alles platt. Berlin braucht dringend Wohnraum."

„Und was wird aus Ihnen?" Ich drehte mich zu ihm um.

„Milch oder Zucker?", fragte er.

„Ich Milch – und Carl mag seinen Kaffee schwarz. Beide ohne Zucker", erwiderte ich.

Ich sah wieder nach draußen.

„Um auf Ihre Frage zurückzukommen", fuhr Preuß fort. „Als Querschnittsgelähmter hat man manchmal auch Vorteile. Und ich wäre dumm, wenn ich sie nicht nutzen würde. Ich habe wie jeder hier eine nette Abfindung bekommen, und darüber hinaus erhalte ich als Einziger ohne Wartezeit einen neuen Schrebergarten als Ersatz. Ganz in der Nähe, sogar noch ein bisschen größer als der hier."

„Das gönne ich Ihnen", sagte ich.

„Danke", erwiderte er.

Wir schwiegen.

Ein gelber Schmetterling erschien im Garten, tanzte aufgeregt in der Luft und ließ sich schließlich auf einer Blume in einem der Hochbeete nieder.

„Wie haben Sie mich hier eigentlich gefunden?", erkundigte sich Preuß.

„Ihr Nachbar, der Mann von der Reinigung."

„Ökoclean."

„Genau. Ökoclean. Der hat gemeint, Sie sind bestimmt bei Ihren Blumen."

Wir schwiegen erneut.

Ökoclean, dachte ich. *Was für ein seltsamer Name. Und erst das Schild, grün-weiß. Als ob chemische Reinigungen jemals umweltverträglich sein könnten.* Aber die Menschen wollten stets glauben, was sie sich wünschten.

Der Schmetterling erhob sich und steuerte die nächste Blüte an. Dabei überflog er eines der Hochbeete, in dem sich nur dunkle

Erde befand. Preuß musste die Stauden, die einst darin gewachsen waren, entfernt haben. Wahrscheinlich hatte er sie in den neuen Kleingarten gebracht.

Mein Atem stockte. Meine Gedanken überschlugen sich, und ich bekam eine Gänsehaut.

Das gesamte Areal war verlassen, aufgegeben. Bald würde es umgepflügt werden. Mit schweren Maschinen. Straßen und Gehsteige würden entstehen. Häuser mit Kellern und mächtigen Fundamenten. Was immer hier im Erdreich versteckt war, würde gefunden werden. Es sei denn …

Erneut flatterte der Schmetterling hoch und verschwand.

Insgesamt drei leere Hochbeete. Nur noch zwei bepflanzte übrig. Die würde Preuß bis Montag schaffen.

Die Werbetafel *Ökoclean*. Grüner Hintergrund, weiße Schrift. Konnte man bei flüchtigem Hinsehen mit *Europcar* verwechseln. Und bestimmt besaß die Reinigung auch einen Transporter, mit dem sie Wäsche lieferte. Den konnte man auch für etwas anderes benutzen. Zum Beispiel, um darin Menschen zu entführen, die man bestialisch folterte und tötete.

Diese drei Hochbeete – aus schweren Balken gefertigt. Angefüllt mit schwarzem Humus. Ohne das Grün wirkten sie wie Fremdkörper. Große, bedrohliche Kisten.

Fast wie …

Särge.

Ein Geräusch in meiner unmittelbaren Nähe. Ich erschrak, wirbelte herum und blickte direkt in die Augen von Preuß.

Er saß nicht mehr in seinem Rollstuhl. Er stand vor mir mit einem spöttisch-wissenden Ausdruck im Gesicht, als könnte er meine Gedanken lesen.

„Überraschung“, flüsterte er heiser.

Reflexartig hob ich die Arme, um mich vor seinem Schlag zu schützen, wie es mir der Colonel beigebracht hatte.

Zu spät.

Ein gleißender Schmerz explodierte an meiner linken Schläfe, löschte alles aus.

Ich fiel ins Nichts.

73

Mein Puls hämmerte mir in den Ohren. Laut und überdeutlich.

Die Dunkelheit löste sich langsam von mir. Aber mein Herzschlag blieb.

Nein, es handelte sich nicht um mein Herz, das ich da hörte.

Ich lag auf dem Boden, konnte die Hände kaum bewegen, weil sie aneinandergebunden waren. Meine Augen irrten umher. An dem Haken, an dem vor Kurzem noch die Blumenampel befestigt gewesen war, hing jetzt Carl – das Gesicht geschwollen, fast unkenntlich, Hände und Füße gefesselt.

Preuß stand vor ihm und schlug systematisch auf ihn ein. Dumpf trafen seine behandschuhten Fäuste Carl. Links, rechts, links, rechts – ohne Unterlass, ohne ein Zeichen von Erschöpfung. Das war das Geräusch gewesen, das mich geweckt hatte.

Ich versuchte hochzukommen, hatte keine Kraft und sackte wieder weg.

Unvermittelt hörte Preuß auf, machte einen Schritt zurück und begutachtete sein Werk – wie ein Künstler, der sein Bild betrachtet, um festzustellen, ob er daran noch etwas verbessern kann.

Vollkommen gleichgültig stieg er über mich und ging zu dem kleinen Couchtisch. Er nahm sich einen Gegenstand, der dort lag, und kehrte zu Carl zurück.

Ich schaffte es, mich hinzuknien. Seltsam losgelöst von Raum und Zeit, beobachtete ich Preuß. Er hob die Rechte, darin blitzte ein schmales, spitzes Messer auf. Mit ungeheurer Wucht rammte er es Carl in den Oberkörper und zog es wieder heraus.

Carl schrie auf. Und auch ich schrie, so laut ich konnte, aber aus meinem Hals drang nur ein jämmerliches Röcheln.

Dunkle Flüssigkeit tropfte von der Klinge. Die gleiche Flüssigkeit breitete sich rasend schnell auf Carls Hemd aus.

Ich war auf den Beinen. Schwankte.

Carl sah mich an.

„Hau ab!“, presste er hervor. „Verschwinde!“

Doch ich lief nicht weg. Vornübergebeugt stürzte ich auf Preuß los. Ich musste ihn aufhalten.

Ein, zwei Schritte ... gleich war ich bei ihm.

Preuß fuhr herum, das Messer gezückt.

Mit dem Kopf voran krachte ich in ihn hinein. Er verlor das Gleichgewicht, das Messer sauste wirkungslos über mich hinweg.

Preuß fiel nach hinten. Auf eine Ecke des Couchtisches. Er rutschte ab, seine Hand öffnete sich, das Messer schlitterte über das Linoleum.

Regungslos blieb er liegen.

Ich lief zum Messer, bückte mich, um es aufzuheben. Ich ergriff es. Ein heftiger Brechreiz schüttelte mich. Brennende Galle stieg meine Kehle empor. Ich kümmerte mich nicht darum. Das Einzige, was zählte, war Carl.

Ich eilte zu ihm. Er war bei vollem Bewusstsein. Von Nahem wirkten die Verletzungen in seinem Gesicht noch furchtbarer. Die Wunde unterhalb seiner Schulter blutete stark.

Ich ließ mich auf die Knie fallen und zerschnitt zuerst das Seil, das seine Füße zusammenhielt. Mühsam kam ich wieder hoch – es gelang mir erst beim dritten Versuch. Ich musste den Strick an seinen Händen durchtrennen. Den Strick, mit dem er am Haken hing.

Carl war groß, ich stellte mich auf die Zehenspitzen, um die Schnur zu erreichen. Ich begann zu säbeln.

„Verena! Achtung!“, stöhnte er. „Preuß …“

Bevor ich reagieren konnte, wurde ich von hinten an der Schulter gepackt und herumgewirbelt.

Ich ließ das Messer nicht los. Ich hielt es mit beiden Händen. So fest ich konnte.

Für den winzigen Bruchteil einer Sekunde sah ich Preuß’ Gesicht vor mir – hasserfüllt, verzerrt. Dann fühlte ich, wie die scharfe Klinge auf einen Widerstand traf.

Das Messer glitt durch Preuß’ Kehle. Blut spritzte mir in die Augen.

74

Carl lag auf dem Boden, sein Kopf ruhte auf meinem Schoß. Er presste seine Rechte gegen die Stichwunde, die ihm Preuß beigebracht hatte. Zwischen seinen Fingern sickerte unablässig Blut heraus.

Ich nahm mein Handy vom Ohr. „Kaczmarek schickt seine Leute und einen Notarzt. Sie sind in ein paar Minuten da. So lange musst du durchhalten."

„Keine Angst", krächzte Carl. „Das werde ich."

Ich sah zu der Leiche von Sascha Preuß. Unter seinem Kopf hatte sich eine große rote Lache gebildet.

Carl war meinem Blick gefolgt. „Er hat mich angegriffen, sobald ich zurückgekommen bin. Er hat mich überwältigt und an dem Deckenhaken aufgehängt. Wie ein absoluter Trottel bin ich in seine Falle getappt."

Ich strich ihm das Haar aus der Stirn. „Mach dir nur keine Vorwürfe."

Carl hustete. „Wieso ist er eigentlich zuvor auf dich losgegangen? So unvermittelt? Was ist passiert?"

„Nichts." Ich zuckte mit den Schultern. „Ich stand am Fenster und betrachtete die Hochbeete, während er Kaffee kochte. Alles war friedlich. Aber so … komisch friedlich. Verstehst du? Verlassen. Nicht eine Menschenseele weit und breit. Er erklärte mir, dass das Gelände bebaut wird. Dann redeten wir darüber, wie wir ihn gefunden haben. Dass uns der Inhaber der Reinigung gesagt hat, wo er ist."

„Ökoclean“, murmelte Carl.

„Die Firma verwendet ein ähnliches Schriftbild und Logo wie Europcar. Und plötzlich wusste ich es. Ich verstand die Zusammenhänge. Und er …“

„Er hat es gespürt und hat gehandelt.“ Wieder dieses Husten. „Alles meine Schuld.“

„Wieso denn das?“

„Ich hätte das merken müssen.“ Er bewegte den Kopf in Preuß’ Richtung.

Ich verstand nicht. „Wie hättest du das merken sollen?“

„Die ganze Zeit über habe ich unterbewusst darüber gerätselt, warum er bei hohen Temperaturen im Sommer immer diese warme Decke über den Knien liegen hat. Er hat ja sogar einmal geschwitzt.“

„Mir ist das nicht aufgefallen“, erwiderte ich.

„Aber mir schon, und ich habe es nicht verarbeitet. Preuß musste verheimlichen, dass seine Beinmuskeln nicht atrophiert sind. Wenn einer so lange im Rollstuhl sitzt, bilden sich die Muskeln zurück, und die Beine werden ganz dünn. Doch seine Beine waren es nicht und hätten ihn verraten. Also musste er sie verstecken, um den Schein zu wahren.“

„Nach dem Sturz war er vermutlich wirklich gelähmt.“

„Bestimmt.“ Carl versuchte zu nicken, was ihm nicht gelang. „Aber nur anfangs. Dann ging die Quetschung oder Schwellung in seinem Rückgrat zurück, und er hat die Kontrolle über die Beine wiedererlangt.“

„Und damit das niemand merkt, ist er auch nicht mehr zu den Ärzten gegangen. Erinnerst du dich? Bei einem unserer Besuche hat er uns verraten, dass er von den Medizinern genug habe.“

„Ja. Die Menschen sagen dir immer alles, du musst nur genau hinhören.“ Carls Stimme klang schwach. Ich durfte nicht zulassen, dass er einschlief.

„Stimmt“, erwiderte ich schnell. „Wir hätten uns das übrigens ersparen können, wenn wir auf Fontane gehört hätten.“

Meine Ablenkung klappte. Carl verzog spöttisch den Mund. „Der olle Fontane mit seinem dämlichen Birnbaum.“

Sein Arm rutschte kraftlos ein Stück herunter und gab die Verletzung frei. Ich nahm seine Hand in meine und presste sie erneut gegen die Wunde. „Nicht ohnmächtig werden! Untersteh dich!“

„Abgemacht“, murmelte er. „Fontane. Du wolltest mir erklären, dass er nicht nur ein toller Dichter ist, sondern auch noch ein überaus fähiger Detektiv.“

„Er hatte die Lösung die ganze Zeit parat: Der alte Ribbeck ist freigiebig. Er schenkt armen Kindern seine Birnen“, begann ich.

„Erzähle mir was Neues.“

„Als Ribbeck stirbt, sorgt er vor und nimmt eine Birne mit ins Grab, damit ein neuer Birnbaum wachsen kann, von dem die Kinder essen können.“

„Ja, und?“ Carls Atem klang röchelnd.

Voller Verzweiflung fuhr ich fort. „Der alte Ribbeck wusste genau, dass sein Sohn nichts taugt und den Kindern keine Birnen schenken wird. Also hat er gehandelt.“

„Du meinst, wie der alte Preuß ...“

„So ist es. Der hat sich auch keine Illusionen über seinen Sohn gemacht. Er kannte die homosexuellen Neigungen seines Sohnes ganz genau. Er hat versucht, sie ihm auszutreiben, indem er ihn geschlagen hat. Das war sicher falsch, aber er wusste es eben nicht besser. Dann hat er die ermordeten Männer gesehen. Vermutlich hat er sogar geholfen, sie wegzuschaffen. Und nach dem zweiten Mord hat er seinen Sohn die Treppe heruntergeschubst, um das zu beenden.“

„Der junge Preuß war querschnittsgelähmt, es ging keine Gefahr mehr von ihm aus ...“, übernahm Carl.

„Und der alte Preuß ging für seinen Sohn ins Gefängnis, weil er sich schuldig fühlte. Er hat quasi die Buße übernommen."

„Was er jedoch nicht wusste, war, dass sein Sohn alle hereingelegt hat und fröhlich weitermordete", ergänzte Carl.

Ich nickte. „Als das dem alten Preuß durch unseren Besuch im Gefängnis gewahr wurde, sah er nur noch den Ausweg, auszubrechen, um der ganzen Sache ein Ende zu bereiten."

Carls Augen verloren ihren Glanz, seine Lider begannen zu flattern.

Ich richtete ihn halb auf und nahm ihn in den Arm. Er stöhnte laut.

Von Ferne hörte ich mehrere Martinshörner, die sich schnell näherten.

„Halt durch", flehte ich ihn an. „Bitte, halt durch!"

SAMSTAG, EINE WOCHE SPÄTER

75

Mit entschiedener Handbewegung setzte ich meine Unterschrift auf die gestrichelte Linie. Ich fügte noch das Datum hinzu und reichte die Blätter Kaczmarek, der sie mir abnahm. Er klopfte sie senkrecht ein paarmal auf den Tisch, bis sie ordentlich übereinanderlagen. Dann packte er sie zurück in die Akte, aus der er sie vorhin gezogen hatte.

„Danke", sagte er. „Ihre Aussage deckt sich übrigens mit dem, was mir Dr. von Wuthenow mitgeteilt hat, kurz bevor er operiert wurde." Er machte eine Pause, bevor er anfügte: „Mittlerweile kann er sich an nichts mehr erinnern."

Ich schwieg, sah ihn an und wartete, worauf er hinauswollte.

Ein verschmitztes Lächeln breitete sich auf seinem Gesicht aus. „Ich weiß, dass er es die ganze Zeit über nicht konnte."

„Sich erinnern?", meinte ich. „Und Sie haben immer vorgegeben, es nicht zu wissen?"

Er lehnte sich zurück. „Anfangs habe ich Frau Wolf damit einen Gefallen getan."

„Sie weiß es auch?"

„Sicher. Da gibt es wohl eine Verbindung zu Frau von Wuthenow."

„Aha", sagte ich völlig erstaunt.

„Ich muss Ihnen ganz ehrlich gestehen: Zu Beginn hat mich dieser Umstand … irritiert. Aber dann habe ich gemerkt, dass Herr von Wuthenow sein fehlendes Kurzzeitgedächtnis mit Ihrer

Hilfe sehr gut kompensiert. Und ich hoffe, dass Sie das so beibehalten werden."

„Nein." Ich schüttelte den Kopf. „Das glaube ich nicht."

Kaczmarek kniff die Augen zusammen. „Sie wollen aufhören?"

„Ich bin fest entschlossen."

„Schade." Kaczmarek senkte seinen Blick und seufzte. „Aber ich kann Sie schon verstehen – besonders nach dem, wie die Sache jetzt geendet hat."

Die Sache – wie dezent sich der Hauptkommissar ausdrücken konnte. Ich sah Sascha Preuß vor mir, hörte die Geräusche, die er von sich gegeben hatte, während er starb. Nachdem ihm das Messer in meiner Hand die Kehle durchgeschnitten hatte. *Eine Sache.*

Kaczmarek hüstelte leise. „Da wir jetzt gerade zusammen sind, kann ich Ihnen auch erzählen, was wir sonst noch herausgefunden haben."

Eigentlich wollte ich nichts mehr wissen und einfach nur gehen. Aber Kaczmarek gab sich sichtlich Mühe, nett zu mir zu sein, und ich wollte ihn nicht brüskieren.

„Gerne", sagte ich.

„Zuerst haben wir in dem Schrebergarten von Sascha Preuß die Überreste von zwei weiteren ermordeten Männern geborgen. Sie lagen in den beiden noch bepflanzten Hochbeeten. In den aufgelassenen Kästen fanden sich eindeutige Rückstände wie Leichenfett et cetera. Irgendwo in Berlin werden wir irgendwann noch einen Körper finden. Preuß kann uns ja nichts mehr sagen."

Ich atmete tief ein. „Und die beiden neuen Toten?"

„Nirgends vermisst gemeldet, keine Personalien. Wahrscheinlich wieder zwei Stricher. Wer weiß, woher."

Ich nickte.

„Klemm, dem Leiter der Oase, konnten wir nichts weiter nachweisen. Aber er wird auf alle Fälle seine Anstellung bei der Stadt verlieren. Und vielleicht, mit etwas Glück, können wir ihm noch etwas anderes anhängen."

„Steuerhinterziehung?", spöttelte ich.

Kaczmarek lachte laut auf. „Unser Klassiker." Er wurde wieder ernst. „Die Hausdurchsuchung bei dem Bordellbesitzer Braun hat nichts ergeben. Der Leichenspürhund hatte zwar angeschlagen, aber es handelte sich lediglich um eine tote Katze. Das Grundstück war sauber. Die jungen Frauen mussten wir auch wieder laufen lassen. Braun macht munter weiter. Aber das ist halt so. Manchmal gewinnt man, manchmal verliert man."

„Bleibt noch der Lieferwagen", sagte ich.

„Ach ja, der Transporter!" Kaczmarek deutete nachlässig auf mich. „Wie Sie es vermutet haben, besitzt der Inhaber der Reinigung einen Lieferwagen. Weiß, mit grün-weißer Aufschrift an beiden Seiten. Auf der Ladefläche haben wir Blutspuren gefunden, die wir zumindest zweien der Opfer zuordnen konnten."

„War der Inhaber beteiligt?"

Kaczmarek machte eine ablehnende Geste. „Nein, auf gar keinen Fall. Er hat die Autoschlüssel immer offen in einem Kästchen hinter dem Tresen in der Reinigung liegen. Sascha Preuß hatte als Eigentümer einen Schlüssel zu den Räumlichkeiten. Er hat sich den Wagen einfach nachts genommen, wenn er ihn brauchte. Anschließend hat er ihn gesäubert und zurückgestellt, bevor es jemand mitbekommen hat. Und der Inhaber der Reinigung ärgerte sich über den hohen Spritverbrauch seines Autos."

„Dann ist alles geklärt", stellte ich fest, doch ich fühlte mich nicht erleichtert.

„Ja. Und das ist Ihr Verdienst." Kaczmarek schenkte mir ein warmes Lächeln. „Ich soll Ihnen auch von Frau Wolf vielen herzlichen Dank für Ihre Arbeit sagen. Sie wollte das persönlich machen, aber sie ist heute den ganzen Tag im Gericht und kommt beim besten Willen nicht weg."

„Richten Sie ihr schöne Grüße von mir aus und noch irgendetwas Nettes."

Kaczmarek nahm einen Kuli in die Hand und klickte ihn auf und wieder zu. „Wird mir schon was einfallen."

Ich stand auf und streckte ihm die Hand entgegen.

Er erhob sich ebenfalls. „Wiedersehen, Frau Hofer", meinte er. „Aber vielleicht überlegen Sie es sich ja doch noch mal."

„Kann ich mir nicht vorstellen", sagte ich und verließ das Büro.

FREITAG, ZWEI WOCHEN SPÄTER

76

Drei Koffer standen in der Mitte des Raums. Sie enthielten alles, was ich für Amelie und mich mitgebracht hatte. Es hatte mich keine halbe Stunde gekostet, sie sorgfältig zu packen.

Zur Sicherheit ging ich noch einmal durch das Appartement, öffnete die Schränke, sah hinein, ob ich etwas vergessen hatte. Die Ablagen leer, die Schubladen ebenfalls. Meinen Laptop hatte ich bereits gestern verstaut.

Amelies Zimmer wirkte kahl. Die Spielsachen waren verschwunden, das Bett abgezogen – nichts deutete mehr darauf hin, dass hier bis vor Kurzem ein Mädchen gelebt hatte.

Auf einem der Regale entdeckte ich ein Buch. Ich ergriff es und sah auf den Rücken. Fontanes Gedichte. Eigentlich hätte ich es auch liegen lassen können. Stella würde es finden und sich darum kümmern. Aber ich nahm es trotzdem, verließ die Wohnung und überquerte den Flur, bis ich zur Bibliothek kam.

Ohne zu zögern trat ich ein und blieb abrupt stehen. Auf dem antiken Sofa saß Ernestine von Wuthenow. Allem Anschein nach hatte sie gerade gelesen. Sie ließ den aufgeschlagenen Band in ihren Händen sinken und sah mich an.

„Oh“, sagte ich. „Entschuldigen Sie bitte. Ich möchte Sie nicht stören. Ich muss nur das Buch zurückbringen.“

„Sie stören mich nicht“, erwiderte sie. „Nehmen Sie doch bitte Platz und leisten mir Gesellschaft.“

Das war das Letzte, was ich wollte. Aber ich konnte schlecht

Nein sagen, also setzte ich mich ihr gegenüber auf einen der Sessel.

Eine Zeit lang sahen wir uns an und schwiegen. Ihre violetten Augen, die mich an Carl erinnerten, musterten mich unablässig.

Schließlich sagte ich: „Wie geht es Carl?“

„Gut.“ Sie klappte das Buch, das sie immer noch gehalten hatte, entschieden zu und legte es neben sich auf das Sofa. „Die Klinik wird ihn demnächst entlassen. Die Wunde ist nahezu verheilt, und es werden keine Folgeschäden bleiben.“

„Das freut mich zu hören“, sagte ich.

Sie nickte. „Das haben wir Ihnen zu verdanken. Wenn Sie nicht gewesen wären, wäre er jetzt tot.“

Erneut blieben wir still. Erneut blickte ich in ihre Augen. Und erneut dachte ich an Carl.

Sie war es, die unseren Blickkontakt unterbrach, um nach draußen zu schauen. Auch ich sah aus dem Fenster. Amelie und Stella spazierten am Rand des Sees entlang, der hell in der Morgensonne glitzerte. Aus dem nahe gelegenen Wäldchen erschien der Colonel mit seinen beiden Weimaranern. Die Hunde bellten. Amelie sagte etwas zu Stella und lief zu ihnen. Bei ihnen angelangt, ging sie in die Hocke und begann, die Hunde nacheinander zu kraulen und zu schmusen.

„Wie ich erfahren habe, wollen Sie abreisen“, sagte Frau von Wuthenow.

„Heute Abend“, erwiderte ich. „Es ist bereits alles gepackt.“

Sie drehte sich mir zu. „Sind Sie sicher, dass Sie das Richtige tun?“

„So sicher, wie man sich nur sein kann.“ Auch ich hatte mich ihr wieder zugewandt.

Sie lächelte ein verständnisvolles Lächeln, in dem eine deutliche Spur von Traurigkeit mitschwang. „Alte Menschen haben die Angewohnheit, von früher zu erzählen. Das hat mich immer – wie soll ich das ausdrücken? – furchtbar gelangweilt. Aber inzwischen bin ich auch nicht mehr die Jüngste, und vielleicht erlauben Sie mir, Ihnen ausnahmsweise etwas aus meinem Leben mitzuteilen."

„Wenn Sie gerne möchten ..." Ich wusste nicht, worauf sie hinauswollte.

„Ich kannte einmal jemanden, eine Frau. Intelligent, unabhängig. Diese Frau hat vor langer Zeit einen Mann verlassen, weil sie der festen Überzeugung war, das wäre das, was sie tun müsste. Sie wollte Karriere machen, Geld verdienen, erfolgreich sein. Anerkennung, Macht ..." Sie seufzte. „Was sie sich nicht alles erträumte. Und ihr Verstand sagte ihr, dass das genau das Richtige für sie sei. Doch obwohl das alles inzwischen nahezu vierzig Jahre zurückliegt, vergeht keine Nacht, in der sie ihre Entscheidung nicht bereut."

Ich blickte sie an, und der Ausdruck in ihrem Gesicht zeigte mir, dass sie soeben von sich gesprochen hatte. Unwillkürlich musste ich an meine Unterhaltung mit dem Colonel kurz nach meiner Ankunft auf Wuthenow denken. Wir hatten beim Porsche gestanden. Was genau hatte er mir auf meine Feststellung, dass er Carls Tante genau zu kennen schien, geantwortet? *Nach mehr als vierzig Jahren sollte man das annehmen. Aber es gelingt ihr immer wieder, mich zu überraschen. Manchmal ist sie unberechenbar.*

„Sie sprechen von sich und dem Colonel", sagte ich.

Ihre Augen funkelten. „Woher wissen Sie ..." Dann lächelte sie wieder. „Ich vergaß. Sie sind eine hervorragende Detektivin." Sie senkte ihren Blick. „Sie sollten trotzdem einmal über meine Worte nachdenken."

„Mit mir und Carl, das kann nie klappen", sagte ich.

Frau von Wuthenow erhob sich. „Wer weiß das schon." Sie drehte sich um, verließ die Bibliothek und schloss die Tür hinter sich.